Edith Maude Hull

DER SCHEICH

Edith Maude Hull

DER SCHEICH

Roman

Deutsch von Eva Malsch

WELTBILD VERLAG

Die Originalausgabe erschien 1919
unter dem Titel «The Sheik» bei Eveleigh Nash & Grayson
und 1996 bei Virago Press Limited, London

Genehmigte Lizenzausgabe
für Weltbild Verlag GmbH, Augsburg

Lektorat: Karin Dufner

Umschlaggestaltung: Cordula Schmidt
Foto: Archiv für Kunst und Geschichte, Berlin
Satz Goudy Old Style (PageOne)
Gesamtherstellung Clausen & Bosse, Leck
Printed in Germany
ISBN 3-89604-325-0

Edith Maude Hull · Der Scheich

Vorwort

Die Vorstellung, ihr könne Gefahr drohen, brachte sie zum Lächeln. Was sollte ihr in der Wüste schon zustoßen, die schon so lange nach ihr rief?» Der Sirenenruf der Wüste durchdringt die konventionelle Moral und weckt schlummernde Leidenschaften. Diana Mayo, eine schöne, eigenwillige und freiwillig asexuelle englische Erbin, beschließt, nur von ein paar Kameltreibern beschützt, die sandigen Weiten zu erforschen. In ihrem Gepäck steckt auch eine kleidsame Abendrobe aus jadegrüner Seide – der erste Hinweis darauf, welche Art von Gefahr ihr droht.

«Es kommt nicht in Frage», klagt ihr Bruder, «daß du einen Monat lang ganz allein mit diesen verdammten Niggern durch die Wüste ziehst ... Ich bete zu Gott, daß du irgendwann einem Mann begegnest, der dir Gehorsam beibringt.» Und genau das geschieht. Diana wird entführt und von einem grausamen arabischen Stammesfürsten gefangengehalten. Er vergewaltigt sie mehrmals, und schließlich findet sie Gefallen daran. Das ist die Handlung von E. M. Hulls Klassiker «Der Scheich». Als der Roman 1919 erschien, beflügelte er die Phantasie einer ganzen Generation, und der Film (mit Rudolph Valentino in der Rolle des geheimnisvollen Ahmed Ben Hassan) war der Kinohit der Stummfilmära.

Aber auf moderne Leser wirken der eklatante Rassismus und der Sexismus des Romans, milde gesagt, abstoßend. Deshalb muß das Vorwort mit einer Warnung beginnen: Wer ihn lesen möchte, lasse jede «political correctness» fahren. Warum sich «Der Scheich» auch heute noch so großer Beliebtheit erfreut, kann ich nur mit meiner eigenen Reaktion bei der ersten Lektüre illustrieren – es war purer Neid. Würde ich gewaltsam in ein luxuriöses Zelt mit einem prächtigen Badezimmer gebracht, von Dienstboten verwöhnt, mit Juwelen überschüttet und von einem hinreißenden Millionär bis zur Bewußtlosigkeit geliebt, würde ich mich wahrscheinlich hüten, um Hilfe zu schreien.

Vielleicht hätte ich im wirklichen Leben meine Probleme damit. Aber wer redet hier vom wirklichen Leben? Dieser Roman existiert nur im schwülen, purpurroten Reich sexueller Phantasie, und darin liegt sein Reiz. In diesem Reich herrschen andere Regeln. Eine Vergewaltigungsphantasie hat nichts mit dem Wunsch zu tun, vergewaltigt zu werden. Sie ist vielmehr Ausdruck des Bedürfnisses, den Kuchen aufzuessen und gleichzeitig zu behalten – nennen Sie es Völlerei ohne Schuldgefühle, wenn Sie wollen.

Traditionsgemäß phantasierten die Frauen von Vergewaltigungen, um keine moralische Verantwortung für ihre sexuellen Begierden übernehmen zu müssen. Immer wieder betont E. M. Hull, Diana habe keine Wahl. Sie schreit, sie wehrt sich, sie fleht um Gnade, und sie würde auch Selbstmord begehen, hätte ihr der niederträchtige Scheich nicht den Revolver weggenommen. Also ist sie, moralisch gesehen, aus dem Schneider, denn schließlich galt es in ihrer Zeit für eine Frau als unschicklich und verwerflich, sexuelle Bedürfnisse zu äußern. Zu guter Letzt wird Diana von der wilden Leidenschaft ihres Entführers mitgerissen, aber nur weil er ihre Sexualität heraufbeschwört wie ein Magier einen Dämon. Und nachdem diese neu entdeckte Sexualität zutage getreten ist, existiert sie nur für ihn.

Im Grunde sollte man den «Scheich» als Vorläufer von Erica Jongs «Zipless Fuck» betrachten. Die Story wurde sorgfältig konzipiert und gestattet den Leserinnen, ihrer Phantasie freien Lauf zu lassen. Sobald die Fragen der sexuellen Initiative und der Kapitulation geklärt sind, genießen wir einen Roman voll intensiver – für die damalige Zeit erstaunlicher – Erotik. Hier werden keine Körperteile aufgezählt. Dennoch schwelgen Diana und ihr Scheich unentwegt in glühender Sinnenlust. Und daß alles, außer den Gefühlen und den schmerzhaften Spuren am Morgen danach, der Phantasie der Leserin überlassen bleibt, steigert die Spannung ins Unerträgliche. Für meinen Geschmack wirkt E. M. Hulls Stil viel aufregender als die modernen Versuche (zum Beispiel die Black-Lace-Serie), wilde sexuelle Phantasien ohne Gewissensbisse von und für Frauen darzustellen.

E. M. Hulls Thema ist der Reiz des Verbotenen. Deshalb muß man den rassistischen Unterton mit den Augen ihrer Zeit betrachten. Araber und andere dunkelhäutige Ausländer wurden 1919 als «Nigger» bezeichnet – minderwertig, gefährlich und hemmungslos. Was könnte faszinierender wirken? E. M. Hull geht davon aus, daß alle Frauen von Sex mit einem solchen Mann träumen.

Dabei spielt es keine Rolle, daß Ahmed Ben Hassan – ungemein attraktiv, kultiviert und männlich – nicht ist, was er scheint. Er verkörpert das Exotische und Primitive. «... Er war ein Araber, und eine Frau durfte von ihm keine Gnade erwarten», schreibt E. M. Hull atemlos. «... ein gesetzloser Barbar, der sie gefangengenommen hatte, um flüchtige Gelüste zu stillen ... Trotz seiner Grausamkeit liebte sie ihn, gerade wegen seiner Brutalität und seiner gewaltigen animalischen Kraft.»

In Wirklichkeit ist der Scheich kein Unmensch. E. M. Hull räumt die letzten quälenden Zweifel aus, indem sie ihn (etwas unfreundlich, offen gesagt) mit seinen Landsleuten vergleicht. Zu ihrem Entsetzen erfährt Diana, daß sein hübscher junger Leutnant mit zwei Frauen verheiratet ist. Hält auch Ahmed Ben

Hassan irgendwo einen Harem versteckt? Offensichtlich nicht. Ist er überhaupt Moslem? Offensichtlich nicht. Und so verdichtet sich die Handlung.

Die Begegnung mit einem benachbarten Stammesfürsten unterstreicht, daß Hassan anders ist. Denn Diana bemerkt «einen starken, stechenden, für die *Eingeborenen* offenbar typischen Geruch, den sie in Ahmed Ben Hassans kühlem, luftigem, peinlich sauberem Zelt niemals wahrgenommen hatte». Der Nachbar ist schmutzig, skrupellos, verweichlicht und zwielichtig – einem populären Vorurteil jener Zeit zufolge waren die meisten arabischen Scheichs homosexuell und hielten Sex mit Frauen für eine unangenehme Pflicht. Man muß nur T. E. Lawrences «Die sieben Säulen der Weisheit» (1935) lesen – ein Werk, in dem das Arabien der Scheich-Ära beschrieben wird –, um E. M. Hulls oberflächliche Kenntnisse jener Kultur zu entlarven. Jedenfalls zerstreut sie alle Zweifel der normalen, in Vorurteilen verhafteten Leserschaft. Nicht nur Hassan selbst ist ein ganzer Mann. «In Ahmed Ben Hassans Umgebung existieren keine dekadenten oder weibischen Männer.»

Der Scheich ist ein solches Muster an Männlichkeit, daß er beinahe einem sprechenden Phallus gleicht. Und ein Phallus hat eben kein Gewissen. Von Dianas Schönheit bezaubert, muß er sie unbedingt besitzen. Und E. M. Hull wußte schon lange vor Nancy Friday, daß die meisten Frauen auf diese Weise begehrt werden wollen.

Wir kennen zwar Edith Maude Hulls blühende Phantasie, wissen aber leider nur sehr wenig über ihr Leben. Sie war mit einem Schweinezüchter in Derbyshire verheiratet und hatte weder ausgeprägte geistige Interessen noch ein Faible für die Literatur. Wie ihre faszinierende Romanheldin liebte sie Pferde, Sport, Reisen und Abenteuer – und zwar die Abenteuer im Schutz der britischen Kolonialherrschaft, die für billige, unterwürfige Gepäckträger sorgte.

Ihren ersten Roman, «Der Scheich», schrieb sie nicht, um ihn zu veröffentlichen. Damals tobte der Erste Weltkrieg, ihr Mann kämpfte an der Front, und sie war auf der Schweinefarm allein mit ihren Phantasien zurückgeblieben. Als das Buch am Ende des Krieges erschien, mußten sich die Frauen gerade an eine drastische Änderung ihres Status gewöhnen. Während der Kriegsjahre hatten die Frauen der Mittelschicht die Unabhängigkeit des Berufslebens kennengelernt. Danach wurden die über Dreißigjährigen zwar mit dem Wahlrecht belohnt, aber durch die Kriegsheimkehrer vom Arbeitsmarkt verdrängt. Die Gesellschaft erwartete, daß sie an den häuslichen Herd zurückkehrten. Doch für Millionen von ihnen gab es keinen häuslichen Herd. Eine ganze Generation heiratsfähiger Männer war dezimiert worden, der Prozentsatz lediger Frauen gestiegen. Und viele, die seufzend und bebend den «Scheich» lasen, befürchteten vermutlich, als Jungfrauen zu sterben. Deshalb traf der Roman den Nerv zahlreicher unzufriedener, frustrierter Leserinnen.

Interessanterweise deutet Hull an, daß ihre Zeitgenossinnen an der Ehe zweifelten. Sehnte sie die Rückkehr ihres Mannes herbei, oder hatte sie Angst davor? «Daß sich Frauen der entwürdigenden Intimität und Einschränkung des Ehelebens unterwarfen, erfüllte sie [Diana] mit Verachtung und Staunen. Unwiderruflich dem Willen und den Gelüsten eines Mannes unterworfen zu sein, der das Recht besaß, in der Ehe uneingeschränkt Gehorsam zu fordern – dieser Gedanke erschien ihr gräßlich.»

Das wirft die folgende Frage auf: War E. M. Hull der Sexualität gegenüber positiv oder negativ eingestellt? Offenbar fand sie, eine Lady sollte den Liebesakt in der Theorie fürchten, bis ihr der richtige Mann in der Praxis die richtige Freude daran vermittelt. Es dauert eine Ewigkeit, bis Diana den Sex endlich genießen darf. Aber ihre körperlichen Reaktionen, die E. M. Hull beschreibt, widersprechen den nach außen hin gezeigten Gefühlen des Entsetzens und Ekels: «Die Berührung seiner heißen Lippen, seine machtvollen Arme und die Nähe seines warmen, muskulösen Körpers raubten ihr alle Willenskraft.»

Wieder einmal möchte E. M. Hull demonstrieren, wie Diana der Fleischeslust frönt, während der Geist unschuldig bleibt. Deshalb wird ständig auf Dianas knabenhafte Erscheinung und ihre Prüderie hingewiesen. «Sie ist kalt wie ein Fisch», klagt ein enttäuschter Bewunderer, «und sie hat nur Sport und Reisen im Kopf.» Als Diana einen Heiratsantrag ablehnt, erklärt sie: «Noch nie in meinem Leben wurde ich geküßt. Das gehört zu den Dingen, von denen ich nichts verstehe ... Für mich ist ein Mann nur ein Gefährte, mit dem ich reiten oder jagen oder angeln kann; ein Freund, ein Kamerad, mehr nicht.» Bezeichnenderweise fügt sie hinzu: «Gott hat mich als Frau erschaffen. Warum, weiß nur Er.»

So wird Dianas innerer Konflikt auf den Punkt gebracht: Auch wenn sie eigentlich einen «Gentleman» heiraten sollte, will sie es lieber mit einem Grobian treiben. In der Sprache des Romans wird alles Maskuline verherrlicht und alles Feminine als verachtenswert dargestellt – zumindest von Diana. Wenn sie wie ein «verdammt hübscher Junge» aussieht und sich auch so benimmt, ist ihr der Scheich ebenbürtig, denn in seinem unbeugsamen Charakter gibt es keine weichen weiblichen Züge. Er muß erst an einem schweren Fieber erkranken, ehe er Schwäche zeigen und Gefühle äußern darf.

Allerdings hat die konstante Herabwürdigung der Weiblichkeit zwei Seiten. Denn es ist die Aufgabe des Scheichs, eines echten Mannes, Dianas Wiedergeburt als echte Frau zu erzwingen.

«Warum habe ich Sie hierhergebracht?» spottet er. «*Bon Dieu!* Das wissen Sie nicht? Sind Sie denn keine Frau?»

Notgedrungen präsentiert sie sich im Abendkleid, das zufällig zusammen mit ihr entführt wurde, und kann es kaum erwarten, wieder ihre «Männerkluft» anzuziehen: Reithose und Stiefel. «Darin würde sie sich wieder wie die wahre Diana fühlen – Diana, der Junge, nicht mehr das zitternde weibliche Wesen, das letzte Nacht unter Tränen und Schmerzen geboren worden war ... Sie haßte ihn, sie haßte sich selbst, sie haßte die Schönheit, der sie dieses Grauen verdankte.»

Ahmed Ben Hassan findet Dianas knabenhaftes Flair reizvoll, aber er zieht es vor, wenn seine Geliebten sich wie hilflose Weibchen benehmen – zitternd, ohnmächtig und unterwürfig. «Wir zwingen unsere Frauen mit der Peitsche zum Gehorsam.» Und E. M. Hull scheint das zu befürworten – das ist die Kehrseite der Medaille. Wenn Gefahr droht, ist Hassan ein kraftvoller, unbesiegbarer Beschützer.

Hinter diesen Phantasien steht die nostalgische Sehnsucht nach der Rückkehr eindeutiger geschlechtlicher Unterschiede, die sich während des Krieges verwischt haben.

Die Frauen haben sich als stark und tüchtig erwiesen, gibt E. M. Hull zu verstehen, doch sie wünschen sich immer noch Männer, die stärker sind. Im geschichtlichen Zusammenhang gesehen, ist das ein nostalgischer Wunsch. Der Krieg hat die Männer körperlich und seelisch beschädigt, verstümmelt und demoralisiert. Nun brauchen sie selber Fürsorge und Schutz. Im Wüstenreich des «Scheichs» hingegen herrscht wieder die altbewährte Ordnung.

Alles verstehen heißt alles verzeihen. Ich glaube, der offenkundige Rassismus und der Sexismus des Romans können mit dem gesellschaftlichen Klima, in dem die Autorin lebte, erklärt oder sogar entschuldigt werden. Genaugenommen ist die Handlung des «Scheichs» blanker Unsinn. Die Sprache wirkt oft schwülstig, bis an die Grenze des Absurden. Und doch ist der Roman in seiner besonderen, faszinierenden Art ein Meisterwerk. Bedenken Sie – hier wendet sich die sexuelle Phantasie einer Frau direkt an die sexuellen Phantasien anderer Frauen, und zwar in einer Weise, die seither kaum übertroffen wurde. In der spärlichen Literatur, die sich mit der weiblichen Sexualität befaßt, ist E. M. Hulls «Scheich» ein Meilenstein, ein Softporno, so dezent, daß Sie ihn Ihrer Großmutter schenken können, und einfach himmlisch. Seine Existenz legt übrigens die Vermutung nahe, daß Ihre Großmutter wohl einiges zu erzählen hätte.

Viel Spaß damit!

Kate Saunders, London 1995

Erstes Kapitel

Sind Sie gekommen, um sich den Ball anzusehen, Lady Conway?»

«Gewiß nicht. Ich mißbillige die Expedition, die mit diesem Tanzabend beginnt. Allein schon der Gedanke, eine Wüstentour zu unternehmen, ohne Anstandsdame und Begleiterin, nur mit einheimischen Kameltreibern und Dienern, ist ungeheuerlich. Diana Mayo verhält sich leichtfertig und unschicklich, was nicht nur ihrem Ruf, sondern auch dem Ansehen ihres Vaterlandes schadet. Die bloße Vorstellung treibt mir die Schamröte in die Wangen. Wir Engländer müssen im Ausland sehr auf unser Auftreten achten, denn unsere europäischen Nachbarn nutzen jede Gelegenheit, um mit Steinen nach uns zu werfen. Und diese grandiose Gelegenheit werden sie wohl kaum versäumen. So was Verrücktes habe ich noch nie gehört. Noch nie habe ich einen derartigen Mangel an Prinzipien und eine solche Unvernunft erlebt.»

«Ach, kommen Sie, Lady Conway, so schlimm ist es nun auch wieder nicht. Unkonventionell, sicher, und – äh – vielleicht ein bißchen unklug. Aber denken Sie an Miss Mayos ungewöhnliche Erziehung ...»

«Die vergesse ich keineswegs», fiel Lady Conway ihrem Gesprächspartner ins Wort. «Es ist eine Schande! Aber nicht einmal das kann diese skandalöse Eskapade entschuldigen. Vor Jahren kannte ich ihre Mutter, und ich habe Diana und ihren Bruder eingehend ermahnt. Aber Sir Aubrey verschanzt sich hinter einer egoistischen Selbstzufriedenheit, die man nicht einmal mit einer Spitzhacke zertrümmern könnte. Nach seiner Ansicht ist ein Mayo über jede Kritik erhaben und der Leumund seiner Schwester ihr eigenes Problem. Offen gestanden, die junge Dame schien die Bedeutung ihrer Position gar nicht zu begreifen, und sie war ziemlich schnippisch, fast unhöflich. Nun, ich will nichts mehr mit der Sache zu tun haben und diesen Tanzabend auch nicht gutheißen, indem ich mich zeige. Ich habe den Hoteldirektor bereits gewarnt. Wenn der Lärm unerträglich wird, verlasse ich morgen das Haus.» Schaudernd zog sie ihren Schal enger um die Schultern und überquerte majestätisch die breite Veranda des Biskra-Hotels.

Die beiden Männer, die neben der offenen Glastür des Ballsaals standen, schauten sich lächelnd an.

«Was für eine Tirade!» bemerkte der eine mit ausgeprägtem amerikanischem Akzent. «Auf diese Art werden wahrscheinlich Skandale entfesselt.»

«Unsinn! Diana Mayo war noch nie in einen Skandal verwikkelt. Ich kenne sie seit ihrer frühesten Kindheit. Damals war sie eine amüsante kleine Range. Zum Teufel mit der alten Vettel! Die würde sogar den Ruf des Erzengels Gabriel ruinieren, wenn er auf die Erde käme – ganz zu schweigen von einem menschlichen Wesen weiblichen Geschlechts.»

«Zweifellos sollte sie als Junge das Licht der Welt erblicken», lachte der Amerikaner, «und wurde in letzter Sekunde umgemodelt. Nun sieht sie wie ein Junge in langen Röcken aus – ein verdammt hübscher und verdammt arroganter Junge. Heute morgen hörte ich, wie sie im Garten einem französischen Offizier die Leviten las.»

Der Engländer grinste. «Sicher wollte er ihr den Hof machen. So was versteht sie nicht, und sie duldet es nicht. Sie ist kalt wie ein Fisch, und sie hat nur Sport und Reisen im Kopf. Aber welch ein kluges, couragiertes Mädchen! Ich glaube, sie weiß gar nicht, was das Wort ‹Angst› bedeutet.»

«Offenbar stammt sie aus einer sonderbaren Familie. Gestern abend wurde darüber geredet. Der Vater war verrückt und hat sich das Hirn weggepustet. Zumindest habe ich das gehört.»

Seufzend zuckte der Engländer die Achseln. «Wenn Sie wollen, können Sie's verrückt nennen», erwiderte er zögernd. «Die Mayos sind meine Nachbarn. Zufällig kenne ich die Geschichte. Sir John Mayo und seine Frau liebten sich nach zwanzig Ehejahren immer noch leidenschaftlich. Dann wurde dieses Mädchen geboren, und die Mutter starb. Zwei Stunden später erschoß sich der Mann und überließ die kleine Diana der Obhut seines Sohnes, der damals neunzehn war – und genauso faul und selbstsüchtig wie jetzt. Die schwierige Aufgabe, ein Mädchen großzuziehen, erschien ihm zu mühsam. Deshalb wuchs sie wie ein Junge auf. Das Ergebnis können Sie nun besichtigen.»

Sie traten näher zur Tür und schauten in den hell erleuchteten Ballsaal, wo sich bereits fröhlich schwatzende Leute versammelt hatten. Auf einem Podest am Ende des Raums empfingen der Gastgeber und die Gastgeberin ihre Gäste. Zwischen Bruder und Schwester bestand nicht die geringste Ähnlichkeit. Sir Aubrey Mayo war hochgewachsen und hager. Glattes schwarzes Haar und ein dichter schwarzer Schnurrbart betonten seine Blässe, und er strahlte eine Mischung aus aristokratischer Höflichkeit und träger Langeweile aus. Offenbar war er sogar zu müde, das Monokel in seiner Augenhöhle festzuhalten, denn es fiel immer wieder herunter. Um so lebhafter wirkte das Mädchen an seiner Seite. Diana Mayo war mittelgroß und gertenschlank. Mit hoch erhobenem Kopf und kerzengerade stand sie da und wirkte so ungezwungen und kraftvoll wie ein sportlicher Junge. Ihr überlegenes Lächeln und das eigenwillige Kinn verrieten beharrliche Entschlossenheit, die dunkelblauen Augen schimmerten ungewöhnlich klar und hielten allen Blicken stand. Trotz der langen, sanft geschwungenen schwarzen Wimpern und Brauen hatte sie rotgoldene Locken, die sie kurz geschnitten trug, so daß sie die Ohren nur knapp bedeckten.

«Nun, das Resultat kann sich sehen lassen», meinte der Amerikaner bewundernd, um die Bemerkung seines Gefährten zu beantworten.

Ein dritter, etwas jüngerer Mann gesellte sich hinzu.

«Hallo, Arbuthnot, Sie sind spät dran. Die Göttin wird bereits von Tanzpartnern belagert.»

Ärgerlich schüttelte er den Kopf. Seine Wangen färbten sich dunkelrot. «Zu meinem tiefsten Bedauern wurde ich von Lady Conway aufgehalten. Diese alte Giftschlange! Unentwegt ereiferte sie sich über Miss Mayo und die geplante Reise. Man sollte sie knebeln. Ich habe buchstäblich die Flucht ergriffen, sonst hätte sie womöglich den ganzen Abend auf mich eingeredet. In einem Punkt stimmte ich ihr allerdings zu. Warum kann dieser faule Mayo seine Schwester nicht begleiten?»

Das schien niemand zu wissen. Inzwischen hatte das Orchester zu spielen begonnen, und fröhliche Paare drängten sich auf der Tanzfläche. Sir Aubrey Mayo war davongeschlendert, und seine Schwester stand inmitten mehrerer Männer, die Tanzprogramme in der Hand hielten und warteten. Aber sie schüttelte entschieden den Kopf und winkte mit einem schwachen Lächeln ab.

«Welch ein Gedränge!» meinte der Amerikaner.

«Wollen Sie Ihr Glück versuchen?» fragte der ältere der beiden Engländer.

Grinsend biß der Amerikaner das Ende einer Zigarre ab. «Gewiß nicht. Diese hochnäsige junge Dame hat mich schon auf einem anderen Ball abblitzen lassen. Das nehme ich ihr nicht übel», fügte er hinzu und lachte wehmütig. «Aber ihre unverblümte Antwort ärgert mich immer noch. Ohne mit der Wimper zu zucken, teilte sie mir mit, für einen Amerikaner, der weder reiten noch tanzen könne, habe sie keine Verwendung. In sanftem Ton erklärte ich ihr, in Amerika gebe es für die Männer kaum ein Vergnügen – außer Rinder zu treiben und in Kneipen zu tanzen. Da verscheuchte sie mich mit einem vernichtenden Blick. Nein, ihr egozentrischer Bruder wird später Bridge spielen, und das gefällt mir besser. Im Grunde ist er kein übler Kerl und ein guter Sportsmann, wenn man über seine Eigenheiten hinwegsieht. Ich spiele gern mit ihm, weil es ihn nicht im mindesten interessiert, ob er gewinnt oder verliert.»

«Bei seinem Bankkonto ist es ihm vermutlich gleichgültig», bemerkte Arbuthnot. «Ich persönlich finde die Tanzerei amüsanter und billiger. Und nun will ich mein Glück bei unserer Gastgeberin versuchen.»

Aufgeregt spähte er zum anderen Ende des Raums, wo das Mädchen kerzengerade und grazil allein dastand. Das Licht eines elektrischen Kronleuchters vergoldete die dichten Locken, die das schöne, hochmütige Gesicht umrahmten. Geistesabwesend beobachtete sie die Tänzer, und ihre Gedanken schienen in weite Ferne zu schweifen.

Der Amerikaner stieß Arbuthnot lachend an. «Laufen Sie nur los, junger Narr, und verbrennen Sie sich die armen kleinen Flügel. Wenn die grausame Schönheit Sie zertrampelt hat, gehe ich hin und wische die Reste weg. Und falls Ihre Scheu den verdienten Erfolg erzielt, wollen wir später feiern.» Er hakte seinen Freund unter und ging mit ihm zum Spielsalon.

Langsam bahnte sich Arbuthnot einen Weg durch den Saal, wobei er Tänzern und schwatzenden Gästen aus aller Herren Länder ausweichen mußte. Als er das Podest erreichte, wo Diana immer noch stand, stieg er die paar Stufen hinauf. «Was für ein Glück, Miss Mayo!» begann er mit gespieltem Selbstvertrauen.

«Darf ich zu hoffen wagen, daß Sie noch keinen Partner erhört haben?»

Sie wandte sich ihm zu, eine zarte Falte zwischen den schön geschwungenen Brauen. Offenbar mißfiel ihr die Störung ihrer Gedankengänge. Aber dann lächelte sie. «Ich sagte, ich würde erst tanzen, wenn alle anderen sitzen», erwiderte sie und musterte skeptisch das überfüllte Parkett.

«Leider tanzen sie alle. Nachdem Sie Ihre Pflichten so charmant erfüllt haben, sollten Sie diese mitreißende Melodie nicht versäumen», drängte er.

Sie klopfte zögernd mit dem Programmbleistift gegen ihre Zähne und schnitt eine Grimasse. «So viele Gentlemen habe ich schon abgewiesen. Die würden böse auf mich sein, wenn ich Sie bevorzuge ...» Plötzlich lachte sie. «Also gut, kommen Sie. Für mein schlechtes Benehmen bin ich ohnehin schon bekannt, da spielt eine Sünde mehr oder weniger auch keine Rolle.»

Arbuthnot tanzte ausgezeichnet. Aber die Nähe des Mädchens, das er im Arm hielt, verschlug ihm die Sprache. Ein paarmal wirbelten sie durch den Saal, dann hielten sie bei einer offenen Glastür inne, wanderten in den Hotelgarten und setzten sich auf Korbstühle unter einen grellbunten Lampion. Das Orchester spielte immer noch. Im Augenblick war der Garten noch menschenleer, schwach beleuchtet von den kleinen Lampen, die an Palmwedeln hingen und die gewundenen Pfade säumten. Der junge Mann beugte sich vor, die gefalteten Hände zwischen den Knien. «Eine so gute Tänzerin wie Sie ist mir noch nie begegnet», versicherte er, ein wenig außer Atem.

Ernsthaft und unbefangen schaute sie ihn an. «Es fällt einem leicht zu tanzen, wenn man musikalisch ist und seinen Körper beherrscht. Offenbar lernen nur wenige Leute, ihre Gliedmaßen zu steuern. Meine mußten mir schon gehorchen, als ich ein kleines Kind war.»

Dieser unerwarteten Antwort folgte ein längeres Schweigen. Das Mädchen an Arbuthnots Seite wollte es offensichtlich nicht brechen. Mittlerweile war der Tanz beendet worden, und die Gäste strömten in den Garten. Als die Kapelle eine neue Melodie anstimmte, kehrten sie in den Saal zurück.

«Es ist wirklich nett hier im Garten», sagte Arbuthnot schüchtern. Sein Herz klopfte ungewöhnlich schnell, und seine Augen, die er starr auf die ineinander verkrampften Hände gerichtet hielt, nahmen einen sehnsüchtigen Ausdruck an.

«Soll das heißen, daß Sie nicht tanzen, sondern lieber hier sitzen bleiben möchten?» fragte Diana. Ihre freimütige, jungenhafte Art verwirrte ihn.

«Äh, ja», stammelte er verlegen.

Sie hielt ihr Programm ins Laternenlicht. «Diesen Tanz habe ich Arthur Conway versprochen. Jedesmal, wenn wir uns treffen, streiten wir. Ich verstehe nicht, wieso er mich um einen Tanz gebeten hat, denn er mißbilligt mein Verhalten noch entschiedener als seine Mutter – eine alte Dame, die sich in alles einmischt. Sicher wird er sich erleichtert fühlen, wenn ich ihn verschone. Und heute abend mag ich nicht mehr tanzen, weil ich mich so unbändig auf morgen freue. Also werde ich hierbleiben und mit Ihnen reden. Aber Sie müssen mir eine Zigarette anbieten, um mich bei Laune zu halten.»

Als er ihr Feuer gab, zitterte seine Hand ein wenig. «Wollen Sie diese Expedition wirklich unternehmen?»

Erstaunt sah sie ihn an. «Warum nicht? Ich habe sie schon vor einiger Zeit geplant. Wieso sollte ich meine Meinung in letzter Sekunde ändern?»

«Und warum läßt Ihr Bruder Sie allein verreisen? Warum begleitet er Sie nicht? Natürlich habe ich kein Recht, solche Fragen zu stellen. Nun, ich tu's trotzdem!» stieß er ungestüm hervor.

Lachend zuckte sie die Achseln. «Im Augenblick stehen

Aubrey und ich auf Kriegsfuß miteinander. Er will nach Amerika, ich in die Wüste. Zwei Tage und eine halbe Nacht haben wir gestritten, ehe wir einen Kompromiß schlossen. Ich erforsche die Wüste, und er fährt nach New York. Zum Dank für mein Versprechen, ich würde ihm einen Monat später in die Staaten folgen, wird er meine Karawane im Anfangsstadium mit seiner Anwesenheit beehren und mich dann mit seinem brüderlichen Segen entlassen. Aber es ärgert ihn maßlos, daß er mir nicht befehlen konnte, mit ihm zu reisen. Zum erstenmal können wir uns nicht auf ein Ziel einigen. Ich bin vor ein paar Monaten volljährig geworden. In Zukunft kann ich tun und lassen, was mir beliebt. Nicht, daß ich jemals was anderes getan hätte», gab sie lächelnd zu, «weil Aubrey immer die gleichen Interessen verfolgte wie ich – bis jetzt.»

«Obwohl er nur einen einzigen Monat verlieren würde, überläßt er Sie ungerührt Ihrem Schicksal?» rief Arbuthnot verwundert aus.

«So ist er nun einmal», entgegnete sie trocken.

«Aber Sie begeben sich in Gefahr», protestierte er.

Lässig schnippte sie die Asche von ihrer Zigarette. «Da bin ich anderer Meinung. Und ich verstehe nicht, warum sich alle so darüber aufregen, wo doch zahlreiche Frauen ein viel wilderes Terrain bereist haben als diese Wüste.»

Er musterte sie prüfend. Offenbar wußte sie nicht, worin die Gefahr dieser Reise lag – in ihrer Jugend und Schönheit. Doch er entschied sich für ein unverfänglicheres Argument: «Offenbar sind zwischen einigen Wüstenstämmen Unruhen ausgebrochen», sagte er eindringlich. «Neuerdings kursieren beängstigende Gerüchte.»

Sie tat das mit einer ungeduldigen Handbewegung ab. «Ach, so was behaupten die Leute immer, wenn sie einem Steine in den Weg legen wollen», seufzte sie ungeduldig. «Diesen Unsinn haben mir diverse Beamte auch schon erzählt. Als ich nach Fakten fragte, drucksten sie verlegen herum. Ich fragte, ob sie befugt wären, mich zurückzuhalten, und sie gestanden, dazu hätten sie kein Recht, empfahlen mir aber, auf die Reise zu verzichten. Da erklärte ich ihnen, nichts könne mich von meinem Entschluß abbringen – es sei denn, die französische Regierung würde mich festnehmen. Warum sollte ich die Expedition abblasen? Ich fürchte mich nicht. Und es besteht auch gar kein Grund zur Sorge. Von diesen Gerüchten über die Unruhen glaube ich kein Wort. Die Araber sind doch immer rastlos und ständig unterwegs. Außerdem habe ich einen tüchtigen Karawanenführer engagiert, für den sogar die Behörden bürgen, und ich bin bewaffnet. Ich kann sehr gut für mich selber sorgen und bin eine gute Schützin und gewöhnt, im Freien zu kampieren. Allzuweit werde ich ohnehin nicht ins Wüstengebiet vordringen, weil ich Aubrey versprochen habe, am Monatsende in Oran zu sein.»

Ein eigensinniger Unterton schwang in ihrer Stimme mit. Als sie verstummte, saß Arbuthnot schweigend neben ihr – voller Besorgnis, gefangen von ihrer Schönheit, gepeinigt von dem Verlangen, ihr seine Gefühle zu gestehen. Plötzlich wandte er sich zu ihr, blaß und verzweifelt. «Bitte, Miss Mayo – Diana, verschieben Sie diese Expedition und erlauben Sie mir, Sie zu begleiten. Ich liebe Sie. Und es ist mein sehnlichster Wunsch, Sie zu heiraten. Sicher bleibe ich nicht für alle Zeiten ein mittelloser Unteroffizier. Eines Tages würde ich Ihnen eine Position bieten, die Ihrer würdig wäre. Wir sind schon lange gute Freunde, und Sie wissen alles über mich. Mein ganzes Leben will ich Ihnen weihen, um Sie glücklich zu machen. Für mich hat sich die Welt verändert, seit ich Ihnen zum erstenmal begegnet bin. Tag und Nacht denke ich nur an Sie. Ich liebe Sie, ich begehre Sie. Mein Gott, Diana! Eine Frau, die so schön ist wie Sie, kann einen Mann zum Wahnsinn treiben.»

«Genügt es einem Mann, wenn seine Frau einfach nur schön ist?» fragte sie in kühler Verwunderung. «Ein klarer Verstand und ein gesunder Körper erscheinen mir viel wichtiger.»

«Aber wenn eine Frau alle drei Vorzüge besitzt, so wie Sie, Diana …» flüsterte er leidenschaftlich und ergriff die schmale Hand, die in ihrem Schoß lag.

Energisch riß sie sich los, mit einer Kraft, die man den zarten Fingern nicht zugetraut hätte. «Bitte, hören Sie auf! Tut mir leid. Wir waren gute Freunde, und ich dachte niemals, Sie würden mehr erhoffen und mich lieben. Das verstehe ich nicht. Als der Allmächtige mich erschuf, versäumte er, mir ein Herz zu schenken. Noch nie in meinem Leben habe ich einen Menschen geliebt. Mein Bruder und ich kommen miteinander aus, tiefere Gefühle verbinden uns nicht. Überrascht Sie das? Versetzen Sie sich doch in Aubreys Lage! Ein Neunzehnjähriger, von Natur aus kühl und reserviert, muß plötzlich für seine kleine Schwester sorgen – eine unwillkommene und völlig unerwartete Pflicht. Wie sollte er mir da Liebe entgegenbringen? Die wollte ich gar nicht, da ich mit dem gleichen kalten Wesen auf die Welt kam wie er. Er ließ mich wie einen Jungen aufwachsen, und diese Erziehung härtete mich ab. Aus meinem Leben wurden alle wärmeren Empfindungen verbannt. Was sie bedeuten, weiß ich nicht. Und ich will es auch nicht herausfinden. Ich bin sehr zufrieden mit meinem Schicksal. Wenn ein Mädchen heiratet, muß es seine Unabhängigkeit aufgeben, obwohl die meisten modernen Frauen das Gegenteil behaupten. Noch nie habe ich irgend jemandem gehorcht. Daran wird sich nichts ändern. Ich bedaure, daß ich Sie enttäuschen muß, denn Sie waren wirklich ein wunderbarer Kamerad. Aber was Ihnen vorschwebt, existiert nicht für mich. Hätte ich geahnt, wie sehr unsere Freundschaft Sie eines Tages verletzen würde, wäre ich Ihnen aus dem Weg gegangen. Doch ich dachte nicht daran, weil ich mich niemals mit solchen Dingen befasse. Für mich ist ein Mann nur ein Gefährte, mit dem ich reiten oder jagen oder angeln kann; ein Freund, ein Kamerad, mehr nicht. Gott hat mich als Frau erschaffen. Warum, weiß nur er.»

Ihre leise, ruhige Stimme verstummte. Ihr kühler und gleichzeitig aufrichtiger Ton war Arbuthnot nicht entgangen. Sie hatte jedes einzelne Wort ernst gemeint und die reine Wahrheit gesagt. Daß sie männlicher Bewunderung gleichgültig gegenüberstand, wußte man ebenso, wie man ihren unerschütterlichen Mut und ihre eiserne Entschlußkraft kannte. Sie behandelte Sir Aubrey, als ob sie sein jüngerer Bruder gewesen wäre, und ging auch mit seinen Freunden dementsprechend um. Überall war sie beliebt, sogar bei den Müttern heiratsfähiger Töchter. Denn trotz ihrer Schönheit und ihres Reichtums stellte sie wegen ihrer exzentrischen Art auch für häßlichere wohlhabende Mädchen keine Bedrohung dar.

Schweigend blieb Arbuthnot neben ihr sitzen. Warum sollte ich erfolgreicher sein als andere Männer, die überdies mehr zu bieten haben, fragte er sich bitter. Es war albern gewesen, ihr einen Antrag zu machen. Doch er hatte der Versuchung nicht widerstehen können. Da er sie gut genug kannte, hätte er wissen müssen, wie ihre Antwort lauten würde. Nur die Angst um ihre Sicherheit und der Gedanke an die bevorstehende Expedition, ihre Nähe in der arabischen Nacht und die Musik aus dem Ballsaal hatten ihn bewogen, Worte auszusprechen, die normalerweise niemals über seine Lippen gekommen wären. Er liebte sie unsterblich, und er würde sie immer lieben, obwohl er wußte, daß es absolut hoffnungslos war.

Doch da ein Mann nur vor ihren Augen bestehen konnte, wenn er sich auch wie ein Mann verhielt, mußte er gute Miene zum bösen Spiel machen. «Darf ich Ihr Freund bleiben, Diana?» fragte er leise.

Forschend musterte sie ihn. Im schwachen Licht des Lampions hielt er ihrem Blick stand, und sie streckte ihm freimütig die Hand entgegen. «Gerne. Ich habe zahlreiche Bekannte, aber nur sehr wenige Freunde. Da Aubrey und ich ständig auf Reisen sind, finden wir kaum Zeit, Freundschaften zu schließen. Nur selten bleiben wir so lange an ein und demselben Ort wie hier in Biskra. In England nennt man uns schlechte Nachbarn, weil wir kaum daheim sind. Meistens verbringen wir im Winter drei Monate zu Hause und gehen auf die Jagd. Das restliche Jahr über vagabundieren wir rund um den Globus.»

Arbuthnot umfaßte ihre schmalen Finger. Nur mühsam widerstand er der wahnwitzigen Versuchung, ihre Hand an seine Lippen zu pressen. Das würde die neu gefestigte Freundschaft endgültig zerstören. Und so ließ er sie los. Seelenruhig blieb Miss Mayo neben ihm sitzen. Was geschehen war, bedrückte sie nicht im mindesten. Sie nahm ihn beim Wort. Nun behandelte sie ihn so wie den Freund, der er bleiben wollte. Es kam ihr gar nicht in den Sinn, sich zu verabschieden, um seine Gefühle zu schonen, denn sie dachte nicht daran, daß ihre Gegenwart sein Leiden vergrößern könnte. Sie war weder verlegen noch befangen. Während sie stumm beisammensaßen, schweiften Dianas Gedanken in die ferne Wüste, und Arbuthnot grübelte über seine unerfüllbare Sehnsucht nach und machte sich Vorwürfe.

Da erhob sich eine leise Männerstimme in der nächtlichen Stille. *«Pale hands I loved beside the Shalimar. Where are you now? Who lies beneath your spell?»* sang ein leidenschaftlich tremolierender Bariton in englischer Sprache. Und doch klang der schleifende Übergang von einem Ton zum anderen merkwürdig fremdartig. Diana Mayo beugte sich vor, hob den Kopf und lauschte mit glänzenden Augen. Es war, als klänge die Stimme aus der Dunkelheit am hinteren Ende des Gartens. Sie konnte aber auch von der Straße, jenseits der Kaktushecke kommen.

Der Mann sang ganz langsam. Seine Stimme liebkoste jedes einzelne Wort. Leise und doch vernehmlich erstarb der letzte Vers und verhallte fast unmerklich in der Finsternis.

Sekundenlang herrschte tiefes Schweigen. Dann lehnte sich Diana seufzend zurück. «Das Kaschmir-Lied – es erinnert mich an Indien. Letztes Jahr, in Kaschmir, hörte ich einen Mann dieses Lied singen. Aber nicht so. Was für eine wundervolle Stimme! Wer mag das sein?»

Arbuthnot blickte sie an, erstaunt über ihr plötzliches Interesse, ihr lebhaftes Mienenspiel. «Vorhin haben Sie mir erklärt, Sie hätten keine Gefühle. Aber der Gesang eines Unbekannten bewegt Ihr Gemüt. Wie läßt sich das eine mit dem anderen vereinbaren?» fragte er fast ärgerlich.

«Ist es ein Gefühl, wenn ich das Schöne schätze?» forderte sie ihn heraus und sah ihn unverwandt an. «Gewiß nicht. Die Musik, die Kunst, die Natur – alles Schöne gefällt mir. Mit Gefühlen hat das nichts zu tun. Ich ziehe eben schöne Dinge den häßlichen vor. Ganz einfach. Aus diesem Grund weiß ich sogar hübsche Kleider zu schätzen», fügte sie lachend hinzu.

«Oh, ja, Sie sind die bestangezogene Frau von Biskra», räumte er ein. «Ist das kein Zugeständnis an die weiblichen Gefühle, die Sie doch so ablehnen?»

«Keineswegs. Nicht nur Frauen interessieren sich für ihre Garderobe. Sicher, ich mag hübsche Kleider. Und wie ich zugeben muß, denke ich mir sehr oft Farbkompositionen aus, die einigermaßen zu meinem gräßlichen Haar passen. Aber glauben Sie mir – meine Schneiderin hat es viel leichter als Aubreys Schneider.»

Nun schwieg sie wieder und hoffte, der Sänger würde noch einmal seine Stimme erheben. Aber es blieb still. Nur eine Zikade zirpte ganz in der Nähe. Diana drehte sich in ihrem Sessel um und spähte in die Richtung, aus der die leisen, flirrenden

Töne heranwehten. «Hören Sie doch! Was für ein fröhliches kleines Ding! Auf dieses Gepiepse achte ich immer zuerst, wenn ich in Port Said ankomme. Darin erkenne ich die Melodie des Orients.»

«Widerliche kleine Biester!» fauchte Arbuthnot gereizt.

«In den nächsten vier Wochen werden mir diese kleinen Biester freundliche Gesellschaft leisten ... Oh, Sie ahnen ja gar nicht, was mir diese Reise bedeutet! Ich liebe die Wildnis. Wenn ich in Amerika und Indien kampierte, war das die schönste Zeit meines Lebens. Und die Wüste fasziniert mich noch mehr. Dieser Monat wird meine kühnsten Träume erfüllen.»

Mit einem freudigen Auflachen erhob sie sich und sah Arbuthnot abwartend an. Nur widerstrebend folgte er ihrem Beispiel. «Diana, ich wünschte, Sie würden mir erlauben, Sie zu küssen!» stieß er verzweifelt hervor. «Nur ein einziges Mal!»

Ärgerlich starrte sie ihn an. «Nein. Das steht nicht in unserem Vertrag. Noch nie in meinem Leben bin ich geküßt worden. Das gehört zu den Dingen, von denen ich nichts verstehe.» Ihre Stimme klang fast wütend.

Gemächlich schlenderte sie zum Hotel, während er voller Unruhe neben ihr herging. Hatte er mit seinem Gefühlsausbruch ihre Freundschaft zerstört? Aber auf der Veranda blieb sie stehen und fragte in jenem kameradschaftlichen Ton, den er so gut kannte: «Sehen wir uns morgen?»

Da erriet er ihre Absicht. Was zwischen ihnen geschehen war, sollte nie wieder erwähnt werden. Das Angebot der Freundschaft galt immer noch. Aber nur zu ihren Bedingungen. Mühsam riß er sich zusammen. «Ja. Auf den ersten Meilen werden wir Sie begleiten, etwa ein Dutzend Mann, um Sie gebührend zu verabschieden.»

Lachend schüttelte sie den Kopf. «Oh, darauf kann ich mir wirklich was einbilden! Wahrscheinlich werde ich vier Wochen in der einsamen Wüste brauchen, um wieder von meinem hohen Roß herunterzufinden», fuhr sie leichthin fort und betrat den Ballsaal.

Ein paar Stunden später zog sie sich in ihr Zimmer zurück, schaltete das elektrische Licht ein und warf ihre Handschuhe und das Tanzprogramm auf einen Stuhl. Niemand erwartete sie, denn die Zofe hatte auf das Ansinnen, ihre Herrin in die Wüste zu begleiten, einen Nervenzusammenbruch erlitten. Deshalb hatte Diana das Mädchen mit dem Großteil des Gepäcks nach Paris geschickt.

Nun stand sie in der Mitte des Raums, inspizierte das Ergebnis ihrer Reisevorbereitungen und lächelte zufrieden. Alles war in bester Ordnung. Die letzten Arrangements hatte sie schon vor einigen Tagen getroffen. Bald sollte die Kamelkarawane mit der Zeltausrüstung aufbrechen, einige Stunden vor den Mayos und Mustafa Ali, dem anerkannten Führer, den ihr die französischen Behörden widerwillig empfohlen hatten. Zwei große Koffer, die Diana selbst mitnehmen wollte, standen geöffnet und bereits gepackt auf dem Boden. Nur ein paar Kleinigkeiten mußten noch hinein. Daneben befand sich der Überseekoffer, den Sir Aubrey auf der Durchreise nach Paris bringen würde. Auf der Chaiselongue war die Reitkleidung ausgebreitet, die Diana morgen tragen wollte. Beim Anblick der elegant geschnittenen Reithose und der hohen braunen Stiefel vertiefte sich ihr Lächeln. Fast ihr ganzes bisheriges Leben hatte sie in Reithosen und Stiefeln verbracht. Darin fühlte sie sich viel wohler als in den hübschen Kleidern, über die sie mit Arbuthnot gesprochen hatte.

Endlich war der Ball vorbei. Solche Festivitäten interessierten sie nicht sonderlich. Jetzt dachte sie nur noch an die bevorstehende Reise. Lachend reckte sie die Arme.

«So stelle ich mir das Leben vor. Und morgen fängt es wieder an.» Sie schlenderte zum Toilettentisch, stützte die Ellbogen darauf und lächelte ihr Spiegelbild an. Mangels anderer Vertrauter hatte sie die Angewohnheit entwickelt, Selbstgespräche zu führen. Ohne ihre Schönheit zu beachten, starrte sie das Gesicht in der Glasscheibe an. Wenn sie sich mit ihrer äußeren Erscheinung befaßte, dann nur mit ihrem Haar, dessen Farbe ihr mißfiel. Jetzt betrachtete sie sich fast ein bißchen neugierig. «Warum bin ich heute abend so glücklich? Ich glaube, weil wir so lange in Biskra waren. Sicher, es war amüsant. Aber zuletzt begann ich mich zu langweilen.» Sie lachte wieder und zog ihre Uhr auf. Auch das gehörte zu ihren Eigenarten. Sie trug keinen Schmuck, und die goldene Repetieruhr, die sie in der Hand hielt, war an einem schlichten Lederband befestigt.

Nachdem sie ihren dünnen Pyjama und einen Schlafrock übergestreift hatte, zündete sie sich eine Zigarette an und trat auf den breiten Balkon. Ihr Schlafzimmer lag im ersten Stock. Gegenüber der Glastür ragte ein kunstvoll gemeißelter Pfeiler empor, der den Balkon der oberen Etage stützte. Diana blickte in den Garten hinab. Wie leicht wäre es, da hinunterzusteigen, dachte sie und grinste jungenhaft – viel einfacher als andere Klettertouren, die sie unternommen hatte, wenn die Sehnsucht nach einsamen Expeditionen unwiderstehlich geworden war. Aber der Orient eignete sich nicht für solche Experimente. Viele einheimische Diener hatten die schlechte Angewohnheit, sich einfach hinzulegen und zu schlafen, wo immer sie von ihrer Müdigkeit überwältigt wurden. Erst vor kurzem war Diana von ihrem Balkon gesprungen und auf einem Schläfer gelandet, dessen Geschrei das halbe Hotel geweckt hatte. Als sie sich nun über das Geländer beugte und zur Veranda hinabsah, entdeckte sie ein Stück weißen Stoff. Doch als sie noch einmal hinunterspähte, war es verschwunden. Sie schüttelte den Kopf, schnitt eine Grimasse und schwang sich auf die breite Balustrade. Den Kopf an die Säule gelehnt, blickte sie über den Hotelgarten hinweg in die Nacht und summte leise das Kaschmir-Lied, das sie an diesem Abend gehört hatte.

Im hellen, kalten Licht des aufsteigenden Vollmonds füllte sich der Park mit seltsamen schwarzen Schatten. Sie beobachtete, wie sie sich bewegten, so als würden eilige Gestalten durch den Garten kriechen. Zum Zeitvertreib folgte sie ihnen mit den Augen bis zu den Palmen oder Kakteen. Einen dieser Schatten mußte sie besonders lange jagen, bis er sie schließlich zu seinem Ursprung führte, einer grotesken Bleistatue, halb verborgen hinter einem blühenden Busch. Diana vergaß die späte Stunde und die offenen Fenster ringsum und brach in lautes Gelächter aus. Undeutlich sah sie die Umrisse eines Mannes durch das Gitter, das sie vom Nachbarbalkon trennte, und sie verstummte sofort.

«Um Himmels willen, Diana!» klagte eine ärgerliche Stimme. «Wenn du nicht schlafen kannst, gönn doch wenigstens anderen Leuten ihre Ruhe.»

«Was vermutlich heißt, ich soll Sir Aubrey Mayos kostbaren Schlaf nicht stören», erwiderte sie kichernd. «Mein lieber Junge, ich verstehe nicht, wie du in einer solchen Nacht schlafen kannst. Hast du jemals einen so wundervollen Mond gesehen?»

«Ach, zum Teufel mit dem Mond!»

«Schon gut, reg dich nicht auf. Geh wieder ins Bett und zieh dir die Decke über den Kopf. Dann wirst du den Mond nicht mehr sehen. Ich will noch eine Weile hier sitzen.»

«Sei nicht albern, Diana! Wenn du einschläfst, fällst du in den Garten hinunter und brichst dir den Hals.»

*«Tant pis pour moi. Tant mieux pour toi»**, entgegnete sie schnippisch. «Alles, was ich in dieser Welt besitze, habe ich dir

* Je schlimmer für mich, desto besser für dich.

vermacht, lieber Bruder. Brauchst du noch mehr Beweise meiner treuen Ergebenheit?»

Ohne auf seinen erbosten Ausruf zu achten, schaute sie wieder in den Garten. Was für eine schöne Nacht, still bis auf das eintönige Zirpen der Zikaden, und so geheimnisvoll – erfüllt von der unerklärlich seltsamen Stimmung des Orients. Die Düfte des Morgenlandes stiegen zu ihr empor, und wie in der englischen Heimat wirkten sie nachts viel intensiver als tagsüber. Zu Hause hatte sie oft auf ihrem kleinen steinernen Balkon gestanden und die Gerüche der Finsternis eingeatmet – den erdigen Geruch, wenn es geregnet hatte, den Geruch der Kiefern. Diese betörenden nächtlichen Düfte hatten sie in ihrer Kindheit zum erstenmal bewogen, an den dichten Efeuranken vom Balkon hinabzuklettern. Dann war sie durch den morgendlichen Park gestreift und hatte sich sogar in den dunklen angrenzenden Wald gewagt und den Reiz des Verbotenen genossen. Sie kannte keine Angst. Diana hatte eine seltsame Kindheit hinter sich. Unbehelligt von nahen Verwandten, die sich um das mutterlose Mädchen gekümmert hätten, wuchs sie in der Obhut ihres Bruders auf, der fast zwanzig Jahre älter war als sie und mit seinem Entsetzen über die aufgezwungene Verantwortung nicht hinter dem Berg hielt. Für den selbstsüchtigen, reiselustigen jungen Mann war die kleine Schwester eine unerträgliche Bürde, und er hatte sich, so gut es ging, vor seiner Pflicht gedrückt. In ihren ersten Lebensjahren vertraute er sie Kindermädchen und Dienstboten an, die sie hemmungslos verwöhnten. Als sie noch ein kleines Mädchen war, kehrte Sir Aubrey Mayo von einer ausgedehnten Reise zurück, blieb ein paar Jahre daheim und widmete sich Dianas Erziehung, wobei er sich seine eigene zum Beispiel nahm. Wie ein Junge gekleidet und wie ein Junge behandelt, lernte sie reiten, jagen und angeln – nicht zu ihrem Vergnügen, sondern damit sie ihm später dabei Gesellschaft leisten konnte, denn andere Interessen hatte er nicht. Nur zum Schein umgab er sich mit einer trägen, gelangweilten Aura. In Wirklichkeit war er ein unbeugsamer Mensch und wollte auch seine Schwester zur Härte erziehen. Deshalb behandelte er sie streng und spartanisch, ohne Zugeständnisse an ihr Geschlecht oder ihr Temperament. Und seine Bemühungen fielen auf fruchtbaren Boden. Diana stürzte sich mit Feuereifer in das mühsame anstrengende Leben, das er ihr zugedacht hatte. Nur die unerläßlichen Schulstunden trübten ihr ansonsten paradiesisches Dasein, aber auch damit ließ sich leben. Jeden Morgen ritt sie durch den Park zum Pfarrhaus, wo sie vom Gemeindepriester unterrichtet wurde. Sein Herz gehörte eher seinem Pferdestall als der Kirche, und seine Predigten interessierten ihn längst nicht so brennend wie die weltlichen Dinge. Am Lehrerpult zeigte er sich rauhbeinig und ungeduldig. Aber Diana war intelligent und eignete sich ein erstaunlich vielseitiges Wissen an. Kurz nach ihrem fünfzehnten Geburtstag wurde die Schulzeit abrupt beendet. Ein junger Rabauke wurde von seinem verzweifelten Vater ins Pfarrhaus geschickt, der die kräftigen Ohrfeigen des gestrengen Priesters als letzte Rettung für seinen Filius betrachtete. Und anders als die Menschen, die Diana Mayo seit ihrer Geburt kannten, bemerkte dieser Bursche sofort, welche Schönheit sich da unter der Knabenkleidung versteckte. Kühn machte er ihr Komplimente, nutzte die erstbeste Gelegenheit und versuchte sie zu küssen. Bisher hatte ihm seine schmucke Erscheinung stets beim weiblichen Geschlecht zu Erfolg verholfen. Diesmal aber mußte er sich mit einer jungen Dame auseinandersetzen, die nur zufällig als Mädchen zur Welt gekommen war. Gegen ihre geübten Fäuste und ihre Kraft, von hellem Zorn verstärkt, konnte er sich nicht wehren. Ehe er wußte, wie ihm geschah, hatte er ein blaues Auge, und sie umtanzte ihn wie ein wütender Kampfhahn. Vom Lärm angelockt, eilte der Pfarrer herbei und vollendete, was sie begonnen hatte.

Atemlos und erbost ritt er mit ihr durch den Park und erklärte Sir Aubrey, der soeben von einer Reise zurückgekehrt war, seine Schülerin sei zu alt und zu hübsch, um ihre Studien im Pfarrhaus fortzusetzen. Dann machte er auf dem Absatz kehrt und ließ Sir Aubrey mit diesem neuen Problem allein. Aber es wurde bald gelöst. In körperlicher Hinsicht war sie längst imstande, die Rolle zu übernehmen, die er ihr zugedacht hatte. Und was den Geist betraf, wußte sie mittlerweile genug. Außerdem konnten die Reisen ihren Horizont erweitern und ihr mehr beibringen als alle Schulbücher. So wurde Diana innerhalb eines einzigen Tages erwachsen. Vierzehn Tage später hatte sie ihr altes Leben hinter sich gelassen. Nun zog sie schon seit sechs Jahren mit ihrem Bruder um die Welt – und fast jeder Tag brachte neue Abenteuer, neue Aufregungen und Gefahren.

In Erinnerungen versunken, saß sie auf der breiten Balustrade des Balkons, an die Säule gelehnt. «Es war ein wunderbares Leben», flüsterte sie, «und morgen – nein, heute – beginnt der schönste Teil.» Plötzlich mußte sie gähnen und spürte, wie müde sie war. Sie kehrte ins Zimmer zurück, schlüpfte aus ihrem Schlafrock und kroch ins Bett. Sobald ihr Kopf das Kissen berührte, schlief sie ein.

Etwa eine Stunde später wachte sie wieder auf. Reglos lag sie da und spähte vorsichtig durch die dichten Wimpern. Mondlicht erhellte den Raum. Obwohl sie nichts sah, spürte sie genau, daß noch jemand im Zimmer war. Im Augenblick des Erwachens hatte sie, nur halb bewußt, etwas wahrgenommen – eine schattenhafte Gestalt, die durch die Glastür davongehuscht war. Als sie begriff, was das zu bedeuten hatte, war sie mit einem Mal hellwach. Kurz entschlossen sprang sie aus dem Bett und stürzte auf den Balkon: niemand. Angespannt lauschte sie, neigte sich über die Brüstung, doch sie sah und hörte nichts. Also kehrte sie ins Zimmer zurück und knipste verwirrt das Licht an. Offenbar fehlte nichts. Die Uhr lag auf dem Toilettentisch, die Koffer waren unberührt. Auf dem Nachttisch sah sie den Revolver mit dem Elfenbeingriff, den sie stets bei sich trug. Mit gerunzelter Stirn schaute sie sich um. «Sicher nur ein Traum», murmelte sie zweifelnd, «aber sehr wirklich … Diese Gestalt war groß und weiß – und ich *fühlte* ihre Gegenwart.» Ein paar Sekunden lang wartete sie noch, dann löschte sie achselzuckend das Licht und sank ins Bett. Da sie sich nicht so leicht bange machen ließ, schlief sie nach fünf Minuten wieder ein.

Zweites Kapitel

Die versprochene Abschiedszeremonie war ein großes Ereignis gewesen, und dank der lückenlosen Reisevorbereitungen gab es keinerlei Schwierigkeiten. Der tüchtige Führer Mustafa Ali zog sich zurück, wenn er nicht gebraucht wurde, und beantwortete alle Fragen höflich und würdevoll. Der Tag war hochinteressant gewesen. Den langen Ritt durch die Hitze empfand Diana als angenehme körperliche Herausforderung.

Abends erreichten sie die Oase, wo die Diener bereits ein Zeltlager aufgeschlagen hatten. Alles war in bester Ordnung, so daß Sir Aubrey keinen Grund zur Klage fand. Nicht einmal Stephens, sein Kammerdiener und langjähriger Reisebegleiter, der alle Camps genauso kritisch inspizierte wie sein Herr, hatte etwas zu bemängeln.

Zufrieden schaute sich Diana in ihrem Zelt um. Es war viel kleiner, als sie es gewöhnt war. Und es wirkte geradezu lächerlich, verglichen mit jenem riesigen Zelt samt separatem Bad und Ankleideraum, das sie ein Jahr zuvor in Indien bewohnt hatte. Dort war sie von zahlreichen Dienstboten umsorgt worden. Aber in der Wüste wollte sie auf den gewohnten Komfort verzichten, den Sir Aubrey so wichtig nahm, und das einfache Leben ausprobieren.

Das schmale Feldbett, die Blechwanne, der winzige Klapptisch und die beiden Koffer schienen das ganze Zelt auszufüllen. Obwohl Diana ihre Decke beim Waschen bespritzt hatte und das Seifenstück irgendwie in eine Stiefelspitze geraten war, lachte sie über die Unbequemlichkeit. Sie hatte ihre Reitkleidung mit einer eng anliegenden jadegrünen Seidenrobe vertauscht, deren Saum bis zu ihren schlanken Knöcheln reichte. Im tiefen Dekolleté schimmerte der weiße mädchenhafte Busenansatz. Als sie ihr Zelt verließ, erwiderte sie belustigt den zweifelnden Blick des Kammerdieners, der neben seinem Herrn stand. Sie hatte sich verspätet, und Sir Aubrey legte großen Wert darauf, seine Mahlzeiten pünktlich einzunehmen.

Ungeduldig rekelte er sich in seinem Klappstuhl, die Beine auf einem zweiten. Diana hob mahnend einen Zeigefinger. «Beeilen Sie sich, Stephens, und servieren Sie die Suppe! Wenn sie kalt wird, gibt's ein Donnerwetter.» Sie betrat die Segeltuchplane, die man vor den Zelten ausgebreitet hatte, und betrachtete entzückt die Oase – die hohen Palmen im Dämmerlicht und die Wüste, die sich sanft gewellt bis zu den fernen dunklen Bergen am Horizont erstreckte. In tiefen Zügen atmete sie die warme Luft ein. Endlich war sie am Ziel ihrer Träume. Erst in diesem Augenblick erkannte sie, wie inbrünstig sie sich ihr Leben lang nach der Wüste gesehnt hatte. Seltsamerweise fühlte sie sich hier heimisch, so als hätte die gewaltige schweigende Leere auf sie gewartet. Und nun wurde sie willkommen geheißen, vom leise raschelnden, wispernden Sand, dessen hügelige, sich ständig verändernde Fläche sie immer tiefer in eine unbekannte, geheimnisvolle Welt zu locken schien.

Doch sie wurde von Aubreys Stimme jäh aus ihren Träumen gerissen. «Du hast verdammt lange gebraucht.»

«Sei kein Frosch!» entgegnete sie und setzte sich mit einem Lächeln an den Tisch. «Du hast Stephens, der dir das Kinn rasiert und dir die Hände wäscht. Aber ich muß allein zurechtkommen, was ich dieser idiotischen Marie verdanke.»

Lässig nahm er die Füße vom Stuhl, schnippte Zigarrenasche auf den Boden und klemmte das Monokel fester ins Auge. Dann musterte er seine Schwester mißbilligend. «Willst du dich etwa jeden Abend für Mustafa Ali und die Kameltreiber so herausputzen?»

«Ich beabsichtige keineswegs, den ehrenwerten Mustafa an meinen Tisch zu bitten. Und ich putze mich für niemanden heraus, wie du es so charmant nennst. Wenn du glaubst, ich hätte mich dir zuliebe umgezogen, hältst du dich für zu wichtig, teurer Aubrey. Ich hatte eben Lust dazu. Die Forscherin, die wir vor unserer ersten gemeinsamen Reise in London trafen, erklärte mir, es sei wichtig für die Moral und das körperliche Wohlbefinden, nach einem mühsamen Tag in Reithose und Stiefeln was Hübsches, Bequemes anzuziehen. Und du hast dich doch auch umgekleidet. Wo liegt da der Unterschied?»

«Ganz einfach – du solltest dich nicht *noch* schöner machen», fauchte Aubrey, «weil du ohnehin schon hübsch genug bist.»

«Seit wann findest du mich hübsch?» Diana zog die Brauen hoch und trommelte ungeduldig mit den Fingern auf die Tischplatte. «Hast du einen Sonnenstich?»

«Red keinen Unsinn! Du weißt genau, wie gut du aussiehst – viel zu gut für diese verrückte Expedition.»

«Würdest du mir erklären, worauf du hinauswillst?» bat sie sanft. Doch der finstere Blick, mit dem sie ihren Bruder bedachte, strafte ihren freundlichen Ton Lügen.

«Heute habe ich gründlich nachgedacht, Diana. Es ist unmöglich, daß du diese Reise unternimmst.»

«Ist es nicht etwas zu spät für solche Bedenken?» unterbrach sie ihn spöttisch.

Aber er ignorierte ihren Einwand. «Das müßtest du eigentlich selber einsehen – jetzt, wo du mit den Realitäten deines Plans konfrontiert wirst. Es kommt nicht in Frage, daß du einen Monat lang ganz allein mit diesen verdammten Niggern durch die Wüste ziehst … Obwohl ich seit September nicht mehr dein Vormund bin, fühle ich mich für dich verantwortlich. Sicher, es war einfacher für mich, dich wie einen Jungen großzuziehen, wie einen kleinen Bruder. Trotzdem müssen wir der Tatsache ins Auge sehen, daß du eine Frau bist – eine sehr junge Frau. Und es gibt gewisse Dinge, die eine junge Frau nicht tun darf. Wärst du der Bruder, den ich mir immer gewünscht habe, würde ich anders darüber denken. Aber du bist nun einmal kein Junge, und diese Reise ist unmöglich – völlig unmöglich.» Ungeduld und Zorn schwangen in seiner Stimme mit.

Langsam zündete sich Diana eine Zigarette an, dann brach sie in lautes Gelächter aus. «Hätte ich nicht mein ganzes Leben mit dir verbracht, würde mich deine brüderliche Fürsorge tief beeindrucken, Aubrey. Ich müßte glauben, du meinst es wirklich ernst. Aber da ich dich kenne, weiß ich es besser. Nicht die Angst um meine Sicherheit bedrückt dich. Oh, nein, du hast nur keine Lust, ohne mich nach Amerika zu fahren. Du hast dich daran gewöhnt, daß ich dir jene Ärgernisse und Unannehmlichkeiten aus dem Weg räume, die auf Reisen immer auftreten. In Biskra warst du ehrlicher zu mir, als du Einwände gegen meine Expedition erhoben hast, ohne irgendwelche Gründe zu nennen. Warum erwähnst du sie erst heute abend?»

«Weil ich dachte, hier draußen würdest du endlich zur Vernunft kommen und mir zustimmen. In Biskra war es sinnlos, mit dir zu streiten. Du hast gegen meinen Willen deine Vorbereitungen getroffen. Dabei ließ ich es vorerst bewenden, denn ich hoffte, in der Wildnis würdest du einsehen, wie unmöglich dein Plan ist. Diana, gib diese verrückte Reise auf.»

«Nein.»

«Ich hätte gute Lust, dich dazu zu zwingen.»

«Das kannst du nicht. Ich bin meine eigene Herrin. Und du hast kein Recht, mir Befehle zu erteilen oder Anspruch auf mich zu erheben. Du kannst nicht einmal Geschwisterliebe von mir verlangen, denn da du sie mir nie entgegengebracht hast, brauchst du sie von mir auch nicht zu erwarten. In dieser Hinsicht müssen wir einander nichts vormachen. Und jetzt will ich nicht mehr mit dir streiten. Ich werde auf keinen Fall nach Biskra zurückkehren.»

«Wenn du befürchtest, man würde dich auslachen ...» begann er spöttisch, aber ihr durchdringender Blick brachte ihn zum Schweigen.

«Unsinn! Davor fürchten sich nur Feiglinge. Und ich bin kein Feigling.»

«Sei doch vernünftig, Diana!»

«Aubrey, das war mein letztes Wort. Nichts wird mich von meinem Entschluß abbringen. Weil ich dich gut genug kenne, überzeugen mich deine Einwände nicht. Dir geht es nur um deinen eigenen Vorteil, nicht um meinen. Das darfst du nicht leugnen, denn es ist die reine Wahrheit.»

Sie starrten sich über den kleinen Tisch hinweg an. Die Zornesröte stieg Sir Aubrey ins Gesicht, sein Monokel fiel herab und stieß klirrend gegen einen Westenknopf. «Was für ein verdammtes halsstarriges kleines Biest du bist!»

Gelassen erwiderte sie seinen Blick. «Ich bin genau das geworden, was du aus mir gemacht hast», entgegnete sie verächtlich. «Warum also über das Ergebnis klagen? Deiner Erziehung habe ich es zu verdanken, daß ich mich nicht um die Dinge schere, die die Freiheit meines Geschlechts einschränken. Und nun machst du mir deswegen Vorwürfe. Mein Leben lang bist du mir mit gutem Beispiel vorangegangen, was Selbstsucht und Hartnäckigkeit betrifft. Wundert es dich, daß ich von dir gelernt habe? Du hast mein Wesen geformt. Wieso staunst du neuerdings über die Willenskraft, die du mir eingebleut hast? Du bist unlogisch. Es ist deine Schuld, nicht meine. Eines Tages mußte es zu dieser Auseinandersetzung kommen – nur etwas früher, als ich es erwartet habe. Bisher stimmten meine Wünsche mit deinen überein. Aber jetzt trennen sich unsere Wege. Wie ich vorhin schon betonte – ich bin meine eigene Herrin, und ich lasse mich nicht herumkommandieren. Bitte, Aubrey, das solltest du verstehen. Beenden wir den Streit. Ich werde dir nach New York folgen, so wie ich es versprochen habe. Und ich pflege mein Wort nicht zu brechen. Doch mein Leben gehört mir allein. Deshalb tue ich, was mir beliebt. Und ich werde mich niemals einem anderen Menschen unterwerfen.»

Seine Augen verengten sich. «Hoffentlich begegnest du irgendwann einem Mann, der dir Gehorsam beibringt», stieß er erbost hervor, und sie lächelte noch verächtlicher.

«Dann gnade ihm Gott!» zischte sie und verschwand in ihrem Zelt.

Aber sobald sie allein war, wurde ihre Wut von Belustigung abgelöst. Immerhin war es ihr gelungen, den trägen Aubrey zu erzürnen. Sie wußte sehr gut, warum er während der letzten Wochen in Biskra böse auf sie gewesen war. Obwohl er oft entlegene Winkel der Erde bereiste, schätzte er seine Bequemlichkeit und vermied überflüssige Strapazen. Falls es doch zu Störungen kam, mußte sich Diana, die jünger und weniger blasiert war, damit herumschlagen. Schon immer war ihr klar gewesen, daß er sie ausnützte und sämtliche Schwierigkeiten auf sie abwälzte. Vielleicht fand er ihr Verhalten ja tatsächlich leichtsinnig, und er mochte sogar Gewissensbisse wegen ihrer Erziehung haben. Aber im Grunde dachte er nur an seine Bequemlichkeit. Diese Erkenntnis trug nicht eben dazu bei, ihren Zorn auf ihn zu mildern. Er war und blieb eben ein Egoist. Seine eigenen Interessen hatten das gemeinsame Leben geprägt, niemals ihre.

Und sie wußte auch, wieso er sie so beharrlich drängte, ihn nach Übersee zu begleiten. Es sollte ein Jagdausflug werden – allerdings keiner von der üblichen Sorte. Diesmal wollte Sir Aubrey kein Wild erlegen, sondern eine Ehefrau aufspüren – eine unausweichliche und eher lästige Pflicht, vor der er sich bereits seit einiger Zeit drückte. Frauen langweilten ihn, und der bloße Gedanke an die Ehe widerte ihn an. Andererseits brauchte er einen Sohn. Ein Mayo mußte einen Stammhalter haben, der später die großen englischen Ländereien übernahm. Schließlich befanden sie sich seit mehreren hundert Jahren im Familienbesitz. Noch nie hatte ihn eine Frau interessiert. Aber von allen, die er kannte, gingen ihm Amerikanerinnen am wenigsten auf die Nerven. Und so hatte er beschlossen, seine künftige Gemahlin in den Vereinigten Staaten zu suchen.

Für ein paar Monate würde er ein Haus in New York mieten, dann in Newport. Deshalb war Dianas Gesellschaft unabdingbar. Er würde seiner Schwester und Stephens alle Arrangements überlassen, so daß er selbst sich um nichts kümmern mußte. Nachdem er einen Entschluß gefaßt hatte, den er als Opfer auf dem Familienaltar betrachtete, wollte er die Prozedur möglichst schnell hinter sich bringen. Aus diesem Grund war er erbost, weil Diana seine Pläne durchkreuzte. Zum erstenmal war es zwischen ihnen zu einem Machtkampf gekommen. Ungeduldig zuckte sie die Achseln, als sie sich an die heftige Diskussion erinnerte. Diese wäre sicher zu einem vulgären Streit ausgeartet, hätte sie etwas länger gedauert. Nun verbannte sie Aubrey und seine Selbstsucht energisch aus ihren Gedanken.

Es war immer noch heiß. Reglos lag sie auf dem schmalen Feldbett und wünschte, sie hätte sich für ein etwas breiteres entschieden. Wahrscheinlich würde sie in die Badewanne stürzen, die neben ihr stand, wenn sie im Schlaf eine ungeschickte Bewegung machte. Sie dachte wehmütig an den Komfort indischer Zelte und mußte dann über sich selbst lachen. «Memme!» flüsterte sie schläfrig. «Das bißchen Unbequemlichkeit wird dich schon nicht umbringen.»

Beim Frühstück wirkte ihre Fröhlichkeit geradezu herausfordernd. Nachdem die Lasttiere aufgebrochen waren, blieben die Mayos noch eine Weile in der Oase, und da Dianas mürrischer Bruder hartnäckig schwieg, unterhielt sie sich mit Stephens. Aufmerksam überprüfte er den Korb mit dem Gabelfrühstück. Den würde der Mann transportieren, der zu ihrem persönlichen Diener ernannt worden war. Nun wartete er bei Mustafa Ali und zehn anderen Arabern auf die Weiterreise.

Endlich war es an der Zeit. Stephens inspizierte Dianas Pferd und zögerte.

«Alles in Ordnung, Stephens?» fragte sie. «Sind Sie zufrieden? Schauen Sie nicht so finster drein! Ich wünschte, Sie könnten mich begleiten und betreuen. Doch leider geht das nicht. Ohne Sie wäre Sir Aubrey verloren.»

Plötzlich erschien ihr der Gedanke an eine Reise ohne Stephens ungeheuerlich. Das Lächeln, das sie ihm schenkte, war ernster als beabsichtigt. Dann schlenderte sie zu ihrem Bruder, der erbost an seinem Schnurrbart zupfte.

«Es hat wohl keinen Sinn, noch länger herumzutrödeln», meinte sie möglichst beiläufig. «Sicher hast du keine Lust, dich unterwegs zu beeilen, und du möchtest vor dem Dinner in Biskra eintreffen.»

Seufzend wandte er sich zu ihr. «Es ist noch nicht zu spät, deine Meinung zu ändern, Diana. Um Himmels willen, gib diesen idiotischen Plan auf! Du forderst das Schicksal heraus.» Zum erstenmal schwang echte Sorge in seiner Stimme mit, und Dianas Entschluß geriet ins Wanken, aber nur für wenige Sekunden.

«Soll ich dir um den Hals fallen und flehen: ‹Bring mich zurück, lieber Vormund, von jetzt an werde ich brav sein!›? Oder soll ich mich dir zu Füßen werfen, meine Stirn winselnd auf deinen Stiefel schlagen und dir in der hiesigen Landessprache ewigen Gehorsam geloben? Mach dich nicht lächerlich, Aubrey!

Du kannst nicht von mir erwarten, daß ich es mir in letzter Minute anders überlege. Alles ist in bester Ordnung, und Mustafa Ali wird für einen reibungslosen Ablauf meiner Reise sorgen. Immerhin hat er in Biskra einen gewissen Ruf zu verteidigen. Du weißt, wieviel die Behörden von ihm halten, und er will seine Reputation sicher nicht aufs Spiel setzen. Außerdem kann ich, dank der Erziehung, die ich bei dir genossen habe, auf mich selbst aufpassen. Was meine Schießkünste angeht, muß ich mich wahrlich nicht verstecken. Sogar du hast zugegeben, daß ich eine gute Schülerin war.»

Lachend zog sie ihren Revolver, zielte auf einen niedrigen, flachen Felsen, der in einiger Entfernung aus dem Sand ragte, und feuerte. Sie war eine ausgezeichnete Schützin. Aber diesmal verfehlte sie ihr Ziel. Im Gestein zeigte sich nicht die geringste Spur. Verwirrt runzelte sie die Stirn und starrte ihren Bruder an, dann die Waffe in ihrer Hand.

«Diana!» schimpfte Aubrey. «Was für ein unsinniges Spektakel!»

«Das verstehe ich nicht.» Immer noch verblüfft, musterte sie den glatten Stein. «Wie konnte ich danebenschießen? Dieser Felsblock ist groß wie ein Haus», murmelte sie nachdenklich und hob wieder den Revolver.

Aber Sir Aubrey umklammerte ihr Handgelenk. «Mein Gott, mach dich nicht ein zweites Mal zum Narren! Nun hast du deinem Prestige wirklich genug geschadet», fügte er etwas leiser hinzu, mit einem Blick auf das arabische Publikum.

Nur zögernd steckte sie ihre kleine Waffe in das Halfter zurück. «Das verstehe ich nicht», wiederholte sie. «Wahrscheinlich liegt es am Licht.» Sie schwang sich in den Sattel ihres Pferdes, lenkte es neben den Hengst, auf dem ihr Bruder saß, und reichte ihm die Hand. «Auf Wiedersehen, Aubrey. Erwarte mich einen Monat nach deiner Ankunft in New York. Von Cherbourg aus schicke ich dir ein Telegramm. Sicher werde ich rechtzeitig in Übersee eintreffen, um deine Trauzeugin zu spielen», meinte sie fröhlich, nickte Mustafa Ali zu und steuerte ihr Pferd südwärts.

Schweigend ritt sie dahin. Der Streit mit Aubrey hatte einen üblen Nachgeschmack hinterlassen. Natürlich wußte sie, daß sie sich unkonventionell verhielt. Aber sie war ja auch unkonventionell erzogen worden. Bei ihren Reiseplänen hatte sie keinen Gedanken an mögliche Widerstände verschwendet. Selbst wenn ihr solche Überlegungen durch den Sinn gegangen wären, hätten sie nichts an ihrem Entschluß geändert.

Zunächst hatte es sie erstaunt und amüsiert, daß ihr Vorhaben ein solches Aufsehen erregte. Dann hatte sie sich darüber geärgert. Warum kümmerten sich die Leute nicht um ihren eigenen Kram? Daß Aubrey nun in die allgemeine Kritik einstimmte und sich um hundertachtzig Grad gedreht hatte, konnte sie einfach nicht begreifen. Sie war wütend auf ihn, und in ihren Zorn mischte sich Verachtung. Außerdem war sie nach ihrem anfänglichen Staunen über seinen Meinungswandel nur um so entschlossener, an ihren Prinzipien festzuhalten. Die hatte er ihr beigebracht, und wenn er plötzlich wankelmütig wurde, war das seine Sache. Jedenfalls sah sie keinen Grund, von einer Überzeugung abzuweichen, mit der sie aufgewachsen war. Wenn Aubrey wirklich glaubte, sie würde in Gefahr schweben, hätte er sich ausnahmsweise opfern und mit ihr kommen können.

Wie Jim Arbuthnot betont hatte, würde die Reise ja nicht lange dauern – nur einen Monat. Aber Aubreys Selbstsucht erlaubte ihm nicht einmal dieses kleine Zugeständnis. Schön und gut, Diana würde genausowenig nachgeben. Das durfte er nicht von ihr verlangen. Endlich ritt sie durch die Wüste. Von dieser Expedition hatte sie jahrelang geträumt, alles bis ins kleinste geplant. Und jetzt sollte sie darauf verzichten?

Die Vorstellung, ihr könne Gefahr drohen, brachte sie zum Lächeln. Was sollte ihr in der Wüste zustoßen, die schon so lange nach ihr rief? Die Szenerie ringsum kam ihr seltsam vertraut vor. Am wolkenlosen Himmel hing eine sengende Sonne, flimmernde Hitzeschleier stiegen aus dem trockenen Boden auf. Und die filigranen Umrisse der Palmen in einer fernen Oase erschienen ihr wie gute alte Bekannte. Noch nie war sie so glücklich gewesen. In vollen Zügen genoß sie das Gefühl, jung, kräftig und gesund zu sein, und spürte die Bewegungen des lebhaften Pferdes zwischen ihren Knien. Und sie schwelgte in ihrer neuen Macht.

Auf diesen Tag hatte sie sich so lange gefreut. Nun übertraf die Wirklichkeit sogar ihre kühnsten Erwartungen. Einen ganzen Monat lang würde sie dieses vollkommene Glück auskosten. Ärgerlich dachte sie an das Versprechen, das sie ihrem Bruder gegeben hatte. Die himmlische Freiheit der Wüste mit dem banalen amerikanischen Gesellschaftsleben zu vertauschen war ein Unding!

Allein der Gedanke an endlose Wochen in New York widerte sie an. Newport würde nicht ganz so schlimm sein, denn diese Stadt hatte ihre Reize. Hoffentlich würde Aubrey möglichst bald eine Ehefrau finden und seine Schwester von ihren lästigen Pflichten erlösen. Er rechnete mit ihr, und sie durfte ihn natürlich nicht im Stich lassen. Aber sie würde aufatmen, wenn das alles überstanden war. Sobald Aubrey geheiratet hatte, würde sie nicht mehr mit ihm streiten. Sie versuchte sich die künftige Lady Mayo vorzustellen. Doch sie vergeudete kein Mitleid an das Mädchen. Im allgemeinen konnten die Amerikanerinnen sehr gut für sich selbst sorgen.

Lächelnd streichelte sie ihr Pferd. Vorerst interessierte sie sich herzlich wenig für Aubrey und ihre künftige Schwägerin. Die Wüste hatte viel mehr zu bieten. Schon seit einiger Zeit näherte sich eine Karawane, und Diana zügelte ihr Pferd, um die lange Reihe der Kamele zu beobachten, die langsam und schaukelnd dahintrotteten. Diese großen Tiere mit ihrem hochmütigen Gang und den langen, schwankenden Hälsen faszinierten sie immer wieder. Auf ihren Höckern türmten sich schwere Bündel.

Abgesehen von den Kaufleuten, die Kamele ritten, und einer buntgemischten Schar – einige Leute auf Eseln, andere zu Fuß – wurde die Karawane von bewaffneten, berittenen Wachtposten begleitet. Bis sie herankamen, würde es noch eine Weile dauern.

Auf mehreren Kamelen saßen dichtvermummte, formlose Gestalten. Das müssen Frauen sein, dachte Diana. Welch ein gewaltiger Unterschied zwischen ihr und diesen armen Geschöpfen ... Der bloße Anblick bedrückte sie. Was für ein Leben führten sie? Rebellierten sie jemals gegen die stumpfsinnige Plackerei, die Zwänge, die ihnen auferlegt wurden? Sehnten sie sich nach der Freiheit, die sie, Diana, genoß? Oder waren sie so tief in den Sitten ihres Landes verwurzelt, daß sie niemals über ihren Tellerrand hinausblickten? Sie hätte niemals ein solches Dasein fristen können. Deshalb lehnte sie auch die Ehe ab, selbst in der edelsten Form, die wechselseitige Rücksichtnahme und Toleranz beinhaltete. Beim bloßen Gedanken schauderte ihr.

Aubrey fand die Ehe nur unangenehm, ihr eigenes gefühlskaltes Temperament sträubte sich mit aller Macht dagegen. Daß sich die Frauen der entwürdigenden Intimität und den Einschränkungen des Ehelebens unterwarfen, erfüllte sie mit Verachtung und Staunen. Unwiderruflich dem Willen und den Gelüsten eines Mannes unterworfen zu sein, der das Recht besaß, in der Ehe uneingeschränkten Gehorsam zu fordern – dieser Gedanke erschien ihr gräßlich. Für die Frauen aus dem Westen war das schon schlimm genug. Aber was mußten die Orientalinnen erleiden, die Sklavinnen männlicher Fleischeslust, mißachtet und auf eine Stufe mit den Tieren gestellt? Diese Frage ließ Diana trotz der Hitze frösteln.

Als sie ihre bebende Hand auf den Pferdehals legte, zuckte das nervöse Geschöpf zusammen, und sie lenkte es an Mustafa Ali vorbei, dem sie einen Befehl zurief. Er war der Karawane entgegengeritten. Nun sprach er mit dem Kommandanten der bewaffneten Wachtposten.

Da der Anblick der Karawane so grauenhafte Gedanken heraufbeschwor, fand Diana keinen Gefallen mehr an dem Spektakel. Sie wollte nur noch weg von hier und dies alles vergessen. Ohne auf ihre Eskorte zu warten, galoppierte sie davon. Sie saß auf einem schnellen Pferd, und so dauerte es einige Zeit, bis sie eingeholt wurde. Als sie Hufschläge hinter sich hörte und über die Schulter spähte, sah sie Mustafa Alis ärgerliches Gesicht. Sie winkte ihn zu sich.

«Interessiert sich Mademoiselle nicht für die Karawane?» fragte er verwundert.

«Nein», erwiderte sie kurz angebunden und erkundigte sich nach Einzelheiten, die mit ihrer eigenen Expedition zusammenhingen. Er sprach fließend Französisch, gab ihr die gewünschten Auskünfte, und dann erzählte er Anekdoten über prominente Persönlichkeiten, die er in die Wüste geführt hatte. Diana musterte ihn aufmerksam. Offenbar war er ein Mann in mittleren Jahren. Sein Alter ließ sich nur schwer schätzen, da er wegen des dichten Spitzbarts, der Mund und Kinn verbarg, vermutlich älter wirkte. Dieser Bart war für sie der einzige Nachteil an ihm, denn sie pflegte die Menschen nach ihren Lippen zu beurteilen. Bei den Orientalen gaben die Augen keine verläßliche Auskunft über den Charakter, weil sie meistens den Blick senkten, wenn ein Europäer zugegen war.

Auch Mustafa Ali wich Dianas Blick aus. Als sie ihn in Biskra engagiert hatte, waren ihr seine Augen nicht so unstet erschienen. Aber sie maß diesem Gedanken keine Bedeutung bei, weil sie den fremdartigen Reitstil des Arabers viel interessanter fand. Die extrem kurzen Steigbügel hätten schmerzhafte Krämpfe in ihren Muskeln verursacht. Belustigt wies sie ihn darauf hin, worauf der Mann anfing, über seine Pferde zu sprechen. Sie ritt ein außergewöhnlich schönes Tier, was sie Mustafa Ali verdankte, und das rechnete sie ihm hoch an.

Als er zu ihr gekommen war, um ihr das Pferd zu zeigen, hatte er dessen Vorzüge begeistert gepriesen, aber die Herkunft nur vage umschrieben. Deshalb glaubte Diana, daß das edle Geschöpf gestohlen oder auf andere unrechtmäßige Weise erworben worden war. Taktvoll verzichtete sie auf weitere Nachforschungen. Das alles ging sie nichts an. Ihr genügte es, daß sie die Reise auf dem Rücken eines temperamentvollen Tieres unternehmen konnte, dessen Launen einem ansonsten vielleicht eintönigen Ritt eine gewisse Würze verleihen würden. In Biskra hatte sie andere Pferde gesehen, richtige Langweiler.

Sie erkundigte sich bei Mustafa Ali nach dem Gebiet, das sie gerade durchquerten. Offenbar wußte er nichts Bemerkenswertes zu berichten. Und was er wichtig fand, erschien ihr belanglos. Außerdem kam er immer wieder auf Biskra zu sprechen, eine Stadt, von der sie nichts mehr hören mochte. Oder er redete über Oran, das sie nicht kannte. Deshalb begrüßte sie die Ankunft in der kleinen Oase, wo der Führer die Mittagsrast halten wollte. Diana stieg ab, warf ihre Handschuhe beiseite und streckte sich. Nach dem langen Ritt unter der heißen Sonne freute sie sich auf Abwechslung. Vor allem verspürte sie einen gesunden Appetit. Wohlgefällig inspizierte sie ihr Mittagessen. Von jetzt an würde es nicht mehr so sorgsam verpackt sein. Stephens verstand es meisterhaft, Picknickkörbe zurechtzumachen.

Nach der Mahlzeit setzte sie sich unter eine Palme. An den Stamm gelehnt, eine Zigarette im Mund, schlang sie zufrieden ihre Arme um die Knie und betrachtete die Wüste. Tiefe Mittagsstille lag über dem Land. Zwischen den Palmwedeln regte sich kein Lüftchen, und das einzige Lebewesen weit und breit war eine Eidechse auf einem nahen Felsen. Sie blickte über ihre Schulter. Offenbar schliefen die Männer, die Köpfe unter den weiten Roben verborgen. Nur Mustafa Ali stand am Rand der Oase und starrte in die Richtung, die sie später einschlagen würden.

Diana warf ihren Zigarettenstummel nach der Eidechse und lachte über die hastige Flucht des kleinen Reptils. Natürlich beabsichtigte sie nicht, dem Beispiel ihrer Eskorte zu folgen und zu schlafen. Keine einzige Minute dieses wundervollen Abenteuers wollte sie vergeuden, indem sie eine Ruhepause einlegte, die sie gar nicht brauchte. Unbeschwert genoß sie die Aussicht, restlos glücklich mit ihrem Leben, an dem sie nichts ändern mochte. Bisher war es höchst angenehm verlaufen. Jedem einzelnen Augenblick hatte sie die größte Freude abgewonnen. Daß sie diesen Umstand ihrem Reichtum verdankte, der es ihr ermöglichte, ihrem geliebten Sport zu frönen oder monatelang zu verreisen – dieser Gedanke kam ihr niemals in den Sinn.

Nur weil sie wohlhabend war, konnte sie sich alle Wünsche erfüllen. Doch mit solchen Überlegungen befaßte sie sich nicht. Ihr Vermögen kümmerte sie ebensowenig wie ihre Schönheit. Anläßlich ihrer Großjährigkeit hatte sie einige Formalitäten erledigen müssen, um das beträchtliche väterliche Erbe antreten zu können – eine eher lästige Pflicht, die sie so schnell wie möglich hinter sich brachte. Den Einzelheiten hatte sie kaum Aufmerksamkeit geschenkt, sofern es der alte Familienanwalt zuließ. Schon das achtlose Gekritzel, mit dem sie die diversen Dokumente unterschrieben hatte, zeigte ihr Desinteresse.

Geld an sich bedeutete ihr nichts. Für sie war es nur Mittel zum Zweck. Im Lauf der Jahre hatte sie nie bedacht, wieviel die häufigen luxuriösen Expeditionen mit ihrem Bruder kosteten. Sie selbst stellte keine hohen Ansprüche. Abgesehen von den notwendigen teuren Jagdgeräten, die Sir Aubrey auswählte, war sie nicht extravagant.

An einem schönen Septembervormittag, den sie lieber im Freien verbracht hätte, saß sie mit dem Familienanwalt in der Bibliothek und studierte langweilige Zahlenreihen. Die sagten ihr nichts, als daß sie in Zukunft nur noch ein dummes Papier zu unterzeichnen brauchte, wenn sie etwas haben wollte, anstatt die Angelegenheit wie früher ihrem Bruder zu überlassen.

Sie hatte nicht verstanden, warum ihr der Anwalt am Ende der geschäftlichen Besprechung so formell gratuliert hatte, und es machte sie verlegen. Sie sah keinen Grund für seine Glückwünsche, die ihr albern und überflüssig erschienen, denn sie wußte nicht viel über die Realitäten des Lebens – und auch nicht über die gesellschaftlichen Bande und Verpflichtungen ihrer Familie. Aubreys kühle, lieblose Erziehung hatte tiefere Gefühle gegenüber den Mitmenschen bereits im Keim erstickt. In Dianas Welt existierte keine Liebe. Und vor der Leidenschaft schreckte sie instinktiv zurück, mit dem gleichen Ekel, den Schmutz und Unrat hervorriefen.

Warum sie in einigen Männern gewisse Gefühle weckte, begriff sie nicht – ein Ärgernis, das sie im Lauf der Zeit immer unerträglicher fand. Dafür haßte sie die Männer und gleichzeitig auch sich selbst. Sie verachtete ihre Bewunderer. Keinen von ihnen hatte sie so freundlich behandelt wie Jim Arbuthnot, und auch das nur, weil sie an jenem Abend so glücklich gewesen war. Nicht einmal der unwillkommene Hinweis auf ihr weibliches Geschlecht und die Erkenntnis, daß sie von einem Mann begehrt wurde, hatten ihre Vorfreude auf die Reise getrübt.

Aber mit unerquicklichen Reminiszenzen wollte sie sich jetzt nicht aufhalten. Zufrieden grub sie ihre Fersen ins weiche Erdreich. In der Wildnis gab es nichts, was ihre Lebenslust und den Genuß des Abenteuers beeinträchtigen würde. Während ihrer Erinnerungen hatte sie den Kopf gesenkt und die staubigen Stiefelspitzen angestarrt. Nun richtete sie sich entzückt auf. Dies war der schönste Tag ihres Lebens. Den Streit mit Aubrey hatte sie längst vergessen, ebenso die Gedanken, die der Anblick der Karawane heraufbeschworen hatte. Kein einziger Mißklang störte die vollkommene Harmonie ihres Geistes und ihrer Seele.

Als ein Schatten neben ihr auftauchte, wandte sie sich zu Mustafa Ali um. «Mademoiselle, jetzt sollten wir weiterreiten», erklärte er und verneigte sich unterwürfig.

Erstaunt spähte sie über ihre Schulter und sah die Männer auf den Pferden sitzen. Das Lächeln in Dianas Augen erlosch. Gewiß, Mustafa Ali war der Führer, aber sie leitete die Expedition. Wenn er das noch nicht erkannt hatte, mußte sie ihn belehren. Sie schaute auf ihre Uhr. «Oh, wir haben noch genug Zeit», erwiderte sie kühl.

«Aber der Weg zu der Oase, wo wir übernachten werden, ist weit», beharrte er und verbeugte sich wieder.

Diana legte einen braunen Stiefel über den anderen, hob eine Handvoll Sand hoch und ließ ihn langsam zwischen den Fingern hindurchrieseln. «Dann werden wir eben schneller reiten», bemerkte sie ungerührt und betrachtete die feinen Körnchen, die in der Sonne glitzerten.

Nun verbarg er seine Ungeduld nicht länger. «Glauben Sie mir, Mademoiselle, es wäre besser, sofort aufzubrechen.»

Empört starrte sie ihn an. Trotz seiner Höflichkeit und schlichten Ausdrucksweise nahm seine Stimme einen autoritären Klang an. Sie blieb sitzen, ihre Fingerspitzen strichen durch den warmen Sand, und der Führer konnte ihrem hochmütigen Blick nicht standhalten. «Sobald ich es wünsche, reiten wir weiter, Mustafa Ali. Nicht früher und nicht später. Ihren Männern können Sie Anweisungen erteilen. Aber *Sie* nehmen Ihre Befehle von *mir* entgegen. Wenn ich bereit bin, die Reise fortzusetzen, werde ich Sie informieren. Gehen Sie jetzt.»

Immer noch zögernd, trat er von einem Fuß auf den anderen.

Diana schnippte mit den Fingern. Diesen Trick hatte sie in Biskra einem französischen Offizier abgeschaut. «Gehen Sie!» wiederholte sie brüsk, schaute ihm nicht nach und kümmerte sich auch nicht darum, welche Anordnungen er den Leuten gab.

Dann warf sie noch einen Blick auf ihre Uhr. Vielleicht war es tatsächlich spät geworden, und der Ritt zum nächsten Camp würde länger dauern, als sie vermutet hatte. Aber Mustafa Ali mußte seine Lektion lernen, und wenn sie die Oase erst um Mitternacht erreichten. Energisch reckte sie das Kinn, und plötzlich lächelte sie. Nun hoffte sie sogar, die Nacht würde vor der Ankunft im Lager hereinbrechen. Während ihres Aufenthalts in Biskra hatte sie zweimal an Mondscheinpicknicks teilgenommen, und der Zauber der Wüstennächte hatte sie fasziniert. Und dieser Ritt ins Unbekannte, fern von dem Lärm und dem Geschwätz der Touristen, die das Schweigen der Finsternis gestört hatten, wäre ein besonderes Erlebnis gewesen. Aber sosehr sie es auch bedauerte, sie verwarf den reizvollen Gedanken. Dazu wurde sie von praktischen Überlegungen gezwungen. Sie wollte zwar noch eine knappe Stunde abwarten, um Mustafa Ali ihre Vormachtstellung klarzumachen. Aber dann mußten sie sich beeilen, um noch bei Tageslicht im Camp einzutreffen.

Die Männer und sie mußten sich erst aneinander gewöhnen. An diesem Abend würde ihr kein hilfreicher Stephens zur Seite stehen, weshalb sie selbst die nötigen Anweisungen würde erteilen müssen, damit alles nach Wunsch verlief. Und das würde ihr leichter fallen, solange es noch hell war.

Aber auf eine Stunde mehr oder weniger kam es sicher nicht an. An diesem Vormittag hatten die Pferde ihre Kräfte wohl kaum verbraucht. Also durfte man sie unbesorgt anspornen. Immer wieder schaute sie belustigt auf ihre Uhr und widerstand der Versuchung, Mustafa Alis Reaktion zu beobachten. Vermutlich würde er ihr Verhalten mißdeuten.

Als die Frist verstrichen war, die sie sich gesetzt hatte, stand sie auf und schlenderte zu den Arabern hinüber, ohne auf die mürrische Miene des Führers zu achten. Nach dem Aufbruch winkte sie ihn zu sich und erwähnte Biskra, was einen neuerlichen Wortschwall auslöste. Von dieser Stadt mochte Diana zwar nichts mehr wissen, aber Mustafa Ali begeisterte sich für das Thema, und sie wollte ihn aus seinem Schmollwinkel hervorlocken. Bald verflog seine schlechte Laune. Sie hörte ihm nicht zu, hing ihren eigenen Gedanken nach, und es fiel ihr nicht einmal auf, daß er verstummte.

Was die Fähigkeiten der Pferde betraf, behielt sie recht. Mühelos paßten sie sich dem schnelleren Tempo an. Elegant galoppierte Dianas Hengst über den Sand.

Einige Stunden später sahen sie die nächste Oase. Diana zügelte ihr Pferd und bewunderte die ungewöhnlich schönen, üppigen Palmen und die dichtbelaubten Büsche. Leise gurrten einige Tauben, in Zweigen verborgen, in melancholischem Einklang mit diesem verlassenen Ort. Neben dem Brunnen wuchsen drei besonders imposante Palmen. Aber die Wipfel waren etwa sieben Meter über dem Boden abgebrochen. Kahl und trostlos ragten die verstümmelten Stämme empor. Diana nahm ihren schweren Tropenhelm ab und warf ihn einem Araber zu. Jetzt wehte ein schwacher Wind, der ihre kurzen Locken zerzauste und ihre erhitzten Wangen kühlte. Der traurige Taubengesang und die verwüsteten Palmen, die von einer Tragödie zu erzählen schienen, verliehen der Szenerie eine mysteriöse Aura, die ihr gefiel.

Endlich wandte sie sich zu Mustafa Ali um. «Warum kampieren wir nicht hier? Dann müßten wir nicht mehr so lange reiten.»

Er rutschte nervös im Sattel umher, strich sich unbehaglich über den Bart. Sein Blick wanderte an Diana vorbei, zu den abgebrochenen Bäumen. «In dieser Oase rastet niemand, Mademoiselle. Es ist ein böser Ort, von Allah verflucht.» Als er die Fersen in die Flanken seines Pferdes stieß, begann es unruhig zu tänzeln – ein Wink mit dem Zaunpfahl, den Diana ignorierte.

«Mir gefällt's hier», bekundete sie.

Verständnislos starrte er sie an. «Zwischen diesen häßlichen Palmen lauert das Böse.»

«Vielleicht für Sie», erwiderte sie lächelnd. «Nicht für mich. Allahs Flüche treffen nur jene, die sie fürchten. Und da Ihre Angst offensichtlich ist, reiten wir weiter, Mustafa Ali.» Mit einem leisen Lachen galoppierte sie davon, und Mustafa Ali spornte erbost sein Pferd an, um ihr zu folgen.

Im Licht der sinkenden Sonne sah sie vor sich die scharfen Konturen der Landschaft. Mittlerweile fragte sie sich, ob sie das Ziel tatsächlich vor Einbruch der Dunkelheit erreichen würden. Sie waren länger und schneller geritten als beabsichtigt. Erstaunlich, daß sie die Lasttiere nicht eingeholt hatten. Stirnrunzelnd schaute sie sich um. «Wo ist Ihre Karawane, Mustafa Ali?» rief sie. «Hier sehe ich nirgends eine Oase, und es wird bald Nacht.»

«Hätte Mademoiselle die Reise früher fortgesetzt ...» begann er mißmutig.

«Dann wären wir noch immer weit vom nächsten Rastplatz entfernt», unterbrach sie ihn streng. «Morgen werden wir anders verfahren.»

«Morgen ...» murmelte er undeutlich.

«Was haben Sie gesagt?» Sie warf ihm einen hochmütigen, forschenden Blick zu.

Mechanisch berührte er seine Stirn. «Das Morgen liegt in Allahs Hand», erklärte er in salbungsvollem Ton.

Ehe sie ihrem mürrischen Führer antworten konnte, wurde ihre Aufmerksamkeit abgelenkt. In der Ferne erschienen mehrere schwarze Punkte, die sie jedoch nur verschwommen wahrnahm. «Schauen Sie doch!» rief sie. «Ist das unsere Karawane?»

«Wenn Allah will ...» antwortete er ebenso schicksalsergeben wie zuvor. Diana seufzte verärgert und wünschte, er würde seine Verantwortung nicht ständig auf Gott abwälzen und dafür etwas mehr Interesse an seinen vermißten Kamelen zeigen.

Rasch glitten die schwarzen Punkte über die Ebene. Diana sah, daß es keine trägen Kamele waren, sondern Reiter, die zielstrebig herangaloppierten. Seit sie am Morgen die Karawane der Kaufleute getroffen hatten, war ihnen niemand mehr begegnet. Und sie fand die Araber, die jetzt näher kamen, viel bemerkenswerter als die Karawane.

In Biskra hatte sie viele Reisegruppen eintreffen und aufbrechen sehen, aber nur wenige Nomaden und noch nie eine so große Reiterschar. Hier, in dieser malerischen Umgebung, wirkte der Trupp besonders eindrucksvoll. Sie konnte die Männer nicht zählen, da sie in geschlossener Formation heransprengten. In ihren weiten, vom Wind gebauschten weißen Umhängen wirkten sie wie Riesen. Aufgeregt hielt sie den Atem an und hatte das Gefühl, in einem bisher einsamen Meer endlich ein anderes Schiff zu entdecken. Diese Reiter schienen der unwirtlichen Einsamkeit ringsum, die ihr allmählich bedrückend erschien, ein unerwartetes Leben einzuhauchen. Vielleicht war sie hungrig oder müde – oder nur verärgert über die unzulänglichen Vorbereitungen ihres Führers. Jedenfalls hatte die schweigende, menschenleere Wüste vor der Ankunft dieser berittenen Araber beklemmend an Dianas Nerven gezerrt. Nun sah alles ganz anders aus, denn die gleichförmige Ruhe wurde von einem mitreißenden Knistern abgelöst.

Rasch verringerte sich der Abstand zwischen den beiden Karawanen. Mit leuchtenden Augen galoppierte Diana ihrem Führer voraus. Nun waren die fremden Reiter nahe genug herangekommen, so daß sie die edlen Pferde und die stolze Haltung der Männer erkannte. Außerdem waren die Fremden bewaffnet und hielten ihre Gewehre vor der Brust, nicht über die Schulter geschlungen wie die Araber in Biskra.

Sie ritten dicht an Diana vorbei. Ihre geordneten Reihen wiesen auf eine gründliche Ausbildung und strenge Disziplin hin. Kein einziger wandte den Kopf in Dianas Richtung, keiner verlangsamte das Tempo. Dianas Pferd ließ sich von den dahinpreschenden Artgenossen anstecken und bäumte sich ungeduldig auf. Nachdem sie es gebändigt hatte, drehte sie sich im Sattel um. Immer noch atemlos, blickte sie den Arabern nach.

«Was sind das für Männer?» rief sie Mustafa Ali zu, der hinter ihr zurückgeblieben war. Aber auch sein Blick folgte der Reiterschar, und er schien ihre Frage nicht zu hören. Die Eskorte wartete noch weiter entfernt.

Anerkennend musterte sie die dichtgedrängte Araberschar. Was für ein schöner Anblick ... Nun blinzelte sie verwirrt. Nur wenige Meter vor ihrer Eskorte wurden die galoppierenden Pferde abrupt gezügelt. Nie hätte sie geglaubt, daß sie bei dieser hohen Geschwindigkeit so plötzlich stehenbleiben konnten, noch dazu in geballter Formation. Straff gespanntes Zaumzeug riß die Tiere auf die Hinterbeine zurück.

Doch sie fand keine Zeit, um die phantastischen Reitkünste der Araber zu bewundern, denn nun überstürzten sich die Ereignisse. Der Trupp stob auseinander, bildete eine lange Kolonne von je zwei Mann, umrundete die Eskorte und ritt zurück, um Diana und Mustafa Ali zu umzingeln. Verblüfft beobachtete sie das Manöver und versuchte ihr aufgeregtes Pferd zu beschwichtigen. Zweimal sprengten die Wüstensöhne mit wehenden Umhängen und erhobenen Gewehren um sie herum. In wachsender Ungeduld schaute sie ihnen zu. Gewiß, sie boten ein eindrucksvolles Schauspiel, aber die Zeit drängte. Bald würde es dunkel sein. Schade, daß diese Vorstellung nicht früher stattgefunden hatte, dachte sie. Dann hätte ich sie in aller Ruhe genießen können.

Sie wandte sich wieder zu Mustafa Ali um und wollte ihm vorschlagen weiterzureiten. Aber er war zu seinen Männern zurückgewichen. Ärgerlich kämpfte sie mit ihrem nervösen Pferd, um es in die Richtung ihrer Eskorte zu lenken. Plötzlich krachten Schüsse. Diana zuckte zusammen, und ihr Pferd bäumte sich in wilder Panik auf. Dann lachte sie. Sicher sollte dieser Krach das Ende des Spektakels signalisieren, ein Abschiedsgruß, die *décharge des mousqueterie* *, in der arabischen Welt überaus beliebt. Sie wandte den Kopf, um den Rückzug der Reiter zu beobachten.

Und da erstarb das Lachen auf ihren Lippen. Es war kein Abschiedsgruß – die Gewehre zeigten nicht in den Himmel, sondern auf Diana und ihre Begleiter. Während sie die Fremden entgeistert anstarrte und ihr Pferd vergeblich zu beruhigen suchte, versperrten ihr mehrere Araber die Sicht auf Mustafa Alis Truppe. Er selbst lag über dem Hals seines Pferdes, das reglos inmitten des Durcheinanders stand. Nach einer weiteren Salve glitt er langsam aus dem Sattel, fiel zu Boden. Gleichzeitig ging Dianas Pferd durch. Der ungestüme Sprung schleuderte sie beinahe in den Sand.

Vor der Schießerei war sie gar nicht auf den Gedanken gekommen, die Araber könnten ihr feindlich gesonnen sein. Sie glaubte, sie wollten nur ihre Fähigkeiten zur Schau stellen, mit

* Musketensalve

jener kindischen, für dieses Volk charakteristischen Freude an dramatischen Szenen. Also ist die Sorge der französischen Behörden berechtigt, überlegte sie. Verächtlich fragte sie sich, wie die Regierung einen solchen Angriff in der Nähe der Zivilisation überhaupt zulassen konnte. Dann stellte sie sich amüsiert vor, wie Aubrey jetzt triumphieren würde. Doch die Belustigung verflog sehr schnell, als ihr der Ernst ihrer Lage bewußt wurde. Erst jetzt erwog sie die Möglichkeit, daß Mustafa Ali wegen einer Verwundung aus dem Sattel gefallen war – nicht vor Angst, wie sie geringschätzig vermutet hatte.

Warum hat meine Eskorte nicht gekämpft, fragte sie sich erbost und zerrte am Zügel. Aber die Gebißstange klemmte zwischen den Zähnen ihres Pferdes, und es sprengte unaufhaltsam weiter. Was für eine gräßliche Situation ... Ihr Führer verwundet, seine Männer umzingelt, und dieses Biest stürmte einfach davon. Wenn sie es nur hätte herumreißen können! Sicher ging es nur um ein bißchen Lösegeld. Sie mußte umkehren und die Bedingungen aushandeln. Das war zwar ärgerlich, aber es verlieh ihrer Reise einen gewissen Reiz. Nur ein kleiner Überfall. Die Araber hatten wohl kaum beabsichtigt, irgend jemanden zu verletzen. Aber Mustafa Ali war von der Kugel eines aufgeregten, ungeschickten Schützen getroffen worden. Eine andere Erklärung gab es nicht. In der Nähe von Biskra droht mir keine ernsthafte Gefahr, redete sie sich ein und riß immer noch an den Zügeln. Entschlossen verdrängte sie ihre böse Vorahnung, obwohl ihr Herz so heftig schlug wie nie zuvor.

Während sie mit aller Kraft, aber erfolglos an den Zügeln zerrte, hörte sie hinter sich einen langgezogenen, schrillen Pfiff. Das Pferd spitzte die Ohren, und sie spürte, wie es sein Tempo verlangsamte. Unwillkürlich drehte sie sich um. Ein einzelner Araber ritt ihr nach und kam rasch näher. Bei diesem Anblick gab sie das Vorhaben auf, ihren Hengst anzuhalten, und spornte ihn statt dessen an. Doch der Mann blieb ihr dicht auf den Fersen, und sie fand es geradezu unheimlich, wie zielstrebig er ihr folgte.

Entschlossen preßte sie die Lippen zusammen. Sie wäre bereit gewesen, umzukehren und mit den Leuten zu verhandeln, die ihre Gruppe angegriffen hatten. Aber sie ließ sich nicht von einem arabischen Freibeuter über die Wüste hetzen. Sie reckte ihr eigenwilliges Kinn vor, dann funkelten ihre Augen mutwillig, und sie lachte beinahe. Wie viele neue Erfahrungen sie an diesem einzigen Tag sammelte … Sie hatte sich schon oft gefragt, wie einer gejagten Kreatur zumute sein mochte. Nun konnte sie es herausfinden. Sie hatte stets geglaubt, der Fuchs würde das wilde Rennen genauso genießen wie die Hunde. Nun, das mußte erst noch bewiesen werden. Jedenfalls wollte sie *diesen* Hund zu einer unvergeßlichen Jagd herausfordern. Sie war eine hervorragende Reiterin, und in dem verängstigten Tier zwischen ihren Knien schienen noch einige Kraftreserven zu stecken. Tief über den Pferdehals gebeugt, lachte sie leise und sprach ihm gut zu.

Aber wenige Sekunden später schlug ihre Stimmung um. In wachsender Sorge betrachtete sie die letzten Sonnenstrahlen. Bald würde die Dunkelheit hereinbrechen, und sie wollte nicht durch die Nacht galoppieren, auf der Flucht vor diesem widerwärtigen Araber.

Jetzt war der Spaß vorbei. Diana geriet in Wut. Auf dieser weiten Ebene gab es nichts, wo sie in Deckung gehen konnte – keine Felsblöcke und keine Büsche. Also sah sie nur einen einzigen Ausweg. Sie mußte sich geschlagen geben und anhalten – sobald ihr Pferd damit einverstanden war. Den Gedanken, ihrem Verfolger auszuweichen und in weitem Bogen zu ihrer Eskorte zurückzureiten, verwarf sie als hoffnungslos. Inzwischen hatte sie genug von der Taktik und den Reitkünsten der Araber gesehen, um zu wissen, wie unsinnig ein solcher Versuch gewesen wäre.

Andererseits widerstrebte es ihr seltsamerweise, gerade vor *diesem* Mann zu kapitulieren. Nein, sie würde weiterreiten, bis sie umfiel – oder ihr Pferd.

Wieder ertönte ein Pfiff, und obwohl sie den Hengst antrieb, verlangsamte er seine Schritte. Da glaubte sie zu wissen, was den unliebsamen Zwischenfall verursacht hatte. Vielleicht ging es um ihr Pferd. Da es dem Pfiff des Arabers gehorchte, war es offenbar auf dieses Signal dressiert. Diana erinnerte sich an Mustafa Alis ausweichende Antworten, als sie sich nach der Herkunft des Tieres erkundigt hatte. Zweifellos war es gestohlen worden. Entweder gehörte es diesen Arabern, oder sie kannten es zumindest.

Wie naiv, ein gestohlenes Pferd in die Wüste mitzunehmen, wo man eine Begegnung mit dem rechtmäßigen Eigentümer riskierte ... Trotz ihres Ärgers mußte sie lächeln. Aber es war ein grimmiges Lächeln. Die Liste von Mustafa Alis Untaten wurde zusehends länger. Nun, das war *seine* Sache, nicht ihre. Sie hatte für das Pferd bezahlt, um darauf durch die Wüste zu reiten, und keineswegs, um von arabischen Banditen überfallen zu werden. Mit jeder Sekunde wuchs ihre Empörung.

So energisch sie das Pferd auch antrieb, es trottete immer langsamer dahin. Sie warf noch einen Blick zurück. Jetzt war der Araber dicht hinter ihr – näher, als sie vermutet hatte. Sie sah eine große weiße Gestalt, durchdringende schwarze Augen und schimmernde Zähne. In heller Wut zog sie ihren Revolver, ohne daran zu denken, daß sie womöglich damit eine Stammesfehde vom Zaun brach. Nur ein einziger Wunsch beherrschte sie – den abscheulichen Mann loszuwerden. Zweimal feuerte sie ihrem Verfolger mitten ins Gesicht, aber er zuckte nicht einmal zusammen. Statt dessen hörte sie ein leises Gelächter.

Als sie dieses Geräusch vernahm, wurde ihr der Mund trokken, und ein kalter Schauer rann über ihren Rücken. Ein sonderbares Grauen durchfuhr sie, das sie nie zuvor verspürt hatte. Schon wieder hatte sie danebengeschossen, so wie am Morgen. Das konnte sie sich nicht erklären. Allerdings gab es nichts daran zu rütteln, und sie fühlte sich ihrem Gegner hilflos ausgeliefert. Sie ließ die unbrauchbare Waffe fallen, versuchte vergeblich, ihr Pferd anzutreiben.

Doch der feurige Fuchs des Arabers rückte unerbittlich näher. Obwohl sie nicht mehr wagte, sich umzudrehen, sah sie aus den Augenwinkeln neben sich den kleinen, bösartig wirkenden Kopf des Hengstes, die flach angelegten Ohren, die wilden, blutunterlaufenen Augen. Einen Moment rasten sie so Seite an Seite dahin. Dann preschte der Rotfuchs vorwärts, und der Reiter richtete sich in den Steigbügeln auf. Er neigte sich herüber, umschlang Diana mit starken Armen, riß sie aus dem Sattel und zog sie zu sich aufs Pferd. Von dem blitzschnellen Manöver überrumpelt, konnte sie sich nicht wehren. Zuerst war sie wie betäubt, doch als ihre Geistesgegenwart zurückkehrte, bekämpfte sie den Gegner in wilder Verzweiflung. Die weißen Falten des arabischen Gewandes, das ihr ins Gesicht gepreßt wurde, drohten sie zu ersticken. Widerstand war zwecklos. Ein harter, muskulöser Arm hielt sie unerbittlich und schmerzhaft fest, und sie fürchtete schon, er würde ihr den Brustkorb eindrücken. Ihr Feind umklammerte sie so fest, daß sie kaum Luft bekam. Für ein Mädchen war sie ungewöhnlich stark – aber gegen diese stählerne Kraft konnte sie nichts ausrichten. Ihre Unterlegenheit und der Schmerz, den ihre Gegenwehr hervorrief, zwangen sie, reglos zu verharren. Nach einiger Zeit spürte sie, wie der Araber sein Pferd zügelte und herumwarf. Dann ging es in wilder Jagd weiter.

Diana war völlig durcheinander, und sie konnte keinen klaren Gedanken fassen. Der Zwischenfall erschien ihr so ungeheuerlich, daß es jeder Logik widersprach. Sie verspürte nur einen blinden, leidenschaftlichen Zorn gegen den Mann, der es wagte, sie zu berühren. Und dabei war er nur ein Eingeborener!

Ekel und Wut nahmen ihr fast den Atem. Außerdem verletzte die peinliche Lage ihren Stolz zutiefst. Trotz ihrer erprobten Reitkünste war sie eingeholt und wie eine Puppe aus dem Sattel gezerrt worden. Nun mußte sie die Nähe dieses widerwärtigen Männerkörpers und seine kraftvollen Arme ertragen. Noch nie hatte jemand die Frechheit besessen, sie anzufassen, geschweige denn, sie wie einen Gegenstand zu behandeln. Wie sollte das alles enden? Wohin wurde sie gebracht? Das Gesicht im weißen Burnus vergraben, hatte sie jeglichen Orientierungssinn verloren und keine Ahnung, in welche Richtung sie ritten. Blitzschnell sprengte das Pferd dahin und bäumte sich gelegentlich auf, was ein lebhaftes Temperament oder empfindliche Nerven verriet. Allerdings schien das Verhalten des Pferdes den Reiter nicht im mindesten zu stören. Lässig saß er im Sattel, und nicht einmal die wildesten Sprünge lockerten den Griff des Arms, der Diana umfing.

Aber da sie sich nicht rührte, lockerte sich sein fester Griff allmählich. Sie konnte den Kopf ein wenig zur Seite drehen, um ihre schmerzenden Lungen endlich mit Luft zu füllen. Die Landschaft, die an ihr vorbeizog, konnte sie jedoch nicht erkennen. Keuchend rang sie nach Atem. Obwohl sie kaum etwas sah, wußte sie, daß die Nacht hereingebrochen war. Vor kurzem hatte sie noch gehofft, es würde dunkel werden, ehe sie ihr Ziel erreicht hatte. Nun aber erschien ihr die Finsternis furchterregend.

Die frische Atemluft gab ihr neue Kraft, und sie stemmte sich verbissen gegen den Arm, der sie nur mehr lose umschlang. Als ihre gesporten Fersen die Flanken des Fuchses zerkratzten, bäumte er sich wiehernd und zitternd auf. Aber der Araber hielt Diana sofort wieder fester und bändigte das verschreckte Pferd mit einem leichten Druck seiner Knie.

«Doucement, doucement.» Nur undeutlich vernahm sie seine leise, sanfte Stimme, weil er ihr Gesicht wieder an sich drückte. Sie wußte nicht, ob die beschwichtigenden Worte ihr oder dem Fuchs galten. Um der stählernen Umklammerung zu entrinnen, versuchte sie den Kopf zu heben. «Still, kleine Närrin!» fauchte er in plötzlicher Wut. Grobe Hände zwangen sie zum Gehorsam, und sie fragte sich, ob er ihr jeden einzelnen Knochen brechen würde, damit sie keinen Widerstand mehr leisten konnte.

Nach Luft ringend ergab sie sich in ihr Schicksal. Offenbar spürte der Mann, daß sie kapituliert hatte, und widmete seine ungeteilte Aufmerksamkeit dem Pferd. Dabei lachte er leise vor sich hin, wie zuvor, als sie danebengeschossen hatte. Schon damals war ihr das sonderbar erschienen, doch sie hatte nur Verwirrung empfunden. Jetzt kam ein neues Gefühl hinzu: Zum erstenmal in ihrem Leben hatte sie Angst – eine eigenartige Angst, gegen die sie verzweifelt ankämpfte. Aber die Furcht gewann die Oberhand, zehrte an ihren Kräften, und ihr wurde schwindlig. Sie blieb zwar bei Bewußtsein, fühlte sich aber wie gelähmt und in einer ausweglosen Situation gefangen.

Danach verlor sie jedes Zeitgefühl, so wie ihr zuvor der Orientierungssinn abhanden gekommen war. Verstrichen Minuten oder Stunden, während sie durch die Nacht galoppierten? Sie wußte nicht, ob sie allein waren oder ob – lautlos auf weichem Sand – die Araberschar mit ihnen ritt, der dieser Mann angehörte. Was war mit Mustafa Ali und seinen Leuten geschehen? Hatte man sie niedergemetzelt und die Leichen einfach liegengelassen? Oder wurden auch sie gegen ihren Willen in ein entlegenes Wüstengebiet gebracht? Aber im Augenblick sorgte sie sich nicht sonderlich um das Schicksal ihres Führers und seiner Gefährten. Während des kurzen Kampfs hatten sie sich nicht gerade tapfer verhalten, und die Verzweiflung über ihre eigene grauenvolle Lage verdrängte alle anderen Gedanken.

Unaufhaltsam wuchs die Angst, sosehr sie sich selbst auch deswegen schalt und sich einredete, daß es nur auf Einbildung beruhte. Aber sie ließ sich nicht verscheuchen, und Diana graute vor den eigenartigen Gedanken, die sie in ihr heraufbeschwor. Mit einem solchen Zwischenfall hatte sie nicht gerechnet.

Niemals hätte sie geglaubt, ein Reiseabenteuer könnte auf diese Weise enden. Und sie hätte auch nicht damit gerechnet, daß sie angesichts von Gefahr den Mut verlieren würde. In Gegenwart ihres Bruders hatte sie sich nie mit einer derartigen Bedrohung auseinandersetzen müssen. Nun aber konnte sie die Augen nicht länger vor der unbarmherzigen Wirklichkeit verschließen, und bei dieser Erkenntnis brach ihr der Angstschweiß aus.

Als der Araber sie unsanft im Sattel zurechtschob, war sie fast erleichtert, da ihr Kopf nun nicht mehr zwischen den erstickenden Falten seines Gewandes steckte. Er schwieg – nur ein einziges Mal murmelte er ein paar unverständliche Worte, als der Fuchs heftig scheute. Doch die Galgenfrist dauerte nicht lange. Wenige Minuten später umschlang er sie wieder mit seinem eisenharten Arm, wickelte einen Teil seines langen Umhangs um ihren Kopf und nahm ihr die Sicht. Und dann verstand sie, was der Grund dafür gewesen war. Abrupt wurde das galoppierende Pferd gezügelt, mit jenem Geschick, das ihr so erstaunlich erschienen war, als sie die Reitkünste der Araberschar zum erstenmal beobachtet hatte. Er drückte sie fest an sich und glitt mit ihr zu Boden.

Ringsum erklang undeutliches Stimmengewirr, das plötzlich verstummte, während er sie irgendwohin trug. Er stellte sie auf die Füße und streifte den Burnus von ihrem Gesicht. Blinzelnd blickte sie in helles Licht, das sie nach dem nachtschwarzen Dunkel fast blendete, und hielt verwirrt die Hand vor die Augen. Dann sah sie sich um. Zu ihrer Verblüffung stand sie in einem geräumigen Zelt, das von zwei Hängelampen erleuchtet wurde. Doch ihre Aufmerksamkeit galt nicht ihrer Umgebung, sondern dem Mann, der sie hierhergebracht hatte. Lässig legte er den schweren, knöchellangen Umhang ab und stand vor ihr, hochgewachsen und breitschultrig, in einem fließenden weißen Gewand mit besticktem schwarzsilbernen Gürtel, der seine Taille mehrmals umschlang. Darin steckte ein Revolver.

Langsam wanderte ihr Blick über seine Gestalt hinweg und blieb an seinem gebräunten, glattrasierten, von kurzgeschnittenem braunen Haar umgebenen Gesicht hängen. Nie zuvor hatte sie schönere, grausamere Züge gesehen. Unwillkürlich starrte sie ihm in die Augen, die sie mit heißer Glut musterten, so daß sie sich fühlte, als würde ihr die Männerkleidung von den schlanken Gliedern gerissen, so daß sie in ihrer ganzen Schönheit nackt vor ihm stand.

Schaudernd wich sie zurück und zog unwillkürlich mit bebenden Händen die Aufschläge ihres Reitjacketts über der Brust zusammen. «Wer sind Sie?» stieß sie heiser hervor.

«Scheich Ahmed Ben Hassan.»

Der Name sagte ihr nichts. Nie zuvor hatte sie ihn gehört. Ohne zu überlegen, hatte sie Französisch gesprochen, und er antwortete in derselben Sprache.

«Warum haben Sie mich hierhergebracht?» fragte sie und versuchte ihre wachsende Angst zu unterdrücken.

Mit einem trägen Lächeln wiederholte er ihre Worte. «Warum habe ich Sie hierhergebracht? *Bon Dieu*! Das wissen Sie nicht? Sind Sie denn keine Frau?»

Sie trat noch weiter zurück und errötete heftig. Dann erbleichte sie vor Entsetzen. Unter seinem flammenden Blick senkte sie die Wimpern. «Ich weiß nicht, was Sie meinen», flüsterte sie mit zitternden Lippen.

«Oh, ich denke doch.» Sein leises Gelächter erschreckte sie noch mehr als seine Worte. Nun kam er auf sie zu, und obwohl sie verzweifelt auszuweichen suchte, riß er sie in seine Arme.

Eine qualvolle, nie gekannte Todesangst ergriff sie. In seinen Augen brannte ein heißes Verlangen, das ihr fast die Besinnung raubte. Nur zu gut wußte sie, was er beabsichtigte, und sie wehrte sich mit aller Kraft gegen diese Erkenntnis. Doch sein lodernder Blick und seine heftige Umarmung sprachen eine deutliche Sprache. Obwohl sie am ganzen Leibe zitterte, preßte der Mann sie immer fester an seinen muskulösen Körper. Atemlos sträubte sie sich, während er sie noch heftiger und mit besitzergreifender Leidenschaft an seine Brust drückte. Dann neigte er langsam den Kopf herab. Da sie sich nicht rühren konnte, mußte sie den ersten Kuß ihres Lebens über sich ergehen lassen. Die Berührung seiner heißen Lippen, seine machtvollen Arme und die Nähe seines warmen Körpers raubten ihr alle Widerstandskraft.

Schluchzend schloß sie die Augen. Die heißen Lippen auf den ihren lähmten ihren Widerstand. Benommen fühlte sie, wie er sie hochhob, ohne den Kuß zu unterbrechen, und sie durch Vorhänge in einen Nebenraum trug. Dort legte er sie auf weiche Kissen. «Laß mich nicht zu lange warten», flüsterte er und ging hinaus.

Und dieser leise Befehl jagte einen Schauer durch ihre Adern, der sie aus ihrem Dämmerzustand aufrüttelte und ihr neue Kraft verlieh. Sie sprang auf, sah sich verzweifelt um, schlug die Hände vor ihre bebende Brust. Dann sank sie mit einem Aufschrei vor dem breiten, weichen Bett zu Boden. Nein, es war nur ein böser Traum! Es konnte doch nicht Wirklichkeit sein, daß ihr, Diana Mayo, nun das Unfaßbare widerfahren sollte! Gewiß würde sie jeden Augenblick aufwachen und diese Schrecken hinter sich lassen können.

Mühsam hob sie den Kopf. Der fremdartige Raum verschwamm ihr vor den Augen. Oh, Gott! Es war kein Alptraum, sondern grausame Realität, und es gab kein Entrinnen. Ohnmächtig und schutzlos saß sie gefangen, und hinter diesem schweren Vorhang wartete der Mann, um sich zu nehmen, was er erobert hatte. Jeden Moment würde er hereinkommen. Bei diesem Gedanken kauerte sie sich zitternd auf den Boden. Ihr Mut, der ihr geholfen hatte, so vielen Gefahren und sogar dem Tod zu trotzen, schwand angesichts des Martyriums, das ihr bevorstand, dahin. Nichts konnte sie retten. Niemand würde ihr beistehen, und sie durfte keine Gnade erhoffen. Selbst wenn sie sich wehrte – es wäre sinnlos gewesen.

Natürlich würde sie sich sträuben, doch es würde ihr nichts nützen. In diesem Zelt war sie allein mit ihrem Feind, ausgeliefert wie ein Tier in der Falle. Und draußen tummelten sich die Anhänger des Mannes. Nirgendwo sah sie einen Ausweg, denn es war kein Mensch da, an den sie sich wenden konnte. Was sie fürchtete, würde unweigerlich geschehen. Und diese Gewißheit verzehrte ihre letzten Kräfte. Nun konnte sie nur noch warten und sich mit ihrem Schicksal abfinden. Die Hoffnungslosigkeit überwältigte sie, und da sie ansonsten stets so selbstbewußt und siegessicher war, machte ihr das um so mehr zu schaffen. Noch immer spürte sie den Druck seiner Umarmung, und ihr Mund brannte von seinem wilden, hungrigen Kuß. Verzweifelt rang sie die Hände.

«Oh, Gott!» schluchzte sie, und heiße Tränen rannen ihr über die Wangen. «Zum Teufel mit ihm!»

Und während sie diese Worte sprach, kam er lautlos zu ihr. Seine Hände umfaßten ihre Schultern und zogen sie auf die Beine. In seinen Augen loderte ein beängstigendes Feuer, und er bedachte sie mit einem grausamen Lächeln. «Muß ich nicht nur den Liebhaber, sondern auch den Kammerdiener spielen?» fragte er, gleichzeitig belustigt und ungeduldig.

Drittes Kapitel

Heller Sonnenschein durchflutete das Zelt, als Diana aus dem tiefen Schlaf der Erschöpfung erwachte, der eher einer Ohnmacht geähnelt hatte. Doch die Erinnerung kehrte sofort zurück. Rasch ließ sie ihren ängstlichen Blick durch den großen Raum schweifen und vergewisserte sich, daß sie allein war. Beim Aufsetzen fuhr ihr ein heftiger Schmerz durch die Glieder. Der luxuriösen Einrichtung des Zeltes konnte sie nichts abgewinnen.

Jetzt hatte sie keine Tränen mehr. Alle waren vergossen worden, als sie sich ihm zu Füßen geworfen und vergeblich um Gnade gefleht hatte. Sie hatte sich mit Leibeskräften gewehrt, bis sie in dem ungleichen Kampf unterlegen war. Hilflos hatte sie in seinen Armen gelegen, und seine brutalen Hände hatten ihren Körper zum Gehorsam genötigt. Schließlich war ihr angesichts ihrer Machtlosigkeit der Mut geschwunden, und die seltsame Furcht, die der Mann in ihr auslöste, hatte sie gelähmt. Zu guter Letzt war sie wimmernd auf die Knie gefallen. Die Erinnerung an ihr Flehen und Schluchzen erfüllte sie mit brennender Scham. Nun haßte und verachtete sie sich selbst. Er hatte ihren Widerstand gebrochen und ihr den Stolz genommen.

Sie umschlang ihre Knie und verbarg das Gesicht in den Armen. «Memme, Memme!» flüsterte sie. Warum hatte sie ihn nicht verhöhnt oder alles stumm über sich ergehen lassen? Das wäre ihm gewiß unangenehmer gewesen als das inbrünstige Betteln, das nur ein leises Gelächter hervorgerufen hatte. Jedesmal, wenn sie es hörte, war sie erschauert. Und sie zitterte immer noch. «Ich dachte, ich wäre tapfer», flüsterte sie unglücklich. «Aber ich bin feige.»

Endlich hob sie den Kopf und sah sich um. Der Raum war mit einer sonderbaren Mischung aus orientalischem Luxus und europäischem Komfort ausgestattet. Die verschwenderische Einrichtung wies auf eine hemmungslose Freude am Genuß hin. Die ganze Atmosphäre wirkte sinnlich, was Diana unangenehm berührte, obwohl sie nicht genau wußte, warum. Schließlich gab es hier nichts, was ihr künstlerisches Empfinden beleidigt hätte. Sämtliche kostbaren Vorhänge harmonierten miteinander. Nirgends entdeckte sie krasse Stilbrüche wie in manchen indischen Palästen. Und wohin sie auch blickte – alles hielt ihr unbarmherzig ihre mißliche Lage vor Augen. Überall sah sie seine Sachen. Auf dem niedrigen Messingtisch neben dem Bett lag die halbgerauchte Zigarette, die zwischen seinen Lippen gesteckt hatte, als er zu ihr gekommen war. Das Kissen neben ihr zeigte immer noch den Abdruck seines Kopfs. In wachsendem Entsetzen starrte sie darauf, unbezähmbares Zittern erfaßte ihren Körper, und sie erstickte ihren Schrei in der Seidendecke, in die sie sich hüllte, obwohl ihr der dünne Stoff keinen Schutz bot. Noch einmal führte sie sich jeden einzelnen Moment der vergangenen Nacht vor Augen, bis sie die Erinnerungen nicht mehr ertrug und sie den Verstand zu verlieren glaubte. Erschöpft schlief sie wieder ein.

Gegen Mittag erwachte sie, und diesmal war sie nicht allein. Eine junge Araberin saß neben ihr auf dem Teppich und musterte sie neugierig mit sanften braunen Augen. Als Diana den Kopf hob, sprang das Mädchen auf, verneigte sich und lächelte schüchtern.

«Ich bin Zilah und soll Madame bedienen», erklärte sie in stockendem Französisch und hielt einen Morgenmantel hoch, den Diana verwundert als ihren eigenen erkannte.

Und da lagen auch ihre Koffer, geöffnet und teilweise ausgepackt. Also waren die Lasttiere noch vor dem Überfall gestohlen worden. Wenigstens durfte sie ihre eigenen Sachen benutzen. Neuer Zorn stieg in ihr auf. In scharfem Ton stellte sie eine Frage, doch das Mädchen zuckte verständnislos die Achseln und wich erschrocken zurück. Auch die nächsten Fragen blieben unbeantwortet. Unsicher stand Zilah da, den Mund weinerlich verzogen, wie ein verängstigtes Kind. Und sie war tatsächlich fast noch ein Kind. Was man ihr sagte, begriff sie nur zur Hälfte, und wenn sie etwas verstand, wußte sie nichts zu erwidern.

Sobald Diana verstummte, wandte sich die Araberin sichtlich erleichtert ab. Sie durchquerte das Zelt und zog einen Vorhang beiseite. Dahinter lag ein Badezimmer, so groß und mindestens ebensogut ausgestattet wie in jenem indischen Zelt, das Diana bisher für den Inbegriff luxuriösen Komforts gehalten hatte. Zilahs Französischkenntnisse waren zwar mangelhaft, aber sie besaß geschickte Hände. Allerdings wußte sie nichts von der komplizierten Toilette einer Europäerin, die ihr immer wieder ein Kichern entlockte. Doch als Diana sie streng ansah, verstummte sie sofort.

Natürlich war Diana nicht zum Lachen zumute. Trotzdem konnte sie sich angesichts der drolligen Mißverständnisse ein Lächeln nicht verkneifen. Sie wußte zwar nicht, warum, aber die großen, staunenden Augen, die Scheu des Mädchens, ihr unzulängliches Französisch und ihre kindliche Neugier gaben ihr einen Teil ihrer Selbstbeherrschung und ihres Stolzes zurück. Entschlossen verbarg sie alle ihre Gefühle vor Zilahs freundlichem, forschendem Blick.

Das heiße Bad linderte die Schmerzen in ihren Gliedern, und ihr Gesicht bekam wieder etwas Farbe. Sie wusch sich sogar die glänzenden Locken und schrubbte sich von Kopf bis Fuß ab, denn nach der letzten Nacht fühlte sie sich beschmutzt. Doch die Badetücher, die ihr gereicht wurden, waren ebenso makellos sauber wie die Finger des Mädchens mit den gepflegten Nägeln.

Etwas später ging sie ins Schlafzimmer, wo Zilah auf den Knien lag und die spärliche, aber hochinteressante Garderobe der Europäerin begutachtete. Verwirrt und zaghaft strich sie über das Abendkleid, dann reichte sie ihr mit zaudernden Händen den Tweedrock, der für die Weiterreise nach der Ankunft in Oran bestimmt war. Aber Diana legte ihn beiseite und zeigte auf ihre Reitkleidung, in der sie sich sicherer fühlte. Sie empfand diese Sachen wie einen Schutzschild zwischen sich und dem, was ihr möglicherweise noch bevorstand. Darin würde sie sich wieder wie die wahre Diana fühlen – wie ein Junge, nicht mehr wie das zitternde weibliche Wesen, das letzte Nacht unter Tränen und Schmerzen geboren worden war. Die Lippen zusammengepreßt, schlüpfte sie zornig in die hohen Stiefel.

Sie schickte das Mädchen weg und bemerkte, daß es nicht durch den angrenzenden Raum ging, sondern hinter dem Vorhang des Badezimmers verschwand. Warum? Hieß das, daß der Scheich nebenan wartete? Dieser Gedanke verscheuchte die neugewonnene Selbstbeherrschung. Kraftlos sank sie aufs Bett und schlug die Hände vors Gesicht. War er da drüben? Vorhin hatte sie die kleine Dienerin nur nach der Umgebung des Lagers und dem Schicksal ihrer Eskorte gefragt, war aber unfähig gewesen, den Mann zu erwähnen. Die seltsame Angst, die er in ihr geweckt hatte, erfüllte sie mit Wut. Noch nie war sie so gedemütigt worden! Und beim Gedanken, ihn wiedersehen zu müssen, schämte sie sich entsetzlich.

Doch ihr Stolz besiegte die Angst, die sie zu überwältigen drohte. Es war besser, dem Unausweichlichen freiwillig ins Auge zu blicken, als gegen ihren Willen geholt zu werden. Nur zu gut kannte sie die Muskeln ihres Entführers. In körperlicher Hinsicht war sie ihm nicht gewachsen. Sie hob den Kopf und lauschte. Nebenan rührte sich nichts. Vielleicht wurde ihr noch eine Galgenfrist gegönnt. Dann aber ärgerte sie sich über ihr Zögern. «Memme!» flüsterte sie wieder ärgerlich und stürmte durch den Raum. Vor dem Vorhang hielt sie kurz inne, ehe sie ihn beiseite zog.

Tatsächlich, man billigte ihr eine Galgenfrist zu. Der Raum war anscheinend leer. Aber während sie über den dicken Teppich schritt, schlug ihr Herz plötzlich schneller, denn ein Mann stand in der Öffnung des Zelts. Obwohl er ihr den Rücken zuwandte, erkannte sie sofort, daß die kleine, schlanke Gestalt im weißen europäischen Leinenanzug keinerlei Ähnlichkeit mit dem hochgewachsenen Araber aufwies, den sie zu sehen erwartet hatte. Sie hatte nicht damit gerechnet, daß er sie hören würde, doch er drehte sich um und machte höflich einen Diener. Er war ein typischer Franzose mit schmalem, aufgewecktem, glattrasiertem Gesicht, glatten schwarzen Haaren und wachen dunklen Augen. Er hatte Säbelbeine und leicht gebeugte Schultern – offenbar ein Jockey –, und er besaß die Manieren eines gut ausgebildeten Butlers.

Als sie unter seinem Blick errötete, sah er sofort zu Boden. «Zweifellos möchte Madame den Lunch einnehmen.» Er sprach sehr schnell. Aber seine Stimme klang sanft und angenehm, und seine Bewegungen waren geschickt und elegant. Wenig später saß Diana vor einer köstlich zubereiteten, tadellos servierten Mahlzeit. Der Mann schwirrte fürsorglich um sie herum, betreute sie mit geschulten Händen und las ihr jeden Wunsch von den Augen ab. Verwirrt beobachtete sie ihn, und sie bemerkte erst jetzt, daß sie hungrig war. Sie fühlte sich wie in einem Traum. Zunächst blieb ihr nichts anderes übrig, als sich von diesem Mann bedienen zu lassen, der mit leiser Stimme sprach und lautlos umhereilte – ein seltsames Faktotum im Haushalt eines arabischen Scheichs.

«Monseigneur bittet Sie, ihn bis heute abend zu entschuldigen», murmelte er und reichte ihr einen Teller mit Couscous. Vor dem Dinner wird er zurückkommen.»

Verständnislos blickte sie auf. «Monseigneur?»

«Mein Herr, der Scheich.»

Wieder stieg ihr das Blut in die Wangen, und ihre Augen verengten sich. Dieser heuchlerische orientalische Schurke bat sie, ihn zu entschuldigen! Mit einer knappen Geste lehnte sie das letzte Gericht ab. Nachdem der Diener den Teller entfernt hatte, stützte sie die Ellbogen auf den Tisch und preßte die Hände an ihre pochenden Schläfen. Auch die Kopfschmerzen zählten zu den neuen Erfahrungen, die seit dem vergangenen Tag über sie hereinstürzten. Leid in jeder Form war ihr neu. Und ihr Haß gegen den Mann, der ihr all das zufügte, wuchs mit jedem Atemzug.

Der Franzose servierte Kaffee, holte Zigaretten und gab ihr Feuer. Geduldig fachte er das widerstrebende Flämmchen an, was auf langjährige Übung im Umgang mit minderwertigem Schwefel hinwies. «Monseigneur diniert um acht. Wann möchte Madame Tee trinken?» fragte er, während er den Tisch abräumte und zusammenklappte.

Nur mühsam verkniff sie sich die spöttische Antwort, die ihr auf der Zunge lag. Die ruhige, devote Haltung des Mannes schien zu bekunden, daß er Dianas Anwesenheit im Lager für selbstverständlich hielt, und das war kaum zu ertragen. Beinahe hätte sie eine anzügliche, unverschämte Miene vorgezogen. Aber diese Unterwürfigkeit weckte ein Gefühl der Ohnmacht. Allmählich gewann sie den Eindruck, daß sich ein Netz um sie legte, dessen enggewirkte Maschen ihr nicht nur die Freiheit raubten, sondern ihre ganze Existenz bedrohten. Hastig verdrängte sie diese Vorstellung. Wenn sie weiter darüber nachdachte, würde sie noch den letzten Rest ihrer Selbstbeherrschung verlieren. Also gab sie dem Diener eine belanglose Antwort und kehrte ihm den

Rücken zu. Als sie sich wieder umdrehte, war er verschwunden, und sie seufzte erleichtert auf. Sein wachsamer Blick hatte an ihren Nerven gezerrt.

Da sie jetzt endlich allein war, konnte sie etwas freier atmen. Energisch straffte sie die Schultern, um ihre beschämende Angst zu unterdrücken. Neugier hatte sich unter ihre verwirrenden Gefühle gemischt, und Diana beschloß, ihr den Vorzug zu geben. Um sich von ihrer Niedergeschlagenheit abzulenken, wanderte sie im Zelt umher. Letzte Nacht hatte sie nichts von ihrer Umgebung wahrgenommen und nur den Mann gesehen, der hier alles beherrschte.

Dieser Raum war ebenso luxuriös ausgestattet wie das Schlafgemach. Mit fachkundigem Auge bewunderte sie die exquisiten Perserteppiche und die kostbaren schwarzen Vorhänge mit Silberstickerei. Auf dem größten Möbelstück, einem schwarzen Diwan, häuften sich dicke Kissen, mit mattschimmernder schwarzer Seide bezogen. Zwei ungewöhnlich gewaltige schwarze Bärenfelle lagen auf den Teppichen, die ausgestopften Köpfe einander zugewandt. An einem Ende des Zelts stand ein kleines Bücherregal, am anderen, nahe dem Ausgang, ein tragbarer Schreibtisch. Ein buntgemischtes Sammelsurium häufte sich auf mehreren maurischen Schemeln – Elfenbeinfiguren, goldene und silberne Zigarettenetuis und diverser Krimskrams. Neben der Stoffbahn, die beide Räume teilte, prangte eine kunstvoll geschnitzte alte Holztruhe.

Trotz der eher spärlichen Möblierung, die das Zelt noch größer erscheinen ließ, strahlte der Raum eine fremdartige Pracht aus. Die schwarzen Vorhänge mit den dicken, glitzernden Silberfäden erzielten einen theatralischen Effekt, der beabsichtigt wirkte. Vielleicht sollten sie die wallenden weißen Roben des Arabers hervorheben. Nun erinnerte sie sich an seinen schwarzsilbernen Gürtel und kräuselte verächtlich die Lippen. Diese

Eingeborenen sind alle eitel, verallgemeinerte sie spöttisch. Zweifellos gefiel es dem Scheich, die Farbkomposition des Zelts in seinen Kleidern zu wiederholen, zwischen Kissen auf seinem Luxusdiwan zu posieren und sich von seinem Gefolge bewundern zu lassen. Sie seufzte angewidert und wandte sich von dem großen, einladenden Sofa ab.

Dann kniete sie neugierig vor dem kleinen Bücherregal nieder. Was las ein frankophiler Araber? Wahrscheinlich Romane, das würde zu diesem prunkvollen Interieur passen. Aber es handelte sich fast ausschließlich um Bücher über Sport und Reisen und mehrere veterinärmedizinische Bände, alle in französischer Sprache und offensichtlich häufig benutzt. In manchen waren auf arabisch mit Bleistift Anmerkungen an den Rand geschrieben. Die Werke eines gewissen Vicomte Raoul de Saint Hubert nahmen ein ganzes Fach ein. Mit Ausnahme eines Romans, den Diana nur flüchtig durchblätterte, waren es Reisebücher. Wie sie den Widmungen auf den Vorsatzblättern entnahm, hatte der Autor die Bücher persönlich an den Araber geschickt. Eine Inschrift lautete sogar: Meinem Freund Ahmed Ben Hassan, dem Wüstenscheich.

Verwirrt stellte sie die Bücher ins Regal zurück und wünschte aus unerklärlichen Gründen, sie hätten ihrer Erwartung entsprochen. Dieser Beweis für die Bildung und den guten Geschmack des Besitzers beunruhigte sie. Denn der unvermutete Einblick in die Persönlichkeit ihres Entführers verriet Wesenszüge, die man wohl kaum in einem primitiven Eingeborenen fand – oder hinter jener nur nach außen hin zivilisierten Fassade, wie sie von manchen Arabern zur Schau getragen wurde. Jetzt erschien ihr der Scheich noch unheimlicher, noch gefährlicher. In plötzlicher Angst schaute sie auf ihre Uhr. Der Tag neigte sich rasch dem Ende zu. Bald würde ihr Peiniger zurückkehren. Ihr Atem beschleunigte sich, Tränen brannten in ihren Augen.

«Nein!» flüsterte sie verzweifelt. «Wenn ich wieder weine, werde ich wahnsinnig.» Krampfhaft schluckte sie die Tränen hinunter und sank auf den großen schwarzen Diwan, den sie eben noch verschmäht hatte. Sie war so müde, und die Kopfschmerzen ließen nicht nach.

Als der Diener den Tee servierte, schlief sie. Aber sie hörte, wie er das Tablett auf einen Stuhl stellte, und fuhr hoch.

«Das ist Madames Tee», erklärte er. «Wenn Sie so freundlich wären, mir mitzuteilen, ob ich ihn nach Ihrem Geschmack zubereitet habe ...» fügte er besorgt hinzu. Von dieser winzigen Kanne, die er etwas skeptisch betrachtete, schien sein ganzes Glück abzuhängen.

Seine Gewissenhaftigkeit strapazierte Dianas Nerven. Sicher, er meinte es gut mit ihr und wollte sie zufriedenstellen. Doch in diesem Augenblick fühlte sie sich durch sein Verhalten nur gedemütigt. *Verschwinden Sie!* hätte sie am liebsten geschrien wie ein wütender Schuljunge. Allerdings gelang es ihr, ihm die gewünschte Antwort zu geben. Nachdem er Zigaretten und Streichhölzer bereitgelegt hatte, lächelte er voller Genugtuung und entfernte sich.

Während der Abend näher rückte, wuchs Dianas Sehnsucht nach frischer Luft. Außerdem wollte sie endlich feststellen, in welcher Umgebung das Zelt stand. Und so eilte sie zum offenen Eingang, über den sich, von Lanzen gestützt, eine breite Markise spannte. Verwundert trat sie aus dem Schatten und sah sich um. Diese Oase war viel größer als alle, die sie bisher gesehen hatte. Vor dem Zelt erstreckte sich eine von Palmen gesäumte Lichtung. Das restliche Camp lag hinter dem Zelt des Scheichs. Dort tummelten sich mehrere Männer und Pferde.

In der Ferne entdeckte sie ein paar Kamele. Doch sie interessierte sich nur für die Pferde. Einige waren festgebunden, andere liefen frei umher, oder sie wurden von Burschen trainiert. Am

Rand der Oase tauchte hin und wieder ein Reiter auf. Die Araber waren mit ihrem Tagwerk beschäftigt. Wenn sie an ihr vorbeikamen, verneigten sie sich, beachteten sie aber nicht weiter.

In Dianas Augen trat ein seltsamer Ausdruck. Das war also die Wüste, wie sie sie nie zu sehen erwartet hatte und wie nur wenige Europäer sie kennenlernen durften. Aber um welchen Preis! Sie erschauerte. Dann wandte sie sich in die Richtung, aus der plötzlich ein Getöse herandrang. Ein wiehernder fuchsroter Hengst stürmte auf das Zelt zu. Schreiend klammerten sich zwei Männer an den Hals des Tieres, das Diana sofort wiedererkannte. Obwohl sie den kleinen Kopf nur ein paar Sekunden lang neben sich gesehen hatte, würde sie diesen Anblick niemals vergessen. Dicht vor ihr blieb das Pferd stehen und weigerte sich, auch nur einen Schritt weiterzugehen. Die Ohren eng angelegt, zitterte es am ganzen Körper und schnappte immer wieder nach den Reitknechten, die es offenbar nicht bändigen konnten. Von einem Hufschlag getroffen, fiel ein Mann zu Boden und wälzte sich hastig aus der Gefahrenzone. Seine Schmerzensschreie veranlaßten die Zuschauer zu lautem Gelächter. Offenbar hatten sich fast alle Bewohner des Lagers versammelt, um die üblichen abendlichen Possen des Fuchses zu beobachten. Der französische Diener kam hinter dem Zelt hervor, beschwichtigte den Mann, der sich mühsam aufrappelte, und griff nach dem Pferdekopf. Lächelnd wandte er sich Diana zu. «Madame, er wird mit Recht Shaitan genannt, denn er ist eindeutig vom Teufel besessen.»

Mit einem gewaltigen Satz riß sich der Fuchs von den Händen los, die ihn festzuhalten suchten, und sprengte, gefolgt von mehreren Arabern, zum Rand der Oase.

«Sicher werden ihn die Reiter einfangen», bemerkte der Diener belustigt, da Diana vor Schreck aufgeschrien hatte.

«Will er nur spielen, oder ist er wirklich so bösartig?»

«Oh, er strotzt vor lauter Bosheit, Madame. Schon drei Männer hat er getötet.»

Ungläubig starrte sie ihn an, denn er sprach in beiläufigem Ton und zeigte nicht das geringste Mitleid.

«Dann sollte man ihn erschießen», meinte Diana entrüstet.

Gleichmütig zuckte er die Achseln. «Monseigneur mag ihn.»

Und weil Monseigneur die Bestie schätzte, wurde sie sorgsam umhegt, damit das Vergnügen ihres Herrn nur ja nicht beeinträchtigt wurde. Offenkundig bedeutete ihm das Leben seines armseligen Volkes weniger als sein Lieblingspferd. Das paßte zu der Grausamkeit, die Diana am eigenen Leib erfahren hatte. Was sie am Vortag nicht für möglich gehalten hätte, erschien ihr jetzt durchaus glaubhaft. Sofort schwand der Mut, den sie während seiner Abwesenheit gefaßt hatte, so schnell, wie der rote Sonnenball am Horizont versank. Um sich von ihrer Angst abzulenken, beobachtete sie die Pferde, die zur anderen Seite des Lagers geführt wurden. «Was für wundervolle Tiere! So große Araber habe ich noch nie gesehen.»

«Eine besondere Zucht, Madame», erwiderte der Franzose. «Dafür ist dieser Stamm seit Generationen berühmt. In allen Berberländern kennt man Monseigneurs Pferde, sogar in Frankreich», fügte er stolz hinzu.

Nachdenklich schaute sie ihn an. Wann immer er seinen Herrn erwähnte, verriet seine Stimme eine treue Ergebenheit, die ihr unfaßbar erschien. Wie konnte der Schurke, der sie so brutal behandelt hatte, solche Gefühle wecken? Abrupt wurden ihre Gedanken unterbrochen.

«Da kommt Monseigneur!» verkündete der Diener und lächelte, als müßte sich auch Diana darüber freuen. Bildete er sich tatsächlich ein, sie wäre freiwillig hier? Oder gehörte sein Verhalten zu der Heuchelei, die jeder in diesem Lager ihr gegenüber an den Tag legte? Sie warf einen Blick auf die Reiter, die zwischen den Palmen hervorsprengten, und kalter Schweiß brach ihr aus allen Poren.

Hastig trat sie in den kühlen Schatten der Markise. Aber sie blieb beim Eingang des Zeltes stehen. Nicht einmal ihre Angst würde sie dazu bringen, noch weiter zurückzuweichen. Hier wollte sie ihn erwarten – nicht wie ein zitterndes gefangenes Tier, das sich im hintersten Winkel seines Käfigs verkroch. Das war sie ihrem Stolz schuldig.

Sie beobachtete die Truppe, die auf dem Platz vor dem Zelt anhielt. Diesmal ritt der Scheich einen Rappen, und ihr verächtlicher Blick wanderte vom seidigen Fell des schönen Tieres zur weißen Robe seines Herrn. «Schwarz und weiß! Schwarz und weiß! So ein Angeber!» stieß sie zwischen zusammengebissenen Zähnen hervor. Dann waren alle Gedanken auf einmal wie weggeblasen, und sie sah ihm voller Angst beim Absteigen zu. Atemlos stand sie da, und ihr Herz pochte so heftig, daß es schmerzte.

Er ließ sich Zeit, streichelte den großen Rappen, und während das Tier weggeführt wurde, blickte er ihm nach und unterhielt sich mit einem hochgewachsenen Araber, der ihn begleitet hatte. Endlich drehte er sich um und schlenderte lässig zum Zelt. Am Eingang blieb er erneut stehen, um mit dem Franzosen zu sprechen. Der Scheich war eine malerische, wilde Erscheinung in fließenden Roben und weitem weißen Umhang. Sein markantes Profil zeichnete sich scharf vor dem Abendhimmel ab. Der hocherhobene Kopf betonte seine arrogante, gebieterische Haltung. Mit lebhaften ausdrucksvollen Gesten untermalte er seine Worte. Aber die Stimme klang sanft und leise, sogar melodisch, obwohl sie unverkennbare Autorität bezeugte. Er streckte eine Hand aus und zeigte auf etwas, das sich außerhalb von Dianas Blickfeld befand.

Als er das Zelt betrat, lachte er, und sie erschauerte unwillkürlich. Die Augen gesenkt, trat sie zurück. Sie wollte ihn nicht ansehen, konnte seinem Blick nicht begegnen. Allein schon seine Gegenwart war eine Beleidigung. Wenn ich doch sterben würde, wünschte sie, von tiefer Scham erfüllt. Ihr Widerwille gegen diesen Mann war übermächtig. Hastig biß sie sich auf die Unterlippe, um ihr Zittern zu unterdrücken. Die rotgoldenen Locken klebten schweißnaß an ihrer Stirn. Aber obwohl ihr Herz wie rasend schlug, stand sie stolz und aufrecht da.

Mit langen, lautlosen Schritten durchquerte er das Zelt. «Hoffentlich hat Gaston gut für dich gesorgt und deine Bedürfnisse restlos befriedigt», meinte er leichthin, wanderte zu einem kleinen Tisch und zündete sich eine Zigarette an. Seine Gelassenheit wirkte wie ein kalter Guß. Auf alles war sie vorbereitet gewesen, nur nicht auf diese kühle Nonchalance in einer so unerträglichen Situation. Sein Tonfall drückte das flüchtige Bedauern eines Gastgebers aus, der sich für seine unvermeidbare Abwesenheit entschuldigte.

Nun gewann der Zorn Oberhand über Dianas Angst. «Wäre es nicht an der Zeit, diese Farce zu beenden?» fauchte sie mit geballten Fäusten. «Haben Sie noch nicht genug angerichtet? Warum mußten Sie mir diese ungeheuren Qualen zumuten?»

Eine dünne Rauchwolke wehte herüber, so als wäre die Zigarette von einer jener temperamentvollen Gesten bewegt worden, die Diana vor dem Zelt beobachtet hatte. Aber sie bekam keine Antwort. Sein Schweigen schürte ihre Wut, und sie ließ alle Vorsicht fahren.

«Glauben Sie wirklich, Sie könnten mich hier festhalten, Sie Narr? Bilden Sie sich ein, niemand würde mein Verschwinden bemerken – niemand würde Nachforschungen anstellen?»

«Man wird sich nicht nach Ihnen erkundigen», entgegnete er ungerührt.

Erbost bohrte sie ihren Stiefelabsatz in den weichen Teppich.

«Oh, doch!» stieß sie mit erstickter Stimme hervor. «So unwichtig bin ich nicht. Die englischen Behörden werden die französische Regierung ersuchen, meinen Entführer aufzuspüren. Und dann werden Sie teuer für Ihr Verbrechen bezahlen.»

Nicht zum erstenmal jagte ihr sein leises Gelächter einen kalten Schauer über den Rücken. «Über mich hat die französische Regierung keine richterliche Gewalt. Ich bin nicht ihr Untertan, sondern mein eigener Herr – ein unabhängiger Scheich. Also darf sich keine Regierung in meine Angelegenheiten einmischen. Mein Stamm gehorcht nur mir allein.»

Mit bebenden Fingern tastete sie nach ihrem Taschentuch und wischte sich die feuchten Hände ab. «Wenn man mich vermißt ...» begann sie verzweifelt und versuchte eine tapfere Miene aufzusetzen. Aber ihr Selbstvertrauen war längst dahin.

«Es wird wohl eine Weile dauern, bis man dich vermißt», entgegnete er trocken, «und dann ist es zu spät.»

«Zu spät!» hauchte Diana. «Was meinen Sie?»

«Vorerst werden deine eigenen Pläne alle Nachforschungen verhindern.»

Er machte eine Pause, und sie hörte, wie er noch ein Streichholz entzündete. Dieses banale kleine Zwischenspiel zerrte an ihren angespannten Nerven. Gequält preßte sie die Hände an den Kopf, um den pochenden Schmerz in ihren Schläfen zu lindern.

«Du hast in Biskra eine Karawane unter Mustafa Alis Leitung engagiert und eine Expedition in die Wüste angetreten, die einen Monat dauern sollte», fuhr er ungerührt fort. «Danach wolltest du nordwärts nach Oran reiten, die Eskorte entlassen und von dort aus nach Marseille und schließlich nach Cherbourg reisen, um dich nach Amerika einzuschiffen, wo dein Bruder dich erwartet.»

Atemlos und mit ängstlichem Blick lauschte sie seinen Worten. Diese beiläufige, detaillierte Erörterung ihrer Reisepläne, die lückenlose Informationen verriet, erfüllte sie mit kaltem Entsetzen. Am liebsten hätte sie geschrien. Ihr schwindelte, als sie durch den Zelteingang in die endlose Wüste und den goldgestreiften Himmel hinausstarrte. Aber sie nahm weder den wellenförmigen Sand noch die rote Pracht der sinkenden Sonne wahr. «Wieso – wissen Sie das alles?» stammelte sie.

«Weil ich es wissen wollte, und es fiel mir nicht schwer, Erkundigungen einzuziehen», lautete die gleichmütige Antwort. Eine neue Rauchwolke schwebte zu Diana hinüber.

Plötzlich flammte ihr Zorn wieder auf. «Halten Sie mich fest, um Lösegeld zu erpressen ...?» Aber ihre verächtliche Stimme erstarb sofort, und sie brauchte sein Schweigen nicht, um zu wissen, wie lächerlich ihre Frage klang. Die hatte sie nur gestellt, um die schreckliche Vermutung zu unterdrücken, die ihr allmählich zur Gewißheit wurde. Die Hände ineinander verkrampft, betrachtete sie blicklos den prächtigen Sonnenuntergang. Sie fühlte sich wie eine Fliehende, die in eine ausweglose Sackgasse geraten war. Es gab kein Entkommen. Zitternd rang sie die Hände. Dann durchdrang ein schwacher Hoffnungsschimmer ihre Verzweiflung. «Vielleicht hat Mustafa Ali schon die Behörden in Biskra alarmiert. Oder einer seiner Männer ... Falls Sie nicht alle ermordet haben.»

«Nein, ich habe sie nicht alle ermordet. Aber Mustafa Ali wird wohl kaum Alarm schlagen.»

«Warum nicht?» Während sie gespannt auf die Antwort wartete, erinnerte sie sich an diverse Geschichten über die ungeheure Grausamkeit gewisser Araber. Welches Schicksal hatte der unglückliche Karawanenführer erlitten? Sie senkte die Lider, und ihr Mund wurde trocken.

«Nun, es war nicht nötig, irgend jemanden zu töten», erklärte er sarkastisch. «Wenn du mich erst einmal besser kennst, wirst du feststellen, daß ich nichts dem Zufall überlasse. ‹Alle Dinge liegen in Allahs Hand, gepriesen sei Sein Name.› Das ist schön und gut. Aber eins sollte man bedenken. Allah befaßt sich nicht unentwegt mit den Plänen der Menschen, um ihnen alle Mühe abzunehmen. Hätte ich ihm mein Vorhaben anvertraut, wären einige Leute ermordet worden, so wie du es vermutest. Allerdings sprechen wir in dieser Gegend nicht von einem Mord, wenn wir jemanden töten. Es war ganz einfach – du hast Mustafa Ali bezahlt, damit er dich in die Wüste führt, und ich gab ihm noch mehr Geld, mit dem Auftrag, dich zu mir zu bringen. Außerdem wies ich ihn an, Biskra zu meiden. Dort könnte man unangenehme Fragen stellen. Und deshalb wird er einen Ort aufsuchen, wo ihn niemand kennt, und neuen Ruhm als Karawanenführer erwerben.»

Nach diesen Worten entstand ein längeres Schweigen. Diana griff sich an die Kehle. Also hatte der Araberscheich keine Zufallsbegegnung ausgenutzt. Nein, alles war von Anfang an sorgfältig geplant gewesen. Und sie hatte nichts geahnt. Wütend knirschte sie mit den Zähnen. Ihr liebenswürdiger, treuer Führer hatte sie nicht in die vorgesehene Richtung geleitet, sondern zu dem Mann, der ihn für diesen Vertrauensbruch bezahlte. Mustafa Alis unsteter Blick, sein Bestreben, das Mittagscamp möglichst bald zu verlassen, sein seltsamer Tonfall ... Das alles ergab jetzt einen Sinn.

Oh, ja, er hatte ihr ein großartiges Theater vorgespielt. Und die letzte Szene – als er langsam aus dem Sattel glitt, von einer nicht vorhandenen Wunde niedergestreckt – war eine Meisterleistung, dachte sie erbittert.

Nichts hatte man versäumt, um die Aktion erfolgreich zu beenden. Zweifellos gehörte das Pferd, auf dem sie geritten war, dem Scheich. Sogar ihr Revolver war präpariert worden. Also hatte sie gar nicht danebengeschossen! Sie erinnerte sich an die nächtlichen Geräusche und die dunkle Gestalt im Hotel. Offenbar hatte sich jemand in ihr Zimmer geschlichten – Mustafa Ali selbst oder einer seiner Männer – und die scharfe Munition mit Platzpatronen vertauscht. Sogar die Möglichkeit, Aubrey könnte sich anders besinnen und seine Schwester mit seiner eigenen Eskorte begleiten, war erwogen worden, denn der Scheich hatte viele Männer mitgebracht, für den Fall, daß es zu einem Kampf kam.

Das unsichtbare Netz, in dem sie sich schon seit dem Nachmittag gefangen fühlte, schien sich noch enger zusammenzuziehen und drohte sie zu ersticken. Ihr war, als sei die Sonne ins Schwanken geraten. Mühsam rang sie nach Fassung. «Warum haben Sie das getan?» fragte sie mit schwacher Stimme.

Einen Moment lang glaubte sie, ihr Herz würde stillstehen, und ihre Augen weiteten sich vor Entsetzen. Er war näher gekommen, stand dicht hinter ihr, und sie wartete starr vor Schreck ab, bis er sie herumdrehte, in die Arme nahm und ihren Kopf in den Nacken zwang. «Weil ich dich besitzen wollte. Vor vier Wochen sah ich dich in Biskra, nur ganz kurz, doch es genügte mir, um dich zu begehren. Und was ich haben möchte, nehme ich mir. Erfreulicherweise hast du mir in die Hände gespielt und diese Wüstenreise geplant. Alles Weitere war ganz einfach.»

Sie hielt die Augen geschlossen, und ihre langen dunklen Wimpern zitterten auf den bleichen Wangen. Sie fühlte, wie er sie an sich drückte. Voller Leidenschaft küßte er ihre Lippen. Sie wehrte sich mit aller Kraft, doch sie war ihm hilflos ausgeliefert. Während sein Mund ihr Haar und ihre Lider streifte, lachte er leise. Ganz still stand er da, aber sie spürte das kräftige Schlagen seines Herzens an ihrer Schläfe. Sie ahnte, welches Verlangen sie in ihm entfachte. Seine ungeheuren Kräfte kannte sie zur Genüge. Er hatte ihr erklärt, er würde keine Gesetze außer seinen eigenen Wünschen anerkennen. Um zu bekommen, was er wollte, würde er vor nichts zurückschrecken. Jetzt lag ihr Leben in seiner Hand. Mit seinen schlanken, gebräunten Fingern konnte er sie zerbrechen wie ein Spielzeug. Und sie war in seiner Gewalt – in der Gewalt eines grausamen Arabers, der keine Gnade kannte.

Plötzlich gab sie ihren Widerstand auf und lehnte reglos an seiner Brust. Tiefer konnte er sie nicht mehr demütigen. Ihr Kampfesmut war erloschen, und eine starke Erschöpfung überkam sie. In ihre dumpfe Verzweiflung mischte sich das seltsame Gefühl, das alles geschehe nicht wirklich, so als wäre es nur ein Alptraum, aus dem sie bald erwachen würde. Denn die Wahrheit kam ihr unfaßbar, die Situation viel zu theatralisch vor. Außerdem war ihr der Mann ein Rätsel. Wie ließ sich sein ungehobeltes Verhalten mit der Bildung vereinbaren, die seine Bücher verrieten? Auch die peinliche Ordnung und die Sauberkeit in seinem Zelt erstaunten sie, weil sie so gar nicht zu einem solchen Ort paßten. Im Lauf des Tages hatte sie noch andere widersprüchliche Dinge bemerkt, die ihr nun wieder einfielen. Aber nun schwirrte ihr der Kopf, und sie war zu müde, seelisch und körperlich zu ausgelaugt, um darüber nachzudenken. Gleichgültigkeit erfaßte sie. Sie hatte schon so viel erlitten, daß nichts mehr eine Rolle spielte.

Seine starken Arme umfingen sie etwas fester. «Schau mich an», sagte er mit jener leisen Stimme, die in einem sonderbaren Gegensatz zu seinem klar akzentuierten Französisch stand. Sie erbebte, die dunklen Wimpern flatterten. «Schau mich an.» Gedämpfte, sanfte Worte – aber eine unmißverständliche Autorität schwang darin mit.

Vor vierundzwanzig Stunden hatte Diana Mayo die Bedeutung des Wortes «Angst» nicht gekannt und nur ihren eigenen Wünschen gehorcht, so wie sie es zeit ihres Lebens gewohnt war. Und nun hatte sie in vierundzwanzig Stunden die Gefühlswelt vieler Jahre durchlaufen. Zum erstenmal stand sie vor einer überlegenen Willenskraft, einer hochmütigen Entschlossenheit, der sie sich fügen mußte – zum erstenmal begegnete sie einem Mann, der ihr nicht zu Füßen lag und den ihr Blick niemals in einen untertänigen Sklaven verwandeln würde. In diesen wenigen Stunden hatte sie erfahren, was es hieß, Furcht zu empfinden – und Gehorsam gelernt.

Und so zwang sie sich, den Kopf zu heben und den Scheich anzusehen. Schamröte färbte ihre Wangen, als sie heiße Leidenschaft in seinem Gesicht las, die sie zu verbrennen drohte. Seine Arme umschlossen sie mit unerbittlicher Macht. Hilflos gefangen, lehnte sie sich atemlos und bebend an ihn. Wider Willen war sie fasziniert, als sie seine attraktiven Züge, die strahlenden dunklen Augen, den ausdrucksvollen, grausamen Mund und das markante Kinn betrachtete. Der schwache Geruch eines fremdartigen türkischen Tabaks stieg Diana in die Nase. Diesen Duft hatte sie auch am vergangenen Abend wahrgenommen, als er mit ihr über die Wüste galoppiert war.

Plötzlich lächelte er. «*Bon Dieu*! Weißt du, wie schön du bist?»

Der Klang seiner Stimme brach den Bann, und Diana begann wieder, sich zu wehren. «Lassen Sie mich gehen!» flehte sie und hoffte, er möge ihr die Freiheit schenken.

Er aber zog es vor, die Bitte mißzuverstehen, und die Leidenschaft in seinen Augen wurde von einem spöttischen Funkeln abgelöst. «Oh, wir haben noch viel Zeit. Gaston ist ein sehr diskreter Diener. Wenn er kommt, werden wir ihn hören», fügte er leise kichernd hinzu.

«Wann lassen Sie mich gehen?» beharrte sie mit dem Mut der Verzweiflung.

Ungeduldig schob er sie beiseite, ließ sich auf dem Diwan nieder und zündete sich noch eine Zigarette an. Dann griff er nach einer Zeitschrift, die neben ihm auf einem mit Einlegearbeiten verzierten Schemel lag.

Sie biß sich auf die Lippen, um ein verzweifeltes Schluchzen zu unterdrücken, ballte entschlossen die Fäuste und baute sich vor ihm auf. «Ich *muß* es wissen. Wann lassen Sie mich gehen?»

Ehe er aufblickte, blätterte er gemächlich in seinem Magazin und schnippte Asche von der Zigarette. Mit gerunzelter Stirn musterte er Diana von Kopf bis Fuß. Sie wich vor seinem prüfenden Blick zurück. «Wenn ich genug von dir habe», erwiderte er kühl.

Sie stieß einen Schrei aus, wandte sich ab und taumelte blindlings in die Richtung des angrenzenden Raums. Doch die Stimme des Scheichs hielt sie zurück, als sie die Vorhänge erreichte. Er hatte die Zeitschrift zu Boden geworfen und lag auf dem Diwan, die langen Beine lässig ausgestreckt, die Hände hinter dem Kopf verschränkt. «Was für einen charmanten Jungen du abgibst ...» meinte er lässig. Ein Lächeln huschte über sein Gesicht. «Aber in Biskra sah ich keinen Jungen. Verstehst du, was ich meine?»

Hinter dem Vorhang blieb sie stehen und schlug zitternd die Hände vors Gesicht. Endlich brauchte sie sich nicht mehr zu beherrschen. Oh, ja, sie verstand ihn nur zu gut! Diese Erkenntnis war ihr förmlich aufgenötigt worden – von einem Mann, der es gewohnt war, daß man seinen Befehlen gehorchte. Und nun wollte er sie zwingen, sich hübsch zurechtzumachen, damit sie ihm noch besser gefiel. Noch nie hatte jemand gewagt, sie so anzusehen wie dieser Mann, der sie nun gefangenhielt. Seine abschätzige Bemerkung hatte ihr überdeutlich vor Augen geführt, daß sie eine Frau war, und sie fühlte sich wie Ware auf einem Sklavenmarkt.

Nun mußte sie die Männerkleidung ablegen, die ihr immer wieder ein wenig Mut machte, um diesen Unmenschen im Nebenraum bei Laune zu halten. Die Abendrobe würde ihre schlanke Figur und ihre aparte Schönheit noch mehr betonen.

Mit schleppenden Schritten ging sie zum Toilettentisch und starrte vorwurfsvoll auf das bleiche Gesicht, die glanzlosen Augen, die ihr aus dem Spiegel entgegenstarrten. Das Antlitz einer Fremden … Plötzlich erinnerte sie sich an Aubreys Vorwürfe. Welch eine bittere Ironie des Schicksals! Diesmal zog sie sich nicht zu ihrem eigenen Vergnügen um. Ihre Miene war steinern, und ihre Augen verdunkelten sich vor Zorn. Doch dahinter lauerte die Angst. Bei jedem Geräusch von nebenan zuckte sie zusammen, und ihre schweißnassen Finger taten kaum ihren Dienst. Sie haßte diesen Mann, sie haßte sich selbst, sie haßte die Schönheit, der sie dieses Grauen verdankte. Wäre sie tapfer genug gewesen, hätte sie rebelliert. Doch sie beeilte sich, ohne darüber nachzudenken – so weit hatte die Furcht sie schon getrieben.

Aber als sie fertig war, blieb sie vor dem Toilettentisch stehen. Die Angst hatte sie zur Hast gedrängt. Aber ihr Stolz verbot ihr, diesem Gefühl noch länger zu gehorchen. Als sie müde in den Spiegel blickte und erbost ihre blassen Wangen betrachtete, meldete sich wieder ihr Selbstbewußtsein. Sollte sie den spöttischen Blick des Scheichs kreidebleich und wie ein geprügelter Hund ertragen? Fehlte ihr denn der Mut, um die Furcht zu verbergen, für die sie sich selbst verachtete? Maßlose Wut trieb ihr das Blut ins Gesicht. Befriedigt beugte sie sich zu ihrem Spiegelbild vor. Doch schon im nächsten Moment erstarrte sie, und ihre Finger krampften sich um die Tischkante. Sie sah zwar weiterhin in den Spiegel, betrachtete aber nicht ihre eigenen Züge, sondern das weiße Gewand, das hinter ihr erschienen war und ihr die Sicht versperrte.

Lautlos wie zuvor war der Scheich eingetreten. Als er sie herumriß, wich sie seinem bewunderndem Blick aus, soweit es sein fester Griff erlaubte. Mit einer Hand umfaßte er ihren Arm, mit der anderen hob er lächelnd ihr Gesicht zu sich empor. «Schau nicht so verängstigt drein! Ich brauche nur ein bißchen Seife und Wasser. Sogar ein Araber darf sich doch hin und wieder die Hände waschen.»

Wie grausam er ihre Furcht verhöhnte! Aber sie schluckte ihre Antwort herunter. Lachend zuckte er die Achseln, ließ sie los, nahm ein Rasiermesser vom Toilettentisch und verschwand im Bad.

Mit feuerroten Wangen floh sie in den Nebenraum. Der Mann benahm sich so zwanglos, als wäre sie seit Jahren mit ihm verheiratet. Während sie auf ihn wartete, tobten heftige Gefühle in ihr. Aber sobald Gaston das Dinner servierte, spielte der Scheich wieder den höflichen, rücksichtsvollen Gastgeber, so wie nach seiner Rückkehr ins Lager. Er hatte sich um ein paar Minuten verspätet. Deshalb bat er sie um Verzeihung, ehe er ihr gegenüber Platz nahm. Auch während der Mahlzeit benahm er sich untadelig, und weil Diana den wachsamen Blick des Dieners spürte, versuchte sie, möglichst unbefangen Konversation zu machen.

Ahmed Ben Hassan sprach hauptsächlich von der Wüste und den diversen Sportarten, die man hier betreiben konnte, als hätte er sich über ihre Hobbys erkundigt und das Thema gewählt, um sie zu erfreuen. Er war ein interessanter, wortgewandter Gesprächspartner und bestens informiert. Unter anderen Umständen hätte sie begeistert zugehört. Aber die leise, kultivierte Stimme schien noch zur Absurdität ihrer Lage beizutragen. Sie konnte es kaum ertragen, daß sie so tun mußte, als wäre sie freiwillig hier. Und der Zwang, sitzen zu bleiben und ihm freundlich zu antworten, war beinahe zuviel für sie. Die ganze Zeit über spürte sie, wie aufmerksam er sie beobachtete. Wann immer sie einen verstohlenen Blick über den Tisch warf, begegnete sie den feurigen dunklen Augen, die sie unentwegt musterten. Mit dieser Taktik stellte er ihre Nerven auf eine harte Probe.

Die Szene erinnerte sie an eine Zirkusvorstellung in Wien, wo eine kühne Löwenbändigerin, umringt von fauchenden Bestien, im Käfig gespeist hatte. Die Tiere unterschieden sich sehr von den schläfrigen, mit Drogen betäubten Kreaturen, die man bei solchen Spektakeln normalerweise zu sehen bekam. Von den Tieren fasziniert, war sie nach der Darbietung mit Aubrey hinter die Arena gegangen. Während sie ein Löwenjunges streichelte, sprach sie mit der Dompteuse, die kaum älter war als sie selbst. Zunächst mißtrauisch, erkannte die junge Frau schon bald, daß Dianas Fragen keiner Sensationslust, sondern echtem Interesse entsprangen. Sie nahm die angebotene Zigarette an und führte sie zu den kleinen Käfigen, wo ihre dressierten Löwen die Nacht verbrachten. Immer noch unruhig von der Vorstellung, wanderten die Raubkatzen rastlos umher.

Diana schaute ihnen zu, rieb ihre Wange am weichen Fell des winzigen Löwen, den sie im Arm hielt, und lächelte über sein wohliges Schnurren. «Fürchten Sie sich niemals», fragte sie unvermittelt, «wenn Sie Ihre Mahlzeit verspeisen, ganz allein mit diesen gefährlichen Tieren?»

Gleichmütig zuckte die Dompteuse mit den Achseln und blies eine Rauchwolke ins Gesicht des kleinen Löwen. Über dem Löwenkopf begegnete sie Dianas Blick. «Nun ja, man merkt kaum, was man ißt», hatte sie trocken bemerkt.

Jetzt erging es Diana genauso. Mechanisch verspeiste sie alles, was man ihr vorsetzte, aber sie nahm den Geschmack der diversen Gerichte nicht wahr. Sie kannte nur einen einzigen Gedanken – wie sollte sie diesen Augen entrinnen, die sie unablässig beobachteten, und der ständig wachsenden Angst? Trotzdem war ihr etwas aufgefallen: Der Diener schenkte nur ihr einen leichten französischen Wein ein, das Glas des Scheichs blieb leer.

Als er feststellte, daß sie es verwundert anstarrte, lächelte er ihr zu. «Verzeih mir. Ich trinke keinen Wein. Das ist meine einzige Tugend», fügte er hinzu. Sein glühender Blick trieb ihr das Blut in die Wangen, und sie schaute hastig auf ihren Teller. Natürlich – sie hatte vergessen, daß er Moslem war.

Das Dinner schien eine halbe Ewigkeit zu dauern, und doch wünschte sie, es würde niemals enden. Solange der Diener im Zelt blieb, fühlte sie sich sicher. Aber irgendwann würde er verschwinden, und diese Gewißheit ließ Diana erschaudern. Als der Kaffee serviert wurde, stürmte ein großer persischer Hund herein und warf den Franzosen beinahe um. Unter schrillem Freudengeheul plazierte er seinen langen grauen Körper auf den Knien des Scheichs. Dann wandte er sich zu Diana um und knurrte sie an. Allerdings verstummte er bald, sprang zu Boden und trottete neugierig zu ihr. Eine Zeitlang musterte er ihr Gesicht, bevor er den großen Kopf in ihren Schoß legte.

«Jetzt solltest du dich geehrt fühlen», meinte Ahmed Ben Hassan lachend. «Nur wenige Menschen dürfen sich so glücklich schätzen, Kopecs Freundschaft zu gewinnen.»

Da sie fürchtete, ihre Antwort würde eine unwillkommene Bemerkung auslösen, schwieg sie und streichelte das rauhe Hundefell. Das Herz wurde ihr schwer, als sie so langsam wie möglich ihren Kaffee trank. Schließlich gab es keinen Grund mehr, am Tisch sitzen zu bleiben. Seufzend erhob sie sich.

Auch der Scheich hatte kein Wort mehr gesagt. Seine Tasse war längst leer. Als sie aufstand, ging er, gefolgt von seinem Hund, zum Diwan.

Diana wandte sich zu dem kleinen Bücherregal, suchte nach einem Vorwand, um das Schweigen auszudehnen, und nahm aufs Geratewohl einen schmalen Band heraus. Was sie in der Hand hielt, wußte sie nicht, und es interessierte sie auch gar nicht. Inständig hoffte sie, der Scheich würde sie in Ruhe lassen und kein neues Gespräch beginnen.

Neben ihr räumte Gaston den Tisch ab, dann redete er seinen Herrn an. Diana hörte nur die Worte «le petit Scheich», den arabischen Rest verstand sie nicht. Ärgerlich runzelte Ahmed Ben Hassan die Stirn und nickte dem Diener zu, der das Zelt verließ.

Wenige Minuten später erklang eine Stimme, die sie noch nie gehört hatte. Sie hob den Kopf. Der junge Araber, der nachmittags mit dem Scheich ausgeritten war, stand neben dem Diwan. Die dunklen Augen, die Diana schon den ganzen Abend beobachteten, fixierten sie wieder, eine Zigarette deutete auf den Neuankömmling. «Mein Leutnant Yusef, ein Wüstensohn mit der Seele eines Flaneurs. Nur sein Körper weilt bei mir, sein Herz wandert übers Trottoir von Algier.»

Lachend verneigte sich der große junge Mann, dann straffte er den Rücken und nahm eine dramatische Pose ein, bis der Scheich ihn mit einem knappen Wort an seine Pflichten erinnerte. Sofort senkte er ehrerbietig den Kopf, was Diana nicht entging. Mochte Ahmed Ben Hassan auch mit seinen Leuten scherzen – seine Autorität blieb unangefochten. Aufmerksam betrachtete sie den jungen Mann, der vor dem Scheich stand. Er war hochgewachsen und schlank wie ein Mädchen. Vermutlich hatte er seine träge, lässige Attitüde einstudiert, denn während er sprach, fiel er zuschends aus dieser Rolle. Nur das markante Kinn rettete sein Gesicht davor, weibisch zu wirken. Offensichtlich wußte er, wie gut er aussah. Aber ebenso deutlich ließ er die Ehrfurcht vor seinem Herrn erkennen, dem er allem Anschein nach keine gute Nachricht überbrachte.

Durch ihre dichten Wimpern beobachtete Diana die Männer. Mit lebhaften Gesten begleitete der jüngere seinen Redeschwall, und manchmal katzbuckelte er beinahe. Der Scheich schwieg, warf nur gelegentlich ein Wort ein, und seine Stirnfalten vertieften sich mit jeder Sekunde. Schließlich zuckte er ungeduldig die Achseln. Er stand auf, und dann verließen die beiden, gefolgt von dem Hund, das Zelt.

Diana setzte sich auf den weichen Teppich neben dem Bücherregal. Endlich würde sie für eine Weile allein bleiben, befreit von den wachsamen Blicken, die sie unentwegt zu durchbohren schienen, befreit von der verhaßten Nähe des Scheichs. Sie legte stöhnend ihren Kopf auf die Knie. Jetzt mußte sie ihre Verzweiflung nicht mehr verbergen. Wie müde sie sich fühlte. Sie war geistig und körperlich erschöpft von den Gefühlen, die einer bitteren Erkenntnis gefolgt waren: Was immer die Zukunft bringen mochte, die Diana von gestern existierte nicht mehr. Und ihr neues Ich kam ihr so seltsam und fremd vor. Sie mißtraute ihm und hielt es nicht für fähig, den Kampf fortzusetzen, für den sie sich entschieden hatte. Ihr altes mutiges Ich hatte sie niemals im Stich gelassen. Aber diese neue, ängstliche Persönlichkeit erfüllte sie mit Argwohn. Ihr Selbstbewußtsein war wie weggeblasen, und sie verachtete sich selbst. Um diese schreckliche Furcht zu bezähmen, fehlte ihr die Kraft. Hoffentlich würde es ihr gelingen, sie zu verheimlichen und dem Scheich wenigstens *diese* Genugtuung zu versagen.

Einmal hatte sie ihm flehend zu Füßen gelegen und war ausgelacht worden. Lieber wollte sie sterben, ehe sie ihn ein zweites Mal mit einem solchen Spektakel amüsierte. Allerdings konnte sie nichts dagegen tun, daß er sich an ihre Feigheit erinnern würde. Immer würde er daran denken, genauso wie sie. Doch sie wollte diesen schmachvollen Eindruck wettmachen – sofern ihre Kraft ausreichte. Darum betete sie inbrünstig, bis sich ihrer Kehle ein Schluchzen entrang und ihre Hände krampfhaft die Knie umklammerten. Seufzend strich sie sich das Haar aus der Stirn und spähte über ihre Schulter in den leeren Raum. Seit dem Morgen hatte er sich auf merkwürdige Weise verändert, so wie ein unbekannter Raum eine andere Atmosphäre annimmt, nachdem man einige Stunden darin verbracht hat. Wenn sie ihn jetzt auf Nimmerwiedersehen hätte verlassen können, sie hätte sich trotzdem jede Einzelheit eingeprägt. Alles hatte sich in ihr Gedächtnis eingegraben, so als wären seit ihrer Ankunft nicht nur Stunden, sondern Jahre verstrichen.

Auch der vergangene Tag lag schon Jahre zurück – der Tag, an dem die arme, dumme Diana Mayo blindlings in eine Falle geritten war. Davor hatte sie ihre hochgelobte Unabhängigkeit nicht gerettet. Und jetzt bezahlte sie für ihren Entschluß, die Grenzen ihres Geschlechts zu mißachten. Ihr ermatteter Körper würde dem Kampf nicht gewachsen sein, der ihr noch bevorstand. Wenn der Scheich sie doch verschonen würde, bis sie diese lähmende Müdigkeit abgeschüttelt hatte …

Plötzlich hörte sie seine Stimme an der Tür, und ihre eisigen Finger ergriffen das Buch, das zu Boden geglitten war. Die dicken Teppiche verschluckten das Geräusch seiner Schritte. Aber sie wußte, auch ohne hinzusehen, daß er eintrat und zum Diwan ging. Sie spürte seinen Blick. Schaudernd wartete sie darauf, daß er etwas sagte oder tat. Wie viele Methoden er hat, um mich zu quälen, dachte sie verbittert. Hinter dem Zelt erklangen Tamtamklänge, und der ungleichmäßige Rhythmus pochte in Dianas Schädel. Beinahe hätte sie vor Schmerzen geschrien.

«Komm her – Diane.»

Erschrocken zuckte sie zusammen. Im ersten Augenblick hatte sie ihren eigenen Namen nicht erkannt, weil er ihn französisch aussprach. Dann errötete sie ärgerlich und blieb schweigend sitzen. Nach allem, was er ihr angetan hatte, war es nur eine Kleinigkeit. Aber ihren Namen aus seinem Mund zu hören … Diese Schmach entfachte den heißen Zorn, den die Angst schon fast besiegt hatte. Und der besitzergreifende Unterton weckte ihren Trotz. Nein, sie würde seinem Ruf nicht folgen. Was er wollte, mußte er sich nehmen. Freiwillig würde sie ihm gar nichts geben. Die Hände im Schoß zusammengepreßt, saß sie da und rang furchtsam nach Atem.

«Komm her!» wiederholte er mit scharfer Stimme.

Auch die zweite Aufforderung blieb unbeantwortet, und doch, aus Dianas Gesicht, das er nicht sehen konnte, wich alle Farbe.

«Ich bin es nicht gewöhnt, daß man meine Befehle mißachtet», sagte er langsam.

«Und ich bin es nicht gewöhnt, mir Befehle erteilen zu lassen», stieß sie erbost hervor, obwohl ihre Lippen bebten.

«Dann wirst du es lernen.» Sein drohender Tonfall raubte ihr beinahe den letzten Mut.

Keuchend kauerte sie auf dem Boden. Wieder wurde sie von dem Entsetzen übermannt, das sie schon am vergangenen Abend verspürt hatte. Wie gelähmt wartete sie ab und lauschte. Sie stand Höllenqualen aus, und die Tamtams wurden immer lauter – oder war es das Pochen in ihren Schläfen? Mit einem erstickten Schrei sprang sie auf und floh, bis sie nicht mehr weiterkonnte. Sie warf sich gegen die schwarzsilbernen Vorhänge und klammerte sich daran fest. Auf einmal stand er hinter ihr.

Er beugte sich vor, löste ihre kraftlosen Finger aus dem schweren Stoff und zog ihre Hände an seine Brust. «Komm!» flüsterte er, und seine leidenschaftlichen Augen schienen sie zu verschlingen.

Verzweifelt kämpfte sie gegen die Faszination seines Blicks, aber er nahm sie unerbittlich in die Arme.

«Kleine Närrin!» schalt er, und sein Lächeln wurde breiter. «Besser ich als meine Männer.»

Der grausame Spott riß sie aus ihrer Erstarrung. «Oh, Sie – Sie Ungeheuer! Sie Ungeheuer!» schluchzte sie, bis seine Küsse sie zum Schweigen brachten.

Viertes Kapitel

Ein Monat! Einunddreißig Tage! Oh, Gott! Nur einunddreißig Tage. Und es kommt mir wie ein ganzes Leben vor. Erst vor einem Monat habe ich Biskra verlassen. Ein Monat! Ein Monat!

Bebend warf sich Diana auf den Diwan und vergrub das Gesicht in den Kissen, um dem Anblick des heidnischen Luxus zu entfliehen. Doch sie weinte nicht. Der Zusammenbruch in der ersten Nacht hatte sich nicht wiederholt. Manchmal stiegen ihr Tränen der Scham und des Zorns in die Augen, wurden aber nicht vergossen. Ihr Peiniger durfte nicht wissen, daß er sie zum Weinen bringen konnte. Diese Genugtuung gönnte sie ihm nicht. Ihr Stolz ließ sich nicht so leicht brechen. Sie dachte an die vielen Tage und Nächte des qualvollen Widerstandes. Verbissene Machtkämpfe und erzwungener Gehorsam hatten den ganzen gräßlichen Monat geprägt. In wachsender Verbitterung fragte sie sich, wie lange sie noch den Mut aufbringen würde, sich zu sträuben. Zum erstenmal in ihrem Leben mußte sie sich fügen, zum erstenmal in ihrem Leben zählten ihre Wünsche nicht.

Und zum erstenmal wurde ihr die Unterlegenheit ihres Geschlechts deutlich vor Augen geführt. Und diese Erfahrung hatte die jahrelange Erziehung zunichte gemacht. Hier galt der Status nicht, den sie bei ihrem Bruder und seinen Freunden genossen hatte. Unentwegt ließ man sie spüren, daß sie eine Frau war. Alle Unsäglichkeiten mußte sie hinnehmen, die sich mit ihrer Weiblichkeit verbanden, alles ertragen, was Ahmed Ben

Hassan ihr aufnötigte. Wie ein Stück Vieh, wie eine Sklavin erduldete sie seine Gelüste und seinen Tadel. Daß ihre Überzeugungen auf einmal nichts mehr wert waren und daß ihrem kalten, leidenschaftslosen Temperament rohe Gewalt angetan wurde, erschütterte sie bis ins Mark. Ihr Stolz wurde mit Füßen getreten. Der Scheich verhielt sich ihr gegenüber hochmütig, verachtete und unterdrückte sie, weil sie eine Frau war, und kannte keine Gnade. Für ihn, den herrischen Araber, hatte eine Frau keine Gefühle. Er hatte sie zu seinem Vergnügen entführt, und er hielt sie in seinem Lager fest, um sich zu amüsieren, wann immer er Entspannung suchte.

Vor ihrer Ankunft in Afrika hatte sie sich nur vage Vorstellungen vom Leben eines arabischen Wüstenscheichs gemacht. Der Begriff «Scheich» war offensichtlich sehr dehnbar. In Biskra hatte sie einige Scheichs beobachtet, die hartnäckig feilschten, um magere Kamele und wundgescheuerte Esel für Reisen ins Landesinnere zu vermieten. Auch ihr eigener treuloser Karawanenführer hatte sich «Scheich» genannt. Doch sie hörte auch von anderen Scheichs, die weitab der Städte, jenseits der schimmernden Sandflächen lebten, von mächtigen Stammesfürsten mit großem Gefolge. Diese Männer ähnelten eher den Arabern aus Dianas Träumen. Sie hatte sich ausgemalt, daß diese Scheichs tagelang im Drogenrausch dahindämmerten, oder sinnlichen Genüssen frönten – wenn sie nicht gerade ihre Nachbarn umbrachten. Auf Abbildungen wurden sie meist als dicke alte Männer dargestellt. Im Schneidersitz hockten sie vor ihren Zelten, ließen sich von zahlreichen Untertanen bedienen und sahen gelangweilt zu, wie ein elender Sklave zu Tode geprügelt wurde.

Daß der Mann, der sie entführt hatte, Tag und Nacht beschäftigt sein würde, hatte sie nicht erwartet. Er führte ein hartes, ausgefülltes Leben. Entweder befaßte er sich mit seiner großartigen

Pferdezucht oder mit Angelegenheiten seines Stammes, die ihn oft stundenlang vom Lager fernhielten. Ein- oder zweimal war er sogar über Nacht weggeblieben und – gezeichnet von dem anstrengenden Ritt – erst bei Morgengrauen zurückgekehrt.

Hin und wieder durfte sie mit ihm ausreiten. Wenn er keine Zeit oder keine Lust auf ihre Gesellschaft hatte, wurde sie von dem französischen Kammerdiener begleitet. Ein prachtvoller Vollblüter, ein Grauschimmel namens Silberstern, stand ihr zur Verfügung, und auf seinem Rücken gelang es ihr manchmal, Ahmed Ben Hassan zu vergessen. Doch solche erholsamen Augenblicke waren ihr nur selten vergönnt. Abends, wenn Gaston das Zelt verließ und sie mit dem Scheich allein blieb, war es, als legte sich eine eisige Hand um ihr Herz. Je nach seiner Stimmung nahm er Notiz von ihr oder zeigte ihr die kalte Schulter. Er verlangte, daß sie ihm jeden Wunsch von den Augen ablas und forderte ganz selbstverständlich Gehorsam, denn er war ein befehlsgewohnter Mann. Despotisch bestrafte er unbotmäßige Stammesmitglieder, und die Leute liebten und fürchteten ihn gleichermaßen. Sogar seinen Leutnant Yusef, hatte Diana vor Hassans Stirnrunzeln zurückschrecken sehen, das auch ihr angst machte.

«Warum behandeln Sie Ihre Männer wie Hunde?» fragte sie ihn. «Befürchten Sie nicht, sie könnten sich eines Tages gegen Sie erheben und Sie töten?»

Statt zu antworten, zuckte er nur die Achseln und brach in jenes leise Gelächter aus, das ihr jedesmal einen Schauer über den Rücken jagte.

Offenbar war Gaston der einzige, dessen treue Ergebenheit nicht von widersprüchlichen Gefühlen beeinträchtigt wurde.

Was Diana am empfindlichsten störte, war der orientalische Egoismus des Scheichs, sein Desinteresse an allem, was nicht in den Bereich seiner eigenen Wünsche fiel. Auch ihr ständiges

Bitten und ihre Schmähungen nahm er gleichgültig zur Kenntnis. Ihre regelmäßigen Wutanfälle beeindruckten ihn nicht. Entweder achtete er nicht auf ihr Geschrei, oder er beobachtete sie mit kühler Neugier, die Lippen zu einem grausamen Lächeln verzogen. Ihr Zorn amüsierte ihn, bis er schließlich die Geduld verlor. Dann packte er sie mit jenem blitzschnellen Griff, dem sie niemals ausweichen konnte, und starrte sie an. Unter dem Druck seiner schmalen gebräunten Finger und seinem durchdringenden Blick senkte sie die Lider, und die heftigen Worte erstarben ihr auf den Lippen.

Ihr bangte vor seiner körperlichen Überlegenheit. Sie haßte ihn und verabscheute sich selbst, weil er diese entsetzliche Angst in ihr weckte. Und diese Furcht war durchaus berechtigt, denn er besaß ungeheure Kräfte. Zudem gaben ihm seine Unabhängigkeit vom Gesetz und seine uneingeschränkte Herrschaft die Macht, sich jeden Wunsch ohne Skrupel zu erfüllen. Er war der Herr über Leben und Tod.

Ein paar Tage nach ihrer Entführung hatte sie ihn einen Diener züchtigen sehen. Was der Mann verbrochen hatte, wußte sie nicht. Aber die Strafe erschien ihr in jedem Fall unverhältnismäßig. Entsetzt und fasziniert zugleich, schaute sie zu, bis der Scheich die mörderische Peitsche beiseite schleuderte. Ohne der reglosen blutenden Gestalt auf dem Boden noch einen Blick zu gönnen, schlenderte er seelenruhig zu seinem Zelt. Bei diesem Anblick wurde ihr übel, und die Erinnerung verfolgte sie noch tagelang. Seine Gleichgültigkeit stieß sie noch mehr ab als seine Grausamkeit, und sie haßte ihn leidenschaftlich. Daß er ein außergewöhnlich stattlicher Mann war, machte die Sache auch nicht besser. In ihren Augen zeichnete ihn nur eine einzige Tugend aus – er war kein bißchen eitel, was sie sich nur widerstrebend eingestand, und so unbefangen wie jenes wilde Tier, mit dem sie ihn oft verglich.

«Er ist wie ein Tiger», flüsterte sie, in den Kissen vergraben, «eine anmutige, grausame, gnadenlose Raubkatze.» Während des letzten Winters hatte sie in Indien einen Tiger erlegt. Nach stundenlangem, ermüdendem Warten auf dem Hochsitz in verkrampfter Haltung sah sie das schöne Geschöpf lautlos aus dem Unterholz hervorschleichen. Mitten auf der Lichtung war es stehengeblieben, um zu lauschen. Die langen, behenden Schritte, der stolz erhobene Kopf, die grausam verzerrten Lippen, die glühenden, funkelnden Augen im Mondlicht erinnerten sie an den Mann, dem sie jetzt gehorchen mußte. Damals hatte sie gezögert, eine so vollkommene Kreatur mutwillig zu vernichten – bis der indische Treiber sie am Arm berührt hatte. Da war ihr eingefallen, daß die «vollkommene Kreatur» vor einer Woche eine Frau gefressen hatte. Jetzt empfand Diana die gleiche Angst und widerwillige Bewunderung wie in jener Nacht, und deshalb verachtete sie sich selbst.

Als sie eine Hand auf ihrer Schulter spürte, fuhr sie mit einem Aufschrei hoch. Normalerweise hatte sie sich besser in der Gewalt, aber die dicken Teppiche verschluckten jedes Geräusch, und sie hatte ihn nicht so früh erwartet. Im Morgengrauen war er aufgebrochen und ungewöhnlich spät zurückgekehrt, um sich im Nebenraum auszuruhen.

Wütend auf sich selbst, biß sie sich auf die Lippen und strich sich das zerzauste Haar aus dem Gesicht. Er sank neben ihr auf den Diwan und zündete sich die unvermeidliche Zigarette an. Wenn er nicht im Sattel saß, rauchte er pausenlos. Diana warf ihm einen verstohlenen Blick zu. Lässig lag er da, den Kopf in den Kissen, blies Rauchringe in die Luft und beobachtete, wie sie zum offenen Zelteingang wehten. Nach einer Weile wandte er sich gähnend zu ihr. «Zilah ist nachlässig. Befiehl ihr doch, deine Stiefel wegzuräumen. Und sie soll deine Kleider nicht am Boden liegenlassen. Heute fand ich einen Skorpion im Bad.»

Das Blut stieg ihr in die Wangen, so wie immer, wenn er beiläufig darauf hinwies, daß sie wie ein Paar zusammenlebten. Dieser Gleichmut machte ihr angst, denn sie deutete ihn als Zeichen dessen, daß dieser Zustand noch lange andauern würde. Sie schämte sich unbeschreiblich. Er war so selbstsicher. Bildete er sich allen Ernstes ein, er würde sie für immer besitzen?

Sie spürte, wie sie bis in die Haarwurzeln errötete. Um ihr Gesicht zu verbergen, vergrub sie die Finger in ihren wallenden Locken. Erleichtert seufzte sie, als Gaston ein Tablett mit zwei filigranen Kaffeetassen servierte. «Ich habe Kaffee gekocht, denn Madames Tee ist aufgebraucht», murmelte er so bedrückt, als würde er eine Staatskrise verkünden.

Auf ihre Reise hatte sie gerade genug Tee für einen Monat mitgenommen ... Wieder Salz in ihre offenen Wunden. Sie preßte die Lippen zusammen, hob ärgerlich den Kopf und begegnete einem spöttischen Augenpaar, dessen Blick sie wie immer auswich.

Nachdem Gaston ein paar Worte auf Arabisch gesagt hatte, trank der Scheich den heißen Kaffee, dann eilte er aus dem Zelt. Lautlos wie üblich ging der Diener umher, sammelte Zigarettenstummel und abgebrannte Streichhölzer ein und sorgte für jene penible Ordnung, die er so wichtig nahm. Diana beobachtete ihn mißmutig. War es der Einfluß der Wüste, der all diese Männer dazu brachte, sich wie Katzen zu bewegen. Ahmte der Franzose seinen Herrn bewußt oder unbewußt nach? In ihrem kindischen Zorn empfand sie plötzlich das Bedürfnis, irgend etwas zu zertrümmern. Und so fegte sie mit einer ungestümen Geste das kleine Intarsientablett beiseite. Die Tassen fielen zu Boden und zerbrachen. Sofort bereute sie ihren Impuls und sah beschämt zu, wie Gaston die Scherben wegräumte. Was war nur los mit ihr? Ihre Ausgeglichenheit, früher ihr ganzer Stolz, ließ sie schmählich im Stich. Was sollte aus ihr werden?

Als Gaston hinausgegangen war, blickte sie sich wie gehetzt um. Nirgends sah sie einen Ausweg. Es gab nur eine einzige Möglichkeit, dem unerträglichen Elend zu entrinnen – Selbstmord. Und sie hatte unablässig ein geeignetes Mittel gesucht. Aber auch der Scheich dachte daran und traf Vorkehrungen. Eines Tages schien sich ihr verzweifelter Wunsch zu erfüllen, und sie tastete nach dem Revolver, der auf einem Tisch lag. Doch sobald ihre Finger den Griff umfaßten, wurden sie von einer starken Hand gepackt. Wie üblich war er lautlos hereingekommen und zu ihr geeilt. Er entwand ihr die Waffe, seine Augen fixierten sie, dann öffnete er den Revolver und zeigte ihr das leere Magazin. «Glaubst du, ich wäre ein Narr?» hatte er sie ohne Zorn gefragt.

Seit diesem Tag wurde sie unauffällig rund um die Uhr überwacht und fand keine Gelegenheit, ihr schreckliches Vorhaben zu verwirklichen. Bekümmert vergrub sie das Gesicht in den Händen. «Oh, Gott! Wird es denn niemals enden? Muß ich für immer hier ausharren?»

Sie sprang auf und wanderte rastlos umher, die Hände hinter dem Rücken verschränkt, den Kopf in den Nacken gelegt, die Zähne zusammengebissen. Mühsam rang sie nach Atem, als wäre sie gerannt, und starrte blicklos ins Nichts. Es dauerte eine Weile, bis sie sich wieder gefaßt hatte und die nervöse Erregung verebbte. Wie erschöpft sie sich fühlte ... Plötzlich erschien ihr die Einsamkeit unerträglich, und in diesem Moment wäre ihr alles lieber gewesen als die schweigende Leere in diesem großen Zelt. Als sie von draußen Lärm hörte, trat sie hinaus unter die Markise. Neben ihr standen der Scheich, Gaston und Yusef. Sie beobachteten ein wildes, bockiges Fohlen, das drei Männer mit vereinten Kräften eisern festhielten, obwohl es sich unentwegt loszureißen suchte. Dahinter, in sicherer Entfernung, bildeten mehrere Araber einen Halbkreis, teils beritten, teils zu Fuß. Eifrig redeten sie durcheinander und gestikulierten. Die Reiter patrouillierten am Außenrand des Publikums.

An eine der Lanzen gelehnt, die das Vordach stützten, verfolgte Diana die Ereignisse mit wachsendem Interesse. Das Camp lag viele Meilen weiter südlich von jenem anderen, in das sie zuerst gebracht worden war. Einige Tage nach ihrer Entführung hatte man es abgebrochen und hier wieder aufgeschlagen. Ringsum erstreckte sich eine prachtvolle Landschaft. Die fernen Berge verschwammen im Nachmittagsdunst. Hinter den Zelten erhoben sich dichtgedrängte Palmen. Die wilden Eingeborenen in ihren malerischen weißen Roben, die rastlosen Reiter und das prachtvolle, tobende Pferd in ihrer Mitte gaben ein beeindruckenes Bild ab. Unermüdlich schlug das Fohlen aus und schnappte nach den Männern, die es mühselig bändigten. Als der Scheich eine Hand hob, löste sich ein Mann aus der schwatzenden Menge, lief zu ihm und verbeugte sich. Als Hassan einige Worte an den Mann richtete, verneigte sich dieser erneut und lächelte breit. Dann näherte er sich den Kämpfenden.

Diana hob neugierig den Kopf. Nun sollte der Widerstand des wütenden Fohlens endgültig gebrochen werden. Es war bereits gesattelt. Zusätzliche Männer eilten herbei und zwangen es, stillzustehen – nur für einen kurzen Moment, doch der genügte einem der Araber, um auf den Pferderücken zu springen. Hastig wichen die anderen vor den rasenden Hufen zurück. Das Tier hielt, erstaunt über die plötzliche Last, inne und bäumte sich dann so hoch auf, daß Diana glaubte, es müßte nach hinten fallen und den Reiter unter seinem Gewicht begraben. Aber es landete wieder auf den Vorderhufen.

In den nächsten Sekunden war es fast unmöglich, die zuckenden Bewegungen des Fohlens zu verfolgen, das den Mann abzuwerfen suchte. Das Ende ließ nicht lange auf sich warten. Kraftvoll warf das erboste Tier die Hinterbeine in die Luft und schleuderte den Reiter über seinen Kopf hinweg. Mit einem dumpfen Aufprall fiel er in den Sand und blieb reglos liegen, während die anderen heranstürmten und das Tier festhielten, ehe ihm seine Freiheit bewußt wurde. Diana wandte sich dem gestürzten Araber zu, den einige Zuschauer umringten. Da sie ihn für tot hielt, schlug ihr Herz schneller. Welch ein plötzlicher Tod … Eben war er noch voller Leben gewesen, hatte vor Kraft gestrotzt.

Diesen Barbaren bedeutet ein Menschenleben nichts, dachte sie bitter, als sie beobachtete, wie der schlaffe Körper von vier Männern weggebracht wurde. Die Träger beklagten sich lautstark über die schwere Last. Diana warf einen Blick auf Ahmed Ben Hassan. Offensichtlich ungerührt, sah er nicht einmal in die Richtung des Gestürzten. Ganz im Gegenteil – er lachte, legte eine Hand auf Yusefs Schulter und wies mit seinem Kopf zu dem Fohlen hinüber. Entsetzt hielt Diana den Atem an. Nein, er würde niemanden schonen und den Bedauernswerten zwingen, seine Kühnheit zu beweisen. Sie wußte, daß der Leutnant, ebenso wie alle Gefolgsleute des Scheichs, ausgezeichnet reiten konnte und daß seine Trägheit nur vorgespielt war. Aber er wirkte so blutjung, und das Risiko erschien ihr ungeheuerlich.

Oft genug hatte sie mit angesehen, wie Pferde zugeritten wurden, doch solch ein wahnwitziges Tier war ihr noch nie begegnet. Trotzdem hieß Yusef seine Chance willkommen. Lachend stolzierte er auf den großen Platz vor den Zelten und wurde lauthals bejubelt. Mehrere Araber hielten das Tier fest, und er sprang leichtfüßig in den Sattel. Diesmal unternahm das Fohlen einen verzweifelten Fluchtversuch und ging durch, statt sich aufzubäumen. Doch die Reiter scheuchten es sofort ins Zentrum der Arena zurück, wo es wieder seine alte Taktik anwandte. Dieser geballten Kraft war der hübsche Bursche auf dem Pferderücken nicht gewachsen. Nach einer knappen Minute wurde er abgeworfen.

Das Maul weit aufgerissen und mit schrillem Wiehern, ging das Fohlen auf ihn los. Yusef hob einen Arm, um sein Gesicht vor den Hufen zu schützen. Gerade noch rechtzeitig stürzten zwei Männer hinzu und zerrten das zornige Tier davon. Während er schwankend aufstand und zu den Zelten hinkte, konnte Diana ihn kaum sehen, weil ihr das Gedränge die Sicht versperrte.

Wieder schaute sie zum Scheich hinüber und knirschte mit den Zähnen. Er neigte den Kopf, eine Zigarette im Mund, und ließ sich von Gaston Feuer geben. Dann schlenderten die beiden zu dem Fohlen, das nun völlig außer Rand und Band geraten war. Immer mehr Hände mußten zupacken, um das tobende Pferd festzuhalten. Jetzt näherten sich die beiden Männer den durcheinanderschreienden Stallburschen, die ihre ganzen Kräfte aufboten, und wenig später sah Diana den Franzosen auf dem Pferderücken sitzen. Der kleine Mann, ein exzellenter Reiter, blieb viel länger im Sattel als seine Vorgänger. Aber letzten Endes mußte er sich geschlagen geben und flog über den Kopf des Füllens hinweg. Geschickt landete er auf allen vieren und erhob sich sofort unter lautem Beifall und Gelächter, in das er bereitwillig einstimmte. Achselzuckend kehrte er zu seinem Herrn zurück und breitete resigniert die Arme aus. Eine Zeitlang sprachen sie miteinander, allerdings so leise, daß Diana nichts verstehen konnte.

Dann ging Ahmed Ben Hassan allein in die Mitte der Arena, und Dianas Puls beschleunigte sich. Noch bevor er das Fohlen erreichte, erriet sie seine Absicht. Sie trat aus dem Schatten der Markise und ging zu Gaston, der ein Taschentuch um seine verletzte Hand wickelte. «Wird Monseigneur versuchen, das Pferd zuzureiten?»

«Versuchen?» wiederholte der Diener mit seltsamer Stimme und warf ihr einen raschen Blick zu. «Ja, Madame, er wird es versuchen.»

Während der Scheich in den Sattel stieg, breitete sich eine

merkwürdige Stille über dem Platz aus. Mit schmalen Augen beobachtete Diana die Ereignisse, und ihr Herz schlug wie rasend. Einerseits wünschte sie inständig, das Fohlen möge ihn töten. Und andererseits hoffte sie seltsamerweise, daß er es bändigen konnte. Der Kampf hatte ihren Sportsgeist geweckt. Obwohl sie den Scheich haßte, mußte sie seine Reitkunst bewundern. Wie ein Fels saß er auf dem Pferderücken. Erfolglos bemühte sich das wütende Tier, ihn abzuschütteln, schlug nach allen Seiten aus, sprang vor und zurück und wirbelte umher, bis man sich fragte, wie er sich überhaupt im Sattel hielt. Immer höher bäumte sich das Füllen auf und schleuderte ein ums andere Mal die Vorderhufe in die Luft.

Diana hörte Gaston durch die Zähne pfeifen. «Schauen Sie, Madame!» rief er. Sie sah, wie der Scheich einen kurzen Blick nach hinten warf. Als sich das Fohlen erneut fast senkrecht aufbäumte, riß er es noch weiter nach hinten und sprang ab, ehe es stürzte. Sobald das leicht benommene Pferd wieder auf die Beine kam, sprang er in den Sattel.

Und nun bot sich Diana ein Schauspiel, das sie niemals vergessen würde. Bei diesem letzten Kampf konnte es nur einen Sieger geben: das Roß oder den Reiter, und der Scheich hatte nicht vor zu unterliegen. Er wollte dem ungezähmten Tier eine Lektion erteilen. Ahmed Ben Hassans wilde Entschlossenheit nahm es mit der zügellosen Wut des Tieres auf. Beim Anblick dieses Spektakels roher Kraft und Grausamkeit wurde Diana fast übel. Am liebsten hätte sie sich abgewandt, aber sie konnte den Blick nicht von der erbitterten Auseinandersetzung lösen. Das beklommene Schweigen der Zuschauer war einem aufgeregten Geschrei gewichen. Alle drängten vorwärts und wichen hastig zurück, wenn ihnen die immer noch wild um sich tretenden Hufe zu nahe kamen.

Am ganzen Leibe zitternd und mit geballten Fäusten starrte

Diana den Scheich an, der mit dem Pferd zu verschmelzen schien. Würde es niemals enden? Mittlerweile war es ihr gleichgültig, wer wen tötete. Sie wünschte nur noch, das furchtbare Gefecht würde aufhören. Wollte sich der Scheich als Held aufspielen? Mit schweißnassen Fingern umklammerte sie Gastons Arm. «Das ist grauenhaft!» stöhnte sie entsetzt.

«Es ist notwendig», erwiderte er in ruhigem Ton.

«Nein, für so etwas gibt es keine Rechtfertigung!» stieß sie hervor.

«Verzeihen Sie, Madame, das Fohlen muß Gehorsam lernen. Heute morgen hat es einen Mann abgeworfen, ihn niedergetrampelt und getötet.»

Diana schlug die Hände vors Gesicht. «Das ertrage ich nicht mehr.»

Ein paar Minuten später schnalzte Gaston mit der Zunge. «Schauen Sie, Madame, es ist vorbei», sagte er leise, und Diana blickte ängstlich auf.

Der Scheich hatte sich neben dem Fohlen aufgebaut, das schwankend, mit zuckenden Flanken und mit tiefgesenktem Kopf dastand. Aus seinem Maul quollen Blut und Schaum. Es taumelte ein paar Schritte und brach erschöpft zusammen. Während die übrigen Araber herbeirannten, eilte Gaston zu seinem Herrn, der die Menge überragte. Angewidert wandte sich Diana ab. Genügte es nicht, ein so grausames Schauspiel mit anzusehen? Mußten diese Barbaren ihren Anführer auch noch dafür bejubeln?

Langsam kehrte sie ins Zelt zurück. Sie war immer noch erschüttert und blieb unentschlossen neben dem Diwan stehen. Das Gefühl der Hilflosigkeit, das sie inzwischen so gut kannte, befiel sie heftiger denn je. Nirgends konnte sie Schutz vor diesem unbarmherzigen Mann suchen, keine Ruhepause wurde ihr vergönnt, Tag und Nacht mußte sie seine Gegenwart ertragen, ohne die geringste Hoffnung auf einen Ausweg. Verzweifelt schloß sie die Augen und öffnete sie sofort wieder, als seine Stimme vor dem Zelt erklang.

Er kam lachend herein, eine Zigarette in der blutbefleckten Hand. Mit der anderen wischte er sich den Schweiß von der Stirn, wobei er einen roten Streifen hinterließ. Diana wich vor ihm zurück und starrte ihn empört an. «Was für ein herzloser Teufel Sie sind!» fauchte sie. «Oh, wie ich Sie hasse!»

Sekundenlang verengten sich seine Augen, dann lachte er wieder. «Nur zu, *ma belle*, hasse mich – aber bitte von ganzem Herzen, weil ich jedes Mittelmaß verabscheue», erwiderte er leichthin und verschwand im Nebenraum.

Sie sank auf die Couch. Noch nie hatte sie sich so verzweifelt und so machtlos gefühlt. Zitternd starrte sie ins Leere und zupfte nervös an ihrem jadegrünen Seidenkleid. Wie gerne hätte sie einfach aufgehört zu fühlen, um nicht mehr leiden zu müssen. Als Gaston eintrat, musterte sie ihn vorwurfsvoll. Er billigte das Verhalten des Scheichs. Wäre er dazu imstande, hätte er selbst genauso gehandelt. Wie der Herr, so der Diener …

«Ist der Reiter tot, der zuerst abgeworfen wurde?» fragte sie abrupt. In ihrer Stimme schwang der alte Hochmut mit.

«Oh, nein, Madame. Er hat nur eine Gehirnerschütterung davongetragen. Bald ist er wieder in Ordnung. Diese Araber haben harte Schädel.»

«Und Yusef?»

Gaston grinste. Bedauerlicherweise hat sich *le petit* Scheich das Schlüsselbein gebrochen. Nichts Schlimmes. Ein paar Ruhetage im Schoße seines Harem, *et voilà*!»

«Sein Harem?» wiederholte Diana verblüfft. «Ist er verheiratet?»

«*Mais oui*, Madame, er hat zwei Frauen.» Diana schnappte nach Luft, und er zuckte herablassend die Achseln. «*Que voulez-vous*? Das entspricht nun einmal den Sitten dieses Landes», fügte er hinzu – ein Mann, der angesichts einer traurigen Tatsache gute Miene zum bösen Spiel machte.

Weil es ihr nicht ratsam erschien, die Sitten des Landes weiter zu erörtern, wechselte sie hastig das Thema. «Wo haben Sie denn reiten gelernt, Gaston?»

«In einem Rennstall bei Auteuil, Madame, als ich noch ein kleiner Junge war. Dann verbrachte ich fünf Jahre bei der französischen Kavallerie, und danach kam ich zu Monseigneur.»

«Wie lange arbeiten Sie schon für ihn?»

«Fünfzehn Jahre, Madame.»

«Fünfzehn Jahre!» rief sie erstaunt. «Fünfzehn Jahre – in der Wüste?»

«Hier und anderswo, Madame», antwortete er etwas knapper als sonst, entschuldigte sich und verließ das Zelt.

Seufzend lehnte sich Diana in die Kissen zurück. Gaston mußte nicht befürchten, daß sie versuchen würde, ihm die Geheimnisse seines Herrn zu entlocken. So tief war sie noch nicht gesunken. Der Mann, dessen Weg den ihren so verhängnisvoll gekreuzt hatte, kam ihr mit jedem Tag geheimnisumwobener vor, obwohl sie ihn inzwischen doch besser hätte kennen müssen. Welche Macht übte er auf seinen treuergebenen wilden Stamm und den kleinen französischen Exkavalleristen aus? Sie runzelte verwundert die Stirn und dachte immer noch über das Rätsel nach, als er zurückkehrte. Gepflegt und tadellos gekleidet, ließ er sich nicht mehr mit dem zerrauften, blutbefleckten Barbaren vergleichen, den sie vor einer halben Stunde gesehen hatte. Sie sah ihn ängstlich an und erinnerte sich an ihre Wutausbrüche. Aber er zürnte ihr nicht. Seine Miene wirkte ernst, doch seine Gedanken galten offensichtlich nicht ihr. Bedächtig strich er über sein glattrasiertes Kinn. Diese Geste hatte sie oft bei Aubrey beobachtet. Abendländer und Morgenländer – die Männer waren wohl auf der ganzen Welt dieselben. Vergeblich wartete sie auf ein Wort des Scheichs. Er versank wieder in jenes tiefe Schweigen, an das sie sich bereits gewöhnt hatte. Manchmal beachtete er sie stundenlang nicht. Auch beim Abendessen blieb er stumm. Nur ein einziges Mal wandte er sich in arabischer Sprache an Gaston, und der Diener nickte.

Nachdem der Franzose hinausgegangen war, saß der Scheich in Gedanken versunken auf dem Diwan. Diana wanderte rastlos umher, betrachtete Gegenstände, die sie längst kannte, und blätterte in französischen Zeitschriften, die sie ein dutzendmal gelesen hatte. Normalerweise war sie dankbar für sein Schweigen. Doch an diesem Abend wünschte sie seltsamerweise, er würde mit ihr reden. Ein paarmal spähte sie über ihre Schulter und beobachtete ihn. Sein Rücken erschien ihr unnahbar. Aber als er nach ihr rief, bereute sie ihre Hoffnung, er würde mit ihr sprechen. Langsam ging sie zu ihm. Nach dem gräßlichen Erlebnis des Nachmittags war sie zu erschüttert, um den Kampf aufzunehmen. Welchen Sinn hatte es, fragte sie sich müde. Letzten Endes würde sie nur eine neue Niederlage erleiden. Er zog sie neben sich auf den Diwan, und ehe sie wußte, wie ihr geschah, streifte er ihr eine lange Jadekette über den Kopf. Verwirrt starrte sie das schöne Schmuckstück an, das sich aus gleichmäßigen kleinen Würfeln von erstaunlich reiner Farbe zusammensetzte. Dann riß sie sich die Kette mit einem Aufschrei vom Hals und schleuderte sie zu Boden. «Wie können Sie es wagen!»

Belustigt hob er die Brauen. «Mißfällt dir dieses Juwel?» fragte er ungerührt. «Immerhin paßt es zu deinem Kleid.» Seine Finger glitten über die grüne Seide, die sich an die jugendliche Wölbung ihres Busens schmiegte. Dann blickte er in eine geöffnete Schatulle voller schimmernder Steine, die neben ihm auf einem Schemel stand. «Für dich sind Perlen zu kalt, Diamanten zu banal. Du solltest nur Jade tragen, denn sie hebt den Sonnenuntergang deines Haars hervor wie der dunkle Abendhimmel.»

Noch nie hatte er in diesem Ton mit ihr gesprochen, denn er war eher rauh als zärtlich. Sie warf einen raschen Blick auf sein Gesicht, das sie überraschte. In seinen Augen lag keine Liebe, nicht einmal Begierde, nur eine ungewöhnliche Sanftmut.

«Vielleicht würdest du Diamanten und Perlen vorziehen», fuhr er fort und zeigte abfällig auf das Kästchen.

«Nein, nein, ich hasse sie! All diese Juwelen hasse ich! Was immer Sie mir schenken, ich werde es nicht tragen. Und Sie haben kein Recht, mich wie ein billiges Flittchen zu behandeln!» schrie sie erbost.

«Gefällt dir der Schmuck nicht? *Bon Dieu*! Keine andere Frau hat ihn jemals abgelehnt. Ganz im Gegenteil, sie konnten gar nicht genug davon kriegen», bemerkte er lachend.

Ihr Atem stockte. «Andere Frauen?» wiederholte sie verständnislos.

«Dachtest du etwa, du wärst die erste?» entgegnete er unverblümt. «Starr mich nicht so an! Sie waren nicht so wie du, denn sie kamen freiwillig zu mir – nur allzugern. O, Allah! Wie sie mich langweilten! Noch bevor ihre Gefühle erloschen, wurde ich ihrer überdrüssig.»

Mit einem trockenen Schluchzen legte sie einen Arm über ihre Augen und rückte von ihm weg. An solche Dinge hatte sie in ihrer Unschuld nie gedacht. Sie war nur eine von vielen Kurtisanen, genommen und verstoßen, je nach Lust und Laune. Von brennender Scham überwältigt, flüsterte sie: «O, Sie kränken mich ...» Dann siegte die blinde Wut über alle anderen Gefühle. Sie schüttelte seine Hand ab, die auf ihrer Schulter ruhte, und sprang auf. «Oh, Gott, ich hasse Sie. Verstehen Sie? Ich hasse Sie! Ich hasse Sie!»

Gemächlich zündete er sich eine Zigarette an, bevor er antwortete, und lehnte sich bequem in die Kissen. «Das hast du mir bereits heute nachmittag gestanden», erwiderte er kühl. «Und je öfter du diese Erklärung wiederholst, desto weniger vermag sie mich zu überzeugen, *ma chère.*»

So schnell, wie ihr Zorn aufgeflammt war, verflog er wieder. Sie war zu müde, um sich zu ärgern. Gedemütigt und verletzt, musterte sie den Mann, der die Macht besaß, ihr noch schlimmeres Leid anzutun. Doch er hatte sie in seiner Gewalt, und an diesem Abend fehlte ihr die Kraft, um Widerstand zu leisten. Seufzend strich sie sich das Haar aus der Stirn, betrachtete die langen, auf der Couch ausgestreckten Beine des Scheichs, denen die Kraft sogar in Ruhehaltung anzusehen war, und das attraktive, unergründliche Gesicht.

Das Gefühl der Hilflosigkeit kehrte zurück, begleitet von einer erdrückenden Schwäche, die ihr die Frage entlockte: «Hatten Sie niemals Mitleid mit Geschöpfen, die nicht so stark sind wie Sie? Waren Sie noch nie in Ihrem Leben bereit, jemanden zu verschonen? Sind Sie denn durch und durch grausam? Sind alle Araber so unbarmherzig?» Fast unhörbar fügte sie hinzu: «Hat die Liebe Sie niemals zur Milde verleitet?»

Lachend schüttelte er den Kopf. «Liebe? *Connais pas*! O, ja, ich liebe meine Pferde», verkündete er spöttisch.

«Wenn Sie ihnen nicht den Garaus machen.»

«Ich lasse mich gern verbessern: Wenn ich ihnen nicht den Garaus mache.»

In seiner Stimme schwang irgend etwas mit, das sie reizte, ihm weh zu tun. «Wenn Sie die Frauen nicht lieben, die Sie hierherbringen – lieben Sie wenigstens Ihren Harem? Ich nehme an, Sie halten sich irgendwo einen Harem?» forderte sie ihn verächtlich heraus. Aber noch während sie sprach, wußte sie, daß sie nur sich selbst verletzte.

Plötzlich packte er sie und zog sie grinsend in seine Arme. «Wärst du eifersüchtig? Wenn ich die Nächte, in denen ich dich allein lasse, in meinem Harem verbrächte – was dann?»

«Dann möge Allah einer Ihrer Frauen befehlen, Sie zu vergiften, damit Sie nie mehr zurückkommen!» zischte sie.

«So schön und so blutrünstig!» neckte er sie. Dann drehte er ihr Gesicht zu sich herum und schaute belustigt in ihre funkelnden Augen. «Nein, *chérie*, ich habe keinen Harem und keine Ehefrau, Allah sei Dank. Bist du jetzt zufrieden?»

«Warum sollte mich das interessieren?» entgegnete sie in scharfem Ton und errötete. «Es ist mir völlig gleichgültig.»

Dann drückte er sie an sich, sah sie an, mit jener hypnotischen Macht, der sie trotz aller Mühe niemals widerstehen konnte. «Soll ich dein Interesse wecken? Soll ich dich zwingen, mich zu lieben? Solche Gefühle vermag ich in allen Frauen zu erregen, wenn ich es will.»

Ihre Lider bebten, und sie wurde leichenblaß. Natürlich wußte sie, daß er sich nur lustig über sie machte. Ihre Gefühle bedeuteten ihm nichts. Ob sie ihn liebte oder haßte war ihm einerlei. Jetzt wandte er nur eine neue Foltermethode an, die ihr noch abscheulicher erschien als alles, was er ihr bisher angetan hatte. Oh, diese Frechheit! Allein schon der Gedanke, sie könnte ihn gern haben und nicht mehr für einen brutalen Barbaren halten, ihren Haß und ihre Verachtung vergessen ... Und wie schamlos er sie mit ihren Vorgängerinnen verglich! Damit erniedrigte und beschmutzte er sie. Und sie hatte geglaubt, der Höhepunkt der Demütigung wäre längst erreicht.

Ihr stieg das Blut in die Wangen. «Es wäre mir lieber, Sie würden mich töten!» fauchte sie.

«Vielleicht würde ich das auch vorziehen», entgegnete er trocken, «denn wenn du mich liebtest, würdest du mich langweilen, und ich müßte dich gehen lassen. Aber so, wie die Dinge liegen ...» Er lachte leise. «... bedaure ich den Zufall nicht, der mich an jenem Tag nach Biskra führte.» Er ließ sie los, stand gähnend auf und beobachtete wohlgefällig, wie sie das Zelt durchquerte. Mit ihrer knabenhaften Gestalt und dem trotzig erhobenen Kopf erinnerte sie ihn an eines seiner Vollblüter. Sie war genauso schön und wild wie diese Pferde. Und er würde auch Diana Mayo zähmen. Fast hatte er es schon geschafft, aber noch nicht ganz, und bei Allah, er mußte ihren Widerstand vollends brechen.

Als er sich umdrehte, stieß sein Fuß gegen die Jadekette, die am Boden lag. Er hob sie auf und rief Diana zu sich.

Langsam und zögernd kam sie näher, ein trotziges Funkeln in den Augen. Schweigend hielt er ihr die Kette hin, und sie starrte ihn wortlos an. Während ihr Herz schmerzhaft gegen die Rippen hämmerte, wich alle Farbe aus ihrem Gesicht. «Nimm den Schmuck», befahl er. «Ich wünsche es.»

«Nein», hauchte sie.

«Um mir zu gefallen, wirst du ihn tragen.» Der verhaßte Spott kehrte in seine Augen zurück. «Um meinen künstlerischen Sinn zu befriedigen. Obwohl ich nur ein Araber bin, besitze ich einen beachtlichen Kunstverstand.»

«Trotzdem werde ich die Kette nicht tragen.»

Sofort erlosch der Spott in seinen Augen, besiegt von der gewohnten herrischen Glut, und er runzelte drohend die Stirn. «Gehorche mir, Diane!»

Sie biß sich auf die Unterippe, bis ein Blutstropfen hervorquoll. Wenn er die Stimme erhoben hätte wie jeder normale zornige Mann, hätte sie sich länger gegen ihn behaupten können. Aber diese kalte Wut wirkte viel unheimlicher und furchterregender. Obwohl er stets leise, langsam und bedächtig sprach, hörte sie manchmal einen gewissen Unterton heraus. Das und seine Miene erschreckten sie viel mehr als ein gewöhnlicher Wutanfall. Sie beobachtete immer wieder, wie seine Männer vor ihm zurückwichen, auch wenn er ganz sanft mit ihnen sprach. Mit einem einzigen Blick hatte er einen lautstarken Streit zwischen seinen Leuten beendet, der zu dicht an seinem Zelt stattgefunden hatte.

Auch jetzt sah sie diesen Blick, hörte den gefährlichen Klang seiner leisen Stimme. Jede Gegenwehr war zwecklos, denn sie konnte die Angst vor ihm nicht ertragen. Also mußte sie gehorchen, so wie immer, wenn er sie dazu zwang. Sie wich seinen hypnotischen Augen aus. Ihr Kinn zitterte, als sie blindlings eine Hand ausstreckte und die Jadekette entgegennahm. Aber sobald sie die kalten Steine an ihrem Hals spürte, erwachte ihr Mut von neuem, der noch nicht ganz erloschen war.

Herausfordernd warf sie den Kopf in den Nacken und wollte schon etwas sagen, doch er zog sie rasch an sich und hielt ihr den Mund zu. «Ich weiß, ich weiß», meinte er kühl, «ich bin ein brutales Ungeheuer, ein Teufel in Menschengestalt. Das brauchst du mir nicht noch einmal zu erklären, denn es beginnt mich zu langweilen.» Seine Hand glitt über ihre Schulter hinab und umfaßte ihren weichen Arm. «Wie lange willst du mich noch bekämpfen? Wäre es nicht klüger, meine Überlegenheit anzuerkennen – nach allem, was du heute gesehen hast?»

«Und wenn ich mich weigere? Behandeln Sie mich dann genauso wie das Fohlen?» Obwohl sie sich gegen seinen Blick wehrte, zog er sie magnetisch an.

«Mein Wille ist Gesetz, das mußt du begreifen.»

«Und wenn ich es bestreite?»

Was sie flüsterte, hörte er kaum, aber er erriet es. «Dann bringe ich es dir bei. Und du wirst es bald lernen.»

Sie erschauderte in seinen Armen. Auf welche Weise würde er seine Drohung wahrmachen? Wieder fielen ihr all die gräßlichen Einzelheiten dieses Nachmittags ein. Wenn er eine Strafe verhängte, kannte er keine Gnade. Wie weit würde er gehen? In diesem Land herrschten andere Maßstäbe als in Europa. Und die Frauen führten ein gefährliches Leben in der Wüste. Manchmal vergaß sie, daß der Scheich ein Araber war, bis er sie unmißverständlich darauf hinwies – so wie jetzt.

Oh, ja, er war ein Araber, und eine Frau durfte keine Gnade von ihm erwarten. Als sie die Finger betrachtete, die ihre Schulter umklammerten, glaubte sie wieder, die straff gespannten Zügel darin zu sehen – und das Blut auf der braunen Haut. Aus bitterer Erfahrung kannte sie den eisernen Griff dieser schlanken Hände, die unbezähmbare Kraft dieser Arme. Und ihre lebhafte Phantasie eilte in die Zukunft. Was sie bereits erlitten hatte war harmlos – verglichen mit den Qualen, die ihr noch bevorstanden. Vor ihrem geistigen Auge erschien die blutüberströmte, verkrümmte Gestalt des Dieners, den er so unbarmherzig gezüchtigt hatte. In ihr tobte der inbrünstige Wunsch, ihren starken Willen und ihren Mut einzusetzen, und gleichzeitig eine weibliche Angst vor den körperlichen Schmerzen, die sie in diesem Fall erwarteten. Während sie noch mit sich rang, drückte der Scheich sie fester an seine Brust, und sie spürte die harten Muskeln seines Arms an ihrem zarten Nacken. Es kostete ihn kaum Mühe, sie seine gewaltige Kraft spüren zu lassen. Langsam hob sie den Kopf und sah ihn an.

Seine Miene war unverändert, die Stirn immer noch gefurcht, der Blick unerbittlich. Plötzlich vertiefte sich der grausame Zug um seine Lippen, und er erinnerte sie wieder an einen Tiger. Er hatte keine leere Drohung ausgestoßen. Er meinte es ernst.

«Sie sollten mich töten», flüsterte sie.

«Dann würde ich meine eigene Niederlage eingestehen», entgegnete er kühl. «Ein Pferd töte ich erst, wenn ich weiß, daß ich es nicht zähmen kann. Aber dich vermag ich zu zähmen, und ich werde es tun. Heute nacht darfst du selbst entscheiden, ob du mir freiwillig gehorchst oder ob ich dich dazu zwingen muß. Ich war sehr geduldig – was meinem Charakter widerspricht», fügte er hinzu, und ein seltsames Lächeln glitt über sein Gesicht. «Nun ist meine Geduld erschöpft. Also, entscheide dich. Sofort!» Wie Stahlbänder umfingen seine Arme ihren Körper, und sie mußte schaudernd an eine große Würgeschlange denken. Trotzdem unternahm sie einen letzten Versuch, ihren Stolz zu bewahren. Dann aber tauchten vor ihrem geistigen Auge ein gesenkter Pferdekopf, ein wundes Maul voller Blut und Schaum, zuckende Flanken und ein schweißüberströmter, grausam geschundener Leib auf. Eine heftige Übelkeit drehte ihr fast den Magen um. Vor ihren Augen schien alles zu verschwimmen. Schwankend lehnte sie an dem Mann, der sie festhielt, und die Angst besiegte ihren Verstand. Noch mehr vermochte sie nicht zu ertragen. «Ich werde Ihnen gehorchen», stieß sie hervor.

Da umfaßte er ihr Kinn, hob ihren Kopf, starrte sie so eindringlich an, daß sie glaubte, er würde bis auf den Grund ihrer Seele blicken. Die Stirnfalten glätteten sich. Doch die lodernde Glut in seinen Augen erlosch nicht. «Gut», antwortete er nach einer langen Pause. «Das ist sehr klug von dir», fügte er vielsagend hinzu und beugte sich über sie. Beinahe berührten seine Lippen ihren Mund, und sie erschauderte unwillkürlich. Als er die flehende Bitte in ihrer Miene las, lächelte er ironisch. «Verabscheust du meine Küsse denn so sehr?»

Krampfhaft schluckte sie.

«Wenn du mir auch nicht schmeichelst – du bist wenigstens ehrlich», bemerkte er, ließ sie los und wandte sich ab.

Mühsam schleppte sie sich zu den Vorhängen, die beide Räume voneinander trennten. Ihr Herz pochte wild, und ihr schwindelte von der inneren Anspannung. Sie hielt inne und drehte sich zaudernd um, wobei sie sich über ihre eigene Scheu wunderte. Der Scheich stand am Eingang des Zelts und blickte in die Nacht hinaus. Ein Luftzug wehte den eigenartigen Geruch seines Tabaks zu ihr hinüber. Verwirrt schüttelte sie den Kopf. Würde sie ihn jemals verstehen?

An diesem Abend hatte er ihr die Wahl gelassen, statt ihr einfach seinen Willen aufzuzwingen. Nachdem er seine Entschlossenheit und seine Macht bewiesen hatte, hatte er ihr die Möglichkeit gegeben, ihr Gesicht zu wahren. Bei seinen letzten Worten war die unerwartete Zärtlichkeit in seine Stimme zurückgekehrt, ein belustigtes Lächeln hatte die grausamen Linien um seinen Mund gemildert. Diesen schnellen Übergang von wilder Glut zur Sanftmut würde sie niemals begreifen. Er war für sie ein Rätsel. Aber sie wollte gar nicht versuchen, Verständnis für ihn aufzubringen. Niemals würde sie die verwirrenden Tiefen seiner Persönlichkeit entschlüsseln können. Nur eines wußte sie – aus unerklärlichen Gründen hatte er sie vorerst verschont, und sie fürchtete ihn mehr denn je.

Fünftes Kapitel

Diana wartete unter der Markise auf Gaston und die Pferde. Nervös zerrte sie an ihren Reithandschuhen, und eine beklemmende innere Anspannung hatte sich ihrer bemächtigt. Am frühen Morgen hatte Ahmed Ben Hassan das Lager verlassen, und es stand nicht fest, ob er an diesem oder erst am nächsten Abend zurückkehren würde.

Wie lange seine Abwesenheit dauern mochte, hatte er nur angedeutet. Ein ständiges Kommen und Gehen war ihr aufgefallen. Immer wieder, auch nachts, trafen Boten auf erschöpften Pferden ein, und der Scheich wirkte ungewöhnlich besorgt. Er gab keine Erklärung für das rege Treiben seiner Leute ab. Und Diana hatte nicht danach gefragt.

Seit jener Nacht, in der sie ihm Gehorsam gelobt hatte, waren vier Wochen verstrichen. In dieser Zeit hatte sie sich zumeist in Schweigen gehüllt. Ihr Haß und ihre Angst wuchsen mit jeder Stunde. Inzwischen hatte sie gelernt, ihren Zorn zu bezähmen, die bösen Worte hinunterzuschlucken, die ihr auf der Zunge lagen. Sie gehorchte ihm nur widerstrebend, die Lippen zusammengepreßt, die Augen voller Trotz. Aber sie fügte sich in ihr Schicksal, mit einer Geduld, die sie selbst überraschte. Tag für Tag tat sie stumm, was von ihr erwartet wurde, solange der Scheich sie nicht ansprach. Da er offenbar mit anderen Dingen beschäftigt war, bemerkte er ihre Einsilbigkeit nicht. Vielleicht wollte er sich auch nicht die Mühe machen, sie aus der Reserve zu locken. Neuerdings ließ er sie oft allein.

Bis vor einer Woche war er fast täglich mit ihr ausgeritten, dann hatte er in knappen Worten erklärt, sie dürfe sich nicht mehr so weit vom Lager entfernen. In Zukunft würde Gaston sie begleiten. Was ihn zu dieser Maßnahme bewog, verriet er nicht, und sie stellte keine Fragen. Sie sah darin nur einen weiteren Beweis seiner tyrannischen Willkür. Daß er sie wie sein Eigentum behandelte und ihr stillschweigendes Einverständnis für selbstverständlich hielt, ärgerte sie maßlos. Trotz ihres verstockten Gehorsams hegte sie weiterhin rebellische Gedanken. Fieberhaft suchte sie nach Mitteln und Wegen, um ihm zu entfliehen. Und jetzt, während seiner Abwesenheit, bot sich die ersehnte Gelegenheit.

Als sie in der letzten Nacht allein gewesen war, hatte sie sich ungeduldig in dem breiten Bett herumgewälzt und überlegt, wie sie ihre Freiheit nutzen sollte. Irgendwie mußte sie dem argwöhnischen Franzosen entwischen. Die Aufregung hielt sie stundenlang wach. Am Morgen fiel es ihr schwer, ihre Gefühle zu verbergen und sich normal zu benehmen. Vor lauter Nervosität wagte sie nicht, ihr Pferd früher als üblich satteln zu lassen, weil sie glaubte, der Diener könnte einen besonderen Grund hinter der harmlosen Bitte vermuten. Unfähig, still zu sitzen, lief sie nach dem Frühstück im Zelt auf und ab und fürchtete, der Scheich würde jeden Augenblick zurückkehren und ihr alle Hoffnung rauben. Sie blickte sich um und erschauderte, als ihr Blick über die luxuriöse Einrichtung und die Gegenstände schweifte, die ihr in der letzten beiden Monaten so seltsam vertraut geworden waren. In ihrer Erinnerung würden diese Dinge und die Persönlichkeit ihres Besitzers stets rätselhaft bleiben. So vieles an seinem Wesen und seiner Lebensart war unerklärlich.

Schließlich hatte sie tief Atem geholt und das Zelt verlassen. Gaston führte die Pferde zum Eingang und hielt ihr den Steigbügel fest. Zärtlich streichelte sie die weichen Nüstern ihres schönen Grauschimmels, und ihre Hand, die über den seidigen Hals glitt, zitterte ein wenig. Sie liebte den Hengst, und an diesem Tag sollte er sie retten. Leise wieherte er und bedankte sich für die Liebkosung, indem er sie mit seinem Maul anstieß. Nach einem letzten Blick auf das große Zelt stieg sie in den Sattel. Dann ritt sie davon, ohne sich ein einziges Mal umzudrehen. Sie mußte ihre ganze Selbstbeherrschung aufbieten, um Silberstern nicht sofort anzuspornen und Gaston abzuschütteln. In der Nähe des Lagers durfte sie nichts riskieren. Deshalb mußte sie sich in Geduld üben und zuerst mehrere Meilen zurücklegen, damit man sie nicht auf der Stelle verfolgte. Sie erinnerte sich wieder an den Gehorsam, den sie dem Scheich schuldete. Doch sie hatte nicht gelobt, keinen Fluchtversuch zu unternehmen. Außerdem war ein Versprechen, das man nur unter Druck abgegeben hatte, ohnehin ungültig.

Sie ritt in langsamem Trab dahin, um ihr Pferd zu schonen. Dabei ging sie im Geist die verschiedenen Möglichkeiten durch und verwarf eine nach der anderen, weil sie ihr undurchführbar erschienen. Hin und wieder protestierte Silberstern gegen das gemäßigte Tempo, warf den Kopf hoch und schlug seine Zähne in die Gebißstange. Diana achtete nicht auf die genaue Uhrzeit und bemerkte nur wie schnell die Minuten verstrichen. Bald mußte etwas geschehen. Aber Gaston, der einige Schritte hinter ihr ritt, hatte schon mehrmals auf seine Uhr geschaut. Nun lenkte er seinen Hengst an ihre Seite und entschuldigte sich. «Pardon, Madame – es wird spät», verkündete er und hielt ihr seine Armbanduhr hin.

Mechanisch blickte sie auf ihr eigenes Handgelenk. Dann erinnerte sie sich, daß sie ihre Uhr vor ein paar Tagen zerbrochen hatte. Sie zügelte den Grauschimmel, schob ihren Tropenhelm zurück und wischte sich die heiße Stirn ab. In diesem Moment wehte ihr eine scharfe Bö ins Gesicht, einer jener seltsamen

Winde, die in der Wüste plötzlich aufkommen und ebenso rasch wieder ersterben.

Und da kam ihr eine Idee. Es war nur eine geringe Chance. Aber vielleicht erfolgreich ... Diana wandte sich zu dem Franzosen um, der in die entgegengesetzte Richtung spähte, hielt ihr Taschentuch in den Wind und ließ es los. Sofort flatterte es davon. Sie schrie leise auf und rüttelte am Zaumzeug des Pferdes, das der Diener ritt.

«Oh, Gaston, mein Taschentuch!» rief sie und zeigte auf das weiße Batisttüchlein, das an einem Felsen hängengeblieben war.

Mit einem gespielten Schreckensschrei stieg er ab und rannte über den Sand. Sie wartete, bis er sich weit genug entfernt hatte. Angespannt saß sie im Sattel, mit leuchtenden Augen und heftig klopfendem Herzen. Dann klappte sie ihren Helm herab. Ein kraftvoller Schlag traf das Pferd des Dieners auf die Kruppe, scheuchte es zum Lager zurück, und Diana schwenkte den Grauschimmel herum. Ohne Gastons Geschrei zu beachten, galoppierte sie nach Norden.

Silberstern, der sein Tempo endlich selber bestimmen durfte, sprengte freudig dahin. Pfeifend rauschte der Wind an Dianas Ohren vorbei. Sie interessierte sich nicht für das Schicksal des kleinen Franzosen, dem meilenweit vom Lager entfernt das Pferd davongelaufen war.

In diesem Augenblick dachte sie nicht einmal mehr an ihn, denn jetzt ging es nur noch um sie allein. Der schlichte Trick hatte funktioniert und ihr zur Freiheit verholfen. Nur darauf kam es an. Vorerst überlegte sie nicht, was sie tun oder wohin sie sich wenden sollte. Eins stand jedenfalls fest – sie mußte nach Norden reiten.

Vage hoffte sie, freundliche Araber zu treffen, die sie in die Zivilisation führen würden, wenn sie ihnen großzügigen Lohn versprach. Die meisten sprachen ein bißchen Französisch. Notfalls verfügte sie über spärliche Arabischkenntnisse. Sie wußte, daß es reiner Wahnsinn war, allein durch die Wüste zu reiten, aber es störte sie nicht. Sie war frei und viel zu glücklich, um klar zu denken, lachte und schrie, und ihr Übermut übertrug sich auf den Grauschimmel, der in wildem Galopp dahinraste. Längst außer Rand und Band geraten, würde er sich nicht zügeln lassen. Doch das wollte sie gar nicht versuchen. Je schneller, desto besser. Irgendwann würde er ermüden, und bis dahin durfte er sich austoben.

Rasch entfernte sie sich vom Lager, ihrem Gefängnis, wo ihr der brutale Scheich soviel angetan hatte. Als sie an ihn dachte, stieg kalte Angst in ihr auf. Wenn er sie wieder in seine Gewalt brachte ... Sie erschauderte und schrie gequält auf. Aber sie faßte sich sofort wieder. Unvorstellbar, unmöglich ... Sicher würde es mehrere Stunden dauern, vielleicht sogar den ganzen nächsten Tag, bis ihn jemand alarmierte. Und ihre Feinde konnten nicht wissen, in welche Richtung sie floh. Auf einem seiner schnellsten Pferde würde sie einen meilenweiten Vorsprung herausholen.

Sie versuchte ihn zu vergessen. Endlich hatte sie sich von seiner Grausamkeit befreit, der Alptraum war vorbei. Natürlich würde sie stets unter den Folgen ihres schrecklichen Erlebnisses leiden, nichts würde so sein wie früher. Doch sie mußte die täglichen Qualen nicht mehr ertragen, die ständige Erniedrigung, die Hilflosigkeit, die beschämende Kapitulation, die Selbstverachtung – so stark wie der wilde Haß gegen den Mann, der ihr seinen Willen aufgezwungen hatte. Diese Erinnerungen würden sie bis zu ihrem letzten Atemzug verfolgen.

Wie skrupellos er sie entehrt hatte ... Bei diesem Gedanken glühten ihre Wangen, und sie erschauderte wieder, während sie überlegte, was sie durchgemacht hatte. Niemals würden diese Wunden auf ihrer Seele heilen. Bittere Erkenntnisse, demütigende Erfahrungen hatten das Mädchen, das so triumphierend aus Biskra abgereist war, in eine Frau verwandelt.

Allmählich wurde Silbersterns Schritt langsamer, und er fiel in jenen gleichmäßigen, unermüdlichen Galopp, für den Ahmed Ben Hassans Zuchtpferde berühmt waren. Längst hatte sich der Wind gelegt, sengend schien die Sonne herab. Mit strahlenden Augen schaute sich Diana um. Jetzt erschien ihr alles verändert. Von Anfang an hatte sie die Wüste geliebt. Doch dieses Gefühl war in den letzten Monaten von unablässiger Angst und dem Zwang, die Launen ihres Entführers erdulden zu müssen, verdrängt worden. Und nun konnte sie die faszinierende Landschaft wieder genießen, die endlosen Sandwellen, die sich vor ihr erstreckten. Während der Grauschimmel einen niedrigen Hügel nach dem anderen überquerte, wuchs ihre Neugier. Was würde sie hinter der nächsten Anhöhe erblicken?

Das Terrain stieg abwechselnd an und senkte sich, etwa eine Stunde lang, in monotoner Folge. Dann verflachte die Wüste wieder, und die Sicht reichte bis zu einem kaum erkennbaren, verschwommenen Horizont. Ungefähr zwei Meilen entfernt erhoben sich ein paar Palmen, die dicht beisammenstanden, und Diana lenkte das Pferd in diese Richtung. Wahrscheinlich gab es dort einen Brunnen, und es war an der Zeit, dem Grauschimmel und sich selbst eine Ruhepause zu gönnen.

In der winzigen Oase angekommen, stieg sie ab und befürchtete schon, keinen Brunnen zu finden. Aber sie hatte Glück. Allerdings war er dick verschlammt, so daß sie ihn erst freilegen mußte. Es war ein hartes Stück Arbeit, doch schließlich konnte sie Silberstern, der eifrig daran schnupperte, mit Wasser versorgen und ihren eigenen Durst stillen. Danach lockerte sie sein Zaumzeug, sank auf einem kleinen Schattenfleck nieder und zündete sich eine Zigarette an. Ihren Helm über den Augen, streckte sie sich im Sand aus.

Zum erstenmal, seit sie Gaston abgeschüttelt hatte, begann sie ernsthaft nachzudenken. Was sie tat, war sträflicher Leichtsinn. Sie besaß keinen Proviant, kein Futter für das Pferd, kein Wasser, und nur der Himmel wußte, wo die nächste Oase lag. Wer sollte sie in diesem unzivilisierten, von Barbaren bevölkerten Land schützen? Vielleicht würden ihr freundliche Araber begegnen – vielleicht auch nicht. Sie konnte ein Lager erreichen oder tagelang weiterreiten, ohne eine einzige Menschenseele zu sehen, gepeinigt von Hunger und Durst. Was würde sie tun, wenn die Nacht hereinbrach?

Mit einem schrillen Schrei sprang sie auf, starrte die wenigen Palmen und Kamelgrasbüschel an, den zerbrochenen Brunnen, den Silberstern immer noch beschnüffelte. Wachsende Angst nahm ihr den Atem. Mutterseelenallein stand sie in einer grenzenlosen Wildnis, und sie fühlte sich so winzig wie das geringste aller Lebewesen. Als sie zum klaren Himmel hinaufblickte, erschien ihr die blaue Weite unendlich und grauenerregend.

Dann verflog die plötzliche Panik, und Diana faßte neuen Mut. Es war erst Mittag, und bis zum Abend konnte noch viel geschehen. Aber eines stand fest: Sie bereute nicht, was sie getan hatte. Hinter ihr lag eine qualvolle Gefangenschaft, vor ihr der mögliche Tod, und sie zog den Tod vor. Nachdem sie ihre Nerven beruhigt hatte, legte sie sich wieder in den Schatten, fest entschlossen, nicht mehr an etwaige Gefahren zu denken. Damit wollte sie sich erst befassen, wenn sie ihr tatsächlich drohten. Während der nächsten ein bis zwei Stunden mußte sie rasten und der brütenden Hitze entrinnen. Sie drehte sich auf den Bauch, vergrub das Gesicht in den Armen und versuchte zu schlafen. Doch sie war zu aufgeregt, um sich zu entspannen. Außerdem würde sie womöglich zu lange schlafen und kostbare Zeit verlieren. Und so rekelte sie sich wohlig im weichen Sand, dankbar für den Schatten, der sie vor der Sonnenglut schützte.

Inzwischen hatte der Grauschimmel keine Lust mehr, am Brunnen zu schnüffeln. Verächtlich musterte er die trockenen Dornenbüsche, ehe er langsam zu Diana wanderte und sie vorsichtig mit seinen Nüstern anstieß. Sie streichelte das samtige Maul und zog seinen Kopf zu sich herab. Wie liebevoll er war, viel sanftmütiger als die meisten anderen Pferde ... Leise schnaubte er und betrachtete sie mit großen ausdrucksvollen Augen. «Armer alter Junge, leider habe ich kein Futter für dich», flüsterte sie bedauernd, küßte seine Nase und schob ihn behutsam weg.

Wieder blickte sie zum Himmel auf. Über ihr schwebte ein dunkler Fleck, im langsamen, kreisenden Flug eines Aasgeiers. In wenigen Stunden mochte er an ihren Gebeinen nagen ... Barmherziger Gott! Warum gingen ihr solche Gedanken durch den Sinn? Verlor sie den letzten Rest ihres Mutes, der einst ihre zweite Natur gewesen war? Wenn sie sich von ihrer Angst besiegen ließ, konnte sie genausogut hier liegenbleiben und sterben.

Mit bebenden Fingern zog sie noch eine Zigarette aus der Pakkung, um ihre Nerven zu beschwichtigen. Und doch zögerte sie, bevor sie ein Streichholz anriß. Allzu viele Zigaretten hatte sie nicht mitgenommen, und vielleicht würde sie das Nikotin ein andermal dringender gebrauchen. Schließlich lachte sie, schloß das schmale Etui und löste vorsichtig ein übelriechendes Schwefelhölzchen vom dünnen Holzstreifen.

Die brennende Zigarette im Mund, legte sie den Kopf wieder in den Sand. Ringsum erklangen die zahllosen leisen Wüstengeräusche, der Sand raschelte, das verdorrte Dickicht knackte – fremdartige Laute, die Diana vor wenigen Wochen noch nicht gekannt hatte. Für eine Minute fesselte ein Sandläufer ihre Aufmerksamkeit. Interessiert beobachtete sie das Herumhasten des Insekts. Sie döste ein.

Plötzlich wurde ihr der Geruch des Tabaks bewußt, der unwillkommene Erinnerungen an den Scheich weckte. Natürlich – sie rauchte eine seiner Zigaretten. Schon immer hatten Düfte und Gerüche einen starken Einfluß auf sie ausgeübt. Und jetzt beschwor das durchdringende Aroma noch einmal all die erlittenen Qualen herauf.

Mit einem Aufstöhnen warf sie die Zigarette weg und vergrub das Gesicht in den Armen. Unaufhaltsam bemächtigte sich die Vergangenheit ihrer Gedanken. Vor ihrem geistigen Auge erschienen einzelne Szenen, ein Galopp über die Wüste an der Seite des Mannes, den sie haßte und zugleich widerstrebend bewunderte, der Scheich inmitten seiner geliebten Pferde ... Wie ein Zentaur saß er im Sattel, scheinbar mit dem Tier verwachsen. Und dann andere Bilder ... Ahmed Ben Hassan im Kreis seiner Gefolgsleute, sein Verhalten ihr gegenüber, seine Stimmungsschwankungen, der unvermittelte Wechsel von wilder Grausamkeit zu erstaunlicher Sanftmut, von roher Gewalt zu Fürsorglichkeit. Wider Willen hatte sie ihn manchmal sogar als faszinierend empfunden. Zuweilen hatte sie vergessen, daß er sie zwang, mit ihm in Sünde zu leben, wenn sie seiner leisen, tiefen Stimme lauschte. Bis ihr ein Wort oder eine Geste die grausige Wirklichkeit wieder vor Augen führte ...

Und andere Erinnerungen – an Augenblicke, in denen sie sich gegen seine Liebkosungen gewehrt, in denen er sie spöttisch lächelnd niedergerungen, in denen sie atemlos und erschöpft in seinen Armen gelegen hatte – fröstelnd vor Angst und benommen von seinen feurigen Küssen ... Dieser Mann weckte ein Entsetzen in ihr, das sie nie für möglich gehalten hätte. Und jetzt, nach der gelungenen Flucht, empfand sie es immer noch. Klar und deutlich sah sie sein Gesicht vor sich, mit jenem ausdrucksvollen, wechselhaften Mienenspiel, das sie kennen und fürchten gelernt hatte.

Sie versuchte es zu verbannen und zu vergessen, wälzte sich im

Sand herum und sträubte sich mit aller Macht gegen die Gedanken, die sie einfach nicht loslassen wollten. Und die ganze Zeit war ihr, als stünde er direkt vor ihr. Würde er sie immer verfolgen, wie ein Phantom? Würde sie die Erinnerung an sein attraktives Gesicht mit den glühenden Augen und dem grausamen Mund ihr ganzes Leben lang begleiten? Sie vergrub ihren Kopf noch tiefer in den Armen, doch das Bild blieb, bis sie mit einem wilden Schrei aufsprang. Mühsam rang sie nach Luft und starrte verzweifelt nach Süden, so angestrengt, daß ihr die Augen brannten. Das Gefühl seiner Gegenwart war so schrecklich real gewesen. Von hysterischem Gelächter geschüttelt, sank sie wieder zu Boden und strich sich müde die zerzausten Locken aus der Stirn.

Als Silbersterns Nüstern ihre Schultern berührten, zuckte sie heftig zusammen, und ihr Herz schlug wie rasend. In ihren Augen flackerte unverhohlene Angst. «Ich bin nur nervös», flüsterte sie und schaute sich um. «Und wenn ich noch länger hierbleibe, verliere ich den Verstand.» Die kleine Oase, in der sie so erleichtert Zuflucht gesucht hatte, erschien ihr jetzt unheimlich, und sie konnte es kaum erwarten, ihr den Rücken zu kehren. Hastig stieg sie auf ihr Pferd, und sobald sie im Sattel saß, gewann sie ihre innere Ruhe zurück und faßte neuen Mut.

Die letzten Reste ihrer nervösen Furcht verflogen, und sie verspürte wieder jene Zuversicht, die sie am Morgen erfüllt hatte. Sie sprach ihrem Grauschimmel gut zu, und er galoppierte so leichtfüßig dahin wie zuvor, schien das geringe Gewicht ihres Körpers kaum wahrzunehmen. Tiefe Stille und unermeßliche Einsamkeit hüllten Diana ein, die endlose Weite erweckte in ihr ein Gefühl der Ehrfurcht. Allmählich neigte sich der Nachmittag dem Ende zu, die Luft wurde kühler.

Seit sie Gaston vor Stunden verlassen hatte, war ihr keine einzige Menschenseele begegnet. In der Tiefe ihres Herzens regte sich neue Angst. Ab und zu entdeckte sie Karawanenspuren, und angewidert wandte sie den Kopf von den gebleichten Gebeinen mehrerer Kamele ab, die grausige Phantasien in ihr wachriefen. Sie sah auch ein paar Schakale und einmal eine Hyäne, die plump und ungeschickt über Felsblöcke sprang.

Inzwischen war das flache Wüstenterrain wieder in eine hügelige Landschaft übergegangen. Allmählich befürchtete Diana, sie könnte vom rechten Weg abkommen. So gut es ging, orientierte sie sich an der untergehenden Sonne, die den Himmel scharlachrot und orangegelb färbte. Aber da sie zwischen den zerklüfteten Felsen immer wieder die Richtung ändern mußte, wuchs ihre Verwirrung. In einer schmalen Schlucht fühlte sie sich von allen Seiten bedrängt, und sie glaubte schon, sie würde niemals aus diesem Labyrinth herausfinden, als sie hinter einer scharfen Biegung plötzlich das Ende der Hügelketten erreichte.

Eine weite Ebene lag vor ihr, und sie seufzte erleichtert auf. Mit einem fröhlichen Zuruf spornte sie Silberstern an, doch dann verstummte sie schlagartig. Ihr Herz schlug schneller. Hastig zügelte sie den Grauschimmel. Etwa eine Meile entfernt sah sie einen Arabertrupp, der auf sie zukam – etwa fünfzig Mann, angeführt von einer hoch aufgerichteten, weißgekleideten Gestalt auf einem Rappen, die den anderen voraussprengte. In der klaren Luft schienen die Männer zum Greifen nahe, so als würden sie Diana jeden Augenblick erreichen. So hatte sich Diana ihre Begegnung mit freundlichen Arabern nicht vorgestellt. Sie hatte gehofft, ein Lager zu finden, in dem sich auch Frauen aufhielten, oder eine Karawane von Kaufleuten zu treffen, der sie zur nächsten Stadt folgen konnte. Aber diese mit Gewehren bewaffnete Araberschar hegte wohl keine freundlichen Absichten. Von wilden, gesetzlosen Kriegern konnte eine einsame Frau mitten in der Wüste nur das Allerschlimmste erwarten. Drohten ihr jetzt noch schrecklichere Gefahren, nachdem sie der Gefangenschaft endlich entronnen war?

Von eisigem Entsetzen erfaßt, biß sie die Zähne zusammen und spürte, wie ihr das Blut aus dem Gesicht wich. Sie hatte darum gebetet, freundlichen Menschen zu begegnen. Und nun mußte sie einer tödlichen Bedrohung ins Auge sehen. Inständig hoffte sie, die Araber würden sie nicht bemerken und vorbeireiten. Vielleicht war es noch nicht zu spät und der Trupp hatte sie nicht entdeckt. Dann würde sie genug Zeit haben, sich in der gewundenen Schlucht zu verbergen. Aber während sie Silberstern in den Schatten zwischen den Felsen lenkte, erkannte sie, daß ihr Versuch sinnlos war.

Der Anführer drehte sich im Sattel um, hob eine Hand, und mit wildem Geschrei zügelten seine Männer ihre Pferde. Als die Tiere sich wiehernd aufbäumten, stieg eine Staubwolke auf. Der Anführer galoppierte allein weiter. Im selben Augenblick schien sich eine eisige Hand um Dianas Herz zu legen, und sie stöhnte laut auf. Der Mann war ebenso unverkennbar wie sein großer schwarzer Hengst. Diana taumelte und war einer Ohnmacht nahe. Dann nahm sie sich mühsam zusammen, riß Silberstern herum und schlug die Richtung ein, aus der sie eben gekommen war. Hinter ihr raste Ahmed Ben Hassan heran.

Die Wangen aschfahl, einen gehetzten Ausdruck in den Augen, beugte sich Diana tief über den Pferdehals, spornte den Grauschimmel gnadenlos an, ohne das gefährliche, unwegsame Terrain zu beachten. Vielleicht konnte sie den Verfolger zwischen den unübersichtlichen Hügeln abschütteln. Das war ihre einzige Hoffnung, nichts anderes zählte. Lieber wollte sie aus dem Sattel stürzen und sich das Genick brechen, als die gräßliche Gefangenschaft noch einmal ertragen. In ihrer Panik hätte sie am liebsten geschrien, doch sie biß die Zähne zusammen.

Sie wagte nicht, über ihre Schulter zu blicken. Unverwandt starrte sie geradeaus. Nun mußte sie ihre ganze Reitkunst aufbieten und Silberstern um scharfkantige Felsen herumsteuern. Immer tiefer neigte sie sich hinab, um ihn zu unterstützen.

Vor lauter Angst hatte sie vergessen, wie klein das hügelige Gebiet war. Blindlings galoppierte sie den Weg zurück, und plötzlich erreichte sie das flache Land im Süden des Labyrinths. Nur Silbersterns Kraft konnte sie jetzt noch retten. Und wie lange durfte sie sich darauf verlassen? Ein schwacher Hoffnungsschimmer machte ihr Mut, denn sie entsann sich, daß der Scheich den Rappen Habicht ritt, einen Bruder des Grauschimmels. Was Schnelligkeit und Ausdauer betraf, waren die beiden einander ebenbürtig. Sie saß zwar seit Stunden im Sattel, aber vielleicht hatte Hassan sein Pferd genauso hart angetrieben, und er war schwerer als sie. Mußte Silberstern, der die leichtere Bürde trug, Habicht da nicht übertrumpfen? Das war ihre einzige Hoffnung. Niemals würde sie sich geschlagen geben. Schweiß rann ihr übers Gesicht, und krampfhaft rang sie nach Atem. Plötzlich – kurz nachdem sie die Hügel verlassen hatte – hörte sie die Stimme des Scheichs: «Wenn du Silberstern nicht zügelst, erschieße ich ihn. Ich gebe dir eine Minute.»

Wieder schwankte sie im Sattel, hielt sich am Pferdehals fest und schloß sekundenlang die Augen. Aber ihr Entschluß stand fest. Nichts auf Erden konnte sie veranlassen, Hassans Wunsch zu erfüllen. Da sie ihn gut genug kannte, zog sie die Füße aus den Steigbügeln. Wenn er gedroht hatte, das Pferd zu erschießen, würde er das zweifellos tun. Und falls Silberstern scheut und auch nur um Haaresbreite vom Kurs abkommt, wird die Kugel, die für ihn bestimmt ist, wahrscheinlich *mich* treffen, dachte sie. Ja, das wäre sogar noch besser!

Der Grauschimmel galoppierte dahin, und die Minute schien ein halbes Menschenleben zu dauern. Ehe sie den Schuß hörte, sprang Silberstern hoch und stürzte. Sie wurde vornüber geworfen und landete im weichen Sand.

Eine Zeitlang blieb sie benommen liegen, dann erhob sie sich taumelnd und wankte zu dem verletzten Hengst. Verzweifelt schlug er um sich und versuchte aufzustehen. Als sie ihn erreichte, sprengte Habicht heran, wurde abrupt gezügelt und bäumte sich wiehernd auf. Der Scheich stieg ab und rannte zu ihr, packte ihr Handgelenk und schleuderte sie beiseite, so daß sie wieder zu Boden fiel. Sie zitterte am ganzen Leib. Sie war besiegt, und nachdem die letzte Hoffnung geschwunden war, verlor sie auch ihren ganzen Mut. Hilflos ließ sie es zu, daß Todesangst sie übermannte. Alle ihre Kräfte waren verbraucht, denn sie konnten seiner Überlegenheit nicht standhalten. Sie fürchtete sich vor seiner Stimme und vor der Berührung seiner Hände. Wieder krachte es, und sie wußte, daß er Silberstern den Gnadenschuß versetzt hatte. Als er danach auf sie zukam, erhob sie sich auf wackeligen Beinen und wich vor ihm zurück.

«Warum bist du hier? Wo steckt Gaston?»

Mit gepreßter Stimme beichtete sie ihm alles. Welche Rolle spielte es jetzt noch? Und wenn sie schwieg, würde er sie zwingen, alles zu gestehen.

Er hörte wortlos zu, dann führte er den Rappen heran, warf sie unsanft in den Sattel und stieg hinter ihr auf. Sofort fiel Habicht wieder in seinen gewohnten, gleichmäßigen Galopp. Diana leistete keinen Widerstand. Apathisch umklammerte sie den Sattelknauf. Ohne Silberstern noch einmal anzusehen, starrte sie blicklos ins Leere. Den Helm hatte sie beim Sturz verloren, und sie vermißte ihn nicht. Im Gegenteil sie war froh, daß er nicht auf ihre schmerzenden Schläfen drückte. Der Zusammenbruch ihrer Willenskraft hatte sie auch körperlich erschöpft, und sie konnte sich kaum aufrecht halten. Bald würden sie auf die Araber treffen, die sie erwarteten, und ihrem Stolz zuliebe mußte sie sich zusammenreißen, durfte sich nichts anmerken lassen.

Anstatt in die enge Schlucht zu reiten, bog Ahmed Ben Hassan in einen schmalen Weg ein, der an den Hügeln vorbeiführte. Diana hatte ihn vorhin übersehen. Nach einer halben Stunde begegneten sie dem Trupp, der ihnen langsam entgegentrabte. Diana schaute nicht auf. Doch sie vernahm Yusefs klare Tenorstimme. Er rief dem Scheich etwas zu, erhielt eine knappe Antwort, und die Männer folgten ihrem Anführer.

Nun ritten sie den Weg zurück, den Diana gekommen war. Von Anfang an hatte sie den Wahnwitz ihres Fluchtversuchs erkannt. Und sie hätte wissen müssen, daß es ihr niemals gelingen würde, allein die Zivilisation zu erreichen. Welch eine Torheit, sich einzureden, sie könnte es schaffen ... Der Zufall, dem sie ihre neuerliche Gefangennahme verdankte, hätte sie auch in die Gewalt eines anderen Arabers bringen können. Offenbar stand das Schicksal auf Ahmed Ben Hassans Seite, das Glück blieb ihm treu, so wie damals, als sie ihm bei der Entführung unwissentlich in die Hände gespielt hatte. Es war sinnlos, ihn zu bekämpfen.

In ihrem Gehirn überschlugen sich wirre, seltsame und widersprüchliche Gedanken, doch sie fühlte sich zu müde, um das Durcheinander zu entwirren. Es hatte ohnehin keinen Zweck, und außerdem verschlimmerte das Grübeln ihre Kopfschmerzen. Aber tief in ihrem Herzen spürte sie eine sonderbare Unrast und eine dumpfe Trauer, die nicht mit ihrer Angst vor dem Scheich zusammenhingen. Sie gab es auf – viel wichtiger war es im Augenblick, daß sie im Sattel nicht das Gleichgewicht verlor.

Nach einer Weile hob sie den Kopf und betrachtete den strahlenden Himmel. Inzwischen war die Sonne fast untergegangen und ähnelte einer Kugel aus geschmolzenem Feuer, umrahmt von Gold, Karmesinrot und hellem Grün, das erst in lebhaftes Blau, dann in tiefes Schwarz überging, während die letzten Strahlen hinter dem Horizont verglühten. In scharfgezeichneten Konturen ragten verstreute Palmen und die fernen Berge empor. Was für ein schönes Land ...

Dianas Herz schlug schneller, als ihr bewußt wurde, daß sie in dieses Paradies zurückkehrte. Aber nach einer Weile sank sie erschöpft in sich zusammen. Ein paarmal stieß sie gegen den Mann, der hinter ihr auf dem Pferderücken saß. Seine Nähe widerte sie nicht mehr an, und diese Erkenntnis weckte ein vages Staunen. Wie merkwürdig – sie war sogar erleichtert, weil sie seine unbesiegbare Kraft fühlte. Ihr Blick ruhte auf den gebräunten, muskulösen Händen zwischen den Falten des weißen Gewandes, den Fingern, die so zärtlich sein konnten, wenn er es wollte. Plötzlich brannten Tränen in ihren Augen, und sie kämpfte dagegen an. Wie gerne hätte sie jetzt geweint! Eine übermächtige Einsamkeit und Niedergeschlagenheit erfaßte sie, eine fremde, unbegreifliche Sehnsucht nach dem Unbekannten.

Als die Sonnenglut erlosch, kam ein kühler Wind auf, und Diana fröstelte. Von lähmender Müdigkeit befallen, versank sie hin und wieder in Halbschlaf. Bald glitt sie endgültig ins Reich der Träume hinüber und fuhr erst hoch, als sie an die Brust des Scheichs geworfen wurde, der den Rappen zügelte. In ihrer Erschöpfung nahm sie kaum wahr, daß der Trupp angehalten hatte. Wie durch einen Schleier sah sie einige Palmen. Sie wurde vom Pferd gehoben, in einen Umhang gewickelt, und dann wußte sie nichts mehr.

Langsam erwachte sie aus ihrem Dämmerzustand. Sie war zwar immer noch schläfrig, aber nicht mehr so geschwächt, und fühlte sich wohl und geborgen. Der Nachtwind in ihrem Gesicht weckte ihre Lebensgeister. Inzwischen hatte sich der ganze Himmel schwarz verfärbt, und sie bemerkte, daß sie wieder nach Süden ritten. Wenig später war sie hellwach und erkannte ihre ungewohnte Lage. Sie lag bäuchlings vor dem Scheich über dem Sattel, und er hielt sie fest. Da ihr Kopf an seine Brust geschmiegt war, spürte sie seinen gleichmäßigen Herzschlag.

Von dem Umhang gewärmt, von einem starken Arm umfaßt, überließ sie sich zunächst ihrer Zufriedenheit und freute sich über die Ruhepause, die ihrem ausgelaugten Körper gegönnt wurde. Es genügte ihr, mit entspannten Muskeln still zu liegen, nichts zu tun und nur den Wind in ihrem Gesicht zu genießen. Habichts müheloser Galopp trug sie durch die Nacht – und *ihn* ebenso! Plötzlich entsann sie sich, wessen Arm sie umfing und an wessen Brust ihr Kopf lehnte, und ihr Puls beschleunigte sich.

Warum war ihr die Nähe dieses warmen, kraftvollen Körpers denn nicht widerwärtig? Was war mit ihr geschehen? Und plötzlich wußte sie es: Sie liebte ihn, und zwar schon lange, obwohl sie geglaubt hatte, ihn zu hassen, und vor ihm geflohen war.

Nun verstand sie, warum sein Gesicht sie mittags in der kleinen Oase so beharrlich verfolgt hatte – sie hatte ihn geliebt, ohne sich dessen bewußt zu sein. All die Verwirrung, die widersprüchlichen Gedanken und Gefühle während des Heimritts fanden jetzt eine ganz einfache Erklärung. Endlich erkannte sie sich selbst und die Liebe, die sie erfüllte, eine überwältigende, leidenschaftliche Liebe, die sie in ihrer ungeheuren Macht fast erschreckte. Die Liebe war zu ihr gekommen und hatte von ihr Besitz ergriffen – zu ihr, die solche Gefühle stets verachtet hatte.

So viele Männer hatten sich schon nach ihr verzehrt, doch keiner war fähig gewesen, ihr Herz zu erobern. In all den Jahren hatte sie gedacht, sie könnte nicht lieben, wäre gefeit gegen solche natürlichen Empfindungen und würde niemals erfahren, was die Liebe bedeutete. Aber nun wußte sie es – die Liebe glich einer völligen Kapitulation, die sie niemals für möglich gehalten hätte. Für immer und ewig gehörte ihre Seele diesem wilden Wüstenscheich, der sich von allen Männern, die sie kannte, unterschied, einem gesetzlosen Barbaren, der sie aus einer Laune heraus in seine Gewalt gebracht hatte und der erbarmungslos mit ihr umsprang.

Trotz seiner Grausamkeit liebte sie ihn, gerade wegen seiner Brutalität und großartigen animalischen Kraft. Und dabei war er ein Araber! Er gehörte einer anderen Rasse an, und Aubrey hätte ihn gedankenlos als «verdammten Nigger» bezeichnet. Doch das kümmerte Diana nicht.

Vor einem Jahr, noch vor wenigen Wochen, wäre sie allein schon bei der Vorstellung erschauert, ein Eingeborener könnte sie berühren. Aber das spielte angesichts dieser Liebe, die ihr Herz ganz und gar erfüllte, keine Rolle mehr. Auch wenn er ein Araber war – er war der Mann, den sie liebte. Ein unbeschreibliches Glücksgefühl stieg in ihr auf. Welch eine Freude, an seiner Brust zu liegen, von seinem Arm umfangen ... Nur noch der Augenblick zählte, und sie empfand den kindischen Wunsch, für alle Zeiten, bis in alle Ewigkeit mit Ahmed Ben Hassan dahinzureiten.

Am tintenschwarzen Himmel funkelten die Sterne, klar und weiß schien der Mond. Nur die Schakale, die in der Ferne jagten und heulten, störten die vollkommene Stille. Die Reiter schwiegen. Aber manchmal hörte Diana einen leisen Ausruf oder das Klirren von Zaumzeug. Einmal schoß jemand auf ein kleines Tier, das vor die Hufe seines Pferdes gelaufen war. Nachdem der Scheich einen knappen Befehl erteilt hatte, krachten keine Schüsse mehr.

Diana richtete sich ein wenig auf, um sein Gesicht im Mondschein zu betrachten, der die markanten Züge noch hervorhob. Im Silberlicht sah sie seine Augen glänzen, und ihr Atem stockte. Wie immer spähte er stirnrunzelnd geradeaus, und sein kantiges Kinn dicht über ihrer Stirn wirkte eigenwilliger denn je. Als er spürte, wie sie sich bewegte, schaute er herab, und ihre Blicke trafen sich. Doch sie murmelte nur etwas Unverständliches und verbarg das Gesicht wieder zwischen den Falten seines Gewandes. Er sagte nichts, aber er drückte sie fester an sich.

Mitten in der Nacht erreichten sie das Lager. Überall flammten Lichter auf, und bald wurden sie von aufgeregten Gefolgsleuten und Tieren umringt. Trotz des langen Galopps bäumte sich Habicht lebhaft auf und tänzelte umher, so wie bei jeder Heimkehr – eine Marotte, die man ihm nicht abgewöhnen konnte. Auf Ahmed Ben Hassans Befehl sprangen zwei Araber heran, hielten das Pferd fest, und er legte Diana in Yusefs ausgestreckte Arme. Als er sie auf die Füße stellte, taumelte sie, und ihr schwindelte beinahe. Er führte sie zum Eingang des Zelts, dann verschwand er im Gedränge der Männer und Pferde.

Müde sank sie auf den Diwan und schlug die Hände vors Gesicht. Sie zitterte vor Angst. Was würde er ihr nun antun? Immer wieder stellte sie sich diese Frage mit lautlosen Lippen, betete um innere Kraft und machte sich auf eine Auseinandersetzung gefaßt. Endlich hörte sie seine Stimme, hob den Kopf und sah ihn im Eingang stehen. Er wandte ihr den Rücken zu. Nachdem er einige Befehle erteilt hatte, ritten einige seiner Gefolgsleute in verschiedene Richtungen davon. Eine Weile blieb er noch vor dem Zelt stehen und sprach mit Yusef; dann trat er ein. Bei seinem Anblick kauerte sich Diana in die weichen Kissen. Doch anstatt sie anzusprechen, zündete er sich eine Zigarette an und lief hin und her. Sie wagte nicht, etwas zu sagen, so finster war seine Miene.

Auf leisen Sohlen eilten zwei Diener herbei und servierten hastig zubereitete Speisen. Es war eine gespenstische Mahlzeit. Kein einziges Mal brach der Scheich sein Schweigen, und er schien Dianas Gegenwart gar nicht wahrzunehmen. Obwohl sie den ganzen Tag nichts gegessen hatte, brachte sie kaum einen Bissen hinunter. Aber sie zwang sich dazu. Eine Ewigkeit schien zu verstreichen, bis die Diener Kaffee in vergoldeten Tassen brachten und dann verschwanden.

Während Diana in kleinen Schlucken ihren Kaffee trank,

ging Ahmed Ben Hassan wieder rastlos umher und rauchte eine Zigarette nach der anderen. Das ständige Auf-und-ab-Laufen zerrte an ihren Nerven, bis sie jedesmal zusammenzuckte, wenn er an ihr vorbeikam. Vom Diwan aus beobachtete sie ihn, gleichzeitig fasziniert und ängstlich.

Er würdigte sie keines Blickes. Von Zeit zu Zeit sah er auf seine Armbanduhr, und jedesmal verdüsterte sich seine Miene. Wenn er doch endlich sprechen würde! Sein Schweigen erschien ihr schlimmer als alle harten Worte. Was würde er tun? Er war zu allem fähig, und sie konnte die Ungewißheit kaum noch ertragen. An ihren Händen klebte kalter Schweiß, und sie öffnete den Kragen ihrer Reitbluse, weil sie zu ersticken glaubte.

Zweimal erschien Yusef, um Bericht zu erstatten. Nach dem zweiten kurzen Gespräch kehrte der Scheich langsam zu Diana zurück, blieb vor ihr stehen und betrachtete sie mit einem seltsamen Ausdruck in den Augen. Abwehrend hob sie die Hände und wich seinem Blick aus. «Was werden Sie mir jetzt antun?» flüsterte sie, ohne nachzudenken. Ihre Lippen waren trocken.

Eine Weile starrte er sie wortlos an, als wollte er ihre Qualen noch verlängern. Und dann trat ein grausames Funkeln in seine Augen. «Das hängt davon ab, was mit Gaston geschehen wird.»

«Gaston?» wiederholte sie verständnislos. Über den Ereignissen des Tages hatte sie den Diener völlig vergessen.

«Ja – Gaston», bestätigte er frostig. «Offenbar hast du nicht bedacht, was ihm zustoßen könnte.»

Langsam richtete sie sich auf. «Was soll ihm schon passieren?» fragte sie verwirrt.

Er zog die Zeltklappe beiseite und zeigte ins Dunkel. «Da drüben im Südwesten lebt ein alter Scheich namens Ibraheim Omair. Sein Stamm und meiner befehden sich seit Generationen. Wie ich vor kurzem erfuhr, hat er sich näher an mein Gebiet herangewagt als je zuvor. Er haßt mich, und es würde ihm eine unverhoffte Genugtuung verschaffen, meinen Kammerdiener gefangenzunehmen.» Abrupt ließ er die Zeltklappe los und wanderte wieder umher. Sein unheilverkündender Tonfall verriet Diana, daß der kleine Franzose in Gefahr schwebte. Schließlich war Ahmed Ben Hassan kein Mann, der sich allzuviel Gedanken über das Schicksal seiner Mitmenschen machte. Nun aber war seine Sorge um Gaston offensichtlich. Vor ihrer Abreise aus Biskra hatte Diana einige Geschichten gehört. Und da sie schon seit einiger Zeit bei den Arabern lebte, wußte sie, wie gleichmütig diese Männer mit ansehen konnten, wie andere litten. Grausige Bilder erschienen vor ihrem geistigen Auge, und sie erschauderte. «Was würden sie ihm antun?» hauchte sie.

Der Scheich blieb wieder vor ihr stehen und sah sie finster an. «Soll ich dir das wirklich erklären?» fragte er drohend und lächelte wölfisch.

Mit einem Aufschrei hob sie die Arme vors Gesicht. «Oh, nein! Nein!»

«Wie zimperlich du bist!» meinte er verächtlich und schnippte die Asche von seiner Zigarette.

Beim Gedanken, welche Folgen ihr Fluchtversuch für Gaston haben könnte, bekam sie ein schlechtes Gewissen. Schließlich hatte sie nichts gegen ihn. Im Gegenteil, sie mochte ihn sogar, denn er war ihr gegenüber stets höflich und respektvoll gewesen. An ihn hatte sie gar nicht gedacht, als sie sein Pferd verscheucht und ihn allein in der Wüste zurückgelassen hatte – meilenweit vom Lager entfernt. In jenem Augenblick hatte sie ihn nur als ihren Gefängniswärter betrachtet, der den Befehlen seines Herrn gehorchte.

Daß ganz in der Nähe ein feindlich gesonnener Scheich lebte, erklärte vieles. Zum Beispiel Gastons Wunsch, sich nicht zu weit vom Lager zu entfernen. Und auch das rege Treiben von Ahmed Ben Hassans Gefolge und daß sie sich auf dem nächtlichen

Heimweg hatten ruhig verhalten müssen. Schon früh hatte sie erkannt, wieviel der französische Diener seinem Herrn bedeutete. Nun fand sie diese Beobachtung durch die unverhohlene Besorgnis des Scheichs bestätigt, die sich so von seiner sonstigen Gleichgültigkeit und Furchtlosigkeit unterschied.

Nachdenklich musterte sie ihn. In seinem sonderbaren Wesen gab es so viele Tiefen, die sie noch immer nicht ergründet hatte. Würde sie seine widersprüchliche Natur jemals auch nur annähernd verstehen? Während sie seine hochgewachsene Gestalt betrachtete und zusah, wie er im Zelt auf und ab ging, lag eine kaum verschleierte Sehnsucht in ihren Augen. Lautlos glitten seine Füße über die dicken Teppiche, und er bewegte sich mit jener geschmeidigen Anmut, die sie stets an ein wildes Tier erinnerte.

Ihre eben erst entdeckte Liebe drängte sie, ihre Gefühle auszudrücken. Wie sollte sie ihm gestehen, was sie empfand? Hätte sie doch das Recht gehabt, ihn zu umarmen und den grausamen Zug von seinen Lippen zu küssen! Aber das war ihr verwehrt. Sie mußte warten, bis sie gerufen wurde, bis er beschloß, die Frau zu beachten, die er zu seinem Vergnügen entführt hatte, bis er sie wieder begehrte. Für ihn, den Araber, war eine Frau nur eine Sklavin. Und als Sklavin mußte sie alles geben, durfte aber nichts verlangen.

Und wenn er sich ihr tatsächlich zuwandte, würde das Glück in seinen Armen zugleich ein tiefer Schmerz sein, denn er liebte sie nicht. Ein achtloser Kuß würde ihre Lippen verbrennen, und seine Leidenschaft würde sie verhöhnen. Vielleicht würde er sie auch verstoßen. Wenn Gaston tatsächlich der blutigen Fehde zwischen zwei Araberstämmen zum Opfer fiel ... Dann würde der Scheich schreckliche Rache üben. Und welches Schicksal drohte Diana? Würde er sie töten? Wenn ja, auf welche Weise? Würden die schlanken, gebräunten Finger mit ihrer stählernen Kraft das Leben aus ihr herauspressen? Unwillkürlich berührte sie ihren Hals. Als er neben ihr stehenblieb, um sich eine neue Zigarette anzuzünden, nahm sie ihren ganzen Mut zusammen. Sie mußte ihn unbedingt ansprechen und ihm versichern, wie sehr sie Gastons Schicksal bedauerte. Da flog die Zeltklappe auf, und der Diener stand im Eingang.

«Monseigneur ...» stammelte er, die Hände flehend ausgestreckt.

Sofort eilte der Scheich zu ihm und ergriff seine Schulter. «Gaston! *Enfin, mon ami!*» In seiner leisen Stimme vibrierte ein Unterton, den Diana nie zuvor gehört hatte.

Eine Zeitlang starrten sich die beiden Männer schweigend an. Dann seufzte Ahmed Ben Hassan tief auf. «Gepriesen sei Allah, der Barmherzige und Gnadenreiche!»

«Ja, gelobt sei Sein Name», ergänzte Gaston und sah zu Diana hinüber. In seinen Augen lag kein Groll, nur Sorge. «Madame ...» Er zögerte, und der Scheich unterbrach ihn.

«Keine Bange, Madame ist in Sicherheit», verkündete der Scheich trocken, schob ihn sanft zur Tür und fügte ein paar Worte in arabischer Sprache hinzu.

Nachdem der Diener gegangen war, starrte der Scheich in die Nacht hinaus. Es dauerte ungewöhnlich lange, bis er die Zeltklappe schloß. Zögernd stand Diana auf. Sie war erschöpft, und ihre hohen Reitstiefel fühlten sich bleischwer an. Sie wagte nicht, nach nebenan zu gehen, fürchtete sich aber auch zu bleiben. Anscheinend hatte Ahmed Ben Hassan vor, ihr weiter die kalte Schulter zu zeigen. Gewiß, Gastons Rückkehr hatte ihr eine zentnerschwere Last von der Seele genommen. Doch sie mußte sich noch für ihren Fluchtversuch verantworten. Daß der Scheich nicht davon gesprochen hatte bedeutete nichts. Sie kannte ihn gut genug. Und Silberstern, eines seiner schönsten Pferde ... Auch für den Tod des Grauschimmels mußte sie büßen.

Seit dem Morgen stand sie unter einer ungeheuren Anspannung, so daß sie es kaum noch ertragen konnte. Und Ahmed Ben Hassans Schweigen stellte eine weitere Folterqual dar. Wie lange würde sie sich noch beherrschen können? Er ging zum Schreibtisch, öffnete eine Munitionsschachtel und begann seinen Revolver nachzuladen. Dieser unbedeutende Vorgang schien ein halbes Jahrhundert zu dauern. Bei jedem Klicken zuckte Diana zusammen. Sie ballte die Fäuste und fuhr sich mit der Zunge über die trockenen Lippen. Wenn er stumm blieb, mußte *sie* sprechen. Dieses Schweigen hielt sie nicht länger aus.

«Tut mir leid – um Silberstern ...» Unsicher hielt sie inne. Sogar in ihren eigenen Ohren klang ihre Stimme fremd und heiser. Er antwortete nicht, zuckte nur die Achseln und schob die letzte Patrone ins Magazin. Daß er gleichmütig blieb und ihr nicht einen Schritt entgegenkam, brachte sie zur Verzweiflung. «Hätten Sie lieber mich erschossen!» sagte sie erbittert.

«Vielleicht. Du wärst leichter zu ersetzen. Frauen wie dich gibt es viele. Aber Silberstern war fast einzigartig.»

Entsetzt wich sie vor dem eisigen Klang seiner Stimme zurück. Dann verzogen sich ihre Lippen zu einem traurigen Lächeln. «Und doch haben Sie Ihr Pferd getötet, um mich zurückzugewinnen», entgegnete sie fast unhörbar.

Mit einem zornigen Fluch wandte er sich zu ihr um. «Dummes Ding! Kennst du mich denn so schlecht? Glaubst du, irgend etwas könnte mich daran hindern, mir zu nehmen, was ich haben will? Oder dachtest du, deine Flucht würde mich veranlassen, dich nicht mehr zu begehren? Bei Allah! Selbst wenn du in Frankreich untergetaucht wärst, hätte ich dich gefunden. Was ich habe, behalte ich – bis es mir keine Freude mehr bereitet. Und deiner bin ich noch nicht müde!» Er eilte zu ihr, riß sie an sich, sah ihr leidenschaftlich in die Augen. In diesem Moment erschien er ihr wie ein Teufel. «Welche Strafe hast du verdient?»

Er spürte ihr Zittern und lachte, als sie das Gesicht an seiner Brust verbarg. Gnadenlos umfaßte er ihr Kinn und zwang sie, den Kopf zu heben. «Was haßt du am allermeisten? Meine Küsse!» Wieder brach er in höhnisches Gelächter aus, bevor er seinen Mund auf ihren preßte.

Als er sie plötzlich losließ, taumelte sie blindlings zurück. Ein heftiges Schwindelgefühl erfaßte sie. Doch er hielt sie fest und zog sie wieder in seine Arme. Ihr Kopf sank an seine Schulter. Beim Anblick ihres ängstlichen Gesichts veränderte sich seine Miene. Er trug sie ins Schlafgemach, legte sie aufs Bett. Nur zögernd erhob er sich. Eine Weile blieb er stehen, betrachtete ihre knabenhafte Gestalt, und allmählich erlosch die wilde Glut in seinen Augen. «Paß auf, daß du den Teufel in mir nicht noch einmal weckst, *ma belle*», mahnte er in ernstem Ton.

Als Diana endlich allein war, vergrub sie stöhnend ihr Gesicht in den Kissen. Vor wenigen Stunden, unter dem Sternenhimmel der Wüste, hatte die Erkenntnis ihrer Liebe ein heißes Glück entfacht. Jetzt wußte sie, daß sie ohne seine Liebe niemals glücklich werden konnte. Sie hatte seine zornigen, lieblosen Küsse geschmeckt, und sie wußte, daß ihr noch größere Leiden bevorstanden. Als sie sich ihr zukünftiges Leben mit ihm vorstellte, fröstelte sie.

«Ich liebe ihn!» flüsterte sie. «Ich liebe ihn! Und ich wünsche mir seine Liebe mehr als alles andere im Himmel und auf Erden!»

Sechstes Kapitel

Diana saß auf dem Diwan im Wohnraum des Zelts und frühstückte. Eine Tasse Kaffee in der Hand, beugte sie den rotblonden Kopf über eine Zeitschrift, die auf ihren Knien lag. Das französische Magazin neueren Datums war von einem holländischen Wüstenreisenden im Lager zurückgelassen worden, der für eine Nacht um Gastfreundschaft gebeten hatte.

Natürlich war Diana ihm nicht begegnet. Nachdem er in seinem Zelt zu Abend gegessen hatte, schickte Ahmed Ben Hassan ihm eine blumige Einladung zum Kaffee, die allerdings – trotz der zuckersüßen Worte – einem Befehl gleichkam. Nur arabische Dienstboten betreuten die beiden Männer, und der Scheich, scheinbar unberührt von westlichen Einflüssen, sprach nur Arabisch, das der Holländer fließend beherrschte. Wie es die orientalische Höflichkeit gebot, stellte Hassan dem Besucher sich selbst, seine Dienerschaft und sein Eigentum uneingeschränkt zur Verfügung. Allerdings wußte der Gast, daß diese Freundlichkeit nichts zu bedeuten hatte. Also nahm er es so, wie es gemeint war, und beantwortete das Angebot mit den üblichen Phrasen. Ein- oder zweimal hörte er eine gedämpfte Frauenstimme hinter dichten Vorhängen. Doch er war zu klug, um seinen Gastgeber darauf anzusprechen. Mit einem spöttischen Grinsen stellte er sich die Reaktion des würdigen Arabers auf diese indiskrete Frage vor. Der Holländer war ein älterer, mitleidiger Mann, und er überlegte, welche Strafe der Frau im Nebenraum wohl bevorstand, weil sie so unvorsichtig gewesen war, sich bemerkbar zu machen. Ohne den Scheich wiederzusehen, hatte er – eskortiert von Yusef und einigen anderen Männern – das Lager am nächsten Morgen verlassen.

Diana las die Zeitschrift mit großem Interesse. Jede neue Lektüre war kostbar. In ihrem Reithemd und den erstklassig geschnittenen Breeches glich sie einem eleganten Jungen. Sie hatte einen Fuß im hohen braunen Reitstiefel untergeschlagen, während der andere lässig über den Rand des Diwans baumelte. Nachdem sie ihren Kaffee getrunken hatte, entzündete sie eine Zigarette und beugte sich zufrieden wieder über das Magazin.

Seit ihrem leichtsinnigen Fluchtversuch, der für den schönen Silberstern so tragisch geendet und ihr Leben völlig verändert hatte, waren zwei Monate vergangen. Tage voll himmlischer Glücksgefühle mischten sich mit bitterer Wehmut, denn die Freude an Ahmed Ben Hassans Gesellschaft wurde von der leidenschaftlichen Sehnsucht nach seiner Liebe getrübt. Jetzt betrachtete sie sogar ihre Umgebung mit anderen Augen, und das Glück ließ alle Dinge in einem neuen Licht erstrahlen. Der orientalische Luxus im Zelt erschien ihr nicht mehr übertrieben, sondern wie der natürliche Lebensraum eines faszinierenden Mannes, der die arabischen Sitten schätzte. Was ihm selbst gefiel und was er zur Schau stellte, um seine Anhänger zu beeindrukken, konnte Diana nicht feststellen. Auch die Wüste erschien ihr inzwischen tausendmal schöner, und die wilden Krieger des Scheichs empfand sie nicht mehr als abstoßend. Sie lernte, dieses ungebundene Dasein, die körperliche Bewegung und den schlichten Tagesablauf zu lieben. Mittlerweile war das Camp schon einige Male verlegt worden, immer in südlicher Richtung, und jeder Ortswechsel bot interessante neue Eindrücke.

Seit der Nacht, in der er sie triumphierend zurückgebracht hatte, ging er so behutsam mit ihr um, wie sie es niemals erwartet hätte. Nie wieder erwähnte er ihre Flucht und den Tod des wertvollen Pferdes. In dieser Hinsicht war er großzügig. Nachdem die Episode vorbei war, mochte er sich nicht mehr damit befassen. Allerdings war er nur freundlich zu ihr. Die Leidenschaft in seinen dunklen Augen zeugte nicht von der ersehnten Liebe. Er empfand lediglich Begierde für eine Frau wie Diana, die sich derart von seinen früheren Gespielinnen unterschied. Wenn sie an ihre Vorgängerinnen dachte, verspürte sie brennende Scham, die mit jedem Tag wuchs und ihrer heißen Liebe kaum nachstand. Schmerzliche Eifersucht quälte sie mit Zweifeln und Ängsten. Und sie konnte den Gedanken an die Vergangenheit nicht loswerden, als nicht *sie* in den Armen des Scheichs gelegen, als nicht *ihr* Mund seine verzehrenden Küsse empfangen hatte. Daß andere so glücklich gewesen waren wie sie – dieses Wissen glich einer offenen Wunde, die nicht heilte. Sie schalt sich für diese Überlegungen. Schließlich konnte man nicht erwarten, daß dieser starke, vitale Mann bis jetzt gelebt hatte wie ein Mönch. Auch die Zukunft machte ihr angst. Sie wollte ihn für sich allein haben und träumte davon, daß seine Liebe nur ihr galt. Daß er mit Leib und Seele Araber war, löste in ihr die schlimmsten Befürchtungen aus. Wann würde sie den Reiz für ihn verlieren?

Sie liebte ihn so leidenschaftlich und von ganzem Herzen. Außer ihm gab es nichts. Er war ihre Welt. Freudig gab sie sich ihm hin, und notfalls hätte sie ihr Leben für ihn geopfert. Doch sie zwang sich, ihre Liebe und Sehnsucht zu verbergen und seine Zärtlichkeiten teilnahmslos über sich ergehen zu lassen. Denn sie glaubte, sobald er ihre Gefühle erkannte, würde die gefürchtete Katastrophe eintreten. Immer wieder gingen ihr seine Worte im Kopf herum: «... Wenn du mich liebtest, würdest du mich langweilen, und ich müßte dich gehenlassen.» Deshalb verschloß sie die Liebe in ihrem Innern und heuchelte Gleichmut. Aber es fiel ihr schwer, Widerstreben zu zeigen, während sie sich ihm rückhaltlos schenken wollte. Sie warf den Zigarettenstummel in den Kaffeerest, wo er zischend verlosch, und blätterte eine Seite um.

Dann blickte sie plötzlich auf. Unbeachtet fiel das Magazin zu Boden. Vor dem Zelt erklang derselbe leise Bariton, der in der letzten Nacht vor ihrer Abreise aus Biskra das kaschmirische Liebeslied gesungen hatte. «*Pale hands I loved beside the Shalimar. Where are you now? Who lies beneath your spell?*» Die Stimme näherte sich und er kam ins Zelt. «*Pale hands pink-tipped* ...» sang er weiter und zog Dianas Finger an seine Lippen.

Aber ehe er sie küssen konnte, entzog sie ihm ihre Hand. «Sie sprechen Englisch?» fragte sie in scharfem Ton und musterte ihn mit schmalen Augen.

Lachend warf er sich neben sie auf den Diwan. «Weil ich ein englisches Lied singe?» erwiderte er auf französisch. «*La, la!* In Paris sah ich eine *Carmen*-Vorstellung, und da trat ein Spanier auf, der kein Wort Französisch konnte. Wie ein Papagei plapperte er den einstudierten Text nach. Genauso lerne ich eure englischen Lieder», fügte er hinzu und lächelte.

Sie beobachtete, wie er eine Zigarette anzündete, und runzelte nachdenklich die Stirn. «In jener Nacht haben Sie das Lied vor dem Biskra-Hotel gesungen, nicht wahr?» Es war eher eine Feststellung als eine Frage.

«Manchmal ist man eben unvernünftig», neckte er sie, «besonders, wenn der Mond so hoch am Himmel steht.»

«Und Sie waren es auch, der in mein Schlafzimmer schlich, um die Platzpatronen in meinen Revolver zu stecken?»

Er zog sie an sich, und sie hob das Gesicht, so daß er in ihre Augen schauen konnte. «Glaubst du, ich hätte jemand anderem erlaubt, in dein Zimmer zu gehen – ich, der Araber, dem du gehören solltest?»

«So sicher waren Sie sich?»

Er lachte leise, als würde ihn der Gedanke amüsieren, einer seiner Pläne könnte scheitern. In seinen dunklen Augen flammte Leidenschaft auf. Wild preßte er sie an sich, und ihr schlanker Körper schien ein schwelendes Feuer zu schüren. Doch sie wehrte sich und wandte den Kopf ab. «Warum so kühl?» tadelte er. «Küß mich, kleine Eisprinzessin.»

Wie gern hätte sie das getan, und es brach ihr fast das Herz, ihn zurückzuweisen. Beinahe hätte sie dem Wunsch nachgegeben, ihre Liebe und die Zweifel und Ängste zu gestehen, die an ihren Kräften zehrten. Doch da sie noch hoffte, fand sie den Mut, die Worte hinunterzuschlucken, die ihr auf der Zunge brannten. Sie zwang sich, gleichgültig dreinzublicken und trotzig zu schmollen.

Langsam zogen sich seine schwarzen Brauen zusammen. «Immer noch unfolgsam? Hast du nicht gelobt, mir zu gehorchen? Ich hasse die Engländer zwar, aber ich dachte, wenn sie etwas versprechen …»

Mit einer hastigen Geste unterbrach sie ihn, wandte sich ihm zu, und zum erstenmal küßte sie ihn freiwillig. Nur flüchtig berührten ihre kühlen Lippen seine Wange.

Er lächelte verächtlich. «*Bon Dieu!* Hast du unter der heißen Wüstensonne nichts Besseres gelernt? Habe ich dir so wenig beigebracht? Bist du im gräßlichen Klima deines widerwärtigen Heimatlandes steifgefroren? Gibt es nichts, was dich schmelzen kann? Oder lebt in England ein Mann, der die Macht besitzt, diese Statue in eine Frau zu verwandeln?»

Unglücklich ballte sie die Hände. «Nein, da ist niemand», flüsterte sie. «Aber – ich kenne solche Gefühle nicht.»

«Dann mußt du sie kennenlernen. Ich habe es satt, einen Eiszapfen im Arm zu halten.» Plötzlich drückte er sie wieder an seine Brust, bedeckte ihr Gesicht mit leidenschaftlichen Küssen.

Zum erstenmal zeigte sie, was sie empfand, klammerte sich leidenschaftlich an ihn, erwiderte jeden Kuß mit gleicher Glut. Aller Widerstand war gebrochen. Nach einer Weile ließ er sie los. Nach Atem ringend sprang er auf und rieb sich die Augen. «Oh, Diane, du steigst mir zu Kopf!» rief er, und sein Gelächter klang fast zornig. Dann nahm er achselzuckend einen Revolver aus seiner Waffentruhe und begann ihn zu reinigen.

Verwirrt starrte sie ihn an. Was meinte er? Wie paßten seine Worte zu dem Rat, den er ihr vorhin gegeben hatte? Was bedeutete diese Widersprüchlichkeit? Wollte er etwa nur wissen, ob es ihm gelungen war, ihre Liebe zu wecken? Sonnte er sich in der Macht, die er über sie ausübte? Hatte er Freude daran, sie mit ausgeklügelter Grausamkeit zu peinigen, alles zu nehmen und nichts zu geben? Wünschte er, daß sie ihm zu Füßen lag, damit er sie verächtlich zurückstoßen konnte? Oder verlangte er, daß sie dieselbe orientalische Leidenschaft an den Tag legte wie er? Tiefe Scham trieb ihr das Blut in die Wangen.

Hinter seiner gleichmütigen Fassade verbarg sich ein feuriges Wesen, und Diana ahnte, wie mühsam er sich jetzt im Zaum hielt. Sie spürte auch, daß ihm diese eherne Selbstbeherrschung jeden Augenblick entgleiten konnte. Sicher fiel es ihm nicht leicht, seine wilden Gefolgsleute zu bändigen. Und die Entspannung, die er in der Privatsphäre seines Zeltes suchte, bedeutete ihm vermutlich mehr, als er je zugeben würde. Vielleicht war ihm das ja nicht einmal bewußt. Dianas Haß und Trotz belustigten ihn, aber manchmal ärgerte er sich auch darüber. Aber er war auch nur ein Mensch und mochte zuweilen eine willige Gefährtin einer aufsässigen Gefangenen vorziehen. Seufzend sah sie ihn an. Er war so stark, so voller Lebenskraft. Wie sollte sie seine ständig wechselnden Stimmungen erraten und sich entsprechend verhalten? Sie seufzte auf. Wenn es ihr doch gelänge, ihn jederzeit glücklich zu machen! Stirnrunzelnd zerrte sie an ihren rotgoldenen Locken, wie sie es schon in ihrer Kindheit getan hatte, wenn sie über ein schwieriges Problem nachdachte.

Plötzlich richtete sie sich auf und kniete zwischen den Sofakissen. «Warum hassen Sie die Engländer so abgrundtief, Monseigneur?» Vor einiger Zeit hatte sie fast unbewußt begonnen, ihn ebenso anzusprechen wie sein Diener. Sie fand es oft peinlich, daß sie ihn niemals direkt anredete, und es wäre ihr unangenehm gewesen, ihn «Ahmed Ben Hassan» zu nennen. Aber dieser respektvolle Titel paßte zu ihm.

Er blickte von seiner Arbeit auf, sammelte die Waffenteile ein und brachte sie zum Diwan. «Zünde mir eine Zigarette an, *chérie*, ich habe die Hände voll.»

Lächelnd gehorchte sie. «Sie haben meine Frage nicht beantwortet.»

Eine Zeitlang polierte er schweigend die glänzende kleine Waffe. «*Ma petite* Diane, deine Lippen leuchten so herrlich rot, deine Stimme klingt wie Musik in meinen Ohren, aber ich hasse Fragen; sie langweilen mich zu Tode», entgegnete er leichthin und begann das kaschmirische Lied zu summen.

Da sie ihn gut genug kannte, wußte sie, daß ihn nicht alle Fragen langweilten. Offenbar hatte sie einen wunden Punkt in seiner Vergangenheit berührt. Um ihre Einfühlungsgabe zu beweisen, fuhr sie fort: «Und warum singen Sie? Das haben Sie vorher nie getan?»

Ihre Beharrlichkeit schien ihn zu amüsieren. «Neugieriges kleines Ding! Ich singe, weil ich mich freue – weil mein Freund zu Besuch kommt.»

«Ihr Freund?»

«Ja, bei Allah, der beste, den ich jemals hatte. Raoul de Saint Hubert.»

Sie warf einen Blick zum Bücherregal hinüber, und er nickte. «Kommt er hierher?» Ihre Stimme verriet, wie bestürzt sie war, und er hob ärgerlich die Brauen.

«Warum nicht?» erwiderte er hochmütig.

«Ach, nur so ...» Diana sank wieder in die Kissen zurück und hob das Magazin vom Boden auf. Für sie war die Ankunft eines Fremden, eines Europäers – ein Schock. Doch weil sie den Blick des Scheichs spürte, ließ sie sich ihre Gefühle nicht anmerken. «Wann möchten Sie ausreiten?» erkundigte sie sich gleichmütig, heuchelte ein Gähnen und blätterte in der Zeitschrift.

«Heute reite ich nicht mit dir aus. Ich treffe Saint Hubert. Vor einer Stunde gab mir sein Bote Bescheid. Nun habe ich meinen Freund schon zwei Jahre lang nicht gesehen.»

Diana stand auf und wanderte zum Zelteingang. Draußen warteten mehrere Männer, und der temperamentvolle Shaitan wehrte sich gegen die Reitknechte, die ihn festhielten. Unbehaglich musterte sie die flach angelegten Ohren des schönen, bösartigen Tieres und seine rollenden Augen. Hätte der Scheich es erlaubt, wäre sie furchtlos auf den Rücken des Fuchses gestiegen. Aber sie machte sich jedesmal Sorgen um ihn, wenn er die wilde Bestie selbst ritt. Niemand außer Ahmed Ben Hassan vermochte sie zu bändigen. Doch obwohl sie wußte, wie sicher er im Sattel saß, empfand sie ein Grauen, das der alten Diana fremd gewesen war. Und sie wünschte inständig, er würde an diesem Morgen ein anderes Pferd nehmen.

Langsam kehrte sie ins Zelt zurück. «Wenn ich den ganzen Tag hier drinbleibe, kriege ich Kopfschmerzen. Darf Gaston mit mir ausreiten?» bat sie zaghaft und schaute überallhin, nur nicht in Ahmed Ben Hassans Gesicht. Seit ihrem Fluchtversuch bestand er stets darauf, sie selbst zu begleiten. Wann immer sie vorsichtig andeutete, der Kammerdiener könne doch ebensogut mitkommen, schüttelte der Scheich entschieden den Kopf. Aber jetzt zögerte er, und sie fürchtete schon, er würde ihr den Wunsch erneut abschlagen. Flehend wandte sie sich ihm zu. «Oh, Monseigneur, bitte!» flüsterte sie.

Als er ihren Blick erwiderte, wirkte sein Kinn eigenwilliger denn je. «Willst du wieder durchbrennen?» fragte er unverblümt.

Ihre Augen füllten sich mit Tränen. Um sie zu verbergen senkte sie hastig die Lider. «Nein.»

«Also gut, ich sage es ihm. Sicher wird er sich freuen, *le bon* Gaston. Obwohl du ihm einen so üblen Streich gespielt hast, ist er dein ergebener Sklave. Wie gütig er ist, *le pauvre diable*! Er ist nun mal kein Araber, was, kleine Diane?» Nun funkelte wieder das spöttische Lächeln in seinen Augen. Gebieterisch legte er eine Hand in ihren Nacken und zwang sie, ihn anzusehen. Dann wurde er ernst. «Nimm das mit!» befahl er und reichte ihr den Revolver, den er soeben gereinigt hatte. «Ibraheim Omair hält sich immer noch in der Gegend auf.»

Verständnislos starrte sie ihn an. «Aber ...» stammelte sie.

Sofort erriet er ihre Gedanken und hauchte einen Kuß auf ihre Lippen. «Ich vertraue dir», entgegnete er leise und verließ das Zelt.

Den Revolver in der Hand, folgte sie ihm zum Ausgang, sah ihn aufsteigen und davonreiten. Wie immer saß er felsenfest und hoch aufgerichtet im Sattel. Mit glänzenden Augen beobachtete sie ihn. Nachdem er aus ihrem Blickfeld verschwunden war, kehrte sie ins Zelt zurück und schob die Waffe in das Halfter, das auf einem Schemel lag.

Unter einem Arm den Revolver, in der anderen Hand Saint Huberts Roman, zog sie sich ins Schlafgemach zurück und rief Zilah zu sich, die ihr die Stiefel auszog. Dann sank sie aufs Bett, um den ganzen Vormittag zu faulenzen und sich mit Hilfe des Buchs ein Urteil über den Verfasser zu bilden.

Von vornherein haßte sie ihn – weil er zu Besuch kommen würde und weil sie eifersüchtig auf ihn war. Die unerwartete Zärtlichkeit des Scheichs hatte eine Hoffnung geweckt, der sie sich kaum hinzugeben wagte. Würde die Wirkung, die sie auf andere Männer ausübte, auch ihn fesseln, obwohl er sie monatelang nur körperlich begehrt hatte? Könnte er auch andere, edlere Gefühle entwickeln als diese lüsterne Begierde? War er trotz seiner orientalischen Herkunft zu tiefen, dauerhaften Gefühlen fähig?

Vielleicht hätte er sie inzwischen liebengelernt, wäre er nicht durch andere Ereignisse von ihrer gemeinsamen Vertrautheit abgelenkt worden. Mit ihren Vorgängerinnen hatte er es nur Tage oder Wochen ausgehalten – und Diana lebte schon seit Monaten im Lager. Möglicherweise wären seine Gefühle für sie jetzt endlich erwacht, wenn dieser Franzose nicht eingetroffen wäre.

In einem kindischen Wutanfall schleuderte sie Saint Huberts Buch quer durch den Raum und vergrub ihren Kopf in den Armen. Sicher war er widerwärtig – ein eingebildeter Egoist mit süffisantem Grinsen! Sie kannte einige französische Schriftsteller, und sie verachtete diesen Mann, noch bevor sie ihm begegnet war. Zweifellos waren seine Bücher gut geschrieben. Um so schlimmer; das würde ihn in seiner Eitelkeit bestärken. In seinem Roman enthüllte sich ein leidenschaftliches Temperament, das die Situation zu komplizieren drohte, falls er ein Auge auf Diana werfen sollte. Allein schon bei diesem Gedanken erschauerte sie. Und offenbar würde sie ihm nicht aus dem Weg gehen können, denn der Scheich hatte keine gegenteiligen Anweisungen erteilt. Diesmal würde er anders verfahren als beim Besuch des Holländers und sich nicht wie ein typischer Araber benehmen, der seine Geliebte – sein Eigentum – unter Verschluß hielt.

Die aufgewühlten Gefühle, die Enttäuschung über den verweigerten gemeinsamen Ausritt, die Angst vor dem unerwarteten Besuch – dies alles belastete Diana so sehr, daß sie sich in eine fieberhafte, selbstquälerische Erregung hineinsteigerte. Schließlich schlief sie vor Erschöpfung ein. Zilah rüttelte sie mit schüchterner Hand wach und erinnerte sie ans Mittagessen.

Stöhnend rieb sich Diana die Augen und hob den Kopf. Zuerst starrte sie das Mädchen verständnislos an, dann verscheuchte sie es mit einer herrischen Geste und vergrub das Gesicht wieder in einem Kissen. Wie sollte sie auch nur einen Bissen hinunterbringen, wenn ihr das Herz brach?

Aber Zilah – vom Stellvertreter ihres Herrn beauftragt, der im Nebenraum wartete und ihr gewaltigen Respekt einflößte – hielt mit sanfter Beharrlichkeit die Stellung, bis Diana sie wütend anschrie. In diesem Ton hatte sie noch nie mit der kleinen Dienerin gesprochen, die entsetzt die Flucht ergriff.

Mittlerweile hellwach, schwang Diana die Beine über die Bettkante. Die Ellenbogen auf die Knie gestützt verbarg sie das erhitzte Gesicht in den Händen. Sie fühlte sich schwindlig, ihr Kopf schmerzte, und ihr Mund war staubtrocken. Mühsam stand sie auf, ging zum Toilettentisch und betrachtete ihr Spiegelbild. Sie runzelte die Stirn. Noch nie war sie stolz auf ihre Schönheit gewesen, hatte sie einfach nur als eine unbedeutende Tatsache hingenommen. Und jetzt, da ihre Reize anscheinend nicht genügten, um die Liebe des Scheichs zu erringen, erschienen sie ihr fast hassenswert.

«Bist du krank oder nur schlecht gelaunt?» fragte sie und mußte trotz ihres Kummers über den Klang ihrer eigenen Stimme lachen. Sie eilte ins Bad und kühlte ihren Kopf mit kaltem Wasser.

Als sie ins Schlafgemach zurückkehrte, stellte eine verängstigte Zilah ein kleines Tablett auf den Messingtisch neben dem Bett. «Monsieur Gaston …», stammelte sie, den Tränen nahe.

Diana musterte das Tablett, auf dem alles so penibel angeordnet war, wie der Kammerdiener es liebte. Dann streifte ihr Blick den Reisewecker, der daneben stand. Seit ihrer gewöhnlichen Essenszeit war bereits eine Stunde verstrichen, und plötzlich verspürte sie einen wahren Heißhunger. Sie entdeckte einen Zettel auf dem Tablett, griff danach und las Gastons klare, winzige Handschrift: «Wann wünschen Madame auszureiten?»

Offensichtlich hatte der Diener nicht vor, das Nachmittagsprogramm kampflos abzusagen. Lächelnd schrieb sie eine Zahl auf das Papier und lief zu den Vorhängen, die die beiden Räume teilten. «Gaston!»

«Madame!»

Ohne ein weiteres Wort schob sie den Zettel zwischen den Vorhängen hindurch und widmete sich dann ihrer Mahlzeit. Nachdem sie Zilah mit leerem Tablett weggeschickt hatte, hob sie Vicomte de Saint Huberts Roman vom Boden auf und versuchte ihn unvoreingenommen zu lesen. Auf dem Vorsatzblatt stand, mit Bleistift geschrieben, die Widmung: *Souvenir de Raoul*. Eigentlich wies die Handschrift nicht auf einen Kleingeist hin.

Aber Handschriften besagen gar nichts, dachte sie eigensinnig. Aubrey, der personifizierte Egoismus, konnte wunderschön schreiben. Einmal hatte ihm ein Experte versichert, seine Handschrift verrate eine selbstlose Liebe zu allen Mitmenschen. Den Baronet hatte diese Behauptung keineswegs zu Begeisterungsstürmen hingerissen, und seine Schwester hatte Tränen gelacht.

Beim Weiterlesen vergaß Diana allmählich den Autor über seinem Werk. Die spannende Geschichte handelte von der Liebe und Treue eines Mannes. Schließlich legte sie das Buch beiseite und seufzte bitter. So etwas geschah nur in Romanen – das wirkliche Leben sah anders aus. Mit kummervollem Blick sah sie sich um, betrachtete das Sammelsurium aus Besitztümern des Scheichs und ihren eigenen Sachen. Auf dem Toilettentisch lagen ihre elfenbeinernen Kämme zwischen seinen Bürsten und Rasiermessern. Dann beugte sie sich über das Kissen neben ihr, wo sein Kopf jede Nacht ruhte, und hauchte einen Kuß auf den seidenen Bezug. «Ahmed – oh, Monseigneur!» flüsterte sie sehnsüchtig.

Dann sprang sie ungeduldig auf und schlüpfte in ihre Reitstiefel. Sie zog einen weichen Filzhut tief in die Stirn, ergriff das Halfter mit dem Revolver und musterte ihn. Als sie den Gurt um ihre schmale Taille schlang, verzogen sich ihre Lippen zu einem sonderbaren Lächeln.

Draußen wartete Gaston mit den Pferden. Bei Dianas Anblick lächelte er aufrichtig erfreut. Während Diana sich zum Aufbruch bereitmachte, war sie ein wenig verlegen gewesen. Der Gedanke an den letzten gemeinsamen Ausritt war ihr noch immer unangenehm. Aber sie wußte seit ihrer Heimkehr in jener Nacht, daß er ihr nicht grollte. Seine besorgte Miene und die gestammelten, an den Scheich gerichteten Worte hatten nicht seinem eigenen Schicksal gegolten, sondern er hatte befürchtet, sein Herr und Gebieter könnte Diana bestrafen.

Jetzt ritt sie einen Schimmel namens Tänzer, der nicht so schnell dahinsprengte wie Silberstern und ziemlich nervös war. Wann immer er losrannte oder gezügelt wurde, tänzelte er auf den Hinterbeinen wie ein Zirkuspferd. Und er ließ sich nur ungern besteigen. Als Diana einen Fuß in den Steigbügel schob, scheute er zurück. Aber sie schwang sich auf seinen Rücken, und nachdem er sein *haute école* *-Spektakel beendet hatte, saß auch Gaston im Sattel. «Sicher könnte ich mit Tänzer bei einem *Concours Hippique* ** auftreten!» rief sie lachend über die Schulter und spornte den Schimmel an. Sie hoffte, ein stürmischer Galopp würde sie ermüden und von ihren traurigen Gedanken ablenken. Und das Pferd befriedigte beide Bedürfnisse. Unentwegt mußte sie auf seine Launen achten. Sich selbst und ihm zu-

* Hohe Schule
** Reit- und Fahrtournier

liebe ließ sie die Zügel schießen. Die frische Luft und die Bewegung verscheuchten die Kopfschmerzen, und sie empfand eine Heiterkeit, die sie fast glücklich stimmte. Nach einer Weile zügelte sie den Schimmel und winkte Gaston an ihre Seite. «Erzählen Sie mir von diesem Vicomte de Saint Hubert, der uns besuchen wird. Ich nehme an, Sie kennen ihn, da Sie schon so lange für Monseigneur arbeiten.»

«Oh, ich kannte ihn schon, bevor er Monseigneur begegnete», erwiderte der Diener lächelnd, «denn ich wurde auf Monsieur le Comte de Saint Huberts Landsitz geboren, und Monsieur le Vicomte ist sein Sohn. Mein Zwillingsbruder Henri und ich wurden in Monsieur le Comtes Rennstall ausgebildet. Nachdem wir bei der Kavallerie unseren Wehrdienst abgeleistet hatten, wurde Henri Monsieur le Vicomtes Kammerdiener, und Monseigneur engagierte mich.»

Nachdenklich nahm Diana den Hut ab und strich sich über die Stirn. Vor fünfzehn Jahren mußte Ahmed etwa zwanzig gewesen sein. Warum leistete sich ein arabischer Scheich in diesem Alter – oder überhaupt – eine Extravaganz wie einen französischen Kammerdiener? Und wieso war ein Franzose bereit, in der Wildnis dieser Wüste einem Eingeborenen zu dienen? Immer neue Rätsel schienen sich um das Geheimnis des Mannes zu ranken, den sie liebte. Ihre Gedanken drehten sich im Kreis. Warum sollte ein arabischer Scheich keinen europäischen Diener beschäftigen? Hoffnungslos verwirrt, gab sie es auf, sich den Kopf darüber zu zerbrechen.

Sie wandte sich an Gaston, um ihn weiter nach dem erwarteten Gast auszufragen, und beruhigte den aufgeregten Tänzer, so gut es ging. Mit großen Augen musterte sie den Diener und fächelte sich mit ihrem Hut Kühlung zu. Gaston, dessen Pferd still wie eine Statue dastand, wischte sich die schweißnasse Stirn ab, und Diana beschloß, ihn nicht weiter zu quälen. Da Gaston im

Hause de Saint Hubert groß geworden war, würde er gewiß nicht vorbehaltlos über die Familie sprechen. Außerdem zog sie es ohnehin vor, sich ein eigenes Urteil zu bilden. Nur eine einzige Frage gestattete sie sich noch: «Gehört die Familie Saint Hubert zum alten oder zum neuen Adel?»

«Zum alten, Madame», entgegnete Gaston hastig.

Diana lenkte ihr nervöses Pferd näher an seinen ruhigen Gefährten heran, übergab dem Diener die Zügel und ihren Hut und stieg ab. Langsam wanderte sie einen kleinen Hügel hinauf, setzte sich mit dem Rücken zu den Pferden auf den Gipfel und schlang die Arme um die Knie. Plötzlich erkannte sie, was die Ankunft des Fremden bedeuten würde. Er bewegte sich offensichtlich in ihren Kreisen, denn er unternahm ausgedehnte Reisen, und sein Vater war reich genug, um sich einen Rennstall zu halten. Außerdem zählte er zur *ancienne noblesse*, einer Gesellschaftsschicht, die allmählich ausstarb. Ein Gedanke schoß Diana durch den Kopf, und es war typisch für sie, daß sie sich darüber Sorgen machte: Wie konnte sie in ihrer jetzigen Stellung einem Mann gegenübertreten, der ihr gesellschaftlich ebenbürtig war? Die stolze Diana Mayo – Geliebte eines Wüstenscheichs? Schaudernd stützte sie ihre Stirn auf die Knie. Die Blamage, die ihr drohte, schnitt wie ein Messer in ihr Herz.

Wieder einmal flammte der Hochmut auf, den Ahmed Ben Hassan noch nicht ganz besiegt hatte. Sie fühlte sich erniedrigt und gedemütigt bis ins Mark. Selbst in Gegenwart des Mannes, der sie verwandelt hatte und den sie liebte, konnte sie sich manchmal nicht dagegen wehren. Manchmal schützte sie deshalb sogar ein Fieber vor und bat ihn, sie allein zu lassen. Nicht, daß er den Wunsch jemals erfüllte, denn er wußte genau, wann jemand fieberte und wann nicht. Statt sie zu schonen, nahm er sie in die Arme, mit jenem spöttischen Gelächter, das sie nach wie vor kränkte. Wahrscheinlich verschwendete er keinen Gedanken daran, was sie empfinden mochte, wenn sie seinem Freund gegenübertrat. Und falls er doch daran dachte, maß er diesem kleinen Problem keine Bedeutung bei. Natürlich ist es eine Frage des Standpunkts, überlegte sie bedrückt. Er sieht alles mit anderen Augen als ich. Unserer Herkunft und unserer Denkweise nach sind wir völlig verschieden. Für ihn bin ich nur die Frau, die er gefangenhält, ein unwichtiger Besitz.

Das Gesicht in den Händen verborgen, saß sie reglos auf dem Hügel, bis Gaston diskret hüstelte, um sie an die späte Stunde zu erinnern. Langsam kehrte sie zu den Pferden zurück, wachsbleich, die Lippen zusammengepreßt. Wie immer sträubte sich der Schimmel, als sie aufstieg. Seine Possen zerrten an ihren ohnehin angespannten Nerven. Ungeduldig riß sie am Zügel, und das Tier bäumte sich gefährlich auf.

«Vorsicht, Madame!» warnte Gaston.

«Um wen sorgen Sie sich – um mich oder Monseigneurs Pferd?» erwiderte sie bitter, ignorierte den Hut, den er ihr mit tadelndem Blick hinhielt, und spornte den Schimmel mitleidlos an. Wenn es schon sein mußte, dann wollte sie es wenigstens möglichst schnell hinter sich bringen. Gaston sprengte ihr nach. Zum erstenmal in der langen Dienstzeit verfluchte er den Herrn, für den er mit Freuden gestorben wäre.

Tänzers Nerven waren zum Zerreißen gespannt, ebenso wie ihre eigenen. Immer wieder drohte er durchzugehen, strömender Schweiß färbte den seidigen Hals dunkel. Um ihn zu bändigen, mußte sie ihre ganzen Reitkünste aufbieten. Würde sie ihn zügeln können, wenn sie das Lager erreichten? Von einer bösen Ahnung befallen, überquerte sie einen niedrigen Hügel, nicht weit von ihrem Ziel entfernt, und wickelte die Zügel um ihre Hände, damit sie ihr nicht entglitten. Während sie sich dem Camp näherte, sah sie den Scheich an der Seite eines großen, schlanken Mannes vor seinem Zelt stehen.

Nur für einen Sekundenbruchteil erblickte sie zerzaustes dunkles Haar und einen kurzgeschnittenen Bart, dann raste sie weiter – unfähig, ihr Pferd auszuhalten. Das gelang ihr erst, nachdem sie das Zelt passiert hatte. Schmerzhaft schnitten ihr die Zügel in die Finger, als sie den Schimmel herumriß. Mehrere Reitknechte eilten zu seinem Kopf. Aber da er sich wie wild sträubte, bekamen sie ihn nicht zu fassen. Tänzelnd bäumte sich der Hengst auf, bis er seinen Spaß gehabt und Diana genug Verdruß bereitet hatte und sich einfangen ließ. Seit dem Ende seines wilden Galopps hatte sie nichts unternommen, um ihm Einhalt zu gebieten. Wenn sich das Tier wie ein Narr gebärden wollte, würde sie sich nicht lächerlich machen, indem sie einen sinnlosen Kampf mit ihm aufnahm. Nachdem die Männer ihn ergriffen hatten, beruhigte sich der schnaubende Hengst allmählich. Diana ließ die Zügel los, zog die Handschuhe aus und rieb sich die schmerzenden Hände. Als der Scheich auf sie zukam, stieg sie rasch ab. Ärgerlich versetzte sie Tänzer mit ihren Reithandschuhen einen Klaps auf die Nase und beobachtete, wie er sich widerstrebend wegführen ließ. Erst als sie Ahmed Ben Hassans Stimme hörte, drehte sie sich zu ihm um. «Diane, der Vicomte de Saint Hubert möchte dir vorgestellt werden.»

Sie richtete sich auf und spürte, wie sie erbleichte. Zögernd richtete sie ihren Blick auf den Mann, der vor ihr stand. Nie zuvor hatte sie so freundliche Augen gesehen. Eine leise Höflichkeitsfloskel auf den Lippen, verneigte er sich.

Seine Wortkargheit gab ihr ein wenig Mut. «Monsieur ...» erwiderte sie kühl. Dann wandte sie sich zu dem Scheich um, wich aber seinem Blick aus: «Heute hat sich Tänzer wieder einmal unmöglich benommen. Gaston, mein Hut, bitte. Danke.» Mit diesen Worten machte sie auf dem Absatz kehrt und verschwand im Zelt.

Es war spät geworden, aber sie trödelte so lange wie möglich im Bad herum. Nur widerstrebend schlüpfte sie in das grüne Kleid, das der Scheich am liebsten hatte – ein Zugeständnis, für das sie sich selber haßte. Als er hereinkam, hatte sie gerade die Jadekette angelegt. Unsanft packte er sie an der Schulter und riß sie herum. Der gnadenlose Druck seiner Finger genügte, um ihr zu sagen, daß er wütend auf sie war. «Leider warst du sehr unhöflich zu meinem Gast.»

«Muß eine Sklavin die Freunde ihres Herrn höflich behandeln?» fragte sie mit gepreßter Stimme.

«Du sollst nur meine Wünsche erfüllen.»

«Und Sie wünschen, daß ich diesem Franzosen freundlich begegne?»

«Allerdings.»

«Wäre ich eine Frau aus Ihrem Volk ...», begann sie ärgerlich.

«Wärst du eine Frau aus meinem Volk, müßten wir solche Probleme gar nicht erörtern», unterbrach er sie frostig. «Kein Mann außer mir dürfte dich ansehen. Aber da dies nicht der Fall ist ...» Er verstummte, einen rätselhaften Ausdruck in den Augen.

«Und deshalb quälen Sie mich um so grausamer», klagte sie. «Eigentlich müßte ich wünschen, ich wäre eine Araberin.»

«Besser nicht», empfahl er ihr in unheilverkündendem Ton, «denn das Leben einer Araberin wäre wohl kaum nach deinem Geschmack. Wir zwingen unsere Frauen mit der Peitsche zum Gehorsam.»

«Warum haben Sie sich seit heute morgen so verändert?» flüsterte sie. «Vorhin haben Sie mir noch erklärt, Sie hätten niemandem gestattet, mein Hotelzimmer in Biskra zu betreten. Sind Sie jetzt kein Araber mehr? Bin ich Ihnen so wenig wert, daß Sie keine Eifersucht empfinden?»

«Meinem Freund kann ich vertrauen, und außerdem habe ich ihm ja nicht vorgeschlagen, dich mit ihm zu teilen», erwiderte er schonungslos.

Sie zuckte zusammen, als hätte er sie geschlagen. Mit einem leisen Aufschrei verbarg sie ihr Gesicht in den Händen.

«Wirst du tun, was ich dir sage?» Wieder umklammerte er ihre Schulter. Die Frage klang wie ein Befehl.

«Offensichtlich habe ich keine Wahl», flüsterte sie. Als er die Hände sinken ließ und sich zum Gehen wandte, hielt sie seinen Arm fest. «Monseigneur! Kennen Sie kein Mitleid? Wollen Sie mir diese Tortur nicht ersparen?»

Er schüttelte ungeduldig den Kopf und schob ihre Hand beiseite. «Nun übertreibst du.»

«Wenn Sie dieses eine Mal Gnade walten lassen ...», flehte sie atemlos.

Aber er fiel ihr mit einem wilden Fluch ins Wort. «Wenn? Versuchst du mit mir zu feilschen? Hast du in dieser ganzen Zeit so wenig gelernt?»

Sie schaute ihn an und seufzte müde. Obwohl sie ihr Bestes tat, um sich gegen seine wechselhaften Stimmungen zu wappnen, überrumpelte er sie immer wieder. Die Sanftmut des Morgens war verflogen. Nun erblickte sie wieder jenen Tyrannen, dem sie vor zwei Monaten begegnet war. Die Schuld daran mußte sie bei sich selbst suchen. Sie kannte ihn gut genug, um zu wissen, daß er keinen Widerspruch duldete. Und sie hatte auf schmerzliche Weise gelernt, wie sinnlos es war, sich zu sträuben. In diesem Lager gab es nur einen einzigen Herrn, dessen Befehle stets befolgt werden mußten, mochte es den Untertanen auch noch so schwerfallen.

Inzwischen erforderte ein abgebrochener Fingernagel seine Aufmerksamkeit, und er suchte auf dem Toilettentisch nach einem Messer. Diana beobachtete, wie er den Nagel behutsam abschnitt. Zu den zahlreichen Dingen, die sie verwirrten, gehörte nicht zuletzt die peinliche Sorgfalt, die er auf seine manikürten Hände verwendete. Das Lampenlicht erhellte sein Gesicht. In ihrem Herzen wuchs ein dumpfer Schmerz, während sie ihn betrachtete. Er forderte bedingungslosen Gehorsam. Erst vor wenigen Stunden hatte sie beschlossen, sich völlig zu unterwerfen – und bereits bei der ersten Prüfung versagt. Obwohl sie fand, daß er zuviel von ihr verlangte, konnte sie es nicht ertragen, in den Augen des geliebten Mannes den Zorn zu lesen, den sie entfacht hatte.

In den zwei Monaten ungetrübten Glücks war dieser wütende Blick, den sie fürchten gelernt hatte, kein einziges Mal auf sie gefallen. Seine dunklen, unergründlichen Augen hatten nur vor Freundlichkeit oder Belustigung gefunkelt. Die schrecklichsten Qualen würde sie verkraften, nur nicht seinen Groll, und sie würde sich bemühen, ihn zu versöhnen. Verzweifelt sehnte sie sich danach, glücklich zu sein. Sie liebte ihn so sehr, daß sie bereit war, alles aufzugeben, um sich seinem Willen unterzuordnen. Wenn sie ihn doch nur in den Mann zurückverwandeln könnte, der er in diesen letzten Wochen gewesen war ... Oder hatte sie seinen Zorn auf die Spitze getrieben? Nun lag sie ihm gleichsam zu Füßen, war endlich gezähmt. Ihr ganzer Stolz und ihr Eigensinn wurden von einer alles verzehrenden Liebe besiegt. Die Liebe bereitete ihr fast unerträgliche Qualen. Und daß er ihre Gefühle nicht erwiderte und sie in ihrem Leid verhöhnte, machte alles noch viel schlimmer. Am meisten peinigte sie die Vorstellung, wie es hätte sein können.

Als sie sich Ahmed Ben Hassan näherte, wandte er sich abrupt um: «Nun?» Seine Stimme klang hart und unerbittlich, und seine funkelnden Augen erinnerten sie wieder an jenen Tiger im indischen Dschungel.

Um die lähmende Furcht niederzukämpfen, biß sie die Zähne zusammen. «Ja, ich werde alles tun, was Sie wollen, aber bitte, Ahmed – seien Sie gut zu mir!» wisperte sie unsicher. Nie zuvor hatte sie ihn beim Vornamen angesprochen, und auch jetzt hatte sie es unwillkürlich getan. Als er das hörte, huschte ein fragender Ausdruck über sein Gesicht.

So sanft wie am Morgen nahm er sie in die Arme. Sie hob den Kopf. Tapfer erwiderte sie seinen hypnotischen Blick, dem sie sich nicht entziehen konnte, und er las in ihren Zügen die endgültige Kapitulation. Jetzt hatte er sie vollends bezwungen. Obwohl ihm das gefiel, musterte er sie mit sonderbarer Miene.

In seinen Armen wirkte sie wie eine zarte Blume, die er mühelos zermalmen konnte. Und doch hatte sie ihn vier Monate lang bekämpft, mit einer mutigen Entschlossenheit, die der seinen ebenbürtig war und die er gleichzeitig bewunderte und ablehnte. Er wußte, wie sehr sie ihn fürchtete. Gerade dann, wenn sie ihn besonders kühn herausforderte, erkannte er kaltes Entsetzen in ihrem Blick. Dianas Trotz und ihr Haß – welch ein Gegensatz zur gewohnten schmachtenden Hingabe anderer Frauen, die ihn stets unendlich gelangweilt hatte – reizten ihn und weckten in ihm den Wunsch, sie zu unterwerfen. Ehe er ihrer überdrüssig wurde, mußte sie sich rückhaltlos seinem Willen beugen.

Er wußte, daß an diesem Abend der letzte Kampf stattgefunden hatte. Nie wieder würde sie aufbegehren. Sie war Wachs in seinen Händen, und er konnte mit ihr tun, was er wollte. Doch der Sieg bereitete ihm keine Freude. Statt dessen verspürte er ein merkwürdiges Unbehagen, das ihm einen leisen Fluch entlockte. Die erwartete Genugtuung blieb aus, und sein Mißvergnügen war ihm unerklärlich. Jetzt verstand er sich selbst nicht mehr. Wieder blickte er sie an, diesmal voller Ungeduld, und er sah ihre Schönheit auf einmal mit ganz anderen Augen.

In dem grünen Kleid, das sich an ihren Körper schmiegte, wirkte sie sehr weiblich. Auch ihre schlanke, knabenhafte Gestalt in Reitkleidung gefiel ihm. Aber es war die Frau, die sein Blut erhitzte und seinen Herzschlag beschleunigte. Eine Weile betrachtete er die schimmernden Locken, die flehenden, von dunklen Wimpern umrahmten Augen, den bloßen Hals, der sich betörend weiß von der jadegrünen Seide abhob. Dann schob er sie von sich. «Beeil dich», sagte er leise.

Sie schaute ihm nach, bis er hinter den Vorhängen verschwand, und ihr Seufzer glich einem Schluchzen. Für ihr Glück zahlte sie einen hohen Preis. Doch sie hätte bereitwillig einen noch höheren entrichtet. Jetzt, wo er ihr nicht mehr zürnte, war alles andere belanglos.

Was ihre totale Kapitulation bedeutete, wußte sie – sie gab ihre Persönlichkeit auf, verleugnete sich selbst und unterwarf sich uneingeschränkt Ahmeds Wünschen und Launen. Damit gab sie sich zufrieden, und die Liebe würde ihr helfen, alles zu ertragen, was er ihr auferlegen mochte. Daran würde sich nichts ändern, was immer er auch tat. Sie würde ihre Liebe auch weiterhin verbergen – koste es, was es wolle. Obwohl er ihre Gefühle nicht erwiderte, er begehrte sie immer noch. Das hatte sie eben erst in seinen Augen gelesen, und es beglückte sie.

Plötzlich wandte sie sich zum Spiegel und streifte sich das Seidenkleid von den Schultern. Auf ihrer zarten Haut zeichneten sich die Spuren seiner Finger ab. Bei diesem Anblick verzog sie den Mund und schloß dann die Augen. Hastig bedeckte sie die roten Flecken, und ihre Lippen zitterten. Aber sie nahm ihm nichts übel. Diese Male hatte sie selbst verschuldet. Sie hatte seine Stimmung richtig eingeschätzt. Und er kannte seine eigene Kraft nicht. «Selbst wenn er mich tötet – meine Liebe wird weiterleben», flüsterte sie mit einem wehmütigen Lächeln.

Die Männer erwarteten sie im Wohnraum. Als sie Platz nahm, entschuldigte sie sich für ihre Verspätung. Ahmed und sein Freund setzten das Gespräch fort, das sie bei Dianas Ankunft unterbrochen hatten. Unterdessen gingen ihr wirre Gedanken durch den Sinn. Sie fühlte sich wie in einem Traum. Da saßen ein französischer Forschungsreisender und ein arabischer

Scheich, und sie spielte die Gastgeberin – obwohl sie rechtlos war und in wilder Ehe mit einem Mann zusammenlebte. Sie sah sich im Zelt um, das ihr so vertraut und so lieb geworden war. An diesem Abend wirkte es verändert. Der Besucher hatte eine fremde Atmosphäre mitgebracht. Inzwischen hatte sie sich so an den ihr aufgezwungenen Alltag gewöhnt, daß ihr sogar der Diener des Vicomtes, der hinter seinem Herrn stand, merkwürdig erschien. Nur der dunkle, sorgsam gestutzte Oberlippenbart unterschied ihn von seinem Zwillingsbruder Gaston, der ein glattrasiertes Gesicht bevorzugte. Die Bedienung war wie immer tadellos und flink.

Verstohlen beobachtete sie den Scheich, in dessen Gesicht sie einen unbekannten Ausdruck entdeckte. Auch seine Stimme klang anders – auch nicht so wie bei Gastons Rückkehr in der Nacht ihres Fluchtversuchs. Damals war er erleichtert gewesen, seinen hochgeschätzten Diener wiederzusehen. Und nun spürte sie die tiefe Zuneigung für seinen Freund, eine Liebe, die er einer Frau niemals schenken würde. Wieder wurde sie von einer quälenden Eifersucht ergriffen.

Zu ihrem Bedauern entsprach der Mann, der Ahmeds ungeteilte Aufmerksamkeit genoß, nicht im mindesten ihrem Bild von einem aufgeblasenen Egoisten. Er hatte ein kluges, blasses, bärtiges Gesicht, und er sprach so leise wie der Scheich, allerdings lebhafter. Auch seine Stimme paßte nicht zu einem eingebildeten Schriftsteller, der sich in seinem Ruhm sonnte. Als er ihrem Blick begegnete, lächelte er liebenswürdig, fast ein bißchen melancholisch. «Ist es mir gestattet, Madames Reitkunst zu bewundern?» fragte er mit einer leichten Verbeugung.

Das Blut stieg ihr in die Wangen, und sie betastete nervös die Jadekette an ihrem Hals. «Oh, dazu besteht kein Grund», erwiderte sie mit einer Scheu, die sein sympathisches Wesen wider Willen hervorrief. «Mein Tänzer ist nicht bösartig, nur verspielt, und man muß ihn energisch am Zügel packen. Gewiß wäre es eine Demütigung gewesen, hätte er mich aus dem Sattel geworfen – vor die Füße eines Fremden. Monseigneur hätte mir Vorwürfe und keine Zugeständnisse an die Eigenheiten des Schimmels gemacht. Glauben Sie mir, Monsieur, es ist sehr lehrreich, die Pferde des Scheichs zu reiten.»

«Und es strapaziert die Nerven, *neben* einem solchen Pferd zu reiten», betonte er.

Belustigt lachte sie. Der Mann, dessen Besuch sie gefürchtet hatte, erleichterte ihr die peinliche Situation. «Das verstehe ich, Monsieur. Hat Shaitan wieder einmal sein wildes Temperament bewiesen?»

«Falls Monsieur de Saint Hubert dir einzureden versucht, er leide an schwachen Nerven», mischte sich Ahmed grinsend ein, «darfst du ihn nicht ernst nehmen, Diana. Er besitzt nämlich gar keine.»

«*Et toi*, Ahmed?» Amüsiert wandte sich Saint Hubert zu ihm. «Weißt du noch ...?» Und dann schwelgten die beiden bis zum Ende des Dinners in Erinnerungen.

Der Vicomte hatte mehrere Zeitungen und Magazine mitgebracht. Damit setzte sich Diana, begierig nach Neuigkeiten, auf den Diwan. Aber während sie die Seiten umblätterte, erlosch ihr Interesse. Vier Monate hatte sie in völliger Abgeschiedenheit verbracht, und nun fiel es ihr schwer, die Bedeutung der Ereignisse zu erfassen. Die meisten Anspielungen erschienen ihr unverständlich, die Auseinandersetzungen sinnlos. Was in der Welt geschah, kam ihr langweilig vor – verglichen mit dem großen Abenteuer, das sie unwiderstehlich mitriß, dessen Ende sie nicht absah und auch gar nicht in Betracht ziehen wollte. Schließlich schob sie ihre Lektüre beiseite, ließ nur eine Zeitschrift auf ihren Knien liegen, um einen Vorwand für ihr Schweigen zu haben.

Als Gaston den Kaffee servierte, rief der Vicomte lachend:

«*Enfin*, Gaston! Nach zwei Jahren darf ich endlich wieder den Nektar der Götter trinken! Irgendwo zwischen meinen Sachen steckt eine neue Maschine für dich, *mon ami* – vorausgesetzt sie hat Henris Verpackungskunst überstanden.» Er brachte Diana eine gefüllte Tasse und setzte sich zu ihr auf einen Schemel. «Obwohl Ahmed sich schmeichelt, ich wäre nur seinetwegen hierhergereist, Madame – das stimmt nicht. Ich bin gekommen, um Gastons Kaffee zu genießen, der geradezu sprichwörtlichen Ruhm genießt. Bei jedem Besuch bringe ich ihm einen neuen Apparat für die Zubereitung dieses Himmelstranks mit. Dieser letzte ist ein Wunderwerk der modernen Technik. Verzeihen Sie, ich muß dieses köstliche Gebräu mit der Ehrfurcht trinken, die es verdient, Madame, das ist ein Ritus, keine kulinarische Ausschweifung.»

Wieder sah er ihr freundlich in die Augen, und sie beugte sich errötend über das Magazin. Sie wußte genau, daß er ihr zu helfen versuchte und aus Taktgefühl Unsinn redete, um sie ihre fragwürdige Position nicht spüren zu lassen. Dafür war sie ihm dankbar, aber sogar seine Ritterlichkeit verletzte sie. Durch gesenkte Wimpern beobachtete sie, wie er zum Scheich zurückkehrte und sich zu ihm setzte. Er lehnte die angebotenen Zigaretten mit komischem Entsetzen ab, wies lachend auf den «verdorbenen Geschmack» seines Freundes hin und suchte seine eigene Packung.

Beim Dinner war ihr Haß auf den Vicomte verflogen. Nur die Eifersucht blieb, verringerte sich aber zu einem wehmütigen Neid, der ihr die Kehle verengte. Oh, ja, sie beneidete ihn um das Leuchten, das er in Ahmeds dunklen Augen wachrief, und um den besonderen Unterton, den er in der geliebten, leisen Stimme auslöste. Ihr Blick glitt zum Scheich hinüber, der sich zurücklehnte und die Hände hinter dem Kopf verschränkte. Eine Zigarette zwischen den Zähnen, redete er mit Saint Hubert. Er behandelte seinen europäischen Freund wie einen Gleichgestellten. In seiner Stimme schwang nichts von jener gebieterischen Arroganz mit, die er seinen Gefolgsleuten zeigte. Und wenn ihm der Vicomte widersprach, nahm er es lachend hin.

Während sich die beiden Männer unterhielten, traten die Unterschiede zwischen ihnen deutlich hervor. Neben dem gertenschlanken, bleichen Franzosen, der eher schwächlich wirkte, glich der Scheich einem kraftstrotzenden Riesen. Angesichts der Gelassenheit des Scheichs wirkten die Gesten des Vicomte um so hastiger und nervöser. Mit halb geschlossenen Augen beobachtete Diana die Freunde. Sie redeten ohne Unterlaß. Offensichtlich hatten sie sich viel zu erzählen. Sie sprachen abwechselnd französisch und arabisch, so daß Diana nicht alles verstand. Darüber war sie froh, denn sie wollte gar nicht wissen, was sie sagten.

Vermutlich hatten sie Dianas Anwesenheit vergessen. Das war nicht verwunderlich, da sie sich nach zwei Jahren zum erstenmal wiedersahen und viel nachholen mußten. Doch Diana genoß die Ruhe, die ihr vergönnt wurde, und war dankbar für die seltene Gelegenheit, das geliebte Gesicht unbemerkt zu studieren. Wenn sie mit Ahmed allein war, wagte sie vor lauter Angst, ihre Augen könnten ihr Geheimnis verraten, kaum, ihn anzusehen. Jetzt beobachtete sie ihn ungestört und mit leidenschaftlicher Sehnsucht.

In seinen Anblick versunken, nahm sie Gaston erst wahr, als er scheinbar aus dem Nichts auftauchte und plötzlich neben seinem Herrn stand. Er flüsterte ihm etwas zu, und der Scheich stand auf und sagte zu Saint Hubert: «Wie ich soeben erfahre, gibt es Schwierigkeiten mit einem Pferd. Kommst du mit? Vielleicht interessiert es dich.»

Sie eilten aus dem Zelt und ließen Diana allein. Sie ging ins Schlafgemach. Eine halbe Stunde später kehrten die Männer zurück und unterhielten sich noch eine Weile. Dann gähnte der

Vicomte und hielt lachend seine Armbanduhr hoch. Der Scheich begleitete ihn ins Gästezelt, wo er auf dem Feldbett Platz nahm. Nachdem Saint Hubert seinen Kammerdiener Henri mit einer knappen Geste entlassen hatte, zog er sein Jakkett aus. Seine heitere, redselige Stimmung schien verflogen, und er runzelte ärgerlich die Stirn, während er seine Kleidung ablegte.

Zunächst schaute der Scheich ihm schweigend zu, dann nahm er die Zigarette aus dem Mund und lächelte leicht. «*Eh, bien*, Raoul, raus mit der Sprache.»

Saint Hubert wirbelte herum. «Das hättest du ihr ersparen sollen.»

«Was?»

«Was? Guter Gott, Mann! Mir vorgestellt zu werden!»

Gleichmütig schnippte Ahmed die Asche von seiner Zigarette. «Die Ankunft deines Boten hat sich verzögert. Als er heute morgen eintraf, war es zu spät.»

Saint Hubert lief erbost im Zelt auf und ab. Nach einer Weile blieb er vor dem Scheich stehen, die Hände in den Hosentaschen vergraben, die Schultern hochgezogen. «Das ist einfach ungeheuerlich!» stieß er hervor. «Wirklich, Ahmed, du bist zu weit gegangen.»

«Was erwartest du von einem Wilden?» Der Scheich lachte zynisch. «Wenn ein Araber eine Frau sieht, die er haben will, nimmt er sie sich einfach. Ich halte mich nur an die Gebräuche meines Volkes.»

«Deines Volkes!» Ungeduldig schnalzte Saint Hubert mit der Zunge. «Was für ein Volk ist das?» fragte er leise.

«Sei still, Raoul!» Der Scheich sprang auf, mit blitzenden Augen, und umklammerte Saint Huberts Oberarme. «Nicht einmal aus deinem Mund ...» Mitten im Satz brach er ab, und sein Zorn verebbte. Mit einem belustigten Lächeln auf den Lippen setzte er sich wieder. «Warum die plötzliche moralische Anwandlung, *mon ami*? Du kennst mich und das Leben, das ich führe. Und du hast schon viele Frauen in meinem Lager gesehen.»

Verächtlich winkte Saint Hubert ab. «Das läßt sich nicht mit der gegenwärtigen Situation vergleichen. Und das weißt du ebenso gut wie ich.» Langsam ging er zum Klapptisch, wo seine Toilettenutensilien lagen, und öffnete seine Manschettenknöpfe. «Sie ist Engländerin!» rief er über seine Schulter. «Und allein schon das wäre Grund genug …»

«Verlangst du von *mir*, eine Frau zu schonen, nur weil sie Engländerin ist?» fiel der Scheich ihm höhnisch ins Wort. «Mein guter Raoul, du amüsierst mich.»

«Wo hast du sie gesehen?» fragte Saint Hubert.

«In den Straßen von Biskra, für fünf Minuten vor vier Monaten.»

Hastig drehte sich der Vicomte um. «Du liebst sie?» stieß er hervor, als wolle er seinen Freund verhören.

Lässig blies der Scheich eine lange, dünne blaue Rauchwolke in die Luft und beobachtete, wie sie zum Zeltdach emporschwebte. «Habe ich jemals eine Frau geliebt? Außerdem ist sie Engländerin», betonte er mit stahlharter Stimme.

«Wenn du sie liebtest, wäre dir ihre Herkunft egal.»

Ahmed spuckte verächtlich seinen Zigarettenstummel auf den Boden. «Bei Allah! Ihr verfluchtes Volk hängt mir zum Hals heraus! Aber was soll's …» Ungeduldig zuckte er die Achseln und stand wieder vom Bett auf.

«Laß sie gehen!» bat Saint Hubert. «Ich könnte sie nach Biskra zurückbringen.»

Langsam wandte sich der Scheich zu ihm, und wilde Eifersucht flammte in seinen Augen auf. «Hat sie dich auch verhext? Möchtest du sie für dich haben, Raoul?» Wie immer sprach er mit leiser Stimme, aber es klang gefährlich.

Verzweifelt rang der Vicomte die Hände. «Bist du verrückt, Ahmed? Wollen wir uns nach all den Jahren wegen so etwas streiten? *Bon Dieu*! Wofür hältst du mich? Wir haben zuviel gemeinsam erlebt, um uns wegen einer Frau zu entzweien. Was bedeutet mir eine Frau, wenn es um dich geht? Nein, ich ersuche dich aus einem anderen Grund, das Mädchen gehenzulassen.»

«Verzeih mir, Raoul. Du kennst mein aufbrausendes Temperament.» Versöhnlich legte der Scheich eine Hand auf Saint Huberts Arm.

«Du hast mir noch nicht geantwortet, Ahmed.»

Da kehrte ihm der Scheich wieder den Rücken. «Sie ist zufrieden», entgegnete er ausweichend.

«Und mutig», fügte der Vicomte vielsagend hinzu.

«Und mutig», bestätigte Ahmed tonlos.

«*Bon sang* . . .» zitierte Saint Hubert leise.

Verwundert drehte sich der Scheich um. «Wieso weißt du, daß sie adelig ist?»

«Nun, das sieht man», erklärte Saint Hubert trocken.

«Nein, so meinst du es nicht. Was weißt du?»

Seufzend ging der Vicomte zu seinem Koffer, nahm eine englische Illustrierte heraus und schlug die mittlere Seite auf. Dann reichte er die Zeitschrift seinem Freund, der ins Licht der Hängelampe trat. Auf zwei großen Fotos war Diana abgebildet. Eins zeigte sie im Abendkleid, das andere so, wie der Vicomte sie zuerst gesehen hatte – in Breeches und kurzem Jackett, den Hut und die Peitsche zu ihren Füßen, neben einem Pferd, dessen Zügel über ihrem Arm hingen.

Unter dem Foto stand: «Miss Diana Mayos Wüstenreise dauert nun schon ungewöhnlich lange, was ihrem großen Freundeskreis Sorge bereitet. Vor vier Monaten verließ sie Biskra in Begleitung eines anerkannten Karawanenführers, in der Absicht, die Wüste vier Wochen lang zu erforschen und dann Oran aufzusuchen. Seit ihr erstes Lager abgebrochen wurde, hörte man nichts mehr von Miss Mayo oder ihrer Karawane. Auch aus anderen Gründen muß man um Miss Mayos Sicherheit bangen. In der Gegend, durch die ihre Reiseroute führt, sind angeblich heftige Unruhen unter den Araberstämmen ausgebrochen. Wie uns gemeldet wurde, steht ihr Bruder, Sir Aubrey Mayo – derzeit infolge eines Unfalls in Amerika festgehalten –, in ständiger telegraphischer Verbindung mit den französischen Behörden. Miss Mayo ist eine bekannte Sportlerin und weit gereist.»

Minutenlang starrte der Scheich die Fotos wortlos an, ehe er die Seite aus der Illustrierten riß und zusammenfaltete.

«Mit deiner Erlaubnis», sagte er kühl und hielt sie über die Flamme der kleinen Nachttischlampe. Er wartete, bis das Papier verkohlt war, und streifte dann die Asche von seinen schlanken Fingern.

«Hat Henri die Bilder gesehen?»

«Zweifellos, da er alle meine Zeitungen und Magazine liest», entgegnete Saint Hubert, ohne seine Ungeduld zu verhehlen.

«Sicher kann er den Mund halten», meinte der Scheich nonchalant, zog ein Etui aus der Tasche und zündete sich noch eine Zigarette an.

«Was wirst du unternehmen?»

«Ich? Nichts! Die französischen Behörden haben genug andere Probleme und schätzen Ahmed Ben Hassans Zuchtpferde viel zu sehr, um gegen mich zu ermitteln. Außerdem tragen sie keine Verantwortung. Mademoiselle Mayo wurde vor dieser gefährlichen Reise gewarnt, bevor sie Biskra verließ. Aber sie beschloß ,das Wagnis einzugehen – *et voilà*!»

«Also kann ich dich nicht umstimmen?»

«Ich lasse mich niemals umstimmen, das weißt du. Warum sollte ich auch? Und wie ich bereits sagte, sie ist zufrieden.»

«Zufrieden!» Saint Hubert schaute seinem Freund eindringlich in die Augen. «Eingeschüchtert – dieses Wort würde besser passen, Ahmed.»

«Du schmeichelst mir, Raoul», entgegnete der Scheich und lachte leise. «Reden wir nicht mehr darüber. Daß du Diane hier getroffen hast, ist ein unglückseliger Zufall – und ich bedauere, daß er dich bedrückt», fügte er leichthin hinzu. Dann veränderte sich sein Tonfall, und er legte dem Vicomte die Hände auf die Schultern. «Aber diese kleine Meinungsverschiedenheit soll unsere Freundschaft nicht beeinträchtigen, *mon ami.* Du bist ein französischer Aristokrat, und ich ...» Ein bitteres Lächeln verzog seine Lippen. «Und ich bin ein unzivilisierter Araber. Also können wir die Welt nicht mit den gleichen Augen sehen.»

«Oh, du könntest meinen Standpunkt verstehen – aber du willst es nicht, Ahmed», seufzte der Vicomte. «Und das ist deiner unwürdig.» Resigniert zuckte er die Achseln. «Doch du hast recht, nichts würde jemals einen Keil zwischen uns treiben. Obwohl ich anderer Meinung bin als du, kann ich die Erinnerung an die letzten zwanzig Jahre nicht auslöschen.»

Einige Minuten später verließ ihn der Scheich und wanderte durch die Nacht. Langsam legte er die kurze Strecke zwischen den beiden Zelten zurück, hielt inne, um mit einem Wachtposten zu sprechen, und blieb schließlich vor dem Eingang seines Zeltes stehen, um die Sterne zu betrachten.

Der persische Hund, der stets vor dem Zelt schlief, richtete sich auf und schob seine feuchte Nase in die Hand seines Herrn. Geistesabwesend streichelte Ahmed den großen, zottigen Kopf. Eine seltsame Unrast, die seinem Wesen völlig fremd war, hatte ihn ergriffen. Schon seit einiger Zeit spürte er, wie sie in ihm wuchs und jeden Tag stärker wurde. Und jetzt, nach Saint Huberts Ankunft, erreichte sie offenbar ihren Höhepunkt.

Was in ihm vorging, verstand er nicht. Noch nie hatte er seine flüchtigen Launen hinterfragt oder darüber nachgedacht und sich immer genommen, was er haben wollte. Nichts war ihm jemals verweigert worden, sein Reichtum erfüllte alle seine Wünsche. Schon in der Kindheit hatte er sein leidenschaftliches Temperament besessen. Doch diese sonderbaren Anfälle unerklärlicher Gereiztheit waren neu. Vergeblich suchte er nach der Ursache.

Seine scharfen Augen durchdrangen das Dunkel im Süden. Beunruhigte ihn die Nähe des Erbfeindes, der sich näher an dieses Gebiet heranwagte denn je? Er lachte verächtlich. Nein, nichts würde ihm größeres Vergnügen bereiten als ein Zusammentreffen mit dem Mann, den er schon in früher Jugend hassen gelernt hatte. Solange Ibraheim Omair sein Territorium nicht verließ, konnte Ahmed Ben Hassan seine kriegslüsternen Anhänger im Zaum halten, die sehnsüchtig in das umstrittene Land hinüberspähten. Aber wenn der Räuberscheich die Grenze auch nur um einen Zoll überquerte, würde ein Krieg ausbrechen und andauern, bis einer der beiden Scheichs den Tod fand. Sollte Ahmed sterben, der keine Söhne und Erben hatte, würde der große Stamm in zahlreiche kleine Familien zerfallen, da kein Anführer sie mehr zusammenhielt. Dann würden die Franzosen die Herrschaft über das riesige Gebiet übernehmen, das er bis jetzt unangefochten regiert hatte. Bei diesem Gedanken lachte er wieder. Nein, Ibraheim Omair bereitete ihm keinen Kummer. Er schob den Hund beiseite und betrat das Zelt.

Auf dem Diwan, wo Diana gesessen hatte, lagen immer noch Magazine und Zeitungen. In den weichen Kissen zeigte sich der Abdruck ihres schlanken Körpers. Dazwischen lugte ein winziges spitzenbesetztes Taschentuch hervor. Er griff danach, musterte es prüfend und runzelte die Stirn. Dann glitt sein glühender Blick zu den Vorhängen hinüber, die beide Räume teilten. In seinen Ohren gellten Saint Huberts Worte. «Eine Engländerin!» murmelte er und fluchte. «Und ich ließ sie leiden, weil ich mir geschworen hatte, alle Angehörigen dieses verdammten Volkes, die jemals in meine Hände fallen würden, zur Verzweiflung zu treiben. Barmherziger Allah, warum bereitet es mir kein Vergnügen?»

Siebtes Kapitel

Eines Morgens, etwa eine Woche nach der Ankunft des Vicomte, betrat Diana den Wohnraum. Daß sie jemanden antreffen würde, erwartete sie nicht, denn der Scheich war schon zeitig aufgestanden und davongeritten. Er wollte eine jener Expeditionen unternehmen, die sich neuerdings häuften. Sie glaubte, sein Freund hätte ihn begleitet. Aber als sie die Vorhänge auseinanderzog, sah sie den Franzosen am kleinen Schreibtisch sitzen. Hastig glitt seine Feder über ein Blatt Papier. Mehrere lose Manuskriptseiten lagen am Boden verstreut. Zum erstenmal war sie allein mit ihm, und sie zögerte in plötzlicher Scheu.

Saint Hubert hatte die Vorhänge rascheln hören. Sofort sprang er auf und verbeugte sich mit typisch französischer Höflichkeit. «Verzeihen Sie, Madame. Störe ich Sie? Sagen Sie mir, wenn ich Ihnen zur Last falle. Ich fürchte, ich bin sehr unordentlich», fügte er hinzu, wies auf die Papiere am Boden und lächelte entschuldigend.

Langsam ging sie auf ihn zu und errötete: «Ich dachte, Sie wären mit Monseigneur ausgeritten.»

«Dazu habe ich keine Zeit. Ich möchte einige Notizen ins reine schreiben, ehe ich vergesse, was sie bedeuten. Leider kann ich meine eigene Handschrift kaum entziffern. Außerdem liegt eine anstrengende Woche hinter mir, und so bat ich den Scheich, mir einen Tag freizugeben. Darf ich bleiben? Sind Sie sicher, daß ich Sie nicht belästige?

Sein freundlicher Blick und sein ehrerbietiger Tonfall schnürten ihr die Kehle zu. Wortlos bedeutete sie ihm, seine Arbeit fortzusetzen, und wanderte vor das Zelt, in den Schatten der Markise. Die üblichen Geräusche des Lagerlebens erfüllten die Luft. In einiger Entfernung beobachteten mehrere Araber einen Zureiter, der ein junges Pferd zähmte, machten lautstarke Bemerkungen und erteilten ihm immer wieder Ratschläge, die der Angesprochene gleichmütig ignorierte. Andere gingen gemächlich und mit jener typisch orientalischen Saumseligkeit, die lieber alles auf morgen verschob, ihrem Tagwerk nach. In Dianas Nähe widmete sich ein älterer Mann seinem Gebet. Offensichtlich nahm er seine religiösen Pflichten ernster als die meisten Gefolgsleute des Scheichs, und er widmete sich ihnen mit der Unbefangenheit gläubiger Mohammedaner.

Vor seinem eigenen Zelt saß Gaston auf einem umgestülpten Eimer und reinigte ein Gewehr. Henri lag lang ausgestreckt neben ihm und verscheuchte träge die Fliegen. Dazu benutzte er den Lappen, mit dem er soeben die Reitstiefel des Vicomtes poliert hatte. Die beiden Brüder unterhielten sich angeregt und brachen immer wieder in Gelächter aus. Zu Gastons Füßen kauerte der persische Hund. Sobald er Diana entdeckte, trabte er zu ihr. Er sprang an ihr hoch, legte auf jede Schulter eine Pfote und unternahm den ungeschickten Versuch, ihr übers Gesicht zu lekken. Mühsam wehrte sie ihn ab. Dann bückte sie sich, um seinen zottigen Kopf zu küssen.

Ihr Blick schweifte an den Palmen am Oasenrand vorbei und über die Wüste. Im heißen, flimmernden Dunst verwischten sich die Umrisse der fernen Berge. Eine schwache Brise wehte den beißenden Geruch der Kamele heran, am nahen Brunnen knarrte die Zugwinde. Seufzend blickte sich Diana um.

Wie vertraut ihr das alles geworden war ... Es kam ihr vor, als hätte sie schon immer ein Nomadenleben geführt. An die Jahre zuvor konnte sie sich kaum noch erinnern – jene Zeit, in der sie mit ihrem Bruder unermüdlich um die Welt gereist war. Damals hatte sie einfach nur existiert und ihre Tage mit sportlichen Aktivitäten ausgefüllt, ohne zu ahnen, was ihr fehlte. Aber nun lernte sie das wahre Leben kennen, und sie wußte, daß sie ein Herz besaß, obwohl sie stets daran gezweifelt hatte. Dieses Herz brannte und verzehrte sich vor Leidenschaft. Die Augen von liebevollem Glanz erhellt, betrachtete sie das Lager. Hier trug alles, was sie sah, den Stempel des Scheichs. Sie war stolz auf ihn, stolz auf seine großartigen Körperkräfte, stolz auf die Macht, die er über seine wilden Anhänger ausübte – stolz wie eine Barbarin, deren Liebster sein Volk mit Angst und Schrecken zähmte.

Nun beendete der alte Araber sein Gebet. Langsam erhob er sich von den Knien und verneigte sich grinsend vor ihr. Alle Stammesmitglieder nickten ihr zu, und jeder tat sein Bestes, um ihre Aufmerksamkeit zu erregen. Mit ein paar gestammelten arabischen Sätzen beantwortete sie die lange, blumige Rede des alten Mannes. Dann kehrte sie leise lächelnd ins Zelt zurück.

Neben dem Vicomte blieb sie stehen. «Ein neuer Roman?» fragte sie schüchtern und zeigte auf die Manuskriptseiten.

Er drehte sich im Sessel um. Einen Ellenbogen auf der Armstütze, drehte er einen Füllfederhalter zwischen den Fingern und lächelte Diana an, als sie sich mit Kopec, der ihr ins Zelt gefolgt war, auf den Diwan setzte. «Nein, Madame, diesmal arbeite ich an einem ernsteren Werk, einer Geschichte dieses merkwürdigen Stammes. Ahmeds Gefolgsleute unterscheiden sich in vielen Belangen von gewöhnlichen Arabern. Seit Generationen bilden sie ein eigenes Volk – mit besonderen Glaubensregeln und Gebräuchen. Vielleicht ist Ihnen schon aufgefallen, daß sie sich nicht an die strengen religiösen Gesetze anderer Mohammedaner halten. Ahmed Ben Hassans Stamm verehrt in erster Linie seinen Scheich, dann seine berühmten Zuchtpferde – und Allah steht erst an dritter Stelle.»

«Ist Monseigneur ein Mohammedaner?»

Saint Hubert zuckte die Achseln. «Nun, er glaubt an Gott», erwiderte er ausweichend, beugte sich wieder über seine Arbeit. Diana beobachtete ihn.

Belustigt dachte sie an das Bild, das sie sich vor seiner Ankunft von ihm gemacht hatte, und dem er überhaupt nicht entsprach. Seit einer Woche hielt er sich im Lager auf, und mittlerweile hatte er mit seinem liebenswürdigen Charme ihre Zuneigung und ihr Vertrauen gewonnen. Mit Takt und *savoir-faire* half er ihr über ihre peinliche Situation hinweg, wofür sie ihm sehr dankbar war. Sein angeborenes Feingefühl hatte sie vor zahlreichen Blamagen bewahrt. Und die gemeinsame Liebe zum Anführer dieses seltsamen Araberstammes verband sie miteinander. Wie mochte die Freundschaft zwischen den beiden grundverschiedenen Männern entstanden sein – eine Freundschaft, die bis in die Kindheit zurückzureichen schien? Diese faszinierende Frage beschäftigte Diana, während sie auf dem Diwan ruhte und den großen Hundekopf in ihrem Schoß streichelte.

Nachdem der Vicomte mehrere Manuskriptseiten gefüllt hatte, warf er die Feder erleichtert beiseite, sammelte die losen Blätter am Boden ein und stapelte sie ordentlich auf der Tischplatte. Dann wandte er sich wieder zu Diana um. Als er die schlanke Mädchengestalt betrachtete, die mit der unbewußten Anmut eines Kindes an den aufgehäuften Kissen lehnte und das Gesicht über den grauen Hund neigte, regten sich sonderbare Gefühle in seinem Herzen. Er war gerührt, denn längst war das Mitleid, das er bei der ersten Begegnung verspürt hatte, in tiefe Zuneigung übergegangen – begleitet von dem ritterlichen Wunsch, Diana vor der drohenden Katastrophe zu schützen.

Als sie seinen forschenden Blick spürte, hob sie den Kopf. «Haben Sie Ihre Arbeit beendet?»

«Alles, was ich im Augenblick tun kann. Den Rest muß Henri

erledigen. Er begeistert sich für Hieroglyphen und ist mir eine wertvolle Hilfe. Ohne ihn würde ich niemals zurechtkommen. In unserer Kindheit kommandierte er mich herum – zumindest nannte ich es so. Er fand eine andere Bezeichnung für diese Tätigkeit und behauptete, er würde ‹Monsieur le Vicomte amüsieren›. Nun tyrannisiert er mich schon seit fünfzehn Jahren nach Herzenslust.» Lachend schnippte er mit den Fingern, die Hand nach Kopec ausgestreckt, der leise winselte und ihn ansah. Aber sein Kopf blieb auf Dianas Knien liegen.

Nun entstand eine kleine Pause. Geistesabwesend streichelte Diana das Hundefell, dann blickte sie auf. «Monsieur, ich habe Ihre Bücher gelesen – alle, die Monseigneur hier verwahrt», meinte sie ernst.

Er verneigte sich und murmelte etwas Unverständliches.

«Vor allem Ihr Roman hat mich interessiert», fuhr sie fort und liebkoste Kopec immer noch, als würde seine Nähe ihr Sicherheit geben. «Ich finde Romane normalerweise langweilig, weil sie sich mit Themen befassen, die mir nichts sagen. Aber dieser hat mich gefesselt. Welch eine ungewöhnliche, wundervolle Geschichte! Doch ich frage mich – ist sie wahr?» Diana sprach mit jenem jungenhaften Freimut, der typisch für sie war. Statt einem Autor zu seinem Meisterwerk zu gratulieren, stellte sie einfach nur eine schlichte Tatsache fest, die ihr aufgefallen war.

Saint Hubert beugte sich zu ihr hinüber. «Wahr? Wie meinen Sie das?»

Eindringlich sah sie ihm in die Augen. «Glauben Sie, ein Mann wie Ihr Romanheld könnte in der wirklichen Welt existieren? So zartfühlend, so selbstlos, so treu?»

Er wich ihrem Blick aus, griff wieder nach der Füllfeder, malte bedeutungslose Kreise und Punkte auf die Löschblattunterlage. Zögernd zuckte er die Schultern. Ihr spöttischer Ton und ihr schmerzerfüllter Blick gingen ihm nah. «Nun, ich kenne einen

Mann, der in gewissen Situationen die Fähigkeiten besäße, solche Eigenschaften zu entwickeln.»

«Dann haben Sie mehr Glück als ich», meinte sie mit einem bitteren Auflachen. «So jung ich auch bin – in den letzten fünf Jahren habe ich viele Männer aus aller Herren Länder kennengelernt, und kein einziger glich auch nur annähernd dem *preux chevalier* in Ihrem Buch. Die Männer, die mir begegnet sind, verstehen gar nicht, was das Wort ‹Zärtlichkeit› heißt, und sie denken nur an sich selbst. Seien Sie dankbar, daß Sie einen so edlen Mann kennen, Monsieur.»

Das Blut stieg ihm ins Gesicht. Unverwandt starrte er die Feder in seiner Hand an. «Madame», begann er langsam, «bedauerlicherweise wecken schöne Frauen in manchen Männern die niedrigsten Instinkte. Unter dem Einfluß einer plötzlichen Versuchung weiß keiner, in welche Tiefen der Niedertracht er hinabsinken könnte.»

«Und die Frau muß dafür bezahlen!» rief sie erregt. «Sie büßt für die Schönheit, die Gott ihr aufgebürdet hat – die ihr verhaßt ist. Dafür büßt sie, bis die Schönheit verblüht. Wie sehr ...» Abrupt verstummte sie und biß sich auf die Lippen. Von ihrer Sympathie für Saint Hubert bewegt, hatte sie unwillkürlich ihre selbst auferlegte Zurückhaltung aufgegeben und viel zu offenherzig gesprochen. Sie fürchtete, ihm zuviel anvertraut zu haben, und ihr Stolz gestattete ihr nicht, sich von ihm bemitleiden zu lassen, obwohl sie sich in ihrer Einsamkeit danach sehnte. «Entschuldigen Sie», fügte sie hinzu. «Meine Gedanken interessieren Sie natürlich nicht.»

«Ganz im Gegenteil», entgegnete er, «ich interessiere mich sogar sehr für Sie, Madame.»

Als sie den kleinen Unterschied in seiner Wortwahl erkannte, lachte sie noch bitterer. «Und was sehen Sie in mir? Ein Objekt, das Sie sezieren können? Ziehen Sie doch Ihren Arztkittel an, holen Sie Ihre chirurgischen Instrumente. Das Opfer ist bereit und wird Ihnen faszinierendes Material für Ihr nächstes Buch bieten.»

«Oh, Madame!» Erschrocken sprang er auf, und sie blickte traurig zu ihm empor.

«Bitte, verzeihen Sie mir», bat sie und streckte zerknirscht die Hand aus. «Das hätte ich nicht sagen dürfen. Sie haben es nicht verdient. In diesen Tagen waren Sie so freundlich zu mir. Dafür muß ich Ihnen danken. Tragen Sie mir meine Unhöflichkeit nicht nach. Es muß wohl an der Hitze liegen. Die macht einen ganz nervös. Finden Sie nicht auch?»

Ohne auf Dianas armselige Ausflucht zu achten, ergriff er ihre bebenden Finger und zog sie an die Lippen. «Wenn Sie mir die Ehre Ihrer Freundschaft erweisen», beteuerte er mit seiner altmodischen Ritterlichkeit, «stehe ich Ihnen stets zu Diensten.»

Aber noch während er sprach, nahm seine Stimme einen anderen Klang an, und die Berührung der zarten, kühlen Hand jagte Gefühle durch seine Adern, die ihn sekundenlang zu überwältigen drohten.

Sie überließ ihm ihre Hand, wich seinem Blick aus und betrachtete den Hundekopf in ihrem Schoß. Dann schaute sie freimütig in Saint Huberts Augen. «Monsieur, ein so kostbares Angebot kann ich nicht ablehnen. Wenn Sie mein Freund sein wollen – so wie Monseigneurs Freund ...» Ihre Stimme erstarb, und sie wandte sich ab.

Als ihm der Sinn ihrer Worte bewußt wurde, drückte er ihre Hand, die jetzt noch heftiger zitterte. Monseigneurs Freund! In den letzten Minuten hatte er den Scheich vergessen, hatte im Taumel seiner Gefühle alles vergessen außer diesem schönen, hilflosen Mädchen. Und nun schwirrte ihm der Kopf. Seine innere Ruhe, seine Treue, sein unbeteiligtes Mitgefühl wichen einer ungeheuren Erregung, die ihn zu übermannen drohte. Wie rasend schlug sein Herz. Er biß die Zähne zusammen und versuchte verzweifelt, seine übliche Gelassenheit zurückzugewinnen. Urplötzlich hatte jene Gefühlswelt, die in seinem Roman zum Ausdruck kam, die eiserne Selbstdisziplin vieler Jahre besiegt. In seinen Ohren rauschte das Blut, während er um Fassung rang.

Von seiner Selbsterkenntnis erschüttert, hatte er die Augen geschlossen. Jetzt hob er die Lider. Zögernd, fast angstvoll, betrachtete er Diana, hielt ihre Hand fest und neigte sich zu ihr hinab, unwiderstehlich von ihrer betörenden Nähe angezogen. Er sah sie wie durch einen Nebel, der sich allmählich auflöste. Offensichtlich ahnte sie nicht, welche Gefühle sie in ihm erweckt hatte, und spürte nur sein Mitleid. Deshalb überließ sie ihm ihre Hand, wie einem Bruder. Tief über den Hund geneigt, berührte ihr Gesicht fast den großen Kopf, und Saint Hubert sah eine Träne im grauen Fell glänzen. Sie hatte seine Gegenwart vergessen, von einem einzigen Gedanken beherrscht.

Mühsam riß er sich zusammen. Diesen Anfall geistiger Verwirrung mußte er unbedingt bezwingen. Die gefährdete Loyalität festigte sich wieder, und er verabscheute sich selbst. Beinahe hätte er den Mann verraten, der ihm seit zwanzig Jahren näherstand als sein Bruder. Diana gehörte seinem Freund. Jetzt hatte er nicht einmal mehr das Recht, die Moral des Scheichs anzuzweifeln, der diese Frau wie sein Eigentum behandelte.

Seine innere Ruhe kehrte zurück. Die Wunde würde heilen, auch wenn der Schmerz niemals ganz verebben mochte. Doch er war stark genug, um seine Gefühle vor den Augen des Mannes zu verbergen, die ihn seit seinem Ausbruch am ersten Abend unentwegt eifersüchtig beobachteten. Tag für Tag verfolgte ihn dieser Blick. Selbst an diesem Morgen hatte der Scheich alle erdenklichen Mittel angewandt, um seinen Gast zur Teilnahme an der Expedition zu veranlassen – es hatte nur noch gefehlt, daß er dem Freund einen Befehl erteilte. Nun war Saint Hubert wieder

Herr seiner selbst. Ehrfürchtig zog er Dianas Finger an die Lippen, und der Kuß drückte seine Entsagung aus. Als er die Hand auf ihren Schoß zurücklegte, hätte er angesichts ihrer völligen Versunkenheit beinahe wehmütig geseufzt.

In diesem Augenblick stürmte Henri ins Zelt. «Monsieur le Vicomte! Kommen Sie! Ein Unfall ...»

Mit einem Schrei, den Saint Hubert niemals vergessen würde, sprang Diana auf. Ihre Wangen waren kreidebleich, und ihre Lippen formten den Namen «Ahmed», obwohl sie keinen Laut von sich gab. Sie zitterte am ganzen Körper. Unwillkürlich legte der Vicomte ihr den Arm um die Schultern, und sie klammerte sich an ihn. Allerdings ahnte er bedrückt, daß sie ebenso an einem Tisch oder Stuhl Halt gesucht hätte.

«Was ist passiert, Henri?» fragte er in scharfem Ton und trat zwischen Diana und seinen Diener.

«Einem Mann ist der Revolver in der Hand explodiert, Monsieur le Vicomte. Ihm wurden die Finger abgerissen.»

Saint Hubert nickte kurz in Richtung Tür. Dann richtete er seinen Blick wieder auf Diana. Sie sank auf den Diwan, umarmte den Hund und preßte das Gesicht an den Hals des Tieres. «Verzeihen Sie mir!» murmelte sie, die Stimme vom struppigen grauen Pelz gedämpft. «Wie dumm von mir ... Aber heute reitet er diesen gräßlichen Shaitan. Und da bin ich immer nervös. Bitte, gehen Sie, ich komme gleich nach.»

Wortlos verließ er das Zelt. Sie war nervös? Nach allem, was er in Biskra über Diana Mayo gehört hatte, ließ sie sich nicht so leicht aus der Ruhe bringen. Mit ernster Miene eilte er durch das Lager.

Diana blieb sitzen, bis sie sich beruhigt hatte. Schließlich befreite Kopec den Kopf aus ihren Armen und leckte ihr winselnd das Gesicht ab. Diana rieb sich die Augen. Erleichtert trat sie, gefolgt von dem Hund, in den hellen Sonnenschein hinaus.

Aufgeregte Stimmen verrieten ihr, wo der Unfall stattgefunden hatte. Die Menge machte ihr Platz. Der Verwundete saß am Boden, hielt Saint Hubert tapfer die Hand hin, damit dieser sie behandeln konnte. Dabei verzog er keine Miene. Als Diana ihm aufmunternd zulächelte und ihm gut zuredete, grinste er verlegen und verdrehte die Augen. Besorgt blickte Saint Hubert auf. «Das ist kein schöner Anblick», meinte er.

«So empfindlich bin ich nicht. Lassen Sie mich das halten.» Entschlossen krempelte sie ihre Ärmel hoch und nahm eine blutbespritzte Schüssel aus Henris Hand. Erstaunt über ihre ruhige Stimme sah der Vicomte sie an. Er mußte an das leichenblasse Mädchen denken, das sich eben noch zitternd an ihn geklammert hatte. Sogar die Farbe war wieder in ihre Wangen zurückgekehrt. Solange es nicht um Ahmed Ben Hassan ging, zeigte sie den gewohnten unerschütterlichen Mut. Nur wenn ihm Gefahr drohte, kam die neue Diana zum Vorschein, von ihrer Liebe in einen Feigling verwandelt.

Interessiert beobachtete sie, wie fachkundig der Vicomte die verstümmelte Hand versorgte. Seine präzisen Bewegungen wiesen auf einschlägige Kenntnisse und langjährige Übung hin. «Sind Sie Arzt?»

«Ja», bestätigte er, ohne von seiner Arbeit aufzublicken. «In meiner Jugend habe ich Medizin studiert und alle nötigen Prüfungen bestanden. Ein solches Wissen sollte sich jeder aneignen, der weite Reisen unternimmt, und es hat mir schon oft wertvolle Dienste geleistet.»

Er griff nach dem Verbandszeug, das Henri bereithielt, und Diana übergab Gaston die inzwischen überflüssige Schüssel. Dann wandte sie sich wieder dem Araber zu, dessen Miene keine Regung zeigte. «Spürt er denn keine Schmerzen?» fragte sie Ahmeds Kammerdiener.

Lachend zuckte er die Achseln. «Er ist wohl ziemlich hart im

Nehmen, Madame. Im Gegensatz zu mir. Und ich glaube, etwas anderes bekümmert ihn viel tiefer. Was wird Monseigneur wohl sagen, wenn er erfährt, daß Selim dumm genug war, einem Diener des Holländers, der letzte Woche hier vorbeikam, eine wertlose Waffe abzukaufen?» Als er ein paar scherzhafte Worte auf arabisch hinzufügte, hob Selim den Kopf und verzog das Gesicht.

Inzwischen hatte Saint Hubert die Hand verbunden. Er stand auf und wischte sich den Schweiß von der Stirn.

«Wird er wieder gesund?» fragte Diana besorgt.

«Ganz sicher. Wie Sie gesehen haben, hat er seinen Daumen verloren. Aber ich denke, die restliche Hand kann ich retten. Natürlich werde ich ihn im Auge behalten, doch ich rechne nicht mit ernsthaften Schwierigkeiten, denn Ahmeds Männer befinden sich in ausgezeichneter körperlicher Verfassung.»

«Nun möchte ich ausreiten. Obwohl es spät geworden ist, dürfte die Zeit noch reichen. Begleiten Sie mich?»

Zögernd sammelte er seine Instrumente ein und wäre der Versuchung fast erlegen. Dann aber siegte die Vernunft. «Das würde ich gern tun, wenn ich mich nicht um Selim kümmern müßte», erwiderte er ausweichend.

Eine Viertelstunde später sah er sie vor dem Zelt des Scheichs in den Sattel steigen.

«Wenn ich nicht pünktlich zurück bin, warten Sie nicht auf mich, Monsieur!» rief sie, während sie versuchte, den herumalbernden Schimmel zu bändigen. «Henri soll Ihnen den Lunch servieren.»

Er blickte ihr nach, als sie, gefolgt von Gaston und der sechsköpfigen Eskorte, davonritt, auf der Ahmed Ben Hassan neuerdings bestand. Über diese Männer, die ihr stets auf den Fersen blieben, ärgerte sie sich, weil sie ihr die Freude an jedem Galopp verdarben, sie behinderten und dadurch den Reitausflügen ihren Reiz nahmen. An Gaston hatte Diana sich inzwischen gewöhnt, und sie beachtete ihn kaum. Doch die sechs Augenpaare, die sie auf Schritt und Tritt beobachteten, ärgerten sie. Sie verstand nicht, warum sie von so vielen Leuten beschützt werden mußte. Bei ihren Exkursionen in die Wüste war ihr bislang nichts aufgefallen, was diese Maßnahme des Scheichs gerechtfertigt hätte. Die Oase lag nicht an einer Karawanenroute, und alle Araber, die sie außerhalb des Camps traf, gehörten zu Ahmeds Gefolge. Manchmal spielte sie mit dem Gedanken, dagegen Einspruch zu erheben. Aber dazu fehlte ihr der Mut.

Seit der Ankunft seines Freundes behandelte er sie kühl, fast abweisend. In den Wochen ihres ungetrübten Glücks hatte sich eine Vertrautheit zwischen ihnen entwickelt, die beinahe an Kameradschaft grenzte. Er war menschlich und rücksichtsvoll gewesen wie nie zuvor, hatte sich beinahe wie ein Europäer verhalten und ihr alle Angst genommen. Damals hätte sie ihn ersuchen können, ihr die Eskorte zu ersparen.

Doch dann war die Hoffnung erloschen, die jene unerwartete zärtliche Umarmung an dem Morgen vor Raouls Ankunft geweckt hatte. Jetzt wahrte der Scheich eine frostige Distanz, die Diana erschreckte. Wenn er sie liebkoste, was nur selten geschah, wirkte er achtlos und so gleichmütig, daß sie sich beklommen fragte, ob die Flamme seiner Leidenschaft erloschen war und das Ende kurz bevorstand. Trotzdem spürte sie ebenso wie Saint Hubert den eifersüchtigen Blick, der ihnen unablässig folgte und Diana etwas zuversichtlicher stimmte. Trotzdem wagte sie es nicht, den Scheich um einen Gefallen zu bitten.

Wann immer sie an seine Gleichgültigkeit dachte, krampfte sich ihr Herz schmerzhaft zusammen. An diesem Morgen hatte er sie wortlos verlassen, um im Dämmerlicht davonzureiten. Und sie sehnte sich so inbrünstig nach den Küssen, die er ihr verweigerte. Längst war sie an sein Schweigen gewöhnt. Doch ihre Seele hungerte nach Zuwendung und nach Ahmeds Nähe.

Früher hatte sie geglaubt, sie könne niemals so tiefe Gefühle empfinden. Und nun war die Liebe eine Macht, die alles beherrschte und sie nicht mehr losließ. Diese maßlose Liebe hatte sich in ihr aufgestaut und schließlich alle Hemmungen besiegt. Ihr stolzes Herz gehörte nur noch dem Mann, der es erobert hatte.

Es war eine grenzenlos zärtliche, vollkommen selbstlose Liebe, der sie in tiefer Demut gehorchte. Alles hatte sie für Ahmed aufgegeben. Ihr einst so starker Wille beugte sich seiner Überlegenheit, und da er sie nun völlig beherrschte, sehnte sie sich nur um so mehr danach, daß er ihre Liebe erwidern möge. Nur für ihn lebte sie, nur für die Hoffnung auf seine Liebe, und sie ging völlig in ihrer Leidenschaft auf. Ihre Kapitulation war von besonderer Art gewesen. Die weibliche Schwäche, jahrelang verachtet und bekämpft, triumphierte ganz unerwartet, so absolut, daß sie sich erniedrigt fühlte. Die Weltanschauung mußte der Geschlechtlichkeit weichen, und die fraulichen Instinkte, von Aubreys Erziehung unterdrückt, gewannen die Oberhand, durch Ahmeds vitaler Männlichkeit und gebieterischer Persönlichkeit erweckt.

An diesem Tag war Diana der Verzweiflung nahe. Sein kaltblütiges Verhalten am Morgen hatte sie zutiefst verletzt, und ihr alter Trotz regte sich wieder. Nein, sie würde sich nicht beiseiteschieben lassen, ohne um seine Liebe zu kämpfen. Alle Waffen wollte sie einsetzen, die ihr Schönheit und weibliche Intuition verliehen. Als ihr klar wurde, auf welche Rolle sie sich da einließ, brannten ihre Wangen. Sie würde sich auf dieselbe Stufe begeben wie jene «anderen», und sie erschauderte beim bloßen Gedanken an diese Frauen.

Aber sie setzte sich entschlossen über ihre Bedenken hinweg, hob hochmütig wie eh und je den Kopf und richtete sich kerzengerade im Sattel auf. Sie preßte die Lippen zusammen. So viel hatte sie schon ertragen. Also würde sie auch diese Schmach hinnehmen. Was immer es auch kosten mochte, sie mußte Ahmeds Liebe gewinnen, obwohl es ihr gar nicht recht war, zu solchen Mitteln zu greifen. Doch während sie Pläne schmiedete, begann sie bereits an ihrem Erfolg zu zweifeln, und entmutigende Erinnerungen kamen ihr in den Sinn.

Ahmed Ben Hassan war kein Mann, der den Reizen einer Frau widerstandslos erlag. Nur zu gut kannte sie sein starrsinniges, unbeugsames Wesen. Seine Entschlossenheit glich einem Felsen, an dem Dianas Gefühle immer wieder abprallten. Schon wollte sie ihre Hoffnung aufgeben, dann kehrte ihr Mut zurück und verjagte die quälende Unsicherheit. Ein Lächeln huschte über ihr Gesicht, sie blickte auf und zwang sich, ihre Gedanken auf die Gegenwart zu richten.

Zu Beginn des Ausritts hatten sie mehrere Wachtposten passiert, die reglos auf ungeduldigen Pferden saßen und zum Gruß ihre Gewehre schwenkten. Gaston hatte ihnen einige Fragen gestellt, ehe er Diana nachgaloppierte. Aber in der letzten Stunde waren sie keiner Menschenseele mehr begegnet. In diesem Gebiet erhoben sich zahlreiche Hügel, die ihnen die Sicht versperrten.

Der Diener spornte sein Pferd an und lenkte es an Dianas Seite. «Möchten Madame jetzt vielleicht umkehren?» bat er respektvoll. «Wir sind schon sehr lange unterwegs. Wir sollten diesen hügeligen Teil der Wüste meiden, weil wir einen herannahenden Feind nicht bemerken würden. Ich habe Angst.»

Lachend neckte sie ihn: «Tatsächlich? Sie haben Angst?»

«Um Sie, Madame», erwiderte er ernst.

Sie zügelte ihren Schimmel. Aber es war zu spät. Als sie sich umdrehte, sprengten von allen Seiten unzählige Araber heran. Ehe sie wußte, wie ihr geschah, wurde sie von ihrer Eskorte umringt, die blitzschnell auf die Feinde feuerte. Mit einem Schrekkenslaut packte Gaston Tänzers Zaumzeug und zerrte das Pferd in die Richtung, aus der sie gekommen waren. Ohrenbetäubender Lärm und wildes Geschrei erfüllten die Luft, Kugeln flogen an Dianas Kopf vorbei.

Die eigenen Zügel unter seinem Schenkel festgeklemmt, zog Gaston den Schimmel mit sich. In der anderen Hand hielt er einen Revolver. Während er dahingaloppierte, spähte er über seine Schulter. Auch Diana drehte sich um. Unwillkürlich tastete sie nach der glänzenden kleinen Waffe, die ihr der Scheich vor einer Woche gegeben hatte. Von eisigem Entsetzen erfaßt, beobachtete sie, wie ihre sechs Bewacher von der feindlichen Übermacht zurückgeworfen wurden. Zwei lagen bereits am Boden, die restlichen kämpften zu Fuß und waren bald zwischen den dichtgedrängten Gegnern nicht mehr zu sehen.

Dann lösten sich etwa zwanzig Reiter aus dem feindlichen Trupp, um Diana und Gaston zu verfolgen. Sie packte seinen Arm. «Warum tun wir nichts? Helfen wir unseren Freunden! Wir dürfen sie nicht im Stich lassen.» Verzweifelt riß sie ihren Revolver aus dem Halfter.

«Madame, wir sind machtlos. Hundert Mann gegen sechs ... Nun müssen Sie an sich selbst denken. Um Himmels willen, reiten Sie weiter! Vielleicht haben wir eine Chance.» Er ließ ihr Zaumzeug los und schob sich zwischen Diana und die Verfolger.

Als sie gellendes Geschrei und eine Gewehrsalve hörte, die ins Leere ging, blickte sie, tief über den Pferdehals gebeugt, nach hinten. Sie durchschaute Gastons Absicht und zügelte Tänzer. «Nein, ich reite nicht voraus!» rief sie. Wieder sauste eine Kugel an ihr vorbei; sie zuckte zusammen.

«*Mon Dieu*! Warum zögern Sie? Glauben Sie, ich könnte Monseigneur gegenübertreten, wenn Ihnen etwas zustieße, Madame? Tun Sie, was ich Ihnen sage! Galoppieren Sie weiter!» Jetzt verscheuchte die Angst alle Ehrerbietung aus seiner Stimme.

Er drehte sich wieder um, und sein Gesicht wurde aschfahl.

Um seine eigene Haut bangte er nicht. Aber an das Schicksal, das dem Mädchen neben ihm drohte, wagte er kaum zu denken. Ibraheim Omairs Männer hatten ihnen aufgelauert. Nun verfluchte er seinen Leichtsinn, weil er Diana gestattet hatte, sich so weit vom Lager zu entfernen. Allerdings hatte er keinen Grund zur Sorge gehabt: Den Berichten der Kundschafter zufolge hatte der Räuberscheich die Grenze zwischen den beiden Gebieten bisher geachtet. Offenbar handelte es sich um einen plötzlichen Überraschungsangriff – mit unerwartetem Erfolg!

Und die Beute war zu verlockend, als daß der Feind sein Vorhaben aufgegeben hätte – die weiße Frau, Ahmed Ben Hassans neuestes Spielzeug, und Gaston, seinen hochgeschätzten Diener. Ihm selbst standen Folterqualen und der Tod bevor – und Diana …

Mit zusammengebissenen Zähnen sah er sie an. Schweiß strömte über seine Stirn. Bevor es dazu kam, würde er sie eigenhändig töten. Sie wandte sich zu ihm, und als sie seinen verzweifelten Blick bemerkte, lächelte sie tapfer. Bis jetzt hatte er das Feuer nicht erwidert, um Munition zu sparen. Nun durfte er nicht länger zögern. Er zielte sorgfältig und drückte ab, wobei er darauf achtete, daß jeder Schuß traf. Allerdings machte er sich keine allzugroßen Hoffnungen. Doch vielleicht konnte er wenigstens Zeit gewinnen, indem er die Anführer des Trupps außer Gefecht setzte. Und da er ein ausgezeichneter Schütze war, würde er die Verfolger in Schach halten können, bis er mit Diana flaches Gelände erreicht hatte. Dort würde der Lärm der Schießerei sicher Ahmed Ben Hassans Wachtposten alarmieren.

Ein Kugelhagel prasselte auf die Flüchtenden nieder, aber zum Glück handelte es sich bei den Gegnern nicht um Hassans Meisterschützen. Trotzdem wußte Gaston, daß ihre Lage beinahe aussichtslos war. Jeden Moment konnte einer von ihnen getroffen werden.

Die Verfolger schienen seine Gedanken zu erraten, denn sie schwärmten in einer weit auseinandergezogenen, unregelmäßigen Reihe aus und blieben ständig in Bewegung, so daß er kaum zielen konnte. Außerdem trieben sie ihre Pferde zu halsbrecherischer Geschwindigkeit an, um ihre Beute einzuholen.

Inzwischen hatte auch Diana das Feuer eröffnet. Der Gedanke an den Tod ihrer Eskorte und an die Gefahr, in der sie und Gaston schwebten, hatte ihr anfängliches Zögern überwunden. Verwundert über ihre eigene Gelassenheit nahm sie einen Feind nach dem anderen ins Visier. Sie empfand keine Angst, nur Zorn über den Mord an Ahmeds Männern. Bald hatte sie ihr Magazin geleert, und während sie es mit ruhiger Hand nachlud, stolperte Tänzer. Schon nach wenigen Schritten fand er sein Gleichgewicht wieder. Dann neigte er sich langsam zur Seite, Blut quoll ihm aus dem Maul. Diana sprang aus dem Sattel. In der nächsten Sekunde stand Gaston neben ihr, schob sie hinter sich, um sie mit seinem Körper zu schützen, und feuerte pausenlos auf die Angreifer.

So wie vor ihrem ersten Tag im Lager des Scheichs wurde Diana von dem seltsamen Gefühl erfaßt, nur zu träumen. Die tiefe Stille – denn das Kriegsgeheul der Araber hatte aufgehört –, der heiße, trockene Sand und der flirrende Hitzeschleier, der wolkenlose Himmel, die bedrohlichen Reiter, die immer näher rückten, der tote Schimmel und Gastons regloses Pferd an der Seite des gestürzten Gefährten, der mutige Mann, der vor ihr stand, treu ergeben bis zum Ende – das alles erschien ihr auf einmal unwirklich. Leidenschaftslos wie eine Zuschauerin sah sie sich um.

Doch dieser Zustand dauerte nicht lang, denn im nächsten Moment erkannte Diana den Ernst der Lage. Jeden Moment konnten Gaston oder sie selbst getötet werden. Unwillkürlich rückte sie näher an ihn heran. Beide schwiegen, es gab nichts zu sagen. Als Antwort auf ihre stumme Bitte um Beistand umfaßte er ihre Hand, und sie spürte, wie seine Finger zuckten, als eine Kugel seine Stirn streifte. Sekundenlang blendete ihn das Blut, das in seine Augen rann. Er ließ Dianas Hand los und wischte sein Gesicht ab. Gleichzeitig preschten die Araber johlend heran.

Gaston wandte sich zu Diana um. In seinem traurigen Blick las sie, was er vorhatte, und sie nickte, ein tapferes Lächeln auf den blassen Lippen. «Bitte», flüsterte sie, «schnell!»

Ein schmerzlicher Ausdruck glitt über sein Gesicht. «Wenden Sie den Kopf ab!» flüsterte er verzweifelt. «Sonst kann ich nicht ...»

In diesem Moment krachten Schüsse, und er sackte mit einem Keuchen gegen sie, ehe er in den Sand sank. Nun schien die Hölle loszubrechen. Über den reglosen Diener gebeugt, feuerte Diana ihre letzte Kugel ab und schleuderte den leeren Revolver ins Gesicht des Mannes, der auf sie zustürmte. In der unsinnigen Hoffnung, Gastons Pferd zu erreichen, drehte sie sich um. Doch sie wurde umzingelt. Die Fäuste geballt, die Zähne zusammengebissen, stand sie da und starrte die wilden Krieger mit herausfordernd funkelnden Augen an. Dann spürte sie einen kräftigen Schlag auf dem Kopf, der Boden schwankte unter ihren Füßen, und ihr wurde schwarz vor Augen. Lautlos brach sie zusammen.

Am Spätnachmittag saß Saint Hubert immer noch im großen Zelt über den Schreibtisch gebeugt. Henri hatte die Notizen entziffert, die seinem Herrn vormittags so rätselhaft erschienen waren. Jetzt nutzte der Vicomte die Ruhe, um seine wochenlang vernachlässigte Arbeit zu erledigen. In sein interessantes Thema vertieft, vergaß er die Zeit, wunderte sich nicht, weil Diana schon so lange fort war. Er fragte sich auch nicht, was wohl der

Grund sein könnte. Ahmed hatte zwar erwähnt, sein Erbfeind rücke immer näher. Aber dem Franzosen war das Ausmaß der Gefahr nicht klar.

Er war viel zu beschäftigt, um den Lärm im Lager zu bemerken, der wie üblich die Rückkehr des Scheichs ankündigte. Erschrokken blickte er auf, als sein Freund ins Zelt stürmte. Die schwarzen Augen schweiften düster durch den Wohnraum, dann verschwand Ahmed im Schlafgemach. Nach wenigen Sekunden tauchte er wieder auf. «Wo ist Diane?»

Verblüfft über den scharfen Tonfall, stand Saint Hubert auf und konsultierte seine Uhr. «Heute vormittag ist sie ausgeritten ... *Dieu!* Ich hatte keine Ahnung, wie spät es ist.»

«Heute vormittag?» wiederholte der Scheich langsam. «Und sie ist noch nicht zurückgekommen? Wann genau hast du sie zuletzt gesehen?»

«Gegen zehn, denke ich», antwortete der Vicomte unbehaglich. «Aber ich bin mir nicht sicher. Ich habe nicht auf die Uhr gesehen. Es hat ein Unfall stattgefunden, und Miss Mayo verschob ihren Ausritt, um zu beobachten, wie ich einen deiner kindischen Gefolgsmänner verarztete, der mit einem minderwertigen Revolver gespielt hatte.»

Der Scheich eilte zum Eingang. «Wurde sie eskortiert?»

«Ja.»

Argwöhnisch zog Ahmed die schwarzen Brauen zusammen. Hatte sie ihm in all diesen Wochen etwas vorgespielt, eine Zufriedenheit geheuchelt, die sie gar nicht empfand, um ihn einzulullen und eine weitere Gelegenheit zur Flucht abzuwarten? Seine Miene verfinsterte sich. Dann verwarf er diesen Gedanken. Er vertraute ihr. Erst vor einer Woche hatte sie ihm Gehorsam gelobt, und er wußte, sie würde ihn nicht belügen. Außerdem konnte sie unmöglich entkommen. Ein zweites Mal würde Gaston sich nicht übertölpeln lassen, und sie wurde von sechs zusätzlichen Männern bewacht. Aber viel mehr als diese Tatsache bedeutete ihm sein Vertrauen.

Nie zuvor hatte er einer Frau vertraut. Die anderen waren gekommen und gegangen, ohne Erinnerungen zu hinterlassen. Er hätte die eine nicht mehr von der anderen unterscheiden können, und er wußte nur noch, daß sie ihn unsäglich gelangweilt hatten. Überdies hatte er früher keinen Grund gesehen, sich über die Zuverlässigkeit einer Frau Gedanken zu machen. Er hatte sich nicht einmal gefragt,was aus ihnen geworden war. Sobald seine Begierde erloschen war, hatte er sie vergessen.

Doch Dianes ungewöhnliche Schönheit und ihre schlanke, knabenhafte Figur erregten ihn immer noch, obwohl sie schon seit so vielen Monaten in seinem Lager lebte. Ihre Stimmungsschwankungen, ihre Feindseligkeit, ihre Wutanfälle und schließlich ihre unerwartete Kapitulation hatten sein Interesse wachgehalten. Inzwischen hatte er sich an sie gewöhnt, und obwohl er es sich nicht erklären konnte, freute er sich, wenn er bei der Rückkehr von seinen ausgedehnten Expeditionen ihre zierliche Gestalt auf dem Diwan liegen sah. Er brauchte sie. Nie hätte er gedacht, daß eine Frau ihn eines Tages so unglaublich faszinieren würde. Und sie hatte nicht nur seine Umgebung verändert, sondern auch ihn selbst.

Nun stand zum erstenmal ein Schatten zwischen Ahmed und dem Mann, dessen Freundschaft ihm alles bedeutete, seit er als fünfzehnjähriger Junge unter den Einfluß des drei Jahre älteren Franzosen geraten war. Am Abend nach Raouls Ankunft hatte ihn heftige Eifersucht ergriffen. Und nun plagte sie ihn unablässig. Er hatte gehofft, seine europäische Bildung würde ihm helfen, die schwierige Situation zu meistern. Aber sein tiefverwurzeltes orientalisches Wesen siegte über den zur Schau getragenen Gleichmut. Er mißgönnte seinem Gast jedes Wort, das Diane an ihn richtete, jeden Blick, den sie ihm schenkte.

Nur Ahmeds Stolz hatte an diesem Morgen einen Streit mit dem Vicomte verhindert. Nur zögernd war er davongeritten, und sein kalter Zorn, der mit jeder Stunde wuchs, hatte ihn früher als beabsichtigt heimwärts getrieben. Der halsbrecherische Galopp überraschte sogar seine Männer. Daß Raoul, in seine Arbeit versunken, allein am Schreibtisch saß, zerstreute seinen quälenden Verdacht zum Teil. Doch als Ahmed in den Nebenraum eilte und Diana zu seiner Enttäuschung nicht vorfand, wich seine Vorfreude einer jähen Sorge. Angesichts des leeren Schlafgemachs war ihm plötzlich klargeworden, wieviel ihm das Mädchen bedeutete. Die Angst war ihm deutlich anzusehen.

Er trat vor den Eingang und klatschte in die Hände. Sofort eilte ein Diener herbei, dem er einen Befehl erteilte. Dann wartete er, die Fäuste in den Falten seines Burnus vergraben und eine Zigarette zwischen den Zähnen, die er anzuzünden vergaß. Saint Hubert gesellte sich zu ihm. «Was glaubst du?» fragte er unsicher.

«Leider weiß ich nicht, was ich glauben soll.»

«Schwebt sie in ernsthafter Gefahr?»

«In der Wüste lebt man immer gefährlich – vor allem, solange dieser Schurke sein Unwesen treibt.» Mit einer ungeduldigen Geste wies Ahmed nach Süden.

Saint Hubert holte tief Atem. «Oh, mein Gott – du fürchtest doch nicht ...»

Aber der Scheich zuckte nur die Achseln und wandte sich an Yusef, der mit einem halben Dutzend Männer herbeigekommen war. Nach einem kurzen Gespräch und einigen knappen Anweisungen liefen die Leute in verschiedenen Richtungen davon, während Ahmed Ben Hassan seinem Freund erklärte: «Heute vormittag wurden Diane und ihre Eskorte von drei Spähtrupps im Süden beobachtet. Aber natürlich sah niemand einen Anlaß, sich zu vergewissern, ob sie auch zurückgekehrt ist. In etwa zehn

Minuten brechen wir auf. Kommst du mit? Gut! Ich habe Verstärkung ins Lager beordert, die uns folgen wird, wenn wir in zwölf Stunden nicht wieder da sind.» Seine Stimme klang ruhig. Nur Raoul de Saint Hubert, der ihn seit den Jugendtagen kannte, merkte ihm die wachsende Sorge an, als er ins Zelt eilte.

Der Vicomte zögerte. Doch er wußte, daß nicht einmal *er* jetzt im Zelt erwünscht war. Schweren Herzens suchte er deshalb das Gästezelt auf. Enttäuscht und traurig erkannte er, daß seine zwanzigjährige Freundschaft mit dem Scheich nie mehr so sein würde wie früher. Die Veränderung war unvermeidlich, und er kam sich zurückgewiesen vor. Doch die Angst um Diana schob alle anderen Gedanken beiseite.

Als er ein paar Minuten später, gefolgt von Henri, sein Zelt verließ, war im Lager eine Menge geschehen. In geordneten Reihen standen die hundert Männer bereit, die an der Expedition teilnehmen sollten. Jeder wartete neben seinem Pferd, und der Scheich – leidenschaftslos und ruhig wie immer – beaufsichtigte die Verteilung der zusätzlichen Munition. Unterdessen wurde Habicht langsam von einem Reitknecht umhergeführt. Yusef ging zu ihm und nahm ihm das Zaumzeug aus der Hand. Während er das Pferd zu seinem Herrn brachte, musterte er ihn vorwurfsvoll. Es gefiel ihm ganz und gar nicht, daß er zurückbleiben sollte, um notfalls das Kommando über die Verstärkung zu übernehmen. Auch jetzt, als er den Steigbügel hielt, flehte er den Scheich beharrlich an, ihn doch mitzunehmen. Zumindest gewann Saint Hubert diesen Eindruck. Doch Ahmed Ben Hassan schüttelte den Kopf, und der junge Mann trat verärgert beiseite, um den Hufen des Rappens auszuweichen, der sich ungeduldig aufbäumte.

Der Scheich winkte Saint Hubert zu sich. Schweigend fiel die Kavalkade in den üblichen mühelosen Galopp. Die Stille beeindruckte Raoul, der an lärmende, schreiende Araber gewöhnt war. Und sie bedrückte sein empfindsames Temperament, da sie eine böse Ahnung heraufbeschwor. Die stumme Truppe mit den ernsten Mienen, die Ahmed und dem Vicomte folgte, ließ deutlich erkennen, daß ihr ein ungewöhnlicher Einsatz bevorstand. Seit Generationen war der Stamm für seinen unerschütterlichen Mut und seine Kampfkraft bekannt. Unter der Führung des Scheichs und zuvor dessen Vaters hatte er so hohes Ansehen erlangt, daß ihm kein anderer Stamm die Vorherrschaft streitig machte. Aber seine Kriegskunst war schon seit Jahren nicht mehr auf die Probe gestellt worden.

Auch Ibraheim Omair hatte eine Fehde geerbt, die seit Generationen Tradition hatte. Zu Lebzeiten des letzten Ahmed Ben Hassan hatte er es nur ein einziges Mal gewagt, einen offenen Konflikt heraufzubeschwören. Und die Erinnerung daran war immer noch lebendig.

Kleinere Scharmützel hatten stets stattgefunden und würden auch immer unvermeidlich sein. Deshalb blieben Ahmed Ben Hassans Leute in ständiger Bereitschaft, und er legte großen Wert auf jene Disziplin, die den Ruhm seiner Gefolgschaft begründet hatte. Gewissenhaft setzte er das Lebenswerk des Vaters fort, das dieser wiederum von seinem Vater übernommen hatte, und er setzte all seine Macht ein, um aus seinen Männern harte Krieger zu machen. In diesem Stamm wurde die angeborene Liebe zum Kampf sorgsam gefördert. Die Waffen entsprachen stets dem neuesten Stand der Technik. Raoul wußte, daß diese hastig anberaumte Expedition für die handverlesenen Männer nur eins bedeutete – den Krieg, auf den sie sich zeit ihres Lebens freuten. Ein unvorhergesehener Zwischenfall bot diesen Auserwählten die Gelegenheit, die viele hundert Stammesmitglieder ersehnten. Beglückt folgten sie ihrem Anführer, und es interessierte sie nicht, ob die angeforderte Verstärkung rechtzeitig eintreffen würde. Auch ihre geringe Anzahl war ein Vorzug. Wenn sie siegten, würden sie um so glorreicher triumphieren. Und wenn sie eine Niederlage erlitten, würde ihnen die Ehre zuteil werden, mit ihrem geliebten Anführer zu sterben. Denn niemand glaubte, daß Ahmed Ben Hassan den Tod seiner Leibwache, der sorgsam ausgewählten Elite seines Stammes, überleben würde. Mit ihnen würde er den Erbfeind vernichten – oder mit ihnen untergehen.

Inzwischen war das letzte Zwielicht der kurzen Abenddämmerung erloschen. Ein silberner Mond schimmerte hoch am Himmel und ließ die Wüste in einem weißen Glanz erstrahlen. Zu jedem anderen Zeitpunkt hätte Saint Hubert die Schönheit der Landschaft, die Stimmung der orientalischen Nacht und den Galopp in der Gesellschaft tüchtiger Kämpfer genossen. Sein Sinn für Schönheit, seine Unerschrockenheit und die Liebe zum Abenteuer hätten die Expedition für ihn zu einem unvergeßlichen Erlebnis gemacht. Doch die Ursache des Ritts, nämlich daß das Mädchen, in das er sich so unerwartet verliebt hatte, in Gefahr schwebte, warf ein anderes Licht auf diese Szenerie. Kalte Angst und Anspannung erfüllten sein Herz. Und was mochte der Mann an seiner Seite empfinden? Der verächtliche Gleichmut, mit dem Ahmed noch vor einer Woche seine Frage aufgenommen hatte, wurde an diesem Abend Lügen gestraft, denn er war unverkennbar besorgt. Seit dem Aufbruch hatten die beiden Freunde kein einziges Wort gewechselt, und Saint Hubert fühlte sich außerstande, das Schweigen zu brechen. Sie verließen das flache Gelände und preschten zwischen Hügeln dahin, die silberweiß im Mondschein leuchteten. In den Senken ballten sich dunkle Schatten, wie tiefe, stille schwarze Teiche.

Am Fuß eines Hügels zügelte Ahmed plötzlich sein Pferd und stieß einen halberstickten Laut aus. Eine helle Gestalt lag bäuchlings im Sand und wäre beinahe unter Habichts Hufe geraten. Während der Trupp anhielt, huschten zwei lautlose

Schatten in der Nacht davon. Fast gleichzeitig beugten sich der Scheich und Henri über den reglosen Körper, und Saint Hubert folgte ihnen. Hastig untersuchte er den Mann.

Ein Streifschuß an der Stirn hatte Gaston niedergestreckt, andere Kugeln waren in Schultern, Arme und Beine gedrungen. Er hatte sich eine Meile weit geschleppt, ehe er, vom Blutverlust geschwächt, das Bewußtsein verloren hatte. Unter Saint Huberts kundigen Händen kam er zu sich und richtete seinen verschleierten Blick auf den Scheich, der neben ihm kniete. «Monseigneur – Madame – Ibraheim Omair», hauchte er. Dann schwanden ihm wieder die Sinne.

Sekundenlang trafen sich Raouls und Ahmeds Blicke über den schwerverletzten Diener hinweg. Der Scheich sprang auf. «Beeil dich!» bat er und kehrte zu seinem Pferd zurück. An Habichts Flanke gelehnt, tastete er mechanisch nach einer Zigarette und zündete sie an. Blicklos beobachtete er die Männer rings um Gaston.

Die gestammelten Worte des Kammerdieners hatten die Angst noch gesteigert, die Ahmed zu unterdrücken suchte, seit Diane vermißt wurde. Nur ein einziges Mal war er Ibraheim Omair begegnet, vor zehn Jahren, als er seinen Vater zu einem Treffen der mächtigsten Scheichs von Algerien – unter französischer Schirmherrschaft – begleitet hatte. Bei dieser Konferenz sollten strittige Grenzfragen geklärt und drohende Unruhen unter den Arabern verhindert werden, die dem Ansehen der französischen Regierung geschadet hätten. Außerdem wären die Franzosen nicht in der Lage gewesen, sie niederzuschlagen. Ahmed hatte sich maßlos geärgert, weil er den Erbfeind wie einen Gleichgestellten behandeln mußte. Nur der mäßigende Einfluß des alten Scheichs, dem sogar sein Erbe bedingungslosen Gehorsam schuldete, hatte eine Katastrophe verhindert. Sonst hätte die Konferenz womöglich gar nicht stattgefunden, und der ursprüngliche Grenzstreit wäre von den neuen Verwicklungen bei weitem übertroffen worden.

In all den Jahren hatte ihn die Erinnerung an den Räuberscheich verfolgt. Auch jetzt erschien sein Bild vor seinem geistigen Auge: ein aufgedunsenes, bösartiges Gesicht, ein fetter, träger Körper. Ibraheim Omair und das schlanke, zierliche Mädchen, das Ahmed so teuer war! Diane! Wütend zerbiß er den Filter seiner Zigarette. Seine sinnlose Eifersucht und den Zorn über Saint Huberts Kritik hatte er an einem unschuldigen Opfer ausgelassen. Sie, nicht der Freund, hatte seinen Groll zu spüren bekommen. Und da er einen Hang zur Grausamkeit besaß, hatte es ihm Freude bereitet, die Verwirrung und die Angst in Dianes blauen Augen zu lesen und ihr in zwei Monaten gewachsenes Vertrauen zu zerstören. Deutlich hatte er sie sein Mißfallen spüren lassen. Am letzten Abend war sie, bestürzt über seine Rücksichtslosigkeit und seine grundlose Gereiztheit, mehrmals zusammengezuckt. Nachdem Saint Hubert sich ins Gästezelt zurückgezogen hatte, hatte sie Ahmed mit einem Blick angestarrt, der ihn noch mehr aufgebracht und in ihm den Wunsch geweckt hatte, sie zu quälen. Der stumme Vorwurf in ihren Augen entfesselte die wilde Wut, die er eine Woche lang nur mühsam bezähmt hatte. Zitternd und hilflos lag sie in seinen Armen und zuckte vor seinen Liebkosungen zurück, die nur ein Ausdruck seines Grolls waren. Ihre anklagende Miene verwandelte sich in eine flehende Bitte. Und wieder war das Vergnügen ausgeblieben, das er sich vergeblich von Dianes Angst erhofft hatte. Das hatte seine Wut nur um so mehr geschürt. Das wilde Pochen ihres Herzens, ihr Schluchzen, das Wissen um seine Macht, der sie ausgeliefert war, befriedigten ihn nicht. Fluchend stieß er sie von sich, und sie floh ins Schlafgemach, die Hände auf die Ohren gepreßt, um seiner leisen, höhnischen Stimme zu entrinnen. Am Morgen verließ er sie, ohne ein Wort oder eine Geste, die ihr die

Erinnerung an die letzte Nacht erleichtert hätten. Eigentlich hatte er sich vor dem Aufbruch noch von ihr verabschieden wollen, aber Saint Huberts Weigerung, ihn zu begleiten, hatte alle zarteren Gefühle verscheucht und neuen Zorn entfacht.

Und jetzt? Die Sehnsucht, Diane in den Armen zu halten, die Tränen von ihren Lidern zu küssen, so daß sich ihre bleichen Lippen rosig färbten, war fast unerträglich. Sein Leben hätte er geopfert, um ihr jede Gefahr aus dem Weg zu räumen – und nun befand sie sich in Ibraheim Omairs Gewalt! Was mochte sie erleiden? Diese Frage bereitete ihm Höllenqualen. Doch er ließ sich nichts anmerken. Die unausweichliche Verzögerung schien endlos zu dauern, und er schwang sich in den Sattel. Vielleicht würde es die Wartezeit verkürzen, wenn er Habichts rastlosen, nervösen Körper zwischen den Knien spürte. Solange er neben dem Pferd gestanden hatte, war es ruhig gewesen. Jetzt, als es sein Gewicht spürte, drängte es zum Aufbruch, und er mußte es beruhigen, was ihn von seiner Ungeduld ablenkte.

Endlich erhob sich Saint Hubert. Während Henri und zwei Araber den Verletzten ins Lager zurückbrachten, galoppierte die Schar wieder südwärts. Jenseits des Hügels, wo Gaston entkräftet vom Blutverlust und den heftigen Schmerzen zusammengebrochen war, lag er tote Schimmel. Sein Fell schimmerte im Mondlicht gespenstisch weiß. Und ein paar Schritte entfernt bewiesen die Leichen mehrerer Araber, wie zielsicher Gaston beim letzten Kampf geschossen hatte, um Diane zu verteidigen. Ohne eine Miene zu verziehen, ritt der Scheich weiter. Aber der Rappe schnaubte angewidert, als er die Toten witterte.

Allen Leichen, die im Mondenschein zu sehen waren, wichen die Reiter aus. In düsteren Senken trabten die Pferde über verkrümmte Körper hinweg. Einmal strauchelte Raouls Hengst und warf ihn beinahe ab, während der Schädel eines Toten unter seinen Hufen zerbrach.

Das Heulen ferner Schakale näherte sich, bis der Trupp einen langgezogenen Hügel überquerte und in einem breiten, erleuchteten Tal den Schauplatz des Hinterhalts erreichte. Sofort wußte Ahmed, daß zwischen den Leichen und toten Pferden seine eigenen Leute lagen. Während die jaulenden Schakale flohen, betrachtete er die reglosen Gestalten. Würde er jemanden finden, der noch am Leben war und Bericht erstatten konnte? Seine eigenen Stammesbrüder würden bereitwillig sprechen. Und Ibraheim Omairs Männer konnte man zwingen. Seine Zähne blitzten, als er wölfisch lächelte.

Hastig untersuchten seine Leute die Gefallenen. Vor Aufregung brachen sie ihr gewohntes Schweigen. Nur der Scheich blieb stumm, während seine Krieger leise Flüche und Racheschwüre ausstießen. Kurz darauf legten sie ihm die sterblichen Überreste von Dianas Eskorte zu Füßen. Die Männer waren grausam niedergemetzelt worden und bis zur Unkenntlichkeit verstümmelt. Da aber bemerkte der Scheich, daß sich die letzte Gestalt, die in den Sand gebettet wurde, schwach bewegte. Plötzliche Sanftmut milderte seine strenge Miene, als er sich zu den verschleierten Augen des Sterbenden hinabneigte. Der Mann lächelte, glücklich wie ein Kind, das eine unerwartete Belohnung erhält, hob mühsam eine Hand zum Gruß und zeigte nach Süden.

Dankbar drückte Ahmed die schlaffen Finger seines Anhängers. Mit letzter Kraft zog der Araber die Hand seines Scheichs an die Stirn, dann hauchte er sein Leben aus.

Achtes Kapitel

Langsam kam Diana wieder zu Bewußtsein. Die Übelkeit wollte ihr die Kehle zuschnüren, und in ihren Ohren rauschte und dröhnte es. Ihr Schädel pochte; jeder Knochen tat ihr weh. Vor lauter Schmerzen konnte sie sich zuerst nicht erinnern, was geschehen war, und das Nachdenken fiel ihr schwer. Aber allmählich lösten sich die Nebelschwaden in ihrem Gehirn auf. Langsam kehrte ihr Gedächtnis zurück, so daß sie sich bruchstückhaft der Ereignisse entsann, die ihrer Ohnmacht vorausgegangen waren.

Gaston – der Schrecken und die Entschlossenheit in seinen Augen, die zusammengepreßten Lippen, als er sie betrachtet hatte, in jenen letzten Sekunden ... Und ihre eigene Angst – nicht vor dem drohenden Tod, sondern davor, daß er ihr verwehrt bleiben würde. Dann der Kugelhagel, noch ehe der treue Franzose eine Gelegenheit gefunden hatte, ihr den größten aller Liebesdienste zu erweisen, die Blutflecken auf seinem Leinenjakkett, sein Zusammenbruch zu ihren Füßen. Nur undeutlich sah sie die Gestalten vor sich, die sie überfallen hatten. Danach war ihr schwarz vor Augen geworden.

Ihre Lider schienen bleischwer, so daß sie nicht in der Lage war, sie zu heben. «Oh, Gaston», flüsterte sie und streckte eine Hand aus. Aber statt seinen Körper oder heißen, trockenen Sand zu ertasten, berührten ihre Finger weiche Kissen.

Bestürzt setzte sie sich auf, die Augen weit geöffnet. Doch sie sank sofort ermattet wieder zurück und legte ihren Arm übers

Gesicht, um sich vor dem Licht zu schützen, das ihre pochenden Augäpfel durchbohrte wie tausend Dolche. Eine Zeitlang lag sie reglos da, bekämpfte die Schwäche, die sie erneut zu überwältigen drohte. Allmählich ließ die Übelkeit nach, die Kopfschmerzen verebbten zu einem dumpfen Dröhnen. Über dem Wunsch, endlich herauszufinden, wo sie sich befand und was geschehen war, vergaß sie ihren gepeinigten Körper.

Sie zog ihren Arm ein wenig von den Lidern, spähte vorsichtig durch ihre dichten Wimpern. Offenbar lag sie auf mehreren Kissen in der Ecke eines kleinen Zelts, das bis auf einen Teppich unmöbliert war. Am anderen Ende des Raums kauerte eine Araberin über einer Kohlenpfanne. Kaffeeduft erfüllte die Luft.

Schaudernd schloß Diana die Augen. Der Rettungsversuch des Dieners war erfolglos gewesen. Zweifellos war sie ins Lager des Räuberscheichs Ibraheim Omair gebracht worden. Sie verkroch sich noch tiefer zwischen den Kissen und biß in den Ärmel ihres Reitjacketts, um ein Stöhnen zu unterdrücken. Als sie an Gaston dachte, bekam sie einen Kloß im Hals. In jenen letzten Momenten hatte die gemeinsam durchlittene Gefahr sämtliche Standesunterschiede verwischt. Ein weißer Mann und eine weiße Frau im Angesicht des Todes …

Jetzt fiel ihr wieder ein, wie sie sich an ihn gepreßt, wie er ihre Hand gedrückt hatte, um ihr Mut zu machen und sein Mitgefühl zu zeigen. Weil er nichts anderes tun konnte, hatte er sie mit seinem Körper geschützt. Und während er leblos dalag, mußten die Feinde sie ergriffen haben. Er hatte unverbrüchliche Treue bewiesen und sein Leben für das Spielzeug seines Herrn geopfert.

Ja, wahrscheinlich war Gaston tot. Aber sie lebte, und nun mußte sie ihre ganze Kraft aufbieten, um sich zu retten. Sie bezwang die lähmenden Gefühle und das Zittern ihrer Glieder, richtete sich langsam auf und musterte die Araberin, die das Rascheln der Kissen hörte und sich zu ihr umwandte. Sofort erkannte Diana, daß sie weder Hilfe noch Mitleid von ihr erwarten durfte. In ihrer Jugend war diese Frau gewiß schön gewesen, und sie wirkte immer noch anziehend. Aber die verstockte Miene und der finstere Blick machten alle Hoffnung auf Milde zunichte.

Diana spürte auf Anhieb, daß die Araberin sie haßte. Nur notgedrungen schien sie sich mit der Anwesenheit der weißen Gefangenen abzufinden.

Und diese Erkenntnis verlieh Diana den Mut, den sie so dringend brauchte. Hochmütig erwiderte sie den kalten Blick. Letztes Jahr hatte sie in Indien festgestellt, welche Macht ihr Selbstbewußtsein auf die Einheimischen ausübte. Und hier mußte sie nur eine einzige Araberin einschüchtern. Mit einem unverständlichen Gemurmel beugte sich die Frau wieder über den Kaffeekessel.

Dianas Muskeln entspannten sich, und sie sank in die Kissen. Nachdem sie diesen Machtkampf gewonnen hatte, kehrte ihr Selbstvertrauen zurück. Als sie sich über die Jacke strich, fühlte sie klebriges Blut an ihrem Ärmel. Entsetzt riß sie sich das Kleidungsstück vom Leib, schleuderte es beiseite und wischte die roten Flecken von ihrer Hand.

Im kleinen Zelt war es heiß und stickig, und sie bemerkte einen starken, stechenden, für die Eingeborenen offenbar typischen Geruch, den sie in Ahmed Ben Hassans kühlem, luftigem, peinlich sauberem Zelt niemals wahrgenommen hatte. Angewidert verzog sie die Lippen, ihre feine Nase rebellierte. Die Hitze verstärkte den brennenden Durst, der ihr die Kehle austrocknete. Ganz vorsichtig, um keine neuen Schmerzen zu verursachen, erhob sie sich. Aber die Nachwirkungen des Schlags, der sie niedergestreckt hatte, verflogen zusehends, obwohl ihre Schläfen immer noch pochten. Die schwindelerregende Übelkeit war jedoch vollends verschwunden.

Entschlossen ging sie zu der Araberin hinüber. «Geben Sie mir Wasser», sagte sie auf französisch. Doch die Frau schüttelte den Kopf, ohne aufzublicken. Diana wiederholte die Bitte auf arabisch – einen der wenigen Sätze, die sie fließend sprechen konnte. Diesmal sprang die Frau auf und reichte ihr einen Becher Kaffee.

Obwohl Diana das süße, klebrige Getränk verabscheute, mußte sie sich damit begnügen, bis sie Wasser bekommen würde. Sie griff nach dem kleinen Becher, aber als sie dem bösartigen Blick der Araberin begegnete, zögerte sie. Plötzlich schöpfte sie Verdacht. Der Kaffee enthielt sicher eine Droge. Was außer den boshaft funkelnden dunklen Augen diese Überzeugung hervorrief, wußte sie nicht. Jedenfalls hegte sie keinen Zweifel, und so stellte sie das Gefäß ungeduldig beiseite.

«Nein, kein Kaffee – Wasser», forderte sie.

Ehe sie sich wehren konnte, wurde sie von einem kräftigen Arm umschlungen, und die Frau drückte ihr den Becher an die Lippen. Das bestärkte Diana in ihrem Argwohn, und der Zorn verlieh ihr ungeahnte Kräfte.

Gewiß, die Araberin war stark, aber Diana war jünger und wendiger. Blitzschnell schleuderte sie den Becher zu Boden. Der Kaffee rann über den Teppich. Dann befreite sie sich aus der Umklammerung und stieß die Araberin weg, die gegen die Kohlenpfanne taumelte und stürzte. Messingtöpfe und andere Gefäße rollten umher.

Mit einem gellenden Schrei kroch die Frau zu der umgekippten Kohlenpfanne, stellte sie an ihren Platz und schlug auf die verstreute schwelende Asche ein, um sie zu löschen. An der Seite des Zelts öffnete sich ein Vorhang, den Diana erst jetzt bemerkte, und ein riesiger Nubier trat ein, den der Lärm angelockt hatte.

Zitternd vor Zorn, zeigte die Araberin auf ihre Widersacherin und sprudelte einen kreischenden Wortschwall hervor, von dem Diana nichts verstand. Doch die ausdrucksvollen Gesten schilderten den Kampf, der soeben stattgefunden hatte. Der Neger hörte zu, entblößte grinsend seine schneeweißen Zähne und schüttelte den Kopf, um ein Ansinnen abzulehnen, das mit erhobener Faust an ihn gestellt wurde. Seelenruhig sammelte er ein paar Kohlen auf und zertrampelte die restliche Aschenglut am Boden, ehe er sich zum Gehen wandte.

Aber Diana rief ihn zurück. Hoch aufgerichtet, trat sie einen Schritt vor und befahl: «Bringen Sie mir Wasser!» Als sein Zeigefinger in die Richtung des Kaffeekessels wies, stampfte sie mit dem Fuß auf. «Wasser!» wiederholte sie noch herrischer.

Lachend nickte er, schlenderte aus dem Zelt, und wenig später kam er mit einem Wasserschlauch zurück. Der Gedanke an den Zustand der Flüssigkeit ließ Diana zaudern, aber nur ein paar Sekunden lang, denn ihr Durst besiegte alle zimperlichen Bedenken. Und so hob sie einen sauberen Becher auf, der vor ihre Stiefel gerollt war. Ehe sie daraus trank, wusch sie ihn ein paarmal. Das lauwarme Wasser schmeckte brackig, doch sie brauchte es zu dringend, um sich daran zu stören. Immerhin linderte es das trockene, würgende Gefühl in ihrer Kehle und erfrischte sie.

Inzwischen hatte sich der Nubier entfernt, und die Araberin kauerte immer noch neben der Kohlenpfanne. Diana kehrte zu den Kissen zurück. Erschöpft setzte sie sich. Die Ereignisse der letzten Minuten hatten sie stärker mitgenommen als erwartet, aber sie in ihrem Mut bestärkt. Nun wußte sie, daß sie ihre Bewacherin jederzeit überwältigen konnte. Sogar der kräftige Nubier hatte ihr gehorcht – welch ein Balsam für ihre Seele!

Trotz ihrer mißlichen Lage schöpfte sie Hoffnung. Da sie seit dem Erwachen nur die Araberin und den Neger gesehen hatte, vermutete sie, daß Ibraheim Omair sich nicht im Lager aufhielt. Den Gedanken, er könnte die Begegnung hinauszögern, um die

Qualen seiner Gefangenen zu verlängern, verwarf sie. Eine solche Raffinesse traute sie ihm nicht zu. Und seine Abwesenheit ermutigte sie. Wenn er doch fernbliebe, bis Ahmed kam! Natürlich wußte sie, daß er sie befreien würde. Ihr Vertrauen zu ihm war grenzenlos, und sie mußte nur beten, er möge rechtzeitig erscheinen.

Seit dem Angriff der feindlichen Araber am frühen Nachmittag waren mehrere Stunden vergangen. Wie die brennende Lampe verriet, war die Nacht bereits angebrochen. Vor einigen Monaten hatte Dianas Armbanduhr ihren Dienst versagt, weshalb sie die genaue Tageszeit nicht ermitteln konnte. Aber inzwischen wurde sie bestimmt vermißt, ebenso wie Gaston und die Eskorte.

Sicher würde Ahmed die Gefahr erkennen, in der sie schwebte, und sie retten. Daran zweifelte sie keine Sekunde lang, obwohl er sich in der letzten Woche so seltsam verändert und sie wieder so grausam behandelt hatte wie zu Beginn ihrer Gefangenschaft. Selbst wenn seine Begierde verebbte und seine Gleichgültigkeit wuchs – die orientalische Eifersucht, so tief in seinem Herzen verwurzelt, würde ihm niemals gestatten, Diana kampflos einem anderen zu überlassen. Sie mochte ihn nicht mehr interessieren, aber niemand durfte sie rauben.

In den unglückseligen Tagen seit Saint Huberts Ankunft hatte ihr die weibliche Intuition gesagt, daß er eifersüchtig war, obwohl dazu nicht der geringste Grund bestand. Doch er hatte sie trotzdem deswegen leiden lassen. Vor allem am vergangenen Abend hatte er sie verhöhnt, und nachdem der Vicomte zu Bett gegangen war, hatte er vollends die Beherrschung verloren. Es war zwar seine eigene Schuld, daß er sich mit Zweifeln quälte, doch seinen Zorn hatte er an ihr ausgetobt.

Seine harten Worte hatten sie tief verletzt. Schließlich hatte sie sich in den Nebenraum geflüchtet, da sie befürchtete, sie würde ihm sonst ihre Liebe gestehen und um Gnade flehen. Dann hatte sie wach gelegen und ihn ängstlich erwartet. Aber als er fast zwei Stunden später, die unvermeidliche Zigarette zwischen den Lippen, ins Schlafgemach geschlendert kam, war er nicht mehr zornig, sondern kühl und gleichgültig gewesen. Er hatte Diana wieder einmal die kalte Schulter gezeigt.

Bald verrieten seine gleichmäßigen Atemzüge, daß er eingeschlummert war. Fast die ganze Nacht lag sie schlaflos neben ihm und klammerte sich an das bißchen Glück, das ihr vergönnt wurde. Denn inzwischen hatte sie gelernt, für den Augenblick zu leben, und so begnügte sie sich mit Ahmeds Nähe. Im Morgengrauen hatte er sie verlassen, immer noch gleichgültig, schweigsam und mißgelaunt. Trotzdem würde er sie retten, wenn auch nur von jener Eifersucht getrieben, die von ihm Besitz ergriffen hatte.

«Er wird kommen, er wird kommen», flüsterte sie immer wieder, als könnte der Klang dieser Worte ihre Zuversicht stärken. Niemals würde er zulassen, daß ihr etwas zustieß. Und mit jeder Minute, die Ibraheim Omair dem Lager fernblieb, stiegen ihre Chancen. Wie ich mich verändert habe, dachte sie lächelnd. Nun sehnte sie den Mann herbei, den sie noch vor ein paar Wochen als ihren Entführer abgrundtief gehaßt hatte. Nur er konnte sie schützen und verkörperte für sie alles, was das Leben lebenswert machte.

Plötzlich waren aus dem Nebenraum Geräusche und Männerstimmen zu hören, und Diana sprang bebend und mit geballten Fäusten auf. Ein scharfer, gutturaler Ruf übertönte den Lärm und machte die unvernünftige Hoffnung zunichte, ihr geliebter Retter könnte eingetroffen sein. Ibraheim Omair! Viel zu früh war er gekommen. Sie biß die Zähne zusammen, holte tief Luft und bereitete sich auf die unvermeidliche Begegnung vor.

Mit einem höhnischen Lächeln sah die Araberin sie an. Aber

Diana warf ihr nur einen kurzen, verächtlichen Blick zu und beachtete sie nicht mehr. Die Schultern gestrafft, stand sie da. Nervös klopfte sie mit der Fußspitze auf den weichen Teppich. Erst jetzt bemerkte sie, daß man ihr während ihrer Bewußtlosigkeit Sporen und Revolverhalfter weggenommen hatte. Warum nur, überlegte sie ärgerlich, mit jener seltsamen Distanz, die in manchen heiklen Situationen die Gedanken vom Wesentlichen ablenkt.

Im Nebenraum redeten die Männer immer noch durcheinander, bis sie fast wünschte, der gefürchtete Augenblick möge endlich eintreten. Das Warten erschien ihr noch schlimmer als die Qualen, mit denen sie rechnete. Und dann war es soweit. Die Vorhänge glitten beiseite, und der Nubier erschien. Als er auf sie zukam, stockte ihr Atem. Doch dann versperrte ihm die Araberin den Weg und schrie ihn heftig gestikulierend an. Ungeduldig schob er sie beiseite und wollte nach Dianas Arm greifen. Sie hob abwehrend eine Hand, und er fügte sich dem stummen Befehl.

Wie rasend pochte ihr Herz. Trotzdem hatte sie sich in der Gewalt. Nur ihre Finger zuckten. Hastig versteckte sie ihre Hände in den Hosentaschen. Dann ging sie zum Vorhang und bedeutete dem Neger, ihn beiseite zu ziehen. Langsam betrat sie den Nebenraum, der kaum größer als der andere und fast ebenso spärlich eingerichtet war. Dies alles nahm sie nur undeutlich wahr, denn ihre Aufmerksamkeit galt der Gestalt in der Mitte.

Ibraheim Omair, der Räuberscheich, rekelte sich auf einem Kissenberg, einen verzierten Schemel mit einem Kaffeebecher neben sich. Hinter dem Diwan standen zwei weitere Neger, reglos wie Bronzestatuen, beide glichen dem Nubier, den Diana bereits kannte.

Eine Zeitlang verharrte sie im Eingang. Dann warf sie den Kopf in den Nacken, überquerte in stolzer Haltung die dicken

Teppiche und blieb vor dem Scheich stehen. Hochmütig sah sie in seine trägen, halbgeschlossenen Augen. In diesem Moment mußte sie ihren ganzen Mut zusammennehmen, und sie stand da, als hätte sie einen Stock verschluckt. Schmerzhaft gruben sich ihre Fingernägel in ihre Handflächen, doch sie behielt die Hände in den Hosentaschen.

Wie schwer fiel es ihr, sich zusammenzunehmen! Am liebsten hätte sie geschrien, den Vorhang hinter Ibraheim Omair aufgerissen, der vermutlich ins Freie führte, und die Flucht ergriffen. Doch sie wußte, daß man sie nach wenigen Schritten einholen würde. Ihre einzige Chance lag in jener geheuchelten Kühnheit, die sie vor dem Zusammenbruch bewahrte. Obwohl ihr kalte Angst die Kehle zuschnürte, mußte sie einen furchtlosen Eindruck erwecken.

Durch gesenkte Wimpern, die ihre Gefühle verbargen, musterte sie den Räuberscheich. Dieser Araber entsprach dem Bild, das sie sich von seinem Volk gemacht hatte. Auf schmutzigen Kissen lag eine fette, schwerfällige Gestalt. Das gedunsene Gesicht zeigte lasterhafte Züge, volle sinnliche Lippen entblößten abgebrochene, dunkel verfärbte Zähne. In den tiefliegenden, blutunterlaufenen Augen glitzerte eine Gier, die Dianas Tapferkeit auf eine harte Probe stellte. Dieser teuflische Blick trieb ihr den Schweiß aus allen Poren. Er trug ein schmuddeliges, zerknittertes Gewand, das einst kostbar gewesen sein mußte, und die Finger auf seinen Knien hatten schwarze Nägel. Während er Diana voller Genugtuung betrachtete, verzog sich der schlaffe Mund zu einem boshaften Lächeln. Er neigte sich ein wenig vor, stützte sich schwer auf die Schenkel und starrte ihr ins Gesicht. «Ah, die weiße Frau meines Bruders Ahmed Ben Hassan ...» begann er langsam in miserablem Französisch. Als er den Namen seines Feindes aussprach, schien er Gift und Galle zu spucken. «Ahmed Ben Hassan! Möge er in der Hölle schmoren!» Verächtlich spuckte er auf den Boden. Dann lehnte er sich grunzend in die Kissen zurück und schlürfte geräuschvoll seinen Kaffee.

Diana schaute ihn an, ohne eine Miene zu verziehen. Unter ihrem Blick fühlte er sich offenbar unbehaglich. Immer wieder glitten seine entzündeten Augen über ihren Körper, vom Scheitel bis zur Sohle. Fahrig tastete er nach dem geschwungenen Griff des Messers, das in seinem Gürtel steckte, dann beugte er sich wieder vor und bedeutete ihr, näher zu treten. Während sie noch zögerte, teilten sich die Vorhänge hinter ihr, und die Araberin kam herein. Geschickt wich sie dem Nubier aus, der sie aufhalten wollte, warf sich dem Scheich zu Füßen und umklammerte jammernd seine Knie. Nun verstand Diana, warum diese Frau sie haßte. Sie sah eine Rivalin in der weißen Gefangenen, mit der sie die Gunst des Herrn teilen sollte, und dagegen wehrte sie sich mit der ganzen wilden Eifersucht einer entmachteten Favoritin.

In Dianas Angst mischte sich Ekel. Sekundenlang senkte sie die Lider, um zu verbergen, was sie empfand. Als sie die Augen wieder öffnete, kauerte die Araberin immer noch vor Ibraheim Omair.

Er beobachtete sie voller Bosheit, dann schlug er ihr auf den Mund. Doch sie ließ sich nicht abschütteln. Verzweifelt krallte sie ihre Finger in sein Gewand. Blut quoll aus der aufgesprungenen Unterlippe, und sie heulte wie ein gemartertes Tier. Da packte er sie am Hals. Vergeblich versuchte sie, sich zu befreien. Er hielt sie eine Weile fest, ehe er das lange Messer aus seinem Gürtel zog und es der Unglücklichen in die Brust stieß. Ehe er sie losließ, wischte er den befleckten Dolch sorgsam an ihrem Kleid ab und steckte ihn wieder in den Gürtel. Erst dann schleuderte er die Leiche von sich, so daß sie über den Teppich direkt vor Dianas Stiefel rollte.

In der tiefen Stille, die den Raum erfüllte, hörte sie ein gedämpftes, rhythmisches Hämmern wie das Ticken einer großen Uhr. Ein dumpfes Staunen stieg in ihr auf, als sie ihre eigenen Herzschläge erkannte. Warum konnte sie sich nicht bewegen? War sie zu Stein erstarrt, gelähmt vom Grauen der letzten Minuten? Ihr Blick hing an der reglosen Gestalt vor ihren Füßen, an der klaffenden Wunde, aus der Blut sickerte, das dunkle Kleid der Araberin befleckte und langsam im Teppich versickerte. Sie war wie benommen, und seltsame Gedanken gingen ihr durch den Sinn. Schade um den schönen Teppich, dachte sie. Was mochte er in Biskra gekostet haben? Wahrscheinlich weniger als in London. Dann sah sie der Toten ins Gesicht und vergaß den Teppich. Der Mund war weit aufgerissen, das blutige Rinnsal trocknete. Aber es waren die schmerzvollen, vorquellenden Augen, die Diana jäh in die Wirklichkeit zurückholten. Nun wurde ihr bewußt, was geschehen war – und was ihr selbst drohte. Mühsam bekämpfte sie eine heftige Übelkeit und erwiderte Ibraheim Omairs Blick.

Über die Leiche hinweg starrte sie ihn an und lachte! Sonst hätte sie zu schreien angefangen. Schweißnaß klebten ihr die Locken an der Stirn, und sie fragte sich, ob sie die geballten Fäuste jemals wieder öffnen würde. Doch sie durfte ihre Angst nicht zeigen, weder weinen noch in Ohnmacht fallen, mußte sich zusammenreißen, bis Ahmed kam.

Oh, lieber Gott, schick ihn zu mir – schnell! betete sie. Ihr Gelächter nahm einen hysterischen Klang an, und sie biß sich auf die Lippen. Irgendwie mußte sie ihre Aufmerksamkeit von der grausigen Gestalt am Boden ablenken. Fast unbewußt zog sie das Zigarettenetui aus der Tasche, riß ihren Blick von der blutigen Leiche los, zündete sich eine Zigarette an und warf das immer noch brennende Streichholz zwischen die Füße des Nubiers, der neben ihr stand. Seit er die Araberin erfolglos aufzuhalten versucht hatte, rührte er sich nicht mehr. Und die beiden Neger hinter dem Kissenberg glichen immer noch dunklen Statuen. Hatten sie die Tragödie überhaupt wahrgenommen?

Als der Scheich nickte, traten sie vor und trugen die Tote hinaus. Einer der Neger kehrte wenig später zurück und servierte frischen Kaffee. Nun beugte sich Ibraheim Omair wieder vor, grinste Diana lüstern an und klopfte einladend neben sich auf die Kissen. Sie bezwang ihren Ekel, setzte sich und heuchelte kühle Gelassenheit.

In der Nähe des Mannes, der nach Schmutz und Schweiß und Pferdemist stank, wurde ihr wieder übel. Der typische stechende Geruch der Eingeborenen ... Wieder schweiften ihre Gedanken zu jenem anderen Araber, dessen Lebensgewohnheiten ihr so vertraut geworden waren – wenn auch nur notgedrungen. Nach allem, was sie über das Wüstenvolk gehört hatte, hatten sie seine peinliche Sauberkeit, die häufigen Bäder, die makellose Reinheit seiner Gewänder und der frische Duft seiner Rasierseife, die sich mit dem Aroma des türkischen Tabaks mischte, verblüfft.

Welch ein krasser Unterschied!

Als ihr der Räuberscheich einen Becher Kaffee anbot, schüttelte sie den Kopf und achtete nicht auf sein mißbilligendes Knurren. Was er sagte, verstand sie nicht, da er arabisch sprach. Sie legte den Zigarettenstummel beiseite und gewann beinahe den Eindruck, sie würde einen rettenden Anker loslassen. Immerhin hatte die Zigarette ihre Lippen vor einem verräterischen Zittern bewahrt. Dicke Finger umschlossen ihr Handgelenk, und Ibraheim Omair zog sie näher zu sich heran. «Wie viele Gewehre hat der Franzose dem Sohn der Finsternis gebracht?» stieß er hervor.

Verblüfft erwiderte sie den Blick seiner geröteten Augen, die sie halb drohend, halb bewundernd musterten, und schaute rasch wieder weg. «Das weiß ich nicht.»

Schmerzhaft gruben sich seine Finger in ihr Fleisch. «Wie

viele Männer bewohnen das Lager, in dem Ahmed Ben Hassan Sie festgehalten hat?»

«Auch das weiß ich nicht.»

«Sie wissen es nicht! Sie wissen es nicht!» Plötzlich brach er in gellendes Gelächter aus. «Aber wenn ich mit Ihnen fertig bin, werden Sie's wissen.» Er drückte ihr Handgelenk zusammen, und sie stöhnte gequält. Rasch wandte sie sich ab, damit er ihr Gesicht nicht sah. Fragen über Fragen stürmten auf sie ein, alle galten Ahmed und seinem Stamm. Sie schwieg beharrlich, den Kopf zur Seite gedreht, die Lippen verkniffen. Von ihr würde er nichts erfahren, was dem geliebten Mann schaden könnte. Und wenn sie mit dem Leben für ihr Schweigen bezahlen mußte.

Unwillkürlich erschauderte sie. «Soll ich dir erklären, was sie mit ihm tun würden?» So deutlich wie in jener Nacht, als sie sich erkundigt hatte, welches Schicksal Gaston in Ibraheim Omairs Gewalt drohte, glaubte sie Ahmeds Stimme zu hören. Und sie dachte an die Bedeutung, die er in seine Worte gelegt hatte, an sein beängstigendes Lächeln.

Ihr Atem ging schneller, doch sie bewahrte die Fassung. Verzweifelt klammerte sie sich an ihre einzige Hoffnung. Ahmed *mußte* rechtzeitig kommen. Energisch verdrängte sie die quälenden Zweifel, die ihr zuflüsterten, vielleicht würde er sie niemals finden. Vielleicht würde er auch zu spät eintreffen, wenn das Unsägliche bereits geschehen war und kein Mann sie mehr ansehen würde.

Endlich beendete Ibraheim Omair sein Verhör. «Sie werden schon noch reden», verkündete er vielsagend und trank seinen Kaffee. Seine Worte beschworen ein neues Entsetzen herauf. Vor ihrem geistigen Auge standen dieselben gräßlichen Bilder wie damals, als sie um Gaston gebangt hatte. Nur daß sie es nun war, die die schrecklichen Leiden erdulden mußte. Krampfhaft biß sie die Zähne zusammen, damit sie zu klappern aufhörten.

Der Räuberscheich hielt sie noch immer fest. Von heftigem Ekel erfaßt, spürte sie, wie seine Hand über ihren Arm, ihren Hals, über die sanften Rundungen ihres schlanken jungen Körpers wanderte. Dann grunzte er wieder und zwang sie, ihn anzusehen. «Worauf lauschen Sie? Glauben Sie, Ahmed Ben Hassan wird kommen? Kleine Närrin! Sicher hat er Sie längst vergessen. In Algier und Oran gibt es genug weiße Frauen, die er mit seinem Gold und seiner Teufelsfratze verführen kann. Er hat so viele Kurtisanen, wie Sterne am Himmel stehen. Schnell wie der Wüstenwind kommen und gehen sie, nur ein heißer Atemhauch – und schon ist es wieder vorbei. Nein, er kommt nicht mehr hierher, und wenn doch, wird er Sie nicht finden. In einer Stunde verlassen wir diesen Ort.»

Verzweifelt wand sie sich in seinem Griff. Die kehlige Stimme, die verhaßten Worte in schlechtem Französisch, das lüsterne, bösartige Gesicht, die wachsende Bewunderung in den blutunterlaufenen Augen – das alles war wie ein gespenstischer Alptraum. Mit aller Kraft riß sie sich los und floh voller Angst in eine Ecke. Aber sie stolperte in ihrer blinden Flucht, und Ibraheim Omair folgte ihr erstaunlich flink, trotz seiner plumpen Gestalt. Ohne ihre Gegenwehr zu beachten, nahm er sie auf die Arme, trug sie zum Kissenberg zurück und ließ sie fallen. Ohne nachzudenken, blieb sie reglos liegen, schonte ihre Kräfte für den letzten Kampf.

«In einer Stunde, meine kleine Gazelle, in einer Stunde …», flüsterte er heiser und beugte sich zu ihr herab.

Mit einem Aufschrei drehte sie den Kopf zur Seite und bekämpfte den Räuberscheich aus Leibeskräften. Im Geiste dankte sie Aubrey, daß er ihr das Raufen beigebracht hatte, und sie sträubte sich, bis sie dem harten Griff entkommen und aufspringen konnte. Doch Ibraheim Omair zerrte sie sofort auf den Diwan zurück, riß ihr das Hemd von den Schultern, entblößte ihren weißen, bebenden Busen. Keuchend versuchte sie, ihn wegzustoßen, aber seine Arme umfingen sie unerbittlich. Sie stemmte die Hände gegen seine Brust und glaubte, die Muskeln ihrer Arme müßten zerspringen.

So tapfer sie auch Widerstand leistete – sein Gewicht preßte sie unbarmherzig in den Kissenberg. Sein heißer Atem streifte ihr Gesicht, der abscheuliche Gestank seines Gewandes drang ihr in die Nase. Bald spürte sie, wie ihre Kräfte erlahmten. Ihr Herz pochte so heftig, daß sie keine Luft mehr bekam. Nur noch einen Augenblick – und sie würde endgültig besiegt sein. Nun konnte sie kaum noch einen klaren Gedanken fassen, so wie vorhin, als ihr Peiniger die Araberin ermordet hatte.

Wenn er sie doch auch töten würde. Das wäre leichter zu ertragen gewesen als diese Qual. Inzwischen war die schwache Hoffnung fast erloschen. Ahmed war nicht gekommen, und der Gedanke an ihn vergrößerte ihre Verzweiflung. Keine Sekunde lang hatten Ibraheim Omairs höhnische Worte ihren Glauben an den geliebten Mann erschüttert. Er würde kommen – aber zu spät. Niemals würde er erfahren, wie inbrünstig sie ihn liebte. Oh, Gott! Ahmed! Ahmed! Mit einem lautlosen Schrei fühlte sie ihre letzten Kräfte schwinden. Erschöpft lag sie unter dem massigen Körper des Räuberscheichs. Er erhob sich, zwang sie auf die Knie, packte grob ihre Locken und zerrte ihren Kopf nach hinten. In seinen Augen glitzerte der Wahnsinn, und Schaum quoll ihm aus dem Mund, als er das Messer aus dem Gürtel zog und ihr die scharfe Klinge an die Kehle hielt. Sie zuckte nicht einmal zusammen. Nach einer Weile ließ er den Dolch fallen, und ein häßliches Gelächter gellte ihr in den Ohren.

«Nein, erst danach», keuchte er und stieß sie in die Kissen zurück. Überall spürte sie seine Hände, ein paar gräßliche Sekunden lang.

Dann wurde die Stille vor dem Zelt plötzlich von einem heftigen Aufruhr zerrissen, Gewehrschüsse krachten. Als das Feuer verstummte, erklang Ahmeds durchdringender Ruf. «Diane! Diane!»

Das Wissen, daß er nun endlich bei ihr war, gab ihr neue Kraft. Obwohl Ibraheim Omair ihre Arme umklammerte, bäumte sie sich auf und schrie: «Ahmed!» Der Räuberscheich hielt ihr den Mund zu. Aber als sie ihn in einen seiner dicken Finger biß, mußte er sie loslassen. «Ahmed! Ahmed!»

Offenbar vermochte ihre Stimme den Höllenlärm vor dem Zelt nicht zu übertönen, und sie konnte nicht weiterrufen. Denn Ibraheim Omair packte sie – so wie vorhin die bedauernswerte Frau – mit einem heiseren Wutschrei an der Kehle und zog sie hoch. Und auch Diana zerrte vergeblich an den Händen, die sie zu erdrosseln drohten. Ihre Kehle brannte, ihre Lungen schienen zu bersten. In ihren Ohren rauschte das Blut wie eine dröhnende Brandung, und ein Schleier vor ihren Augen verdunkelte den Raum. Ihre Hände wurden schlaff, und ihr wurden die Knie weich. Nur der Griff, der ihre Kehle umschloß, hielt sie aufrecht.

In ihren Ohren brauste es immer lauter, die Zeltwände verschwammen in der Dunkelheit. Fast gleichgültig ahnte sie, daß der Räuberscheich sie töten würde, und sie hörte seine Stimme wie aus weiter Ferne: «Sie brauchen in der Hölle nicht allzulange auf Ihren Liebhaber zu warten. Ich schicke ihn umgehend nach.»

Ihr schwanden die Sinne. Trotzdem hörte sie, wie die höhnische Stimme plötzlich verstummte. Der tödliche Druck an ihrem Hals lockerte sich. Dann umfaßten Ibraheim Omairs Hände ihre schmerzenden Schultern, er riß sie herum und suchte hinter ihr Deckung. Als sie mühsam den Kopf hob, wurde ihr wieder schwarz vor Augen. Durch einen Nebelschleier erblickte sie eine hochgewachsene, dunkle Gestalt im Eingang.

Während draußen der Lärm tobte, war es im Zelt merkwürdig

still. Halb benommen fragte sich Diana, warum Ahmed nichts unternahm, warum er den Revolver in seiner Hand nicht abfeuerte.

Und dann erkannte sie, daß er nicht zu schießen wagte, weil der Räuberscheich sie wie einen lebenden Schild vor seinen Körper hielt. Er wußte genau, daß Ahmed Ben Hassan, der sonst ein ausgezeichneter Schütze war, nie riskieren würde, Diana zu treffen. Hinter seine Geisel geduckt, wich Ibraheim Omair langsam zurück. Offenbar wollte er sich in den Nebenraum flüchten. Allerdings hatte er in seinem Entsetzen über die unerwartete Ankunft seines Feindes den Diwan vergessen und stieß dagegen. Obwohl er nur kurz das Gleichgewicht verlor, nutzte Ahmed sofort die Gelegenheit.

Die kalte Revolvermündung preßte sich an die Stirn des Räuberscheichs, so daß er Diana loslassen mußte. Entkräftet sank sie auf den Teppich. Sie griff sich an die schmerzende Kehle und rang stöhnend nach Atem. Die beiden Männer starrten einander an. Ibraheim Omair wußte, daß er dem Tod ins Auge blickte. Mit der Schicksalsergebenheit eines gläubigen Mohammedaners fügte er sich in sein Los, als Ahmed die linke Hand hob, gnadenlos lächelte und ihn am Hals packte. Ein Schuß hätte den Elenden schneller getötet. Doch Ibraheim sollte den qualvollen Tod sterben, den er Diana zugedacht hatte.

Ahmeds Grausamkeit gewann die Oberhand. Nicht nur der Anblick des kläglich keuchenden Mädchens am Boden schürte seinen Rachedurst, sondern auch die Erinnerung an sechs verstümmelte Männer – treue Anhänger, die mit ihm aufgewachsen waren, seiner Leibwache angehört und ihm stets in unwandelbarem Gehorsam gedient hatten.

Außerdem waren sie nicht die einzigen, die im Laufe der Zeit dem Haß des Räuberscheichs zum Opfer gefallen waren. Endlich hatte Ahmed den Schurken, der die Verantwortung dafür trug, in seiner Gewalt – den Mann, dessen bloße Existenz eine einzige Bedrohung und Beleidigung war.

Schon als Kind hatte Ahmed von seinem Vater gelernt, vor Ibraheim Omairs Tücke auf der Hut zu sein. Noch auf dem Totenbett hatte er ihn damit beauftragt, die Stammesfehde weiterzutragen und den Erzfeind zu vernichten. Aber der Wunsch, den Widersacher mit bloßen Händen zu töten, entsprang weniger dem vor fünf Jahren abgelegten Schwur, den alten Haßgefühlen oder dem Gedanken an die ermordete Leibwache. Nein, er empfand einen unbändigen Zorn auf den Peiniger der geliebten Frau. Das Wissen um ihre Qualen hatte ihn durch die Nacht vorwärtsgetrieben, der Anblick ihrer Hilflosigkeit wilde Rachegelüste geweckt, die er nur stillen konnte, wenn er den Schuldigen erdrosselte. Ehe er dem Ruf seiner neu entdeckten Liebe folgte und das kleine zarte Geschöpf umarmte, mußte er den mehrfachen Mörder, der ihm endlich ausgeliefert war, ins Jenseits befördern.

Ein kaltes Lächeln huschte über sein Gesicht, als seine Finger fester und fester zudrückten. Im unbarmherzigen Würgegriff erwachte Ibraheim Omairs Lebenswille, und er wehrte sich verbissen. Diana kauerte am Boden. Die Hände am schmerzenden Hals, beobachtete sie mit großen, ängstlichen Augen, wie die beiden schwankenden Gestalten miteinander rangen. Der Räuberscheich kämpfte um sein Leben. Er kannte seine eigene Kraft, war sich aber der Überlegenheit des Gegners bewußt.

Plötzlich ließ Ahmed seinen Hals los, packte ihn und drängte ihn zum Diwan. Durch einen geschickten Ringergriff stieß er Ibraheim die Beine weg, schleuderte ihn zwischen die Kissen, stemmte ein Knie auf die Brust des Feindes und umklammerte ihn wieder an der Kehle. Mit seinem ganzen Gewicht drückte er ihn auf den Diwan. Das schreckliche Lächeln umspielte seine Lippen immer noch, während er den verhaßten Widersacher langsam erdrosselte. Der Sterbende bäumte sich im letzten Kampf auf, und

Blut quoll ihm aus Mund und Nase. Es floß über die Hände, die seinen Hals wie ein Schraubstock umklammerten.

Unverwandt starrte Diana Ahmed an, von der alten lähmenden Furcht erfaßt, die sekundenlang sogar ihre Liebe besiegte. Schon oft hatte sie Ahmed in wilder Wut gesehen, aber noch nie diese grausame Freude erlebt, die seine Züge jetzt zeigten. Nun zeigte er sein wahres Gesicht, das sich hinter der zivilisierten Fassade verbarg: Er war ein Wilder, trunken vor Rachsucht. Ihr bangte vor den gnadenlosen, blutbefleckten Händen, die sie berühren würden, vor den Küssen dieses grausam lächelnden Mundes, vor dem mörderischen Funkeln in den schwarzen Augen.

Doch sie empfand kein Mitleid mit dem sterbenden Schurken, der seine Verbrechen nun so schrecklich büßen mußte. Sie war Zeugin geworden, wie er aus einer Laune heraus einen Mord begangen hatte, und sie wußte, welches Schicksal sie erlitten hätte, wäre Ahmed zu spät gekommen. Und die Vergeltung wurde schnell vollzogen, denn er war gnädiger als der Räuberscheich, der seine Opfer stundenlang zu Tode gefoltert hätte.

Vor dem Zelt schwoll der Lärm an, da die Kämpfer allmählich näher rückten. Mehrere Kugeln zerfetzten die Planen, und eine flog so dicht an Diana vorbei, daß sie den Kopf zur Seite drehte. Da entdeckte sie, woran Ahmed, von seinem blutigen Werk in Anspruch genommen, keinen Gedanken verschwendet hatte: die drei großen Nubier und ein Dutzend Araber, die lautlos aus dem Nebenraum hereingeschlichen kamen. Im Rausch des Augenblicks vergaß der siegreiche Scheich alle Vorsicht. Entsetzt sah Diana die Feinde an. In ihrer Sorge um Ahmed vergaß sie, daß sie sich eigentlich vor ihm fürchtete, und versuchte, ihn zu warnen. Aber sie brachte keinen Laut heraus. Deshalb kroch sie hastig zu ihm hinüber und tippte ihn auf den Rücken. Als er den toten Räuberscheich endlich losließ, stürmten die Feinde schon heran.

Wortlos schob er Diana hinter den Diwan und stellte sich ihnen entgegen. Beim Anblick seines Revolvers zögerten sie kurz, doch dann sprangen die Nubier hinter den Arabern hervor. Dreimal feuerte Ahmed; ein Nubier und zwei Araber stürzten. Doch die anderen warfen sich auf ihn, und Diana stellte fest, daß er umzingelt war. Dank seiner ungeheuren Kraft hielt er der Übermacht eine Weile stand.

Diana erhob sich taumelnd. Sie wußte nicht, wie sie ihm helfen sollte. Über dem Kampfeslärm hörte sie Saint Huberts Stimme und rief nach ihm, obwohl der Schrei ihr in der Kehle schmerzte. Auch Ahmed vernahm die Stimme seines Freundes. Mit einer verzweifelten Anstrengung gelang es ihm, die Angreifer abzuschütteln. Aber ein Nubier stand hinter ihm und schlug ihm eine schwere Keule auf den Kopf. Ein zweiter rammte ihm ein Messer in den Rücken. Bewußtlos brach der Scheich zusammen, während Saint Hubert und seine Leute das Zelt stürmten.

Rings um den reglosen Körper des Scheichs tobte die Schlacht. Diana versuchte ihn zu erreichen, wurde aber immer wieder von den Kämpfenden beiseite gestoßen, bis eine starke Hand nach ihr griff und sie fortzog. Verbissen wehrte sie sich, bis sie einen von Ahmeds Männern erkannte und den Widerstand geschwächt aufgab. Wie durch einen Nebel sah sie Saint Hubert, der sich einen Weg zu seinem Freund bahnte. Dann verlor sie kurz die Besinnung.

Als sie die Augen aufschlug, kniete der Vicomte neben dem Scheich. Ringsum standen seine Männer und warteten in stoischem Schweigen. Inzwischen waren die Feinde besiegt worden, und sie hatten nur Augen für ihren bewußtlosen Anführer.

Diana eilte zu Saint Hubert hinüber, der hastig aufblickte. «Alles in Ordnung?» fragte er besorgt, doch sie antwortete nicht. Was spielte ihr Befinden schon für eine Rolle?

«Wird er sterben?» flüsterte sie heiser. Beim Sprechen schmerzte ihre Kehle immer noch.

«Das weiß ich nicht. Wir müssen so schnell wie möglich von hier verschwinden, denn ich brauche Instrumente, die ich nicht bei mir habe. Außerdem könnten sich weitere Anhänger von Ibraheim Omair in der Nähe aufhalten und uns angreifen.»

Ängstlich betrachtete sie den Verwundeten. «Aber kann er denn reiten? Die Erschütterung ...»

«Dieses Wagnis müssen wir eingehen», erwiderte der Vicomte barsch.

Später erinnerte sich Diana nur noch undeutlich an den langen und beschwerlichen Rückweg zu Ahmed Ben Hassans Lager. Besorgt befürchtete sie, der bärenstarke Araber, der ihn festhielt, oder der Vicomte, der neben ihm ritt, könnte etwas sagen. Denn solange sie schwiegen, war ihr Geliebter noch am Leben. Doch die beiden Männer gaben kein Wort von sich, und Diana faßte für den Moment wieder Hoffnung.

Nur als der Trupp plötzlich anhielt, drohte ihr das Herz stehenzubleiben. Aber der Mann, der den schweren, schlaffen Körper des bewußtlosen Scheichs umklammerte, mußte sich nur ein wenig ausruhen. Obwohl er die Grenzen seiner Kraft erreichte, wollte er diese Ehre keinem anderen überlassen. Immer wieder drohte Diana in Ohnmacht zu fallen, und sie prallte gegen den Arm des Reiters an ihrer Seite. Als er «Allah!» flüsterte, schickte auch sie ein Stoßgebet zu ihrem eigenen Gott. Ahmed durfte nicht sterben! So grausam konnte der Allmächtige nicht sein!

Hin und wieder richtete Saint Hubert das Wort an sie, und seine sanfte Stimme beruhigte ihre Nerven. Während sie den Schauplatz des Hinterhalts passierten, erzählte er von der Begegnung mit Gaston. Hier wurden sie von einer Patrouille des Scheichs erwartet, denn der Vicomte hatte zwei Araber mit einer Nachricht ins Camp vorausgeschickt.

Der Morgen graute, als sie das Lager erreichten, und Diana sah ungewöhnlich stille Männer neben dem Hauptzelt stehen. Aber die Aufmerksamkeit galt nur der immer noch ohnmächtigen Gestalt, die vorsichtig vom schweißüberströmten Pferd gehoben wurde. Sie trugen ihn ins Zelt und betteten ihn auf den Diwan, wo Henri schon alles bereitgelegt hatte, was sein Herr brauchen würde.

Nur mühsam gelang es dem Vicomte, die Anhänger des Scheichs aus dem Zelt zu drängen. Diana stand neben dem Diwan und betrachtete den Geliebten. Durch die behelfsmäßigen Bandagen war das Blut gesickert, und der ganze Körper zeigte die Spuren des schrecklichen Kampfs. Diana griff nach der blutigen Hand, die über die Kante des Diwans hing. Als sie die kraftlosen Finger spürte, stieg ein Schluchzen in ihrer Kehle auf. Krampfhaft biß sie sich auf die Lippen, um ihr Zittern zu unterdrücken, und legte die Hand zurück auf die Kissen.

Mit hochgekrempelten Ärmeln, kam Saint Hubert näher. «Nun haben Sie genug ertragen, Diana. Ruhen Sie sich aus. Ich tue mein Bestes für Ahmed. Sobald ich fertig bin, gebe ich Ihnen Bescheid.»

Entschlossen schüttelte sie den Kopf. «Sparen Sie sich die Mühe, mich wegzuschicken, denn das ist sinnlos. Ich möchte Ihnen helfen. Wenn Sie mir nicht irgendeine Aufgabe zuteilen, verliere ich den Verstand. Sehen Sie! Meine Hände sind ganz ruhig!»

Widerspruchslos gab er nach. Die Schwäche, die sie am Vortag in seine Arme getrieben hatte, war der Angst um den Geliebten entsprungen. Doch angesichts der Gefahr ließ sie der Mut, der zu ihrem Wesen gehörte, nicht im Stich. In aller Eile begann der Vicomte zu arbeiten. Und Diana hielt tapfer durch. Ihr Gesicht war zwar leichenblaß, und unter ihren Augen lagen dunkle Schatten, aber ihre Hände bebten nicht. Ihre Stimme klang leise und gefaßt, obwohl sie Höllenqualen ausstand. Sie fühlte sich, als brenne die grausige Wunde, vom Messer des Nubiers verursacht, in ihrem eigenen Herzen. Und als Saint Hubert behutsam und geschickt den verletzten Kopf des Scheichs berührte, zuckte sie zusammen.

Nachdem Raoul sein Werk beendet hatte, wusch er sich die Hände, und Diana kniete neben Ahmed nieder. Würde er am Leben bleiben? Ihr Mut reichte nicht aus, um dem Vicomte noch einmal diese Frage zu stellen. Und sein Achselzucken, mit dem er Henris hochgezogene Brauen beantwortete, brachte Diana vollends zum Schweigen.

Voller Sorge betrachtete sie das reglose Gesicht. Erst vor wenigen Stunden war Ahmed ihr im Vollbesitz seiner Kräfte zu Hilfe gekommen. Nun lag er so schrecklich still da. Sie konnte nicht weinen. Unentwegt pochte und schmerzte ihre Kehle. Sie beugte sich vor, flüsterte seinen Namen und empfand den plötzlichen Wunsch, sich zu vergewissern, daß er noch lebte. Verstohlen warf sie einen Blick über die Schulter und hielt nach Saint Hubert Ausschau. Aber er stand draußen unter der Markise und sprach mit Yusef. Da neigte sie sich tiefer zu dem Bewußtlosen hinab. Sein Mund war leicht geöffnet, sein entspanntes Gesicht zeigte nicht den gewohnten strengen Ausdruck.

«Oh, Ahmed – mein Liebster!» hauchte sie und küßte ihn mit bebenden Lippen. Dann schmiegte sie die Stirn neben seinem verbundenen Kopf ins Kissen. Aber als der Vicomte zurückkehrte, kniete sie wieder neben dem Diwan wie zuvor, hielt eine Hand des Scheichs fest und verbarg ihr Gesicht in der seidenen Decke.

«Bitte, Diana ...» Saint Hubert berührte sie an der Schulter. «Quälen Sie sich nicht unnötig! Vorerst können wir nichts für ihn tun. Versuchen Sie, eine Weile zu schlafen. Wenn Sie hierbleiben, helfen Sie ihm nicht. Henri und ich werden bei ihm wachen, und sobald sich sein Zustand ändert, rufe ich Sie. Ehrenwort!»

Ohne aufzublicken, entgegnete sie: «Ich kann ihn nicht verlassen. Und ich würde ohnehin keinen Schlaf finden.»

Da bedrängte er sie nicht länger. «Also gut. Aber wenn Sie hier ausharren wollen, müssen Sie Ihre Reitstiefel ablegen und was Bequemeres anziehen.»

Da dieser Vorschlag vernünftig klang, gehorchte sie wortlos. Sie fühlte sich sogar erleichtert, nachdem sie sich den schmerzenden Kopf und den Hals gekühlt und den zerrissenen, schmutzigen Reitanzug mit einem dünnen seidenen Morgenrock vertauscht hatte.

Als sie in den Wohnraum zurückkehrte, schenkte Henri Kaffee ein, und Saint Hubert hielt ihr eine Tasse hin. «Bitte, trinken Sie das, es wird Ihnen guttun.» Er lächelte leicht, doch seine Augen blieben ernst.

Hastig leerte sie die Tasse und kniete sich wieder vor den Diwan. Ahmed lag genauso da wie vorhin. Eine Zeitlang betrachtete sie ihn, dann fielen ihr die Augen zu, ihr Kopf sank in die Kissen. Gleichzeitig wehmütig und zufrieden seufzte Saint Hubert, hob sie hoch und trug sie ins Schlafgemach.

Ehe er sie aufs Bett legte, hielt er zögernd inne. Ein einziger Augenblick in seinem ganzen Leben mochte ihm doch wohl gestattet sein. Nie wieder würde ihm das qualvolle Glück vergönnt sein, sie in seinen Armen zu halten und sie an sein Herz zu drükken, das sich schon seit dem gestrigen Tag verzweifelt nach ihr sehnte. Voller Verlangen betrachtete er das bleiche Gesicht, und seine Augen verengten sich beim Anblick der Würgemale an ihrem zarten weißen Hals.

Endlich lernte er die Liebe kennen, die er sein Leben lang erträumt und in vielen Ländern vergeblich gesucht hatte. Zu spät. Für ihn war die hilflose Schönheit in seinen Armen nicht bestimmt. Sie liebte Ahmed, der so lange gebraucht hatte, dieses kostbare Geschenk zu würdigen. Deshalb mußte Saint Hubert den Freund dem grimmigen Sensenmann entreißen, der drüben neben dem Diwan lauerte. Sonst würde das freudige Leuchten in ihren schönen Augen für immer erlöschen. Und doch – während er sie kummervoll und verzweifelt ansah, hörte er den Dämon der Versuchung flüstern.

Wie kein anderer kannte er seinen Freund. Welches Glück durfte eine Frau an der Seite Ahmed Ben Hassans erwarten, wenn sie seinem wilden Wesen und seinen jähen Stimmungsschwankungen ausgeliefert war? Vielleicht würde die plötzlich entflammte Liebe – entfacht von der Angst, er könnte Diana verlieren – genauso schnell verglühen, sobald er sie wieder besaß. Was er errungen hatte, war ihm stets wertlos erschienen. Wenn ihm etwas erst einmal gehörte, interessierte es ihn nicht mehr.

Würde es dieser armen jungen Frau genauso ergehen, die ihre übergroße Liebe zu Füßen des Mannes legte, der sie so mitleidlos behandelt hatte? Ihre Aussichten auf eine glückliche Zukunft waren sehr gering. Denn nachdem Ahmed genesen war, würde er sich so grausam und unbarmherzig verhalten wie eh und je. Von seinem leidenschaftlichen französischen Temperament und seiner Liebe getrieben, wünschte sich Saint Hubert nichts sehnlicher, als sie vor ihrem Elend zu retten.

Dann erschauderte er. Ließ er sich vom Überschwang der Gefühle mitreißen? Ahmed war sein Freund. Woher nahm er das Recht, ihn zu verurteilen? Zumindest mußte er ehrlich mit sich selbst sein und sich der Wahrheit stellen: Er begehrte, was ihm nicht zustand, und er tarnte seinen Neid mit einer Heuchelei, die ihm nun abstoßend erschien. Jetzt erschien es ihm wie eine Entweihung, Diana in den Armen zu tragen. Behutsam legte er sie auf die niedrige Couch, breitete die dünne Decke über ihre zarte Gestalt und ging langsam in den Nebenraum.

Er schickte Henri weg und setzte sich neben den Diwan, um Wache zu halten, bedrückt von einer Müdigkeit, die allerdings nicht körperlich war. Im großen Zelt herrschte eine beklemmende, unheilschwangere Stille, die an Saint Huberts ohnehin angespannten Nerven zerrte. Doch da er seine innere Ruhe dringend brauchte, riß er sich energisch zusammen. Ahmed Ben Hassan rührte sich nicht.

Erst als die ersten warmen Sonnenstrahlen ins Zelt fielen, bewegte er sich rastlos und murmelte im Fieberwahn. Der abwechselnd arabische und französische Wortschwall war zunächst unverständlich. Dann aber sprach der Kranke langsamer, und Saint Hubert hörte klare, stockende Sätze. Das Gesicht in den Händen vergraben, dankte er dem Allmächtigen, der Diana die Enthüllungen der letzten vier Monate ersparte.

«Zwei Reitstunden südlich von der Oase mit den drei abgebrochenen Palmen am Brunnen ...» Am Anfang sprach Ahmed arabisch, dann ging er zu fließendem Französisch über. «Still, kleine Närrin, jeder Widerstand ist zwecklos. Sie können nicht entkommen, ich lasse Sie nicht gehen ... Nun habe ich Sie hierhergebracht. Fragen Sie tatsächlich, warum? *Mon Dieu!* Das wissen Sie nicht? Sind Sie denn keine Frau? Nein! Ich werde Sie nicht schonen. Geben Sie mir freiwillig, was ich will, und ich werde Sie freundlich behandeln. Aber wenn Sie gegen mich kämpfen, bei Allah, werden Sie dafür büßen ... Ich weiß, du haßt mich. Das hast du mir bereits gestanden. Soll ich dich zwingen, mich zu lieben ... Immer noch ungehorsam? Wann wirst du begreifen, daß ich dein Herr bin ... Noch bin ich deiner nicht müde, du schöner, wilder kleiner *garçon manqué**. Du sagst, sie sei eingeschüchtert, Raoul. Und ich sage, sie ist zufrieden. Bereitwillig gibt sie mir alles, was ich von ihr verlange ... Vor vier

* falscher Junge

Monaten hat sie mich bekämpft. Warum empfinde ich keine Freude, nachdem ich sie endlich gezähmt habe? Warum begehre ich sie immer noch? Sie ist Engländerin, und ich lasse sie bezahlen für meinen Haß gegen dieses verfluchte Volk. Um mein Gelübde zu halten, habe ich sie gequält. Und ich begehre sie immer noch. Diane, Diane, wie schön du bist! ... Welcher Teufel zwingt mich, Raoul nach zwanzig Jahren zu hassen? Gestern abend sprach sie nur mit ihm, und als er ging, beschimpfte ich sie, bis ich das nackte Entsetzen in ihren Augen las. Sie fürchtet mich. Warum frage ich mich, ob sie ihn liebt? ... Als ich zu ihr ging, wußte ich, daß sie nicht schlief. Ich fühlte ihr Zittern an meiner Seite ... Und ich wollte Raoul töten, weil er sich weigerte, mich zu begleiten. Und deshalb kehrte ich nicht zu ihr zurück ... Allah! Wie lange dieser Tag war – auch für sie? Wird sie lächeln oder zittern, wenn ich heimkomme? ... Wo ist Diane? ... Diane, Diane, wie konnte ich wissen, wieviel du mir bedeutest? Wie sollte ich meine Liebe zu dir erkennen? ... Diane, Diane, mein Sonnenschein. Ohne dich ist das Zelt kalt und dunkel ... Ibraheim Omair! Dieser Teufel und Diane! Oh, Allah! Hilf mir, sie zu retten ... Wie die Schakale heulen ... Sieh doch, Raoul, da sind die Zelte ... Diane, wo bist du? ... *Grand Dieu!* Er hat sie gequält! ... Du wußtest doch, ich würde kommen, *ma bien-aimée*, nur noch ein paar Augenblicke. Sobald ich ihn getötet habe, werde ich dich umarmen. *Dieu!* Wenn du wüßtest, wie sehr ich dich liebe ... Diane, Diane, alles ist schwarz, und ich sehe dich nicht mehr, Diane, Diane ...»

Noch stundenlang erklang die müde, hoffnungslose Stimme: «Diane, Diane ...»

Neuntes Kapitel

Gegen Abend hob Diana benommen die schweren Lider. Der bittere Geschmack in ihrem Mund rührte von dem Betäubungsmittel her, das Saint Hubert ihr verabreicht hatte. Neben dem Bett lag ihre Kleidung bereit, gefaltet auf jene typische Weise, die Zilahs Werk verrieten. Doch das Mädchen selbst ließ sich nicht blicken.

Die Lampe brannte, und Diana wandte träge den Kopf zur Seite. Immer noch leicht verwirrt, schaute sie auf die Uhr. Das leise Glöckchen ertönte siebenmal.

Von plötzlichen Erinnerungen bestürmt, sprang Diana aus dem Bett. Seit sie den Kaffee getrunken hatte, waren über zwölf Stunden verstrichen. Nun erriet sie, warum Raoul ihr das Getränk aufgenötigt hatte, und sie versuchte, ihm dankbar zu sein. Aber das mißlang ihr angesichts der bangen Frage, was während ihres langen Schlafs geschehen war. In fieberhafter Hast zog sie sich an und eilte nach nebenan.

Dort standen mehrere Araber, die sie zum Teil nicht kannte. Vermutlich gehörten sie zum Verstärkungstrupp, den Ahmed Ben Hassan angefordert hatte. Zwei Männer, dem Aussehen nach untergeordnete Scheichs, sprachen leise mit Saint Hubert, der völlig erschöpft wirkte. Schweigend umringten die anderen den Diwan und musterten ihren bewußtlosen Anführer. Die Unrast und der Fieberwahn am Morgen waren einem totenähnlichen Tiefschlaf gewichen. Dicht neben ihm stand Yusef. Sein prahlerisches Selbstvertrauen hatte sich in dumpfe Niedergeschlagenheit verwandelt, und seine Augen, unverwandt auf Ahmeds Gesicht gerichtet, erinnerten an einen geprügelten Hund. Allmählich leerte sich das Zelt, bis nur der junge Leutnant zurückblieb. Auch er trat widerstrebend unter die Markise und wechselte einige Worte mit dem Vicomte, der die beiden Anführer hinausbegleitet hatte.

Nach einer Weile kehrte Saint Hubert zurück, holte einen Sessel für Diana und drückte sie mit sanfter Gewalt hinein. «Setzen Sie sich!» sagte er fast mürrisch. «Sie sehen wie ein Gespenst aus.»

Vorwurfsvoll starrte sie ihn an. «Sie haben mir etwas in den Kaffee geschüttet, Raoul. Glauben Sie, ich würde es Ihnen je verzeihen, wenn er gestorben wäre, während ich schlief?»

«Mein liebes Kind», entgegnete er in ernstem Ton, «Sie wissen nicht, wie nahe Sie einem Zusammenbruch waren. Hätte ich Sie nicht gezwungen zu schlafen, müßte ich nun drei Patienten versorgen anstatt zwei.»

«Gewiß, ich bin undankbar», flüsterte sie mit einem tapferen Lächeln.

Saint Hubert rückte einen Stuhl für sich selbst heran und ließ sich müde darauf nieder. In den letzten vierundzwanzig Stunden hatte er unter ungeheurer Anspannung gestanden. Und nun fürchtete er, seine ärztliche Kunst würde nicht ausreichen, um das Leben des Freundes zu retten. Neben dieser Angst und der körperlichen Erschöpfung hatte er den ganzen Tag einen harten Kampf mit sich selbst ausgefochten, um seine Eifersucht zu bezähmen und seine Liebe tief in seinem Herzen zu verschließen – einen kostbaren Schatz, den er für immer verbergen mußte. Seine treue Zuneigung zu Ahmed hatte die schwerste aller Prüfungen bestanden und war erneuert und gestärkt daraus hervorgegangen. Die Bitterkeit war verflogen, und der Wunsch, Diana glücklich zu sehen, verdrängte alle anderen Gefühle. Immerhin blieb ihm ein Trost – sie würde seine Hilfe und sein Mitleid brauchen, und das erfüllte ihn mit Dankbarkeit.

Über den Diwan hinweg blickte er sie an und stellte bedrückt fest, wie sehr sie sich in den letzten Stunden verändert hatte. Ihre jungenhafte Lebendigkeit war verschwunden. Ermattet und zusammengesunken kauerte ihre schlanke Gestalt in dem großen Sessel, dem bleichen Gesicht war das Leid deutlich anzusehen, und der Kummer in ihren großen Augen wirkte eindeutig weiblich. Aber wenn er die Verwandlung auch bedauerte – er wünschte fast, sie wäre endgültig zusammengebrochen, denn diese eiserne Selbstbeherrschung erschien ihm unnatürlich. Diana stellte keine Fragen und vergoß keine Tränen. Beides hätte er leichter ertragen als das stumme Elend, und er fürchtete die Folgen der unterdrückten Gefühle.

Tiefe Stille lastete im Raum. Etwas später trat Henri ein. Diana hob mühsam den Kopf und erkundigte sich nach Gastons Befinden, dann versank sie wieder in ihrem Schweigen und beobachtete Ahmeds Schlaf. Einmal stieß sie einen zitternden Seufzer aus, der dem Vicomte fast das Herz brach. Er stand auf, beugte sich über den Scheich und fühlte ihm den Puls.

Sobald er die schlaffen Finger auf die Decke zurückgelegt hatte, griff Diana danach. «Für einen Araber hat er sehr große Hände», meinte sie und schien unbewußt einen Gedanken auszusprechen.

«Er ist kein Araber», entgegnete Saint Hubert in plötzlicher Ungeduld, «sondern Engländer.»

Verwirrt blickte sie auf. «Das – verstehe ich nicht», stammelte sie. «Dabei haßt er doch alle Engländer...»

«*Quand même*, er ist der Sohn eines englischen Aristokraten. Seine Mutter war eine adelige Spanierin. In ihren Adern floß wie in vielen alten spanischen Familien maurisches Blut. Auch das typische Äußere hat sich über die Jahrhunderte vererbt. Und da Ahmed schon so lange in der Wüste lebt, wurde seine Haut noch dunkler. Hat er seine Herkunft nie erwähnt?»

Sie schüttelte den Kopf. «Manchmal habe ich mich gewundert ...» begann sie nachdenklich. «Er schien sich von den anderen Arabern zu unterscheiden, und ich konnte so viele Dinge nicht begreifen. Und es gab Augenblicke, in denen er mir durch und durch arabisch vorkam», fügte sie etwas leiser hinzu und erschauderte unwillkürlich.

«Nun sollen Sie die Wahrheit erfahren ... Ja, darauf haben Sie ein Recht», fuhr er entschieden fort, obwohl sie ihn zu unterbrechen suchte. «Was ich Ihnen mitteilen will, wird vieles erklären, und ich übernehme die Verantwortung. Sein Vater ist der Earl von Glencaryll.»

«Oh, ich kenne ihn!» rief sie verblüfft aus. «Er war mit meinem Vater befreundet. Erst vor wenigen Monaten sah ich ihn wieder, als ich mit Aubrey in Paris Station machte. Ein stattlicher alter Herr – so voller Zorn und Trauer. Jetzt weiß ich, warum mir Ahmeds schreckliches Stirnrunzeln so vertraut erschien. Die Carylls sind berühmt dafür! Aber – ich verstehe noch immer nicht ...» Sie betrachtete den Bewußtlosen, dann sah sie wieder den Vicomte an, und eine neue Sorge trat in ihre Augen.

«Am besten erzähle ich Ihnen die ganze Geschichte.» Saint Hubert lehnte sich in seinem Sessel zurück. «Vor sechsunddreißig Jahren besuchte mein Vater, ebenso reiselustig wie ich, seinen Freund hier in der Wüste – Scheich Ahmed Ben Hassan. Eine Zufallsbekanntschaft, wenige Jahre zuvor beim Kauf einiger Pferde entstanden, hatte sich zu einer tiefen, zwischen einem Franzosen und einem Araber ungewöhnlichen Freundschaft entwickelt. Und der Scheich war ein großartiger Mann, sehr gebildet, mit europäischen Neigungen. Wenn ihm die Art und Weise auch mißfiel, wie die Franzosen Algerien regierten – er persönlich wurde nicht davon betroffen, und so gab es keine Probleme. Das Gebiet, das er als sein eigenes betrachtete, lag zu weit im Süden, und er regierte seinen weitverstreuten Stamm mit strenger Hand, so daß er keine Einmischung der Behörden heraufbeschwor. Da ihn die Araberinnen nicht zu interessieren schienen, heiratete er nicht, und er lebte nur für seine Leute und seine Pferde. Mein Vater blieb mehrere Monate bei ihm. Kurz zuvor war meine Mutter gestorben, und er wollte schmerzlichen Erinnerungen entfliehen. Eines Abends, kurz nach seiner Ankunft im Lager, kehrte eine Truppe des Scheichs zurück, nachdem sie im Norden einige Geschäfte erledigt hatte, und brachte eine Frau mit, die in der Wüste umhergeirrt war. Wie sie dorthin gelangt und woher sie gekommen war, wußten die Männer nicht. Sie hatten die Frau zwar in der Nähe einer europäischen Ansiedlung aufgegriffen, entzogen sich aber wie die meisten Orientalen der Verantwortung und überließen es dem Scheich, über das Schicksal der Fremden zu entscheiden. Sie konnte keine Erklärung abgeben, da sie – unter dem Einfluß der sengenden Sonne oder aus anderen Gründen – vorübergehend von Sinnen war. Mit Verrückten gehen die Araber sehr sanft um. ‹Allah hat sie berührt›, pflegen sie zu sagen.

Und so wurde die Fremde im Zelt eines untergeordneten Scheichs einquartiert, dessen Gattin sie betreute. Eine Zeitlang war es fraglich, ob sie sich erholen würde. Außerdem erwartete sie ein Kind, was ihren Zustand noch verschlechterte. Nach einigen Tagen kam sie wieder zu sich, verriet jedoch weder, wer sie war, noch, woher sie stammte. Wenn man ihr Fragen stellte, bekam sie hysterische Weinkrämpfe, die ihrer Gesundheit schadeten. Doch sie beruhigte sich, sobald man sie in Ruhe ließ. Selbst dann zuckte sie beim leisesten Geräusch zusammen, und die Frau des Anführers berichtete, die werdende Mutter läge stundenlang weinend auf ihrem Bett. Sie war noch jung, höchstens neunzehn oder zwanzig. Ihrem Akzent entnahm mein Vater, daß sie Spanierin war. Allerdings gab sie keine Auskunft, nicht einmal über ihre Nationalität. Schließlich gebar sie das Kind, einen Jungen.»

Saint Hubert machte eine Pause und wies mit dem Kinn auf seinen Freund. «Auch nach der Geburt bewahrte sie ihr Geheimnis. Nichts konnte ihr Schweigen brechen – sie blieb unnachgiebig. In allen anderen Dingen war sie sanft und freundlich, ein zartes kleines Geschöpf mit seidigem schwarzen Haar und schönen dunklen Rehaugen. Oft genug hörte ich, wie mein Vater sie beschrieb, und ich habe sein Porträt von ihr gesehen – er war ein recht begabter Amateur. Dieses Bild hält Ahmed irgendwo unter Verschluß. Bei der Geburt starb sie beinahe, und sie kam danach nie wieder zu Kräften. Sie klagte nicht, sprach niemals von sich selbst und wirkte recht zufrieden, solange das Baby bei ihr war. In mancher Hinsicht war sie selber noch ein Kind. Offenbar fand sie ihren langen Aufenthalt im Lager des Scheichs nicht sonderbar. Sie hatte ein eigenes Zelt und Dienstboten, und die Frau des Anführers war ihr treu ergeben, ebenso wie die anderen Mitglieder des Stammes. Ihre Ankunft hatte etwas Geheimnisvolles an sich, das die abergläubischen Araber beeindruckte, und das Baby wurde geradezu vergöttert. Der Scheich, der noch nie in seinem Leben ein weibliches Wesen zweimal angeschaut hatte, lag ihr gleichsam zu Füßen. Später erzählte mir mein Vater, er habe niemanden gekannt, der so leidenschaftlich verliebt gewesen sei wie Ahmed Ben Hassan in diese Frau, die auf so seltsame Weise in sein Leben getreten war. Immer wieder flehte er sie an, ihn zu heiraten. Sogar mein Vater, der Mischehen verabscheut, bezweifelt nicht, daß sie mit Hassan glücklich geworden wäre. Aber sie wies ihn ab, ohne einen Grund zu nennen, und das Rätsel ihrer Herkunft blieb auch in den beiden Jahren ungelöst, die sie nach der Geburt ihres Sohnes noch zu leben hatte. Für den Scheich spielte ihre Weigerung keine Rolle, denn seine Liebe war grenzenlos.

Zum Zeitpunkt ihres Todes besuchte mein Vater das Lager gerade wieder. Da sie das Ende vorausahnte, erzählte sie ein paar Tage vorher ihre traurige Geschichte. Als einzige Tochter entstammte sie einer der ältesten spanischen Adelsfamilien – ebenso arm wie vornehm. Kurz nach ihrem siebzehnten Geburtstag war sie mit Lord Glencarryl verheiratet worden, den sie in Nizza kennengelernt hatte, als sie mit ihren Eltern diese Stadt bereiste. Zu dieser Ehe war sie ohne Rücksicht auf ihre eigenen Wünsche gezwungen worden, aber sie lernte ihren Mann lieben, obwohl sie ihn fürchtete. Er war sehr jähzornig, und in jenen Tagen trank er mehr, als er vertragen konnte. Unter dem Einfluß des Alkohols verwandelte er sich in einen wahren Teufel. Seine Frau, blutjung und nicht sehr weltgewandt, versäumte es oft aus reiner Nervosität, seine Wünsche zu erfüllen. Bedauerlicherweise war der Earl sehr streng und machte keinerlei Zugeständnisse an ihre Jugend und Naivität. Ihr Eheleben mußte ihr wie eine einzige Qual erschienen sein. Trotzdem liebte sie ihn. Während sie sich meinem Vater und dem Scheich anvertraute, beteuerte sie mehrmals, sie allein trage die Schuld an den Schwierigkeiten, weil sie so dumm gewesen sei. Über die Brutalität ihres Mannes ging sie hinweg.

Die ganze Wahrheit erfuhr mein Vater auch gar nicht aus ihrem Mund. Nach ihrem Tod zog er Erkundigungen ein. Offensichtlich war Lord Glencarryl mit seiner Frau nach Algerien gefahren, wo er sich zu einer Wüstenexpedition entschloß. Da er wieder einmal zu tief ins Glas geschaut hatte, wagte sie nicht, seine Pläne zu vereiteln, indem sie sich weigerte, ihn zu begleiten. Sie verschwieg ihm auch, daß ihre Niederkunft unmittelbar bevorstand. Also ritt sie mit ihm. Eines Abends ereignete sich etwas – was, wollte sie nicht verraten. Aber mein Vater sagte später, er habe niemals ein solches Entsetzen in den Augen einer Frau gelesen wie in jenem Moment, als die Spanierin diesen Teil ihrer Geschichte übersprang. Was immer auch geschehen war – sie wartete, bis alle im Camp schliefen. Dann floh sie in wilder Angst blindlings in die Wüste. Lieber wollte sie allen Gefahren trotzen als das Elend weiter ertragen. Ziellos lief sie weiter, erschrak vor jedem Geräusch und Schatten, sogar vor den funkelnden Sternen, die sie zu bewachen schienen und ihr den Weg wiesen. Schließlich hatte die Erschöpfung alle Gedanken betäubt. Sie erinnerte sich nur noch, daß sie im Zelt des Arabers zu sich gekommen war, der Ahmed Ben Hassans Truppe befehligte. Weil sie fürchtete, man würde sie zu ihrem Mann zurückbringen, wagte sie nicht, ihre Identität preiszugeben. Und nach der Geburt des Kindes hatte sie ihr Geheimnis noch entschlossener gehütet. Dem Knaben sollte das Leid erspart bleiben, das sie selbst erduldet hatte. Deshalb durfte er nicht in die Hände seines Vaters fallen, der in seiner Trunksucht immer wieder die Beherrschung verlor. Sie nahm meinem Vater und dem Scheich das Versprechen ab, den Earl erst dann von der Existenz seines Sohnes in Kenntnis zu setzen, wenn dieser volljährig war. Dann schrieb sie ihrem Mann einen Brief und vertraute ihn meinem Vater an. Außerdem übergab sie ihm ihren Ehering, der auf der Innenseite eine Inschrift trug, und ein Medaillon mit einer Miniatur des Lords. Beides hatte sie nie abgelegt, damit niemand das Bild und den Namen zu Gesicht bekam. Inständig bat sie den Scheich um Verzeihung, weil sie ihm soviel Kummer bereitet und verschwiegen hatte, daß sie nicht ledig war. Sie liebte ihren Mann bis zum Ende und hielt ihm die Treue. Aber in den letzten Tagen schien Ahmeds Ergebenheit ihr Herz zu berühren. Sie war glücklich, wenn er bei ihr saß, und sie starb in seinen Armen, seine Küsse auf den Lippen.

Da sie ihren Sohn in seine Obhut gegeben hatte, adoptierte er ihn und setzte ihn zu seinem Erben ein. So erhielt der jetzige Ahmed Ben Hassan den Namen, den die Herrscher dieses Stammes seit Generationen tragen. Das Wort des Scheichs war Gesetz, und niemand begehrte gegen seinen Wunsch auf. Außerdem hielt man den Kleinen für ein Glückskind und freute sich, als Hassan ihn zu seinem Nachfolger bestimmte. Die ganze leidenschaftliche Liebe, die er der Mutter geschenkt hatte, übertrug er nun auf den Sohn. Er betete ihn an, und während der Junge heranwuchs, hielt er Ahmed für seinen Vater. Wegen seines maurischen Bluts und des Wüstenlebens sah er wie ein echter Araber aus. Nach seinem fünfzehnten Geburtstag veranlaßte mein Vater seinen Freund, den Knaben auf eine Pariser Schule zu schicken, und weil der Scheich viel von Europa hielt, erklärte er sich einverstanden. Allerdings fiel ihm die Trennung von seinem geliebten Adoptivsohn sehr schwer, und der Abschied kostete ihn einige Überwindung. Damals, mit achtzehn, hatte ich soeben meine militärische Ausbildung begonnen. Mein Regiment war in Paris stationiert, wo auch mein Vater lebte, und ich verbrachte einen Großteil meiner Zeit zu Hause. Dort wohnte Ahmed, und so lernte ich ihn kennen. Was für ein hübscher, lebhafter Junge! In der Wüste werden junge Burschen viel früher erwachsen. In mancher Hinsicht wirkte er älter als ich, obwohl er drei Jahre jünger ist. Selbstverständlich war er in anderen Belangen noch ein Kind. Er besaß ein ungezügeltes Temperament und wehrte sich gegen alle Einschränkungen, die seinem natürlichen Freiheitsdrang auferlegt wurden. Genauso haßte er das Leben in der Großstadt. Bis jetzt hatte er stets seinen Willen durchgesetzt. An die unterwürfige Liebe des Araberstamms gewöhnt, war er nur bereit, dem Scheich zu gehorchen – und sonst keinem. Nun brachen stürmische Zeiten an, und ich bewunderte meinen Vater, der es immer wieder schaffte, den jungen Wilden zu zähmen. Ahmed mutete ihm nervenaufreibende Eskapaden zu, und seine Wirkung auf die Damen brachte ihn immer wieder in Schwierigkeiten. Nur die Drohung, man würde ihn in Schimpf und

Schande nach Algerien zurückschicken, konnte ihn bändigen. Er versprach, sich zu bessern, und um sein Mütchen zu kühlen, galoppierte er auf den Pferden meines Vaters durch den Bois de Bologne – bis er wieder über die Stränge schlug. Aber trotz seiner *diableries* war er liebenswert, und jeder mochte ihn.

Nachdem Ahmed ein Jahr bei uns in Paris zugebracht hatte, schickte mein Vater ihn – mit Rücksicht auf seine wahre Herkunft – zu einem Lehrer nach England, der auch mich unterrichtet hatte. Dieser hervorragende Schulmeister war an den Umgang mit schwierigen jungen Männern gewöhnt, und Ahmed machte gute Fortschritte bei ihm. Nicht, daß er allzu eifrig gearbeitet hätte – diesen Pflichten entzog er sich, indem er möglichst oft auf die Jagd ging. Es gab nur ein einziges Fachgebiet, das er ernsthaft studierte, nämlich die Veterinärmedizin, weil er wußte, daß sie ihm später bei der Pferdezucht nützen würde. Und sein Lehrer war klug genug, um ihn darin zu ermutigen. Zwei Jahre später kam Ahmed wieder zu uns nach Paris. Soeben war er aus der Wüste zurückgekehrt, wo er alle seine Sommerferien verbrachte. Mit jedem Mal ließ der Scheich ihn noch widerwilliger ziehen. Er fürchtete stets, die Zivilisation würde den Adoptivsohn zu sehr verlocken, vor allem, als er älter wurde. Aber obwohl sich der wilde Wüstenbewohner seit seinem ersten Aufenthalt bei uns sehr verändert hatte, blieb er im Herzen stets ein Araber. Inzischen hatte er sich zu einem Mann von Welt entwikkelt, sprach fließend Französisch und Englisch und verfügte über die nötigen Mittel, um sich zu amüsieren, denn der schwerreiche Scheich überhäufte ihn mit Geld. Während seines letzten Pariser Jahres wurde er ständig hofiert, in einer Weise, die den meisten Leuten den Kopf verdreht hätte. Doch er sehnte sich insgeheim immer nach der Wüste. Sie war es, die ihn lockte, nicht die Zivilisation. Nur unter der heißen Sonne wollte er leben, und er vergötterte den Mann, den er für seinen Vater hielt. Der Sohn und Erbe Ahmed Ben Hassans zu sein – darin sah er das höchste Ziel, das ein Mann erreichen konnte. Die Schmeicheleien und Aufmerksamkeiten, die seinem Reichtum und seinem guten Aussehen galten, bedeuteten ihm nichts. Auf den häufigen Bällen, die mein Vater veranstaltete, stand Ahmed stets im Mittelpunkt – ‹*le bel Arabe*› wurde er genannt, und er genoß einen *succès fou*, der ihn gräßlich langweilte.

Am Ende des Jahres bat er den Scheich schriftlich um die Erlaubnis, heimkehren zu dürfen, schüttelte den Pariser Staub von seinen Schuhen und fuhr in die Wüste. Ich begleitete ihn. Damals stattete ich dem Lager meinen ersten Besuch ab und beobachtete zum erstenmal Ahmed *en prince*. Bisher hatte ich ihn nur in europäischer Kleidung gesehen. Ich wäre fast in Ohnmacht gefallen, als ich am Morgen unserer Ankunft in Oran an Deck des Schiffs ging und einem leibhaftigen Araber gegenüberstand. Die weißen Gewänder und die dadurch veränderten Gebärden hatten ihn derart verwandelt, daß ich ihn kaum wiedererkannte. Im Hafen erwarteten ihn einige seiner Männer und jubelten ihm zu. Da ihn die französischen Beamten sehr ehrerbietig behandelten, erriet ich, welch großen Respekt der Scheich genoß. Den restlichen Tag verbrachten wir in Oran, wo Ahmed den Weitertransport seines beträchtlichen Gepäcks mittels einer Kamelkarawane arrangierte und einige Geschäfte für den Scheich erledigte. Abends wurden wir in eine Villa am Stadtrand eingeladen. Sie gehörte einem alten Araber, der uns großzügig bewirtete und Ahmed herzlich gratulierte, weil dieser den Klauen der widerwärtigen Franzosen entronnen war. Als Ahmed ihn auf die Anwesenheit eines widerwärtigen Franzosen hinwies, zeigte sich der alte Mann kein bißchen verlegen und winkte lässig ab. Diese Geste sollte wohl besagen, daß meine Nationalität nicht mein Fehler, sondern mein Pech sei. Danach versuchte er Ahmed einzureden, er müsse sofort eine oder zwei Frauen heiraten und zum

Wohle seines Stamms eine Familie gründen. Unterdessen tranken wir Kaffee, lauschten der eintönigen orientalischen Musik und beobachteten wilde Tänze. Der alte Araber forderte Ahmed auf, die hübscheste Tänzerin zu kaufen, und mein Freund begann mit ihm zu feilschen – nur zum Spaß, nicht aus tatsächlichem Interesse. Wahrscheinlich wollte er nur sehen, wie ich dieses Theater aufnehmen würde. Doch ich beteiligte mich nicht an dem Gespräch. Von der eigenartigen Atmosphäre wurde mir schwindlig, und ich flüchtete in mein Bett, während er immer noch um den Preis verhandelte.

Am nächsten Morgen brachen wir zeitig auf. Ein paar Meilen außerhalb der Stadt erwartete uns eine große Abordnung seiner Anhänger. Nun wiederholte sich die überschwengliche Begrüßung, die ich bereits am Vortag im Hafen miterlebt hatte, und seine Leute überschlugen sich förmlich vor Freude. Für mich war das eine völlig neue Erfahrung, und ich kann kaum beschreiben, was ich inmitten dieser johlenden Horde empfand, die wie verrückt herumgaloppierte und ihre Gewehre abfeuerte, bis ich fürchtete, ein Unfall würde sich kaum vermeiden lassen. Am stärksten beeindruckte mich Ahmeds Haltung. In stoischer Ruhe ließ er das Spektakel über sich ergehen, das ihm zustand. Sobald er genug davon hatte, hob er gebieterisch eine Hand, um dem wilden Treiben ein Ende zu setzen, und der Befehl wurde sofort befolgt. Grinsend wandte er sich zu mir um und entschuldigte sich für den Übermut seiner ‹Kinder›. Ich stand vor einem neuen Ahmed. Der Junge, den ich seit vier Jahren kannte, hatte sich plötzlich in einen Mann verwandelt, so daß ich mich wie ein Knabe fühlte. In Frankreich hatte ich naturgemäß den älteren Bruder gespielt, aber hier befand sich Ahmed auf seinem eigenen Terrain, und die Rollen wurden vertauscht. Bei der Ankunft im Lager empfing mich eine Szenerie, die jeden Bühnenregisseur entzückt hätte. Obwohl mein Vater und Ahmed mir einiges erzählt hatten, war ich nicht auf den verschwenderischen Glanz vorbereitet, mit dem sich der Scheich umgab. In den orientalischen Luxus mischten sich zahlreiche europäische Errungenschaften, die ein komfortables Lagerleben ermöglichten.

Gerührt beobachtete ich, wie freudig sich Ahmed und der Scheich begrüßten. Ich verbrachte eine wunderbare Zeit im Camp und reiste nur widerstrebend ab. Damals fesselte mich der Reiz der Wüste und ließ mich nie wieder los. Aber ich mußte nach Paris zurückkehren, um mein Medizinstudium zu beenden. Wehmütig ließ ich Ahmed in seiner angestammten Welt zurück, wo er glücklicher war, als ich ihn jemals in Paris gesehen hatte. In jenem Jahr war er neunzehn.

Nach seinem einundzwanzigsten Geburtstag mußte mein Vater das unangenehme Versprechen erfüllen, das ihm Lady Glencarryl auf ihrem Totenbett abgenommen hatte. Er schrieb an Lord Glencarryl und bat ihn, in einer Angelegenheit, die seine verstorbene Frau betraf, nach Paris zu kommen. In einem schmerzlichen Gespräch erzählte er dem Earl die ganze Geschichte. Der Brief, den die arme Frau ihrem Mann geschrieben hatte, der Ehering und das Medaillon, zusammen mit den Porträts, die mein Vater angefertigt hatte, ließen keinen Zweifel an der Wahrheit. Schließlich brach Glencarryl zusammen. Er gab zu, seine Gemahlin habe ihn mit gutem Grund verlassen, und unternahm keinen Versuch, sein Verhalten zu entschuldigen. Offen und ehrlich bekannte er sich zu der Sucht, deren Sklave er gewesen war und die es ihm unmöglich gemacht hatte, verantwortlich zu handeln. Was in jener schrecklichen Nacht geschehen war, wußte er nicht. Aber die Tragödie um seine verschwundene Frau heilte ihn von der Trunksucht. Er tat sein Bestes, um sie zu finden, und es dauerte viele Jahre, bis er die letzte Hoffnung aufgab. In bitterer Verzweiflung trauerte er um seine Gattin und ehrte ihr Andenken. Es war unmöglich, ihn nicht zu bemitleiden, denn er hatte für seine Schwäche mit einem unermeßlichen Leid bezahlt, wie es nur wenige Menschen erdulden müssen. Daß er Vater eines Sohnes war, überwältigte ihn beinahe. Inständig hatte er sich einen Erben gewünscht, der eines Tages seinen stolzen Namen tragen sollte, und der Gedanke, kinderlos zu sterben, war qualvoll gewesen. Das Wissen um Ahmeds Existenz beglückte ihn, und es bewegte mich zutiefst, seine Freude mit anzusehen. Natürlich konnte er die Ankunft seines Sohnes kaum erwarten.

Bis jetzt war Ahmed nicht eingeweiht worden. Denn mein Vater befürchtete, den Earl nicht überzeugen zu können und dadurch die Sache zu komplizieren. Aber da Lord Glencarryl seine Vaterschaft begeistert anerkannte, erübrigte sich eine weitere Verzögerung, und wir bestellten Ahmed nach Paris. Der alte Scheich ließ ihn im ungewissen. Seit Jahren fürchtete er den Zeitpunkt, da der Adoptivsohn von seiner wahren Herkunft erfahren sollte. Er glaubte, er würde Ahmed verlieren, es widerstrebte ihm, die Liebe des Jungen mit dem leiblichen Vater zu teilen. Außerdem wollte er nicht, daß ein anderer Anspruch auf Ahmed erhob. Und deshalb ließ es der Scheich nur dieses eine Mal an Mut fehlen. Er schickte Ahmed ahnungslos nach Paris und überließ es meinem Vater, ihm alles zu erklären. Jenen Tag werde ich nie vergessen. Es war vereinbart worden, Ahmed solle zuerst die Wahrheit erfahren und danach seinen Vater treffen. Am Morgen frühstückten wir gemeinsam, dann gingen wir ins Arbeitszimmer meines Vaters, der ihm so behutsam wie möglich die ganze Geschichte erzählte. Ahmed stand am Fenster, sagte kein einziges Wort, und als mein Vater innehielt, schwieg mein Freund immer noch. Sein Gesicht war unter der Sonnenbräune aschfahl geworden. Reglos starrte er meinen Vater an. Und plötzlich brach sich sein wildes Temperament Bahn. Es war eine schreckliche Szene. Wütend verfluchte er seinen leiblichen Vater auf arabisch und französisch, und mein Blut drohte zu gefrieren. Er verwünschte alle Briten, meinen Vater, der es gewagt hatte, ihn nach England zu schicken, und mich, den Mitwisser. Nur einen einzigen Menschen verschonte er, den Scheich, der letzten Endes die gleiche Verantwortung trug wie wir. Aber Ahmed erwähnte ihn nicht. Er weigerte sich, seinen leiblichen Vater zu sehen, erkannte ihn nicht an, verließ Paris noch am selben Abend und kehrte in die Wüste zurück – von Gaston begleitet. Schon vor einiger Zeit war besprochen worden, der junge Mann solle nach dem Ende seiner Dienstzeit bei der Kavallerie als Kammerdiener für Ahmed arbeiten. Der Brief, in dem Lord Glencarryl seinen Sohn um ein Gespräch bat, adressiert an Viscount Carryl – so lautete Ahmeds rechtmäßiger Titel –, wurde ungeöffnet an uns zurückgeschickt, mit dem Vermerk: *Inconnu. Ahmed Ben Hassan.*

Seit damals ist sein Haß gegen die Engländer eine fixe Idee, und er sprach nie wieder ein Wort Englisch. Wenn wir später auf Reisen gingen, brachte er mich oft in Verlegenheit, weil er einen weiten Bogen um alle Engländer machte, ohne seine Abneigung zu verhehlen. Manchmal mußte ich ihm die Kommentare englischer Mitreisender ins Französische oder Arabische übersetzen, falls er sie überhaupt zur Kenntnis nahm, was nur selten geschah. Welch eine unangenehme Farce... Nachdem er über seine wahre Herkunft informiert worden war, hatten wir ihn zwei Jahre lang nicht gesehen. Dann bat uns der alte Scheich um einen Besuch. Da wir nicht wußten, wie Ahmed uns empfangen würde, nahmen wir die Einladung nur zögernd an. Aber er begegnete uns, als wäre nichts geschehen, sprach nicht über die ganze Episode und erwähnte sie nie wieder. Für ihn war der Zwischenfall erledigt. Der Scheich warnte uns, jede Anspielung darauf würde zur Folge haben, daß Ahmed die Beziehung zu uns abbrach. Mein Freund war völlig verändert und hatte die liebenswerten Eigenschaften verloren, die ihm in Paris so viele Freunde gewonnen hatten. Seither ist er der grausame, gnadenlose Mann, den Sie kennen, Diana. Nur ein einziger Mensch stand seinem Herzen nahe – sein Adoptivvater, den er über alles liebte und verehrte. Einige Jahre später durfte auch ich mich wieder der alten Wertschätzung freuen. Und er war immer gut zu Gaston. Von diesen drei Ausnahmen abgesehen, schonte er niemanden. Weiß Gott, ich möchte ihn nicht verurteilen, er ist mein Freund, und ich liebe ihn. Jetzt kann ich Ihnen nicht mehr erzählen, als Sie bereits wissen.»

Ängstlich sah Saint Hubert Diana ins Gesicht. Aber sie erwiderte seinen Blick nicht, saß reglos da, eine Hand um Ahmeds schlaffe Finger geschlossen, die andere über ihre Augen gelegt.

«Es ist so leicht, jemanden zu verurteilen», fuhr der Vicomte fort, «und so schwierig, die Gefühle anderer Leute zu verstehen. Von Anfang an befand sich Ahmed in einer eigenartigen Lage. Und er besaß stets die Mittel, um sich alle Wünsche zu erfüllen.»

Nun entstand eine lange Pause, und Diana verharrte in ihrem Schweigen.

«Zu jener Zeit verfolgte mich der Fluch Ismaels *, und ich reiste unentwegt um die Welt. Manchmal begleitete mich Ahmed. Wir gingen in zahlreichen Ländern auf Großwildjagd. Ein paarmal besuchte er uns in Paris, doch das Heimweh trieb ihn schon nach wenigen Tagen in die Wüste zurück. Vor fünf Jahren starb der alte Scheich. Sicher hätte der gesunde, kräftige Mann noch lange gelebt, wäre er nicht bei einem Unfall verkrüppelt worden, dessen Folgen ihn einige Monate später das Leben kosteten. Ahmed hatte ihn aufopferungsvoll gepflegt. Tag und Nacht wachte er am Krankenbett. Danach übernahm er das Amt des Scheichs,

* Sohn Abrahams und der Hagar, der vom Vater verstoßen wurde und in die Wüste zog.

lebte stets bei seinem Stamm, interessierte sich nur für seine Leute und die Pferde und hielt an den überlieferten Traditionen fest. Da diese Menschen leicht erregbar, leidenschaftlich und eigenwillig wie Kinder sind, hat er niemals gewagt, sie allzulange allein zu lassen – insbesondere, weil die Gefahr namens Ibraheim Omair stets im Hintergrund lauerte. Wenn Ahmed Entspannung suchte, reiste er nur nach Algier oder Oran – niemals in fernere Länder…»

Plötzlich verstummte Saint Hubert. Was für ein taktloser Narr war er gewesen. Natürlich mußte Diana erraten, was Ahmed mit seinen Reisen in diese lebensfrohen Städte bezweckt hatte. Sicher hatten die unbedachten Worte des Vicomtes ihren Kummer noch vertieft, da sie in ihrer Feinfühligkeit gewiß schon beim bloßen Gedanken an solche Widerwärtigkeiten erschauderte. Falls Ahmed starb, würde sie schon verzweifelt genug sein. Also war es überflüssig, daß er sie mit Geschichten über die schlechten Seiten des geliebten Mannes quälte. Ungeduldig sprang Saint Hubert auf und eilte zum offenen Eingang, denn er spürte, daß sie jetzt allein sein wollte. Sie blickte ihm nach, dann sank sie neben dem Diwan auf die Knie.

Gewiß, Raoul war gedankenlos gewesen, aber er hatte ihr nichts Neues erzählt. Schon vor Monaten hatte Ahmed über sein früheres Liebesleben gesprochen, ohne ihre Gefühle zu schonen. Seufzend preßte sie ihre Wange an die Hand, die sie immer noch festhielt. Sie warf ihm nichts vor, konnte ihn nur lieben, ganz gleich, wie er sich verhalten hatte. Trotz all seiner Fehler und Schwächen liebte sie ihn. Jene Laster gehörten ebenso zu ihm wie seine attraktive äußere Erscheinung und die Stimmungsschwankungen, die so schwer zu ertragen waren. Anders kannte sie ihn gar nicht. Er stand außerhalb der Konventionen, die für gewöhnliche Männer galten. Deshalb durfte man keine normalen Maßstäbe an ihn legen. Dieser wilde Wüstensohn gehorchte nur seinem eigenen Gesetz und der Tradition und lehnte die Regeln der europäischen Gesellschaft ab. Von seinem leiblichen Vater hatte er ein stolzes, leidenschaftliches Temperament geerbt. Und der Adoptivvater hatte ihn zu einem herrischen Führer erzogen. Wenn man dazu das freie Wüstenleben und die Bewunderung seiner Anhänger in Betracht zog, wunderte es nicht weiter, daß Vorschriften und Verbote ihn nicht kümmerten. Deshalb konnte Diana ihn auch nicht als Engländer sehen. Die zufällige Tatsache seiner Herkunft spielte dabei keine Rolle. Für alle Zeiten würde er ein eingefleischter Araber bleiben.

Wenn er überlebte! Er *mußte* weiterleben! Oder sollte ein kraftvoller, mutiger Mann zugrunde gehen, niedergestreckt von einem Feigling, der ihn mit einer Übermacht hinterrücks überfallen und nicht gewagt hatte, ihm ins Gesicht zu sehen? Er durfte nicht sterben, selbst wenn er Dianas ganze Hoffnung auf Glück zunichte machen sollte. Sein Leben war ihr wichtiger als das eigene, und sie hätte alles für ihn geopfert. Wenn er nur genas, würde sie es sogar ertragen, daß er sie verstieß. Er war so jung, so stark. Und es gab so vieles, was sein Leben lebenswert machte. Sein Stamm brauchte ihn. Warum konnte sie nicht an seiner Stelle sterben? In früheren Zeiten waren die Götter gnädiger gewesen, hatten die Gebete glückloser Liebender erhört und ihnen gestattet, ihr Leben für das des anderen hinzugeben. Würde der Allmächtige doch auch *ihre* Bitte erfüllen und sie zu sich holen – nicht Ahmed... Wenn! Wenn!

Vorsichtig strich sie über seine Brust, voller Angst, die zarte Berührung könnte seinem geschundenen Körper Schmerzen bereiten. Dann musterte sie lange und eindringlich sein Gesicht. Das schwarze Haar war unter Bandagen verborgen, die sich grellweiß von der gebräunten Haut abhoben. Die langen dichten Wimpern verhüllten die Glut seines Blicks. Der Schlaf entspannte die kantigen Züge und ließ ihn jünger erscheinen. In vielen Nächten hatte sie ihn beobachtet und überlegt, wie er wohl als Junge gewesen sein mochte, ehe er sich zu dem unbarmherzigen Mann, ihrem Entführer, entwickelt hatte.

Jetzt, da sie die Geschichte seiner Jugend kannte, fand sie ihn liebenswerter denn je. Was für ein Mann er wohl geworden wäre, hätte die zierliche dunkeläugige Mutter weitergelebt, um ihn mit ihrer Sanftmut zu beeinflussen? Diese arme, hilflose, zerbrechliche Frau – und doch stark genug, um den Sohn vor einer drohenden Gefahr zu retten... Für diesen Mut hatte sie mit ihrem Leben bezahlt, in der beruhigenden Gewißheit, daß ihr Kind gerettet war.

Diana dachte an ihre eigene Mutter, die in den Armen eines liebevollen Ehemanns gestorben war – und dann wieder an die Spanierin, eine Fremde in einem fremden Land. Dort hatte sich ihr Herz nach dem immer noch geliebten Gatten gesehnt. Erst im Todeskampf suchte sie Trost an der Brust des Mannes, der sie so lange vergeblich umworben hatte.

Plötzlich wurde Diana von heißer Eifersucht auf die beiden toten Frauen gequält. Sie waren innig geliebt worden. Warum blieb ihr diese Freude versagt? Was hatte sie verbrochen, um diesen Kummer zu verdienen? Warum konnte Ahmed sie nicht lieben? Andere Männer hatten sie angeschwärmt, aber der einzige, der ihr etwas bedeutete, erwiderte ihre Gefühle nicht. Würde sie je wieder in seinen Armen liegen und seine Leidenschaft spüren? Darum betete sie in wachsender Verzweiflung. Schluchzend rang sie nach Atem. «Ahmed, *mon bel Arabe*», flüsterte sie inbrünstig.

Nach einer Weile stand sie auf, denn sie fürchtete, zusammenzubrechen und der Angst und Sorge nachzugeben, die sie peinigten. Ohne nachzudenken, suchte sie Hilfe und Trost bei dem Menschen, der ihr beides so großmütig bot. Sie folgte dem Vicomte vor das Zelt. In der Nacht wurde der Platz vor der Markise normalerweise von allen Stammesmitgliedern gemieden. Sogar die Wächter pflegten sich in einiger Entfernung aufzuhalten. Aber jetzt standen oder saßen die Araber dicht vor dem Eingang in kleinen Gruppen beisammen und sprachen ernst miteinander. Zwischen den Palmen am Rand der Oase entdeckte Diana mehrere Reiter. Yusef und seine Männer wollten nichts riskieren, denn es bestand immer noch die Gefahr eines Überraschungsangriffs von Ibraheim Omairs Anhängern.

«Sicher sind Sie müde, Raoul», begann Diana und legte eine Hand auf seinen Arm, denn sie brauchte nicht nur seelischen Beistand. Diese freimütige Berührung jagte einen Schauer durch seinen Körper, aber er beherrschte sich und umfaßte ihre kalten Finger.

«Daran darf ich jetzt nicht denken. Vielleicht kann ich mich später ein bißchen ausruhen, wenn Henri die Wache übernimmt. Von der ärztlichen Kunst versteht er fast genausoviel wie ich, der unvergleichliche Henri. Ahmed und ich haben oft über die Vorzüge unserer beiden Diener gestritten.» Als er den Namen des Scheichs erwähnte, spürte er, wie Dianas Hand seinen Arm noch fester umschloß, und er hörte einen halberstickten Seufzer. Eine Zeitlang standen sie schweigend nebeneinander und beobachteten die Araber, bis einer aufstand und zu ihnen kam, um Saint Hubert eine Frage zu stellen.

«Die Leute sind rastlos», erklärte Raoul, nachdem der Mann seinen Gefährten den schwachen Trost übermittelt hatte, den der Vicomte ihm spenden konnte. «Für sie alle ist Ahmed ein Gott, dem sie in treuer Liebe ergeben sind. Nun machen sie sich große Sorgen um ihn. Yusef, sein Stellvertreter, hat sich zum erstenmal in seinem Leben der Religion zugewandt und mit dem frommen Abdul gebetet, weil er denkt, Allah würde ihn eher erhören, wenn er seine inständige Bitte in Gesellschaft eines wahrhaft Gläubigen zum Himmel schickt.»

Inzwischen waren Dianas Gedanken zu der Geschichte zurückgekehrt, die Saint Hubert ihr erzählt hatte. «Weiß Lord Glencarryl, daß Sie Ahmed besuchen?»

«Oh, ja. Er hat sich mit meinem Vater angefreundet und besucht uns oft in Paris. Immerhin stellen wir seine einzige Verbindung zu Ahmed dar. Er will alles wissen, was wir über seinen Sohn erfahren, und er klammert sich nach wie vor an die Hoffnung, Ahmed würde seine starre Haltung eines Tages aufgeben. Seit damals ist der Earl nie mehr an ihn herangetreten, weil er erkannt hat, wie sinnlos es wäre. Sollte es jemals zu einer Verständigung kommen, muß sie von Ahmed ausgehen. Hin und wieder hätten sie sich beinahe zufällig getroffen. Und einmal sah Glencarryl ihn in der Oper. Er verbrachte einige Monate in Paris und mietete eine Loge. Direkt gegenüber lag unsere eigene, und ehe die Vorstellung begann, ging ich auf die andere Seite des Hauses, um mit ihm zu reden. Mehrere Freunde leisteten ihm Gesellschaft. Während wir uns unterhielten, betrat Ahmed die Loge meines Vaters und blickte in den Zuschauerraum hinab. Irgend etwas ärgerte ihn, und er runzelte die Stirn. Da war die Ähnlichkeit unverkennbar. Glencarryl sank stöhnend an meine Schulter. ‹Guter Gott, wer ist das?› fragte er. Wahrscheinlich merkte er gar nicht, daß er laut gesprochen hatte. Ein Mann, der neben ihm stand, schaute hinüber und lachte. «Ah, das ist Saint Huberts wilder Freund, der Wüstensohn. Sieht ziemlich verwegen aus, finden Sie nicht. Die Frauen nennen ihn *le bel Arabe*. Aber man muß ihm lassen, daß er im Abendanzug eine bessere Figur macht, als die meisten Eingeborenen. Angeblich haßt er die Engländer. Also sollten Sie ihm aus dem Weg gehen, Glencarryl, wenn Sie nicht wollen, daß er Ihnen die Kehle durchschneidet – oder welche Methoden solche Kerle sonst haben, um ihren Mitmenschen den Garaus zu machen. Raoul kann Ihnen alles über ihn erzählen. Das war nicht nötig. Glücklicherweise erloschen die Lichter, und die Oper begann. Noch vor ihrem Ende überredete ich den Earl, das Theater zu verlassen.»

Unwillkürlich verspürte Diana Mitleid mit dem einsamen alten Mann, der das Unmögliche erhoffte. Auch er kämpfte vergeblich gegen Ahmed Ben Hassans unbeugsamen Willen. Sie unterdrückte ein Zittern und kehrte mit Saint Hubert ins Zelt zurück. Vor dem Diwan blieben sie stehen und betrachteten den Kranken. Dann hob Diana langsam den Kopf, und Raoul las eine schmerzliche Frage in ihren Augen. «Das weiß ich nicht», sagte er leise, «alle Dinge liegen in Allahs Hand.»

Zehntes Kapitel

Die Nacht wurde heißer, und es war schwül und drückend. In einem dünnen Seidenkimono hatte sich Diana am Rand des breiten Betts ausgestreckt und stützte den Kopf auf mehrere Kissen. Das Licht einer kleinen Lampe fiel auf das Buch in ihren Händen. Aber sie las die aufgeschlagene Seite nicht. Es war Raouls neuestes Werk, das er mitgebracht hatte.

Doch sie konnte sich nicht auf die Lektüre konzentrieren. Und so lag das Buch unbeachtet auf ihren Knien, während ihre Gedanken in die Ferne schweiften. Drei Monate waren verstrichen, seit Saint Hubert die Hoffnung, das Leben des Scheichs zu retten, fast aufgegeben hätte. Jener Nacht folgten bange Tage. Diana war nur mehr ein müder Schatten ihrer selbst, und die schreckliche Zeit hinterließ Spuren in Raouls Seele, die niemals verschwinden würden. Aber dank seiner Kraft und guten körperlichen Verfassung genas Ahmed. Nach den ersten Wochen erholte er sich sehr schnell.

Seit Diana seinen Tod nicht mehr befürchten mußte, war es eine reine Freude, ihn zu betreuen. Entschlossen, nur für den Augenblick zu leben, verbannte sie alle anderen Gedanken, genoß ihr Glück an Ahmeds Seite und das Wissen, daß er sie brauchte. Meistens diente sie ihm schweigend, denn er lag oft stundenlang reglos da, die Augen geschlossen, und sagte kein Wort. Und Diana wußte nicht, warum es ihr jedesmal die Sprache verschlug, wenn sie miteinander allein waren.

Nur ein einziges Mal erwähnte er den Kampf mit seinem Erzfeind. Als sie sich eines Tages über ihn beugte, umschloß er ihr Handgelenk und sah ihr forschend in die Augen – zum erstenmal seit der Nacht, in der sie vor seinen Beschimpfungen geflohen war. «Bin ich... rechtzeitig gekommen?» flüsterte er stockend, und sie nickte, die Wangen feuerrot. Da senkte er den Blick und wandte den Kopf ab, ohne ein weiteres Wort, zu schwach, um ein heftiges Zittern zu unterdrücken.

Doch das Glück, ihn pflegen zu dürfen, war ihr nicht lange vergönnt. Sobald seine Kräfte zurückkehrten, richtete er es so ein, daß sie nur selten allein waren. Zweimal täglich forderte er sie auf, mit Saint Hubert oder Henri auszureiten, und zog es vor, allein zu bleiben oder Gaston Gesellschaft zu leisten, der sich ebenfalls von seinen Wunden erholte.

Später empfing er seine untergeordneten Scheichs, die aus verschiedenen Lagern anreisten. Und so vergingen die Tage. Mehr und mehr wurde Diana der Vertrautheit beraubt, die ihr so kostbar gewesen war. Den Großteil ihrer Zeit verbrachte sie mit Saint Hubert. Das gemeinsame Leid hatte sie zusammengeschweißt, und sie fragte sich manchmal, wie ihre Kindheit verlaufen wäre, hätte Raoul sie anstelle ihres Bruders erzogen. Dem Vicomte schenkte sie die schwesterliche Zuneigung, die sie für Aubrey niemals empfunden hatte. Da Raoul sich zu beherrschen wußte, fand er sich mit der Rolle des Bruders ab, die sie ihm unbewußt zuteilte.

Allerdings fiel ihm das zunehmend schwerer, und es gab Tage, an denen er die gemeinsamen Reitausflüge fürchtete. Wenn er glaubte, der Belastung nicht mehr standhalten zu können, deutete er an, er würde gern abreisen. Aber der Scheich bat ihn jedesmal, noch zu bleiben.

Ahmed war bald vollends genesen, und das Lagerleben folgte wieder dem gewohnten Gang. Da die Verstärkung nicht mehr gebraucht wurde, kehrten die Männer in ihre eigenen Camps zurück. Nach Ibraheim Omairs Tod hatte sich sein Stamm zerstreut und weiter südlich angesiedelt. Keiner der Anführer war stark genug, um die Position des Scheichs zu übernehmen, denn Ibraheim hatte keinem seiner Anhänger die Macht und den Reichtum eines potentiellen Rivalen zugestanden. Nun war der Stamm in verschiedene kleine Gruppen zerfallen. Ahmed Ben Hassan hatte sein Versprechen, das er dem Adoptivvater auf dem Totenbett gegeben hatte, gehalten und die Wüste nach vielen Jahren endlich von einer Bedrohung befreit.

Inzwischen verstand er sich mit dem Vicomte wieder so gut wie vor dem Abend, an dem Raouls sanfte Kritik die Wut und Eifersucht des Scheichs erregt hatte. Die Erinnerung an jene gräßliche Woche vor Dianas Entführung war von den folgenden Ereignissen ausgelöscht worden. Nie wieder sollte ein Schatten auf die Freundschaft fallen, nachdem Saint Hubert freiwillig beiseite getreten war und seine eigenen Gefühle dem Glück Ahmeds geopfert hatte.

Mit der Genesung des Scheichs kehrte auch die kühle Haltung zurück, unter der Diana unsäglich litt. Er behandelte sie höflich und gleichgültig. So oft wie möglich ging er ihr aus dem Weg, und die ständige Gegenwart des Vicomtes verhinderte zusätzlich die Annäherung. Unauffällig, aber wirksam sorgte Ahmed dafür, daß Raoul ihn niemals mit ihr allein ließ. Er bezog sie zwar in die Gespräche ein, doch er redete sie nur selten direkt an. Wenn sie seinem prüfenden Blick begegnete, stieg ihr das Blut in die Wangen, und er runzelte wie immer die Stirn. Während der Mahlzeiten war es Raoul, der Konversation machte, viele verschiedene Themen anschnitt und kein peinliches Schweigen zuließ. Danach befaßten sich die Männer mit dem neuen Buch des Vicomtes, für das er Material sammelte, und der Scheich beantwortete bereitwillig alle Fragen.

Wenn Diana sich zurückgezogen hatte, hörte sie noch stundenlang die beiden tiefen melodischen Stimmen, wobei sie Raouls sofort an der schnelleren und lebhafteren Sprechweise erkannte. Schließlich kehrte er in sein Zelt zurück, und Gaston kam lautlos herein. Normalerweise entließ der Scheich seinen Diener am Abend, doch seit er wieder genesen war, ließ er sich ausschließlich von ihm betreuen. Manchmal wechselten sie nur ein paar knappe Worte, zuweilen unterhielten sie sich auch stundenlang. Und irgendwann wurde es still im Raum.

Verzweifelt vergrub Diana das Gesicht in den Kissen. Sie litt unter ihrer Einsamkeit und sehnte sich nach den starken Armen, die sie einst gefürchtet, den Küssen, die sie verabscheut hatte. Seit seiner Verwundung schlief Ahmed im Wohnraum. Sie warf sich rastlos auf dem breiten Bett umher und fühlte sich so gedemütigt wie noch nie in ihrem Leben. Niemals hatte er sie geliebt. Und jetzt begehrte er sie nicht einmal mehr. Er brauchte sie nicht, für ihn war sie unwichtig.

Oft blieb sie bis zum Morgengrauen wach und lauschte müde den Schlägen der kleinen Uhr, gequält vom bitteren Wissen um ihre überflüssige Existenz. Seine Gleichgültigkeit war für sie die schlimmste Beleidigung. In ihren einsamen Stunden grübelte sie über die Vergangenheit nach. Und wenn sie doch endlich einmal einschlief, erwachte sie zitternd und atemlos aus bösen Träumen und tastete nach Ahmed, bis ihr die grausame Wirklichkeit wieder bewußt wurde.

Auch tagsüber war sie allein. Sobald er wieder im Sattel sitzen konnte, ritt er täglich mit Raoul aus, besuchte entfernte Lager seines Stammes und übernahm erneut alle Angelegenheiten, die während der langen Krankheit die untergeordneten Scheichs geregelt hatten.

Endlich verkündete der Vicomte, er könne seinen Aufenthalt nicht mehr verlängern und müsse nach Marokko weiterreisen. Von Oran aus wollte er mit einem Küstendampfer nach Tanger fahren und dort eine Karawane für seine Tour durch Marokko mieten. Nachdem er seinen Entschluß gefaßt hatte, bereitete er den Aufbruch in aller Eile vor, so daß beinahe der Eindruck entstand, er würde die Flucht ergreifen.

Für Diana bedeutete seine Abreise den Beginn einer Krise, die nicht mehr hinausgezögert werden konnte. Die Situation war unerträglich. Am Vorabend hatte sie sich von Raoul verabschiedet. Sie ahnte noch immer nicht, was er für sie empfand, und wunderte sich nur über die Trauer in seinen Augen und seine ungewohnte Einsilbigkeit. Soviel wollte er sagen, wagte es aber nicht. Weder Diana noch Ahmed durften jemals erfahren, wie es in seinem Herzen aussah, und so setzte er das Spiel bis zum Ende fort. In jener Nacht drangen die Stimmen aus dem Wohnraum nicht mehr lange ins Schlafgemach herüber. Bei Tagesanbruch war er mit Ahmed davongeritten. Sie hatte nicht mehr geschlafen und die Hufschläge gehört. Beinahe wünschte sie, Raoul wäre geblieben, denn seine Anwesenheit hatte sie ein wenig von ihrem Kummer abgelenkt. Nun wirkte das Camp sehr einsam, der Tag endlos.

Sie war mit Gaston ausgeritten, hatte allein zu Abend gegessen, und nun wartete sie auf die Rückkehr des Scheichs. In welcher Stimmung würde er eintreffen? Seit Raoul seine Abreise angekündigt hatte, war Ahmed noch schweigsamer und unnahbarer gewesen. Das Buch glitt zu Boden, und sie ließ es unbeachtet liegen. Heute nacht erschien ihr die Wüste unnatürlich still. Als sie ein Pferd in der Ferne wiehern hörte, zuckte sie zusammen, und ihr Herz begann heftig zu hämmern.

Am frühen Abend waren die Tamtams der Araber erklungen, begleitet von der eintönigen Melodie einer schrillen Flöte. An diese lärmende Musik hatte sich Diana längst gewöhnt. Sie lauschte ihr jeden Abend und empfand sie nicht als unangenehm, sondern als beruhigend. Als sie diesmal verstummte, war das Schweigen so unerträglich, daß Diana jedes Geräusch vorgezogen hätte. Ihre Nerven waren zum Zerreißen gespannt, und sie fühlte sich so unruhig, daß sie nicht mehr klar denken konnte.

Nun war sie der Grausamkeit des Scheichs wieder hilflos ausgeliefert. Wie würde er sie behandeln? Ihre Hände umklammerten ihre Knie. Hin und wieder lauschte sie mit angehaltenem Atem, damit ihr auch nicht das leiseste Geräusch entging, das seine Rückkehr verkündete. Und gleichzeitig fürchtete sie sich davor. Obwohl sie sich leidenschaftlich nach ihm sehnte, war ihr bang. Er hatte sich so verändert, daß er ihr fast wie eine Fremder vorkam.

Bedrückt sah sie sich in dem Raum um, in dem sie soviel Freude und Leid erfahren hatte. Früher hatte sie unerschütterliche Nerven besessen, doch heute überstürzten sich die beängstigenden Gedanken. Die Luft schien förmlich zu knistern. Die kleine Lampe warf zwar einen Lichtkegel auf das Bett, aber der restliche Raum lag im Dunkel. In den Ecken tanzten schwankende Schatten. Ansonsten vertraute Vorhänge und Gegenstände nahmen unwirkliche Formen an, und Diana beobachtete sie furchtsam. Schließlich rieb sie sich die Augen und lachte ärgerlich auf. Hatte die Liebe sie völlig verändert und in einen Feigling verwandelt? Brachte dieses übermächtige Gefühl sie um den letzten Rest ihres Verstandes? Natürlich wußte sie, welche Veränderung mit ihr vorgegangen war. Noch nie hatte sie sich etwas vorgemacht oder versucht, ihren Eigensinn und Stolz zu bezähmen.

Wieder einmal dachte sie an die letzten Monate, in denen ihr ganzes Leben durcheinandergeraten war. Ihre letzte leichtsinnige Eskapade, für die so so teuer bezahlt hatte, war Ergebnis ihres Hochmuts und ihres Dickkopfes gewesen. Sie hatte die Expedition in die Wüste trotz aller Warnungen angetreten. Und Ahmed Ben Hassan, noch viel entschlossener und hochmütiger als sie, hatte sie gezähmt wie eines seiner großartigen Pferde. Er war grausam und gnadenlos gewesen, hatte keine Halbheiten hingenommen und sie durch reine Willenskraft zum Gehorsam und zur völligen Unterwerfung gezwungen. Wie leidenschaftlich sie ihn gefürchtet und gehaßt hatte – bis der Haß einer ebenso feurigen Liebe gewichen war.

Warum sie ihn liebte, wußte sie nicht. Nie war es ihr gelungen, dieses übermächtige Gefühl zu erklären. Doch sie liebte ihn nicht nur wegen seiner Schönheit und animalischen Kraft. Und diese grenzenlose Liebe hatte ihren Stolz gebrochen, so daß sie sich demütig ihm zu Füßen geworfen hatte. All die Liebe, die jahrelang in ihr geschlummert hatte, schenkte sie diesem Mann. Mit Leib und Seele gehörte sie ihm.

Und die Veränderung zeigte sich deutlich in ihrem Gesicht. Die Arroganz in ihren Augen war einer zärtlichen Wehmut und dem Glanz ständiger Erwartung gewichen. Und der trotzige Mund hatte den verächtlichen Zug verloren. Seit der Verwandlung war sie schöner denn je. Doch die Liebe wurde von der Furcht überschattet, die sie seit der ersten Begegnung empfand – und die nicht einmal in den glücklichen Wochen vor Saint Huberts Ankunft ganz verflogen war. Dazu kam jene andere, noch größere Angst vor dem Ende, die sie manchmal veranlaßte, rastlos im Zelt auf und ab zu laufen, als versuchte sie, der drohenden Gefahr zu entfliehen.

Der Gedanke, er könnte ihrer müde werden, begleitete sie unentwegt, auch jetzt, und sie bemühte sich wie immer, ihn zu verdrängen. Aber er verfolgte sie wie ein Gespenst. Immerhin stand es fest, daß er sie nicht aus Liebe in sein Lager geholt hatte – nur, um eine flüchtige Begierde zu stillen. Er hatte sie gesehen, begehrt und entführt. Und sobald sie in seiner Gewalt gewesen war, hatte es ihn amüsiert, ihren Widerstand zu brechen. Das alles wußte sie. Stets blieb er ehrlich, niemals gab er vor, sie zu lieben.

Wenn es ihm gefiel, konnte er sogar zärtlich sein, so wie in jenen wenigen wunderbaren Wochen. Doch diese Sanftmut entsprang keiner Liebe. Kein einziges Mal hatte sie in seinen Augen das ersehnte Licht gesehen. Seine Liebkosungen wirkten leidenschaftlich oder achtlos, je nach Lust und Laune.

Von seiner Liebe ahnte sie nichts. In den langen Stunden seines Deliriums war sie nicht bei ihm gewesen, hatte das Gestammel des Fieberwahns nicht gehört, an das sich Raoul de Saint Hubert so verzweifelt erinnerte. Und seit Ahmeds Genesung verstärkte sein Gleichmut ihre Angst. Für sein Schweigen und die Beharrlichkeit, mit der er ihr aus dem Weg ging, gab es nur eine einzige Erklärung: Die flüchtige Leidenschaft war erloschen. So als hätte das Blut aus seiner schrecklichen Wunde auch jegliches Gefühl ausgeschwemmt. Diana interessierte ihn nicht mehr, und er suchte nach Mittel und Wegen, um sie loszuwerden. Nun wurde ihr klar, daß sie schon seit Wochen damit rechnete. An diesem Abend fand sie zum erstenmal den Mut, sich die Wahrheit einzugestehen. Alles wies darauf hin – der seltsame Ausdruck in seinen Augen, das Stirnrunzeln.

Stöhnend legte sie einen Arm über ihr Gesicht. Ahmed war ihrer müde. Und ihre ganze Welt stürzte ein. Der Kampfgeist, noch so stark an dem Tag, als Ibraheim Omair sie entführt hatte, starb mit dem Ende aller Hoffnungen. Jetzt besaß sie keinen Mut mehr. Gegen seine Willenskraft vermochte sie nichts auszurichten. Und mit einer Schicksalsergebenheit, die sie in der Wüste gelernt hatte, fügte sie sich ins Unvermeidliche.

In dumpfer Verzweiflung fragte sie sich, was aus ihr werden sollte. Das spielte keine große Rolle. Jetzt, da er sie nicht mehr begehrte, war alles gleichgültig geworden. Ihr früheres Leben lag in weiter Ferne, in einer anderen Welt. Dorthin konnte sie nie mehr zurückkehren. Jene Vergangenheit bedeutete ihr nichts mehr. Hier in der Wüste, in Ahmed Ben Hassans Armen, war sie endlich erwacht. Hier hatte sie erfahren, was das Leben wirklich bedeutete, und hatte unendliches Glück und namenloses Leid kennengelernt.

Leer und bedrohlich erstreckte sich die Zukunft vor ihr. Mit einem Schluchzen verscheuchte sie dieses Bild. Nur *ihm* galten ihre Gedanken. Wie sollte sie ohne ihn weiterleben? Und warum haßte sie ihn nicht für alles, was er ihr angetan hatte? Nein, nichts konnte ihre Liebe töten. Und sie würde auch nichts bereuen. Die Erinnerung an das flüchtige Glück würde ihr bleiben und den ganzen Inhalt ihres künftigen Lebens bilden. Sie warf ihm nichts vor. In ihrem Leid war kein Raum für Bitterkeit. Seit dem Anfang sah sie das Ende voraus, wenn sie auch dagegen gekämpft und diese Angst immer wieder aus ihrem Herzen verbannt hatte. Niemals hatte er ihr Grund zur Hoffnung gegeben. Und es gab nichts, was sie aneinander gebunden hätte. Wenn sie wenigstens sein Kind unter dem Herzen getragen hätte...

Obwohl sie allein war, trieb ihr dieser Wunsch das Blut in die Wangen. Weinend verbarg sie ihr Gesicht in den Kissen. Ein gemeinsames Kind, ein Junge mit seinen leidenschaftlichen dunklen Augen, dem schwarzen Haar, dem anmutigen Körper, der zu einem starken, furchtlosen Mann heranwachsen und dem Vater gleichen würde. Ja, dann würde Ahmed sie lieben müssen. Sicher würde ihn die Erinnerung an das tragische Schicksal seiner eigenen Mutter bewegen, mit der Mutter seines Sohnes barmherzig zu verfahren.

Doch diese Gnade durfte sie nicht erhoffen. Zitternd lag sie da, sehnte sich qualvoll nach seinen Armen, und heiße Tränen rollten ihr über die Wangen. Nun brach das ganze Elend, das sie seit Wochen unterdrückte, über sie herein. Niemand hörte das Schluchzen, das ihren ganzen Körper erschütterte. Endlich konnte sie die eiserne Selbstbeherrschung lockern, die sie langsam versteinert hatte. All die aufgestauten Gefühle stiegen in ihr empor, verengten ihr die Kehle, umklammerten ihre Stirn wie rotglühende Zangen und fraßen sich in ihr Gehirn.

Das Weinen fiel ihr nicht leicht. Seit jener Nacht, in der sie ihm in ihrer Todesangst flehend zu Füßen niedergesunken war, hatte sie nicht mehr geweint. Auch nicht während der schrecklichen Stunden in Ibraheim Omairs Gewalt oder als Raoul de Saint Hubert um das Leben seines Freundes gerungen hatte. Aber jetzt ließen sich die Tränen, zeit ihres Lebens verachtet, nicht länger zurückhalten. Gepeinigt von widersprüchlichen Gefühlen, von unerwiderter Liebe, Angst und Ungewißheit zermürbt, gab sie sich ihrem Leid hin. Das Gesicht in die Kissen gedrückt, krampfte sie ihre Finger in die Falten der seidenen Decke und weinte, bis sie keine Tränen mehr hatte, bis das Schluchzen verstummte, bis sie erschöpft und reglos dalag.

Dann riß sie sich zusammen. Diese Schwäche mußte besiegt werden. Bei Ahmeds Rückkehr würde sich ihr Schicksal entscheiden – wie auch immer; ihr blieb nichts übrig, als abzuwarten. Sie stieß einen langgezogenen, bebenden Seufzer aus. «Ahmed! Ahmed Ben Hassan!» flüsterte sie und verlieh dem Namen einen traurigen, zärtlichen Klang. Sie vergrub das Gesicht noch tiefer in den Kissen, verschränkte die Hände über dem Kopf und rührte sich nicht mehr.

Die Hitze im Zelt drohte sie zu erdrücken, stickige Luft erfüllte den Raum. Schließlich setzte sich Diana stöhnend auf, strich sich das Haar aus der feuchten Stirn und schlug die Hände über ihr gerötetes Gesicht. In der Nähe begann eine Zikade beharrlich und durchdringend zu zirpen.

Plötzlich dachte Diana an ihre eigenen Landsleute, die alte Heimat in England, die Familie, auf die ihre Ahnen so stolz gewesen waren. Sogar der träge, selbstsüchtige Aubrey legte großen Wert auf die Familienehre. Und sie, die hochmütige Diana Mayo, so eng verbunden mit einer ruhmreichen Vergangenheit, die auf viele Generationen aufrechter Männer und züchtiger Frauen zurückblicken konnte, empfand keine Erleichterung, weil ihr in ihrer Erniedrigung der Gipfel der Schmach – ein uneheliches Kind – erspart geblieben war. Neben ihrer Liebe war alles andere in Bedeutungslosigkeit versunken. Ahmed erfüllte ihre ganze Welt, und ihre Leidenschaft ließ keinen Raum für Ehre und Stolz. Das alles hatte er ihr genommen, und sie legte es ihm ohne Zögern zu Füßen. Jetzt war sie nur mehr ein Nichts, sein Spielzeug, das darauf wartete, beiseite geworfen zu werden. Wieder sah sie sich in dem Zelt um, das sie mit ihm geteilt hatte, und lächelte wehmütig.

Wer würde nach ihr kommen? Der schreckliche Gedanke ließ sich nicht verscheuchen. Von wilder Eifersucht ergriffen, hätte sie die unbekannte Frau am liebsten ermordet, die ihr zweifellos folgen würde. So stark war dieses Bedürfnis, daß sie vor ihren eigenen Gefühlen erschrak. Sie preßte ihre Hände auf die Ohren, um die tückische innere Stimme nicht mehr hören zu müssen.

Schon seit einiger Zeit winselte der persische Hund im Nebenraum. Nun erschien er zwischen den Vorhängen, trottete über die dicken Teppiche, schmiegte den zottigen Kopf an ihre Knie und jaulte unbehaglich. Als sie seinen forschenden Blick erwiderte, sprang er auf ihren Schoß und stupste ihr die feuchte Nase ins Gesicht. Seufzend rieb sie ihre Wange an seinem rauhen Fell und flüsterte ihm beruhigende Worte zu. In ihrer Einsamkeit tröstete er sie ein wenig. Gemeinsam warteten sie auf ihren Herrn.

Nach einer Weile schob sie ihn zur Seite, packte sein Halsband und führte ihn in den Nebenraum. Dort brannte eine trübe Lampe. Diana öffnete die Zeltklappe und sah eine kleine weißgekleidete Gestalt auftauchen. «Sind Sie das, Gaston?» fragte sie überflüssigerweise, denn in Abwesenheit des Scheichs schlief er immer vor dem Eingang.

«*A votre service, Madame.*»

Schweigend standen sie nebeneinander. Sie hätte bedenken sollen, daß er hier war. Wenn Ahmed sie allein ließ, blieb sein Diener stets in Hörweite. Diskret hielt er sich zu ihrer Verfügung, um all ihre Wünsche zu erfüllen und sogar vorauszuahnen. Nun erinnerte sie sich an den Tag, als sie Seite an Seite gekämpft und – in Lebensgefahr vereint – alle Standesunterschiede vergessen hatten. Damals war er bereit gewesen, seinen Revolver auf sie zu richten und ihr den letzten Liebesdienst zu erweisen. Durch seine Hand wäre sie stolz gestorben. Alle Wüstenbewohner erwiesen sich als echte Männer, Herren und Diener gleichermaßen, tatkräftig, zäh, unerschrocken und widerstandsfähig wie die wilden Tiere. In Ahmed Ben Hassans Reich gab es keine verweichlichten oder feigen Männer.

Von Anfang an hatte Diana den Kammerdiener gemocht. Daß er ihr stets respektvoll begegnete, hatte sie sehr beeindruckt. Mit keinem Wort oder Blick ließ er sich anmerken, daß er ihre wahre Stellung im Lager seines Herrn kannte. Er behandelte sie, als würde er sich aufrichtig über ihre Anwesenheit freuen, immer fürsorglich, ohne übereifrig zu wirken – vertraulich, aber niemals aufdringlich. Zum erstenmal erlebte Diana die Art von Dienstboten, wie es sie in Frankreich immer noch gab, ein Überbleibsel aus vorrevolutionären Tagen. Diese Leute fühlten sich voll und ganz als Teil der Familie, der sie dienten. In Gastons Fall wurde die Zuneigung zu seinem Herrn durch gemeinsame Erlebnisse und bestandene Gefahren vertieft. Solche Erinnerungen bildeten ein Band, das niemals zerreißen konnte und die Beziehung auf eine höhere Ebene stellte als das Verhältnis zwischen Herr und Diener. Darüber hatte sich Diana anfangs gewundert. Denn im streng geführten Haushalt ihres Bruders wäre ein persönlicher Umgang mit dem Personal nie möglich gewesen. Außerdem hatten sie auf ihren Reisen die Dienerschaft oft gewechselt. Sogar Stephens war in Aubreys Augen nur eine funktionstüchtige Maschine.

Schon bald nach der Ankunft in Ahmed Ben Hassans Lager hatte sie gespürt, wie sich Gastons Ergebenheit gegenüber seinem Herrn auch auf sie erstreckte. Aber seit dem Kampf mit Ibraheim Omairs Bande verehrte er Diana geradezu.

Sogar im Freien war die Luft stickig. Diana spähte ins Dunkel, konnte aber nichts sehen, da die dünne Mondsichel nur wenig Licht spendete. Dann trat sie unter der Markise hervor, um zu den glitzernden Sternen aufzublicken. Wie oft hatte sie den Nachthimmel in Ahmed Ben Hassans Armen betrachtet. Ohne die Sterne hätte sich Diana eine orientalische Nacht gar nicht vorstellen können, und Ahmed liebte das helle Gefunkel. Wenn er in der richtigen Stimmung war, konnte er sie unermüdlich beobachten. Manchmal hatten Diana und Ahmed bis zum Morgengrauen unter der Markise gesessen. Er nannte die Namen der Konstellationen und erzählte ihr zahlreiche arabische Legenden, die mit den Sternen zusammenhingen, bis Diana unter dem Klang seiner beruhigenden Stimme eingeschlafen war. Dann hatte er reglos dagesessen und sie im Arm gehalten, zum Firmament hinaufgestarrt und eine Zigarette nach der anderen geraucht. Würde sie jemals wieder, an Ahmed geschmiegt, die funkelnde blauschwarze Nacht bewundern und an der Wange seinen starken Herzschlag spüren? Der bloße Gedanke schnürte ihr die Kehle zu. Würde es jemals wieder so sein wie damals, vor Raoul de Saint Huberts Ankunft? Sie seufzte tief auf.

«Ist Madame müde?» vernahm sie eine leise, respektvolle Frage an ihrer Seite. Diana zuckte zusammen. Sie hatte den Diener völlig vergessen.

«Oh, es ist so heiß», antwortete sie ausweichend. «Und im Zelt war es furchtbar stickig.»

Stets versuchte Gaston, seine Ergebenheit auf praktische

Weise auszudrücken. «*Madame veut du café?*» schlug er höflich vor, um ihr sein Allheilmittel anzubieten, was ihr in diesem Augenblick fast lachhaft erschien.

Beinahe hätte sie hysterisch gekichert oder geschluchzt. Doch sie beherrschte sich. «Nein, dafür ist es zu spät.»

«In ein paar Minuten wäre der Kaffee fertig», drängte er. Offenbar wollte er sich die Freude nicht nehmen lassen, ihr zu dienen.

«Nein, Gaston, Kaffee macht mich nervös», antwortete sie freundlich.

Gaston seufzte bedrückt. Da er nicht an Nervosität litt, konnte er zu jeder Tages- und Nachtzeit Kaffee in unbegrenzten Mengen trinken. «*Une limonade?*» beharrte er hoffnungsvoll.

Um ihm einen Gefallen zu tun, ließ sie sich das kühle Getränk bringen. «Monseigneur läßt heute auf sich warten», sagte sie langsam und spähte mit zusammengekniffenen Augen wieder in die Dunkelheit.

«Oh, er wird schon noch kommen», entgegnete Gaston zuversichtlich. «Kopec ist rastlos, wie immer vor Monseigneurs Rückkehr.»

Nachdenklich betrachtete sie die dunklen Umrisse des großen Hundes, der zu Füßen des Dieners lag. Nach einem letzten Blick auf die schimmernden Sterne ging sie ins Zelt. Das Gespräch mit Gaston, dem personifizierten gesunden Menschenverstand, hatte alle nervösen Ängste verscheucht. Vorhin hatte sie sich so in ihre unvernünftige Furcht hineingesteigert, daß sie ihn ganz vergessen hatte. Und dabei war er immer in Rufweite, treu und ergeben. Sie hob das Buch vom Boden auf, sank aufs Bett und zwang sich zu lesen. Obwohl ihre Augen den Zeilen mechanisch folgten, verstand sie den Text nicht. Unverwandt lauschte sie, um das erste Zeichen *seiner* Ankunft zu vernehmen.

Endlich war es soweit. Erst nur ein schwacher Hauch – heraufbeschworen von ihrem sehnsüchtigen Herzen, eine Intuition. Erwartungsvoll richtete sie sich auf, hielt den Atem an und lauschte angespannt. Und dann kam er ganz plötzlich an, denn im Dunkel war die kleine Reiterschar unsichtbar, bis sie das Lager erreichte, und die Hufschläge verursachten kein Geräusch. Rasch verebbte die Unruhe, die Ahmed Ben Hassans Heimkehr ausgelöst hatte. Nur wenige Minuten lang drang Stimmengewirr zu Diana hinüber, Geschirr klirrte, ein Pferd wieherte. Und in der Stille, die danach herrschte, hörte sie ihn ins Zelt treten.

Ihr Herz pochte so rasend, daß sie zu ersticken glaubte. Dann hörte sie Gemurmel, die leise Stimme des Scheichs, Gastons lebhafte Antwort, und wenig später eilte der Diener hinaus. Reglos wartete Diana, achtete auf jeden Laut, und ihre Finger krampften sich in die weiche Seidendecke. Sie atmete tief durch, um ihr heftig klopfendes Herz zu beruhigen. Trotz der Wärme fröstelte sie. Ihre Wangen waren bleich, sogar die Lippen farblos, und die Augen, auf die Vorhänge zwischen den Räumen gerichtet, glänzten fiebrig. Da sie genau wußte, was im Nebenraum geschah, glaubte sie, es zu sehen.

Jetzt ging er auf und ab, so wie in jener Nacht, als Gastons Leben an einem seidenen Faden gehangen hatte, so wie immer, wenn er nachdachte. Der Geruch seiner Zigarette erfüllte das Schlafgemach. Einmal blieb er neben den Vorhängen stehen, und ihr Atem stockte, aber dann entfernte er sich wieder. Am anderen Ende des Zelts verstummten seine Schritte, und ein leises metallisches Klicken verriet, daß er seinen Revolver lud. Sie hörte, wie er die Waffe auf den Schreibtisch legte. Dann glitten seine Schritte wieder über die Teppiche. Seine Rastlosigkeit erweckte ihr Unbehagen. Seit dem Morgengrauen hatte er im Sattel gesessen. Eigentlich hätte er Saint Huberts Rat befolgen und sich noch ein paar Wochen schonen müssen. Warum ruhte er sich nicht aus? Wie achtlos er mit seiner Gesundheit umging!

Diana seufzte ungeduldig, und der zärtliche Glanz in ihren Augen nahm einen fast mütterlichen Ausdruck an. Trotz seiner neugewonnenen Kraft und seines lachenden Einspruchs gegen Raouls Warnung – begleitet von einem überzeugenden Duell im Armdrücken mit seinem weniger muskulösen Freund – würde sie niemals die Tage vergessen, als er hilflos wie ein Kind dagelegen hatte. Er war zu schwach gewesen, um auch nur eine Hand zu heben. Nichts würde diese Erinnerungen auslöschen, nichts konnte die Erkenntnis ändern, wie abhängig er von ihr gewesen war. Damals hatte er sie gebraucht. Dieses Wissen rief eine heiße Freude hervor, die sofort wieder verflog. Welch ein trügerisches Glück.

Endlich hörte sie den Diwan unter dem Gewicht des Scheichs knarren – aber erst als Gaston eine Mahlzeit servierte. Während Ahmed aß, begann er zu sprechen, und seine ersten Worte veranlaßten den Franzosen zu einem Schreckensruf, für den er sich hastig entschuldigte. Und dann hörte Diana andere Männer eintreten. Ahmed wandte sich an jeden einzelnen, und sie erkannte Yusefs klare, hohe Stimme. Offenbar stritt er mit dem einsilbigen Oberkameltreiber, dessen Wesen zu seinen heißgeliebten, übellaunigen Schützlingen paßte. Bald brachte ein scharfes Wort des Scheichs die beiden zum Schweigen. Zwei weitere Männer nahmen ihre Befehle mit einem leisen Räuspern zur Kenntnis.

Wenig später verließen sie das Zelt – alle bis auf Yusef, der, abwechselnd in Arabisch und Französisch, auf seinen Herrn einredete. Mit zunehmender Erregung verfiel er immer mehr in die Landessprache. Trotz ihres Kummers mußte Diana lächeln. Sie konnte sich vorstellen, wie er vor dem Scheich kauerte, blitzsauber und tadellos gekleidet, die schönen Augen rollte und unentwegt mit seinen schlanken Händen gestikulierte. Sein hübsches Gesicht war von jugendlicher Begeisterung und Bewunderung für seinen Scheich erhellt. Schließlich ging auch er hinaus.

Nur Gaston blieb zurück, mit der *cafetière* beschäftigt, seinem neuesten Spielzeug. Das Aroma von brodelndem Kaffee erfüllte das Zelt, und Diana malte sich aus, wie sich der Diener geschickt an dem Gerät aus zerbrechlichem Glas und Silber zu schaffen machte. Dann hörte sie den Löffel in der Tasse klirren, das Plätschern des heißen Getränks, das eingeschenkt wurde, und ein leises, dumpfes Geräusch, als die Untertasse auf dem Intarsientischchen landete.

Warum trank Ahmed französischen Kaffee, obwohl er doch immer klagte, danach könne er nicht schlafen? Abends zog er die arabische Art der Zubereitung vor. Schließlich mußte er sich in dieser Nacht ausruhen. Der anstrengendste Tag nach seiner Krankheit lag hinter ihm.

Eine Zeitlang ging Gaston im Nebenraum umher, und wie Diana den Geräuschen entnahm, stellte er verschiedene Dinge, die entfernt werden sollten, auf ein Tablett. Dann fragte seine Stimme etwas lauter als zuvor: «*Monseigneur désire d'autre chose?*»

Offenbar schüttelte der Scheich nur den Kopf, weil keine Antwort durch die Vorhänge drang.

«*Bon soir, Monseigneur.*»

«*Bon soir, Gaston.*»

Hastig rang sie nach Luft. Während der Diener im Nebenraum gewesen war, hatte sie den Eindruck gewonnen, der erwartete Augenblick würde niemals eintreten. Nun wünschte sie, er wäre geblieben. Er stand zwischen ihr – und was? Zum erstenmal seit Saint Huberts Ankunft war sie wieder allein mit Ahmed – ganz allein. Nur die Vorhänge trennten sie – Stoffbahnen, die sie nicht beiseite schieben konnte. Es drängte sie, zu ihm hinüberzugehen. Doch sie wagte es nicht, hin und her gerissen zwischen Liebe und Angst. Und allmählich siegte die Furcht.

Bei der Erinnerung an eine Nacht in jenen wundervollen Wochen, die ihr jetzt wie ein Traum erschienen, stieg ein Schluchzen in ihrer Kehle auf. Spätabends war er ins Lager geritten. Nachdem Gaston ihn verlassen hatte, ging sie zu ihm, die Wangen vom Schlaf gerötet, die Augen verschleiert, und er zog sie auf seine Knie. Er drängte ihr einen Schluck von seinem arabischen Kaffee auf und lachte jungenhaft, als sie angewidert das Gesicht verzog. In seinen Armen, den Kopf an seiner Schulter, hörte sie ihm zu, als er die Ereignisse des Tages und seinen Besuch in einem anderen Camp schilderte und von seinen Männnern und Pferden und von seinen Zukunftsplänen sprach. Lauter vertrauliche Dinge, wie sie ein Mann mit seiner Ehefrau und Kameradin beredet. Von diesem beglückenden und zugleich schmerzlichen Gedanken bewegt, erschauderte sie, und er meinte bestürzt, sie würde frieren. Er hatte sie hochgehoben, seine Wange an ihre geschmiegt und sie ins Schlafgemach getragen.

Aber in dieser Nacht fand sie nicht den Mut, in den anderen Raum zu gehen. Ahmed wirkte so fremd, nicht mehr wie der Mann, den sie früher gekannt hatte. Sie war sogar überzeugt gewesen, ihn allmählich besser zu verstehen. Und nun wußte sie nichts mehr über ihn. Sie fühlte sich so müde, ihr Kopf schmerzte, und die schreckliche Sorge um die Zukunft verwirrte sie. Nein, sie mochte nicht mehr nachdenken, wollte nur in seinen Armen liegen und bitterlich weinen. Wie sie nach der Berührung seiner Hände hungerte, wie erbärmlich sie litt!

Sie glitt vom Bett, sank auf die Knie und drückte ihr Gesicht in die Kissen. «Oh, Gott, schenk mir seine Liebe!» flüsterte sie flehend immer wieder – bis sie sich an jene Nacht erinnerte, als sie den Allmächtigen gebeten hatte, ihn zu verfluchen. «So habe ich es nicht gemeint», stöhnte sie schaudernd. «Lieber Gott, laß es mich zurücknehmen. Damals wußte ich nicht ... Ich hab es nicht so gemeint ...»

Mühsam unterdrückte sie ein Schluchzen. Im Wohnraum war

es still, nur die Streichhölzer flammten in regelmäßigen Abständen auf. Zwischen den schweren Vorhängen wehte der Duft des Tabaks in den Raum und beschwor unzählige Erinnerungen herauf. Warum kam er nicht zu ihr? Wußte er, wie er sie quälte. War sie ihm so gleichgültig, daß er keinen Gedanken an ihren Kummer verschwendete? Hatte er sie vergessen? Überlegte er, ob sie sich unglücklich fühlte? Wieder stürmte die Zukunftsangst auf sie ein und ließ sich nicht zurückdrängen.

Die Ungewißheit würde sie noch umbringen. Seufzend hob sie den Kopf und sah auf den Reisewecker, der neben der Nachttischlampe stand. Vor einer Stunde hatte Gaston ihn verlassen. Noch eine Stunde – und sie würde den Verstand verlieren. Sie mußte endlich erfahren, was er vorhatte. Sie konnte nicht länger warten, die Grenze ihrer Belastbarkeit war erreicht. Taumelnd stand sie auf und zog den dünnen Kimono enger um die Schultern.

Aber dann hielt sie unschlüssig inne, denn sie fürchtete, ihre böse Vorahnung würde sich bestätigen. Ihr fehlte der Mut, dem Schicksal vorzugreifen. Lieber klammerte sie sich an ihren Traum. Die Augen unverwandt auf die Uhr gerichtet, beobachtete sie die Zeiger, die langsam über das Zifferblatt krochen. Eine Viertelstunde verstrich – eine halbe Ewigkeit. Erschöpft rieb Diana sich die Augen, um das Bild des grellweißen Porzellans mit dem langen schwarzen Minutenzeiger wegzuwischen. Kein Laut drang aus dem Nebenraum, und die Stille drohte sie in den Wahnsinn zu treiben. Sie brauchte eine Antwort auf ihre Fragen, denn diese konnte nicht schlimmer sein als das Leid, das sie schon so lange ertrug.

Also biß sie die Zähne zusammen und schlüpfte leise durch die Vorhänge in den Raum, wo sie wie angewurzelt stehenblieb und die Hände vor den Mund schlug. Er saß zusammengesunken , das Gesicht in den Händen verborgen, auf dem Diwan. Ohne seine fließenden Gewänder, die ein Teil von ihm waren, wirkte er auf sie wie ein Fremder, wie eine unbekannte Gestalt, die ein Seidenhemd, Breeches und hohe, vom langen Ritt staubige braune Stiefel trug. Auf dem Teppich sah sie ein zerknülltes Tweedjakkett. Das mußte er hingeworfen haben, nachdem Gaston gegangen war. Niemals würde der ordentliche Kammerdiener ein Kleidungsstück einfach liegenlassen.

Voller Sehnsucht betrachtete sie den Scheich, seinen gesenkten Kopf und die gebeugten Schultern. Im Schein der Hängelampe schimmerte sein dichtes dunkles Haar wie Bronze. Vor Angst und Scheu bebte Diana am ganzen Körper. Doch die Liebe verlieh ihr Mut, und so ging sie zu ihm hinüber.

Ihre nackten Füße glitten lautlos über die Teppiche. «Ahmed», flüsterte sie.

Nur zögernd richtete er sich auf und blickte sie an. Als sie sein Gesicht sah, kniete sie vor ihm nieder und packte ihn am Hemd. «Ahmed! Was fehlt dir? Bist du verletzt. Deine Wunde...» In ihrer Sorge schrie sie beinahe.

Er hielt ihre tastenden Hände fest und stand auf, zog sie mit sich hoch und musterte sie mit sonderbaren Augen. Dann wandte er sich wortlos ab. Er öffnete die Zeltklappe und starrte in die Nacht hinaus, ein schlanker, hochgewachsener Schatten in der Finsternis.

Ein fragender Blick trat in ihre Augen, und sie griff sich an die Kehle. «Was ist?» wiederholte sie beklommen.

«Morgen brechen wir nach Oran auf», entgegnete er ruhig. Seine Stimme klang ausdruckslos und so anders als sonst. Verblüfft wurde Diana klar, daß er englisch sprach. Ihr schwindelte, so daß sie die Augen schließen mußte.

«Schickst du mich weg?» flüsterte sie atemlos.

Ehe er antwortete, entstand eine kurze Pause. «Ja.»

Die kurze Silbe traf sie wie ein Peitschenhieb. Entsetzt zuckte sie zusammen. «Warum?» Er antwortete nicht, und sein Schweigen trieb ihr das Blut in die Wangen. Als sie auf ihn zutrat, schlug ihr Herz bis zum Hals. Ihre Kehle war trocken, und ihre Lippen zitterten, so daß sie kein Wort herausbrachte. «Weil du meiner überdrüssig bist?» stieß sie schließlich heiser hervor. «So wie du es gesagt hast – so wie du auch der anderen Frauen überdrüssig wurdest?» Vor Entsetzen versagte ihr die Stimme.

Noch immer sagte er nichts, doch er stöhnte leise auf und ballte die Fäuste.

Um seinem Anblick zu entfliehen, bedeckte Diana mit dem Arm ihre Augen. Seine Worte brachen ihr das Herz, und sie hätte sich ihm in ihrem Elend am liebsten zu Füßen geworfen. Aber ein letzter Rest ihres Stolzes hielt sie zurück.

Endlich begann er mit ruhiger, tonloser Stimme zu sprechen: «Ich bringe dich zum ersten Wüstenbahnhof vor Oran. Dort wirst du in den Zug steigen. Zu deinem eigenen Wohl darf ich mich in Oran nicht mit dir zeigen, weil ich in dieser Stadt kein Fremder bin. Wenn du erkannt wirst oder dich jemand mit Namen anspricht, sag einfach, du hättest deine Wüstenexpedition verlängert, deine Nachrichten wären nicht übermittelt worden – oder was immer dir einfällt. Aber wahrscheinlich wirst du unter den vielen Reisenden, die Oran durchqueren, nicht weiter auffallen. Gaston trifft alle Arrangements und begleitet dich nach Marseille – wenn du willst, auch nach Paris, Cherbourg oder London. Wie du weißt, ist er absolut vertrauenswürdig. Sobald du ihn nicht mehr brauchst, kehrt er zu mir zurück. Von nun an werde ich dich nicht mehr belästigen. Du mußt nicht befürchten, ich könnte wieder in dein Leben treten. Vergiß diese Monate in der Wüste und den unzivilisierten Araber, der deinen Weg gekreuzt hat. Was ich dir antat, kann ich nur wiedergutmachen, indem ich mich von dir fernhalte.»

Diana fuhr hoch. In ihrer Seele kämpften Mißtrauen und Eifersucht, Liebe und Stolz, so daß es ihr fast den Atem raubte. «Warum sagst du nicht die Wahrheit?» fauchte sie. «Wieso sprichst du nicht aus, was du wirklich meinst? Daß du keine Verwendung mehr für mich hast, daß es amüsant war, mich zu entführen und zu peinigen und einer flüchtigen Laune nachzugeben. Aber jetzt amüsiere ich dich nicht mehr. Du hast mich satt und willst dich mit allen nötigen Vorsichtsmaßnahmen meiner entledigen. Glaubst du, die Wahrheit würde mich verletzen? Mittlerweile kannst du mir nicht mehr weh tun. Um dein Vergnügen zu finden, hast du mich zu einer unmoralischen Frau gemacht. Und nun schiebst du mich beiseite – zu deinem Vergnügen! Wie oft pro Jahr bringt Gaston deine verflossenen Geliebten nach Frankreich zurück?» Ihre Stimme brach in schrillem Gelächter.

Da drehte er sie um, riß sie ungestüm in die Arme und vergaß seine eigene Kraft. Seine Augen schienen Funken zu sprühen. «Großer Gott! Warum forderst du mich derart heraus? Denkst du, es fiele mir leicht, dich gehenzulassen? Bilde dir bloß nicht ein, ich hätte keine Sekunde lang gelitten – und ich würde auch jetzt nicht leiden! Weißt du nicht, was ich empfinde? Es reißt mir das Herz aus dem Leib, dich wegschicken zu müssen. Ohne dich wird mein Leben die Hölle sein. Glaubst du, ich hätte nicht erkannt, was für ein verdammter brutaler Schuft ich war? Als ich dich entführte, liebte ich dich nicht. Ich wollte nur das wilde Tier in mir befriedigen. Und ich war froh, daß es eine Engländerin war, die ich quälen konnte – so wie ein Engländer meine Mutter gequält hat. Deshalb haßte ich dieses ganze Volk in wildem Wahn – bis jetzt. Und ich dachte, du würdest mir nichts bedeuten – bis zu jenem Tag, als Ibraheim Omair dich raubte. Da wußte ich, mein Lebenslicht würde erlöschen, wenn dir etwas zustieße. Dann hätte ich nur noch danach getrachtet, Ibraheim zu töten und danach Selbstmord zu begehen.»

Wie ein Schraubstock umschlangen seine Arme ihren Körper, aber sie fühlte sich himmlisch. Sprachlos klammerte sie sich an ihn, und ihr Herz hämmerte heftig gegen die Rippen. Während er sie anschaute, jagte der Glanz in seinen Augen – der Glanz, den sie so lange ersehnt hatte – einen Schauer durch ihre Glieder. Sein Kopf neigte sich herab. Beinahe berührten seine Lippen ihren Mund. Doch dann richtete er sich auf, und tiefer Kummer verdrängte die Liebe aus seinem Blick. «Nein, ich darf dich nicht küssen.» Sanft schob er sie von sich. «Sonst hätte ich nicht die Kraft, dich wegzuschicken. Ich wollte dich nicht einmal berühren», fügte er hinzu und wandte sich müde ab.

Sofort kehrte Dianas Angst zurück. «Aber – ich möchte nicht gehen», hauchte sie.

Er blieb am Schreibtisch stehen und ergriff den Revolver, den er vorhin geladen hatte, klappte ihn auseinander, drehte das Magazin zwischen Daumen und Zeigefinger und ließ die Waffe wieder zuschnappen. «Das verstehst du nicht. Es gibt keinen anderen Weg.»

«Wenn du mich wirklich liebtest, würdest du mich nicht verstoßen», schluchzte Diana.

«*Wenn* ich dich liebte?» wiederholte er und lachte freudlos. «*Wenn* ich dich liebte! Nur weil ich dich so sehr liebe, war ich zu diesem Entschluß fähig. Würde ich dich weniger lieben, wäre ich bereit, dich hierzubehalten, und du könntest dein Glück versuchen.»

Flehend hob sie die Hände. «Ahmed, ich will bei dir bleiben, ich liebe dich!» rief sie verzweifelt – denn sie kannte seine unbeugsame Entschlossenheit und sah ihre Hoffnung dahinschwinden.

Doch er sah sie nicht an und runzelte die Stirn. Schon wieder diese gefürchtete, strenge Miene. «Du weißt nicht, was du redest. Und du weißt nicht, was es bedeuten würde.» Seine

Stimme hatte alle Ausdruckskraft verloren. «Wenn du mich heiratest, müßtest du hier in der Wüste leben. Ich kann mein Volk nicht verlassen, und ich bin dem arabischen Wesen zu sehr verbunden, um dir gelegentliche Reisen ohne meine Begleitung zu gestatten. Für dich wäre das kein Leben. Jetzt glaubst du mich zu lieben, obwohl nur der Himmel weiß, wie das möglich ist – nach allem, was ich dir angetan habe. Aber du würdest bald merken, daß deine Liebe dich nicht für das Leben an meiner Seite entschädigt. Außerdem wäre ich kein geeigneter Ehemann für dich. Du weißt, was ich bin, und kennst meine Vergangenheit. Keine anständige Frau darf sich an mich binden. Für alle Zeiten würde die Erinnerung an meine abscheulichen Verfehlungen zwischen uns stehen. Die würdest du nicht vergessen und mir niemals vertrauen. Selbst wenn du alles vergeben und vergessen könntest – es ist nicht leicht, mit mir zu leben. Oft genug mußtest du unter meinem aufbrausenden Temperament leiden. Das habe ich dir nicht erspart, und ich würde dich auch in Zukunft nicht damit verschonen. Glaubst du, ich ertrüge es, mit anzusehen, wie du mich im Lauf der Jahre hassen lernst? Jetzt hältst du mich für grausam. Aber ich meine es nur gut mit dir. Eines Tages wirst du etwas freundlicher an mich denken, weil ich die Kraft hatte, dich gehenzulassen. Du bist so jung, dein Leben fängt erst an. Und du bist stark genug, um diese letzten Monate zu vergessen – die Vergangenheit auszulöschen und nur in die Zukunft zu blicken. Niemand braucht je zu erfahren, was zwischen uns geschehen ist – dein Ruf bleibt unangetastet. Im Schweigen der Wüste verschwinden viele Dinge. Mustafa Ali lebt nun viele hundert Meilen entfernt – aber nicht weit genug weg, daß er es wagen würde zu sprechen. Um meine Männer mußt du dich nicht sorgen, die reden oder halten den Mund, je nachdem, was ich verlange. Da wäre nur Raoul, und er ist über jeden Zweifel erhaben. Natürlich hat er mir seine Meinung nicht vorenthalten. Kehr in deine

Heimat zurück, zu deinem Volk, zu deinem eigenen Leben, in dem kein Platz für mich ist. Nach wenigen Wochen wird dir das alles wie ein böser Traum erscheinen.»

Schweiß glänzte auf seiner Stirn, und er preßte in seiner Seelenqual die Fäuste an die Brust. Aber Diana hatte die Hände vors Gesicht geschlagen, und so sah sie den Schmerz in seinen Augen nicht und hörte nur seine leise, sanfte Stimme, die unerbittlich ihr Schicksal bestimmte und ihr in gleichmütigem Ton alles Glück dieser Welt raubte. Krampfhaft begann sie zu zittern. «Ahmed! Ich *kann nicht* gehen!» klagte sie.

Da riß er ihr die Hände vom Gesicht. «Um Himmels willen! Meinst du – ich habe doch nicht – bist du ...» stammelte er heiser und musterte sie voller Angst.

Sie erriet, was er fragen wollte, und errötete. Nur mühsam widerstand sie der Versuchung, ihn zu belügen und den Rest der Zukunft zu überlassen. Ein einziges kleines Wort und sie würde in seinen Armen liegen. Aber danach? Diese Furcht ließ sie schweigen. Langsam wich die Farbe aus ihren Wangen, und sie schüttelte stumm den Kopf.

Erleichtert ließ er sie los und wischte sich den Schweiß von der Stirn. Dann legte er seine Hand auf ihre Schulter und schob sie sanft in Richtung des Schlafgemachs. Sie wehrte sich, verzweifelt suchten ihre Augen seinen Blick. Doch er wollte sie nicht ansehen. Seine Lippen bildeten jene harte, gerade Linie, die sie so gut kannte. Mit einem heiseren Schrei warf sie sich an seine Brust, preßte ihr Gesicht an ihn, umschlang seinen Hals. «Ahmed! Ahmed! Du bringst mich um! Ohne dich kann ich nicht leben. Ich liebe dich, und ich will dich – nur dich. Glaub mir, die Einsamkeit in der Wüste schreckt mich nicht – nur die Einsamkeit der Welt da draußen, ohne deine starken Arme. Was du bist oder warst, kümmert mich nicht. Und ich fürchte mich ebensowenig vor dem, was du tun wirst. Nie zuvor habe ich gelebt – bis du mir hier in der Wüste gezeigt hast, was Leben heißt. Wie soll ich in meine alte Welt zurückkehren, Ahmed? Sei doch barmherzig! Verwehre mir nicht meine einzige Chance, glücklich zu werden. Schick mich nicht weg! Jetzt weiß ich, daß du mich liebst. Und weil ich es weiß, schäme ich mich nicht, dich um Gnade zu bitten. Meine Scham und mein Stolz sind längst dahin. Ahmed! Sprich mit mir! Dein Schweigen ertrage ich nicht! Oh, wie grausam du bist!»

Sein Gesicht verzerrte sich, aber er preßte die Lippen noch fester zusammen und befreite sich entschlossen aus der Umarmung. «Niemals war ich anders», erwiderte er bitter. «Und es ist mir lieber, du hältst mich für einen brutalen Schurken, als daß du den Tag verfluchst, an dem wir uns zum erstenmal begegnet sind. Dein Glück findest du anderswo, und dafür will ich alles opfern.» Er machte auf dem Absatz kehrt, eilte zum Eingang und starrte wieder in die Nacht hinaus. «Es ist spät geworden. Morgen müssen wie zeitig aufbrechen. Leg dich jetzt hin.» Obwohl seine Stimme sehr sanft klang, war es ein Befehl.

Sie wich zitternd zurück ihr Gesicht spiegelte tiefe Trauer wider, und in ihren Augen stand Verzweiflung. Da sie Ahmed kannte, wußte sie nur zu gut, daß dies das Ende war. Nichts würde ihn bewegen, sich anders zu besinnen. Durch einen Tränenschleier sah sie ihn an, um sich sein geliebtes Bild unauslöschlich einzuprägen. Der stolz erhobene Kopf über den breiten Schultern, die starken Glieder, der schlanke, geschmeidige Körper. Wie wundervoll er aussah, der geborene Herrscher. Monseigneur! Monseigneur! *Mon maître et seigneur.* Nein! Das würde er nie mehr sein.

Tränenblind stolperte sie, stieß gegen den kleinen Schreibtisch, und als sie sich an der Kante festhielt, berührten ihre Finger den Revolver. Das kalte Metall ließ sie frösteln bis ins Herz. Wie erstarrt stand sie da, ohne die reglose Gestalt im Eingang aus den Augen zu lassen. Mit einer Hand umfaßte sie die Waffe, mit der anderen umklammerte sie den seidenen Kimono über ihrer Brust. Fieberhaft überschlugen sich ihre Gedanken.

In wenigen Stunden würde der Morgen anbrechen, der schwerste Augenblick ihres Lebens, da sie sich für immer von diesem Zelt trennen mußte, das ihr so teuer geworden war – teurer als das alte Schloß in England. Sie dachte an den langen Ritt nach Norden, die Qual, an Ahmeds Seite zu reiten und allein im kleinen Reisezelt zu übernachten, an den endgültigen Abschied auf dem Bahnsteig, wo sie beobachten würde, wie er an der Spitze seiner Männer aus ihrem Leben verschwand. Und sie würde angestrengt in die Ferne spähen, um im Staub und Sand einen letzten Blick auf die aufrechte Gestalt im Sattel des lebhaften Rappen zu erhaschen. Natürlich wird er Habicht reiten, überlegte sie. Heute war es Shaitan. Und wenn er längere Reisen unternimmt, benutzt er immer eines der beiden Pferde. Auf Habichts Rücken und in Ahmeds Armen war sie an jenem Tag heimgekehrt, an dem sie zu fliehen versucht und dann ihr Glück gefunden hatte. Welch ein schmerzlicher Unterschied zwischen jenem Ritt – und dem Weg, den sie am nächsten Morgen zurücklegen mußte!

Diana biß sich auf die zitternde Unterlippe, ihre Finger umklammerten den Revolvergriff noch fester. Plötzlich blitzte ein wildes Funkeln in ihren traurigen Augen auf. Eine Trennung konnte sie nicht verkraften. Wozu auch? Was wäre das Leben ohne ihn? Nichts. Weniger als nichts. Niemals würde sie einem anderen Mann gehören. Und niemand brauchte sie. Nicht einmal Aubrey, der sich jeden Wunsch erfüllte und in seiner Selbstsucht vollauf zufrieden war. Eines Tages würde er heiraten, zum Wohle der Familie. Oder vielleicht war er schon verheiratet, falls er in Amerika eine Frau gefunden hatte, die sich wegen seines altehrwürdigen Namens und seines Reichtums mit seinem Egoismus abfand. Diana durfte mit ihrem Leben machen, was sie wollte. Wenn es ein Ende fand, würde niemand darunter leiden. Ihr Bruder würde sogar profitieren. Und Ahmed? Sie betrachtete ihn durch einen Tränenschleier.

Langsam und mit sicherer Hand nahm sie die Waffe vom Tisch, zog sie verstohlen hinter ihrem Rücken hervor und betrachtete leidenschaftslos den dunklen Stahl. Sie hatte keine Angst, verspürte nur eine überwältigende Müdigkeit, die Sehnsucht nach Ruhe, die dem Brennen in ihrer Brust und dem Pochen in ihrem Schädel ein Ende bereiten würde. Nur ein kurzer Knall, und alles – auch ihr Kummer – würde vorbei sein. Oder doch nicht? Die Angst vor dem Jenseits stieg in ihr auf. Was erwartete sie im nächsten Leben? Doch diese Furcht verschwand so plötzlich, wie sie gekommen war, denn in der Schattenwelt würde ihr jemand begegnen, der sie verstehen würde – ihr Vater. Auch er hatte sich in seinem Unglück erschossen, nachdem die Mutter nach Dianas Geburt gestorben war. Entschlossen hielt sie sich den Revolver an die Schläfe.

Kein Laut verriet, was hinter ihm geschah. Aber irgend etwas – vielleicht der sechste Sinn des Wüstensohns – warnte den Scheich vor der Gefahr. Blitzschnell fuhr er herum, stürmte zu Diana und packte ihre Hand, als sie gerade abdrückte. Die Kugel pfiff über ihren Kopf hinweg, ohne Schaden anzurichten. Das Gesicht aschfahl, entwand er ihr die Waffe und schleuderte sie in die Nacht hinaus.

Eine Weile starrten sie sich schweigend an, dann entglitt sie stöhnend seinem Griff und brach schluchzend vor seinen Füßen zusammen. Mit einem heiseren Schrei bückte er sich, hob sie hoch, drückte ihre bebende Gestalt zärtlich an seine Brust und schmiegte die Wange in ihre rotgoldenen Locken. «Mein Gott, Mädchen, hör zu weinen auf!» bat er mit zitternder Stimme. «Das ertrage ich nicht!»

Doch sie konnte die Tränen nicht unterdrücken. Ängstlich preßte er sie fester an sich und bedeckte ihr schimmerndes Haar mit Küssen. «Diane, Diane!» flüsterte er flehend. «*Mon amour, ma bien-aimée*! Erspar mir deine Tränen. Ich liebe dich, ich bete dich an, und du wirst bei mir bleiben, für immer und ewig.»

In ihrer Benommenheit war sie unfähig, ihre übermächtigen Gefühle zu bewältigen. Sie lehnte an Ahmeds Brust, und die Tränen flossen unaufhaltsam. Als er sah, was er angerichtet hatte, zuckten seine Lippen. Er hob sie hoch, trug sie zum Diwan, und als er ihren weichen, schlanken Körper spürte, floß das Blut schneller durch seine Adern. Vorsichtig legte er sie nieder, kniete sich neben sie und nahm sie in die Arme. Dabei flüsterte er leidenschaftliche Liebesworte. Allmählich verstummte das Schluchzen, und sie lag reglos da, so still und bleich, daß er von kalter Angst erfaßt wurde. Er wollte schon aufstehen, um eine Arznei zu holen. Aber sie klammerte sich sofort an ihn. «Ich brauche nichts – nur dich», beteuerte sie fast unhörbar.

Da zog er sie noch fester an sich und legte einen Finger unter ihr Kinn. Ihre Augen waren geschlossen, die feuchten dunklen Wimpern ließen die blassen Wangen noch bleicher erscheinen. Zärtlich küßte er ihre Lider. «Diane, willst du mich nie wieder ansehen?» Die Frage klang fast demütig.

Langsam schlug sie die Augen auf und betrachtete ihn, immer noch furchtsam. «Schickst du mich auch nicht weg?» wisperte sie wie ein verschrecktes Kind.

Beinahe wäre er selbst in Tränen ausgebrochen. Zärtlich küßte er ihre bebenden Lippen. «Niemals!» versprach er. «Jetzt kann ich dich nicht mehr gehenlassen. Oh, Gott! Wenn du wüßtest, wie inständig ich mir ein Leben an deiner Seite gewünscht habe – welche Überwindung es mich gekostet hat, dich wegzuschicken! Hoffentlich kann ich dich glücklich machen. Du hast mich von meiner schlimmsten Seite kennengelernt, armes Mädchen, und du wirst einen Teufel heiraten.»

Allmählich kehrte die Farbe in ihr Gesicht zurück, und ein schwaches Lächeln umspielte ihre Lippen. Sie schlang den Arm um seinen Hals und zog seinen Kopf zu sich herab. «Davor fürchte ich mich nicht», versicherte sie. «Nichts kann mich schrecken, solange du mich in deinen Armen hältst, geliebter Wüstensohn. Ahmed! Monseigneur!»